La petite Suzanne

Roger Judenne

La petite Suzanne

ÉDITIONS FRANCE LOISIRS

Édition du Club France Loisirs,
avec l'autorisation des Éditions De Borée.

Éditions France Loisirs,
123, boulevard de Grenelle, Paris
www.franceloisirs.com

ISBN : 978-2-298-11816-2

À « la petite Suzanne »,
et aux braves gens qui l'ont choyée
dans le vert paradis des Croisettes percheronnes.

Première partie

SE RELEVER
APRÈS LA GRANDE GUERRE
Mai à juillet 1919

1

Pris à la gorge

Lundi 12 mai 1919.

De Longny-au-Perche à Nogent-le-Rotrou, le ciel sombre annonce sa volonté de se répandre en pluie sur les collines. Par le battant supérieur grand ouvert de sa maison des Croisettes, Rosine a les yeux fixés sur le clocher de Saint-Éliph, distant de un kilomètre. Elle suit le passage laborieux des gros nuages au-dessus de l'église, redoutant le moment où l'un d'eux, plus noir, plus lourd, s'éventrera sur la croix de fer.

— Le train, demande la vieille Albertine, il arrive à quelle heure à La Loupe ?

La petite Jeanne est repue mais elle continue à suçoter le mamelon, la menotte posée sur le sein découvert de sa mère. À la question d'Albertine, Rosine se tourne machinalement pour regarder l'heure, comme si l'horloge indiquait aussi les horaires des chemins de fer.

— 15 h 27. Mais l'inspecteur a donné rendez-vous à la gare à 3 heures.

Le léger mouvement qu'elle fait en tournant les épaules ôte la pointe du sein des lèvres du bébé. Jeanne reste la bouche ouverte, baisse les paupières gagnées par la somnolence de fin de tétée et s'endort. La grand-mère aussi regarde l'horloge. Dans moins de dix minutes, Émile sera là.

— Il est jamais en retard, dit-elle pour rappeler l'heure à sa fille. Il a dit 2 heures, il va être là à 2 heures.

La respiration de Jeanne change de rythme. Sa tête roule. Rosine sent sur sa peau la douceur de pêche de la petite joue. Elle prend un coin de la serviette et essuie la coulure de lait qui perle aux commissures des lèvres.

— Tu crois qu'on va te donner un garçon ou une fille ? interroge Albertine, dont les mains ne cessent de tresser les brins d'osier du panier.

— J'sais pas. On ne m'a pas dit.

Rosine lève ses deux pieds, les joint et les pose sur le barreau de la chaise. Puis elle installe le bébé endormi bien à plat sur ses genoux et le maintient avec un coude pour l'empêcher de tomber. Sa main gauche saisit le pan déboutonné du corsage et tend le tissu vers l'avant. Sa main droite enveloppe le sein, le soulève, le comprime et le remet en place. Rosine rabat le corsage et ferme les trois boutons. Puis elle entreprend de changer la couche de son bébé, sur ses genoux, à la manière des femmes de la campagne.

— Une fille, ce serait mieux, conseille Albertine. Te laisse pas faire. Insiste pour qu'on te donne une fille.

— Si tu crois qu'on va me laisser le choix ! Et puis, garçon ou fille, c'est le même prix de pension. Alors, quelle importance ?

— En grandissant, ce sera plus facile avec Jeanne. Une fille, c'est moins turbulent.

— L'important, c'est la pension, la coupe Rosine. Y a que l'argent qui compte. C'est ça ou on peut plus payer la maison. Et si on paie pas, on nous mettra dehors. Alors, garçon ou fille, quelle importance ? Un bébé, c'est un bébé.

Rosine ne lui a pas dit grand-chose de sa visite du matin chez le notaire, mais Albertine devine qu'il s'est montré menaçant. Depuis le départ de Joseph à la guerre, le notaire se montre un peu plus pressant à chaque visite. Pousser à la vente, voilà ce qu'il cherche depuis des mois et des mois. Il faut dire que les arrérages s'accumulent. Pas d'argent. Albertine voudrait pouvoir aider davantage, travailler, faire rentrer des sous mais à soixante-douze ans, usée par une vie de travail, veuve, sans ressources et sans toit, elle souffre d'être à la charge de sa fille. Alors elle baisse la tête et se tait. Elle se penche, saisit une éclisse d'osier qui trempe dans le seau posé à côté de sa chaise et continue le panier qu'elle a commencé à tresser le matin. Confectionner des paniers et les vendre, c'est la seule chose qu'elle puisse encore faire pour gagner quatre sous. Ses mains déformées peinent à entrelacer le brin, mais son obstination de vieille femme habituée à la misère vient à bout de la maladresse de ses doigts raidis par des années de travail dans les champs.

— J't'aiderai comme je pourrai, murmure-t-elle comme pour se faire pardonner la charge supplémentaire que sa présence impose. J'peux encore faire la soupe et garder les petits.

Bien sûr, prendre un enfant de l'Assistance publique, c'est un moyen d'avoir une rentrée régulière d'argent, mais ce n'est pas rien. La grand-mère se demande comment va faire Rosine, toute seule avec trois enfants. Est-ce qu'elle aura assez de lait pour nourrir deux bébés en même temps ? Entre deux tétées, est-ce qu'elle arrivera encore à faire des lessives dans les fermes pour rapporter l'argent du pain ? Et les soucis ? On dit que tous ces gosses abandonnés placés par l'Assistance publique de Paris ne sont pas souvent en bonne santé. Un nourrisson fragile, c'est du tracas. Bien sûr, son petit Pierre, qui a eu deux ans le mois dernier, tout comme sa Jeanne, qui a déjà trois mois, sont des enfants robustes qui poussent comme des champignons. Mais un gosse de l'Assistance qui a végété dans des orphelinats parisiens ?

— Du lait, j'en aurai bien assez pour deux, la rassure Rosine. Des gosses en nourrice, je ne suis pas la seule à en prendre. Rien qu'à Montlandon, il y en a trois.

Rosine ôte l'épingle à nourrice, soulève les jambes du bébé, lui essuie les fesses avec une partie propre de la couche, puis, de sa seule main libre, roule le carré de tissu sale, le pose sur la chaise voisine et remmaillote Jeanne qui ne se réveille même pas.

— Donner le sein à deux bébés en même temps, ce n'est pas une affaire, poursuit Rosine. Je l'ai déjà fait. Comment elles font, les femmes qui ont des jumeaux ?

Elle redresse sa petite, la pose contre sa poitrine et l'embrasse. Puis elle se lève, passe devant sa mère, traverse la pièce et recouche Jeanne dans le berceau d'osier qui se trouve dans un coin de la pièce. À côté, un second berceau, vide, attend le petit qu'elle ramènera tout à l'heure. Elle couvre sa fille, la regarde, émerveillée d'avoir un si beau bébé, et se penche pour lui poser à nouveau un long baiser sur le front. Pierre éprouve à ce moment le besoin de partager la tendresse maternelle. Il abandonne la chienne qu'il a caressée pendant toute la durée de la tétée et s'approche. Sa mère lui ouvre les bras et sourit.

— Lui aussi, il a partagé mon lait avec un autre, dit Rosine, et ça ne l'a pas empêché de pousser. J'en aurai bien assez pour deux.

— C'était pas pareil…

Rosine soulève son Pierrot et le presse contre elle. Le petit garçon lui serre le cou, pose sa tête sur l'épaule maternelle et lui fait mille baisers sur la nuque.

— Mon petit, mon tout petit, laisse-t-elle échapper en le berçant. Comme ton père te trouvera changé quand il sortira de l'hôpital !

Tout en câlinant Pierre, Rosine s'approche de la porte de la maison et regarde à l'extérieur. Devant elle, la ferme du Grand Bois Lecomte et, plus loin, la lisière de la forêt de Montécôt apparaissent sur un fond de ciel noir anthracite qui n'annonce rien de bon.

— Dire qu'il faisait si beau depuis quinze jours, regrette-t-elle. Fallait qu'il fasse mauvais justement le jour où il arrive.

— Quand ça va crever, ça ne va pas être une averse de dix minutes, prédit Albertine. On en aura pour le restant de la journée.

Rosine glisse un dernier baiser sur la joue de son Pierrot et le repose sur le sol en lui murmurant :

— Faut que je me prépare. Émile va arriver.

Elle se dirige vers la chambre pour finir de s'habiller. En même temps que le carillon de l'horloge sonnant 2 heures, on entend sur les pierres du chemin le feulement des bandages de fer d'une carriole et les pas d'un cheval qui ralentit et s'arrête près de la maison. Albertine se lève et pose son panier en cours de fabrication sur la chaise où elle était assise. Elle se précipite vers la porte, actionne le loquet et ouvre le battant du bas juste au moment où Émile avance vers la maison.

— Elle finit de se préparer, lui dit-elle en guise d'accueil. Elle a fait boire la petite, alors forcément…

— Pour 3 heures, on n'est pas en retard, répond Émile. J'ai pris Pâquerette. Elle en aura pas pour longtemps à nous emmener à la gare.

— Entrez. Elle va pas être longue.

Éleveur de chevaux, cultivateur, maire de Saint-Éliph, Émile Favellière est un brave homme sur qui Rosine peut compter en toutes circonstances. L'épaisse moustache grise soigneusement taillée qu'il porte depuis toujours donne à son visage une dignité de paysan percheron aisé mais on peut lire, au creux des rides qui entourent ses yeux, la lourde épreuve que le destin lui a infligée deux ans auparavant. Rosine l'a entendu arriver. Elle ressort de la chambre, le chapeau sur la tête, endimanchée comme une paysanne partant à la messe un jour de Pâques. À côté, Albertine, avec son éternelle blouse bleu foncé et son fichu sur la tête, son dos voûté et ses deux mains, jointes sur sa poitrine creuse, ressemble à une glaneuse de pommes de terre en automne.

— Bonjour Émile, dit Rosine repoussant la porte de la chambre. J'suis prête.

— J'ai pris la petite voiture qui a une capote, répond Émile. Avec ce temps, j'me suis dit que ce serait pas du luxe. Dame, c'est un bébé de la ville. Faudrait pas qu'il attrape du mal.

Avant de partir, Rosine jette un dernier coup d'œil à Jeanne qui dort en suçotant son pouce, embrasse son Pierrot qui s'est assis sur un petit banc à côté de sa grand-mère et fait une dernière recommandation :

— Je ne sais pas à quelle heure je vais rentrer. Si Jeanne réclame, donne-lui un peu d'eau sucrée, mais, surtout, fais-la bien bouillir avant. Le biberon et la tétine sont propres. Je les ai enveloppés dans le torchon qu'est sur la petite table.

Albertine répond qu'elle n'a pas à s'inquiéter, qu'elle veillera sur les enfants et qu'elle tiendra le second berceau au chaud près de la cheminée pour que le petit de Paris se réchauffe quand il arrivera.

— Tracasse-toi pas. La soupe sera prête à ton retour.

— Allez, en route, dit Émile.

Il affermit sa casquette sur sa tête et sort le premier. Rosine suit. Albertine et Pierre les accompagnent. La maison des Croisettes est ouverte au sud-est, si bien que l'entrée se trouve à l'abri. Mais, quand ils tournent le coin de la maison pour rejoindre la carriole, le vent les attrape d'un coup. Instinctivement, Rosine met la main sur son chapeau pour qu'il ne s'envole pas. Émile détache la longe de Pâquerette qu'il a nouée au poteau de la barrière.

Rosine contourne la grande roue de la voiture, prend appui sur le marchepied et s'installe sur la banquette de cuir. À son tour, Émile prend place, saisit les guides et tire celle de gauche.

— Allez, hiop!

La jument fait trois pas de côté pour s'aligner dans l'axe du chemin. Au moment où elle donne le léger coup de reins pour mettre la voiture en route, Rosine adresse un signe de la main à son garçon et lui lance:

— Sois bien sage.

Le petit Pierre agite son bras en signe d'au revoir. La carriole vire et la capote lui masque sa mère dès que Pâquerette prend le trot et file en direction de Saint-Éliph. Elle accélère son pas dès qu'elle se trouve sur la route et on entend ses sabots ferrés claquer sur les pierres sur un rythme rapide et régulier. Magnifique jument qui, par l'élégance de son pas quand elle prend le trot, la beauté et la finesse de sa silhouette, son allure gracieuse qui la distingue de toutes les autres juments de la région, fait la fierté d'Émile. Une telle légèreté chez un cheval de race percheronne de neuf cents kilos relève du prodige. Depuis des générations, les Favellière se transmettent de père en fils la ferme qui se trouve sur la route de l'étang du Perruchet. Pas une grande ferme, mais une belle ferme. Les Favellière ont toujours associé culture et élevage mais, depuis qu'il a pris la suite de son père à la fin des années 1890, Émile a senti le vent venir. Les besoins croissants en chevaux de trait dans les grandes fermes beauceronnes, les villes et l'armée l'ont poussé chaque année davantage à abandonner vaches et moutons pour orienter son activité vers l'élevage et la sélection du cheval percheron. Ses étalons comptent parmi les plus beaux animaux qu'on puisse voir dans le Perche et ses juments mettent au monde des poulains qu'on lui retient avant même leur naissance.

La voiture file sur la route de la Couée. De chaque côté, il y a des prés, des vaches, des brebis et leurs agneaux, de solides juments percheronnes, la crinière ondulante et la queue flottant comme une bannière, plantées tête contre le vent pour protéger leurs poulains qui se collent contre leur flanc. Il y a aussi quelques champs, des bandes de culture étroites et longues, où s'étagent le carmin des *farots*[1] en fleur, les verts des orges et des blés, le violet des luzernes et l'infinie palette des rouges, des jaunes et des bleus des fleurs sauvages. Les vaches de la ferme de Palfroid ruminent, couchées à l'abri d'une haie. Des hommes mènent des attelages qui tirent des tombereaux et on entend résonner leur « Hue ! Dia ! » de colline en colline. Partout dans la campagne se détache, sur le vert plus sombre des lisières de bois, la couleur tuile des toits de fermes piquées sur les croupes du paysage comme de gros papillons épinglés sur des bouchons. L'Hôtel Cordé, les Rogers, les Moulins, l'Hôtellerie. Autant de hameaux reliés par un dédale de chemins creux.

La voiture traverse Saint-Éliph et s'engage sur la route de La Loupe.

— T'as des nouvelles de Joseph ? demande Émile dès qu'ils sont sortis du village.

---

1. *Trèfle incarnat.*

Entendre le nom de son mari provoque un frisson qui parcourt le dos de Rosine. Quand le cauchemar qu'ils vivent tous les deux va-t-il se terminer ?

— Il se remet de son opération, répond-elle, mais les médecins ne disent rien. Dans sa dernière lettre, Joseph se demande quand il pourra quitter l'hôpital militaire. Il en a marre.

— C'était la dernière opération et elle est réussie.

— Oui… enfin, on espère…

— Il faut qu'il patiente. Les choses vont s'arranger maintenant que la guerre est terminée.

Rosine se tait mais, dans sa tête, sa haine de la guerre fait monter en elle une bouffée de colère. Jusqu'en août 2014, ils étaient heureux. Ils étaient jeunes mariés. Ils travaillaient. Les choses allaient bien. C'est au printemps 14 qu'ils s'étaient lancés. Ils avaient emprunté et ils avaient acheté la maison des Croisettes, eux, des ouvriers dont les parents ne possédaient pas davantage que la chemise qu'ils portaient sur le dos. Et puis la guerre leur est tombée dessus d'un coup. Maudit mois d'août 2014. Joseph a été mobilisé. Il est parti le même jour qu'Édouard, le fils d'Émile. Au début, tout le monde se disait que c'était l'affaire de quelques semaines. Quelques mois tout au plus. Le temps de repousser les Boches chez eux. Et puis le temps a passé, passé, beaucoup passé. De lettre en lettre, les hommes parlaient des tranchées bombardées de plus en plus durement, des assauts de plus en plus meurtriers, des combats à la baïonnette, de la faim terrible, des rats et des poux, des morts de plus en plus nombreux. Ici, comme dans tous les villages de France, on savait bien que la guerre tue des soldats, mais de là à penser qu'elle pouvait fracasser un gars de Saint-Éliph, il y avait un fossé. Et puis le premier tué a été ramené dans un cercueil recouvert du drapeau tricolore. Tout le monde a vu et a réalisé. Avant cet enterrement, Rosine pleurait son Joseph, évidemment, parce qu'il n'était plus là, qu'elle ne pouvait pas lui parler, le toucher, l'entendre rire. Mais c'étaient les pleurs d'une jeune mariée encore naïve souffrant de l'absence. À partir du jour où on a enterré le gars à Maurice, elle s'est mise à pleurer de peur, tenaillée jour et nuit par l'angoisse terrible qu'un assaut encore plus sauvage ou un obus encore plus meurtrier lui tue son homme.

— Maintenant, les médecins font tout pour qu'il retrouve un petit usage de son bras, mais c'est difficile. Il souffre beaucoup. Pensez donc, après cinq opérations !

D'août 1914 à fin juin 1916, Joseph n'est pas revenu. Vingt mois d'absence mais aussi vingt mois de chance pendant lesquels il a réussi à passer entre les balles et les obus. Pas la moindre égratignure. Un miracle. Une permission lui a enfin été accordée et il est revenu pendant tout le mois de juillet 1916. Un bonheur immense. Joseph voulait tout faire, tout entreprendre. C'est pendant sa permission qu'ils ont refait la toiture de la maison. Et surtout, ils s'aimaient, s'aimaient à n'en pas dormir de la nuit. Il est reparti, la laissant enceinte de Pierre. Une bonne étoile continuait de veiller sur lui. La guerre l'épargnait. Joseph semblait passer entre la mitraille. Il est encore revenu à Saint-Éliph en mai 1918, il y a un an. Et puis il est reparti une nouvelle fois, la laissant enceinte de Jeanne. Et puis il a continué à passer au travers jusqu'à ce terrible jour d'octobre 1918 où sa bonne étoile a dû être, elle aussi, frappée par une balle. Des éclats d'obus lui ont labouré tout un côté du corps. Un miracle qu'une ambulance militaire ait pu le récupérer sur le champ de bataille. Hôpital militaire. Un œil perdu, la moitié du visage arraché, l'épaule et le bras fracassés. Aucune nouvelle pendant des semaines. Rosine le croyait mort.

Émile connaît les images qui défilent dans la tête de la jeune femme. Il lui pose la main sur le bras et essaie de la réconforter :

— Il va revenir bientôt. Ne t'inquiète pas.

— Dieu vous entende !

Pâquerette semble heureuse de se dégourdir les jambes. Les trois kilomètres qui séparent Saint-Éliph de La Loupe sont vite parcourus. La voiture passe devant les premières maisons et s'engage dans la rue qui conduit à la gare. Rosine reste muette pendant quelques instants encore, pensant très fort à son Joseph, puis elle se reprend, relève la tête et se force à sourire.

— J'ai pas à me plaindre, dit-elle en le regardant. Il y a pire que moi. Mes enfants poussent bien, mon homme est vivant et on va s'en sortir. Sûr, on va s'en sortir quand il sera revenu…

2

Huit « petits Paris »

Le train de Paris entre en gare de La Loupe à 15 h 27 précises. M. Jacques Camize, l'inspecteur qui dirige l'agence de l'Assistance publique de Nogent-le-Rotrou, attend sur le quai, accompagné de deux gendarmes, du maire de Vaupillon, d'Émile Favellière venu en tant que maire de Saint-Éliph et du chef de gare. En retrait de plusieurs mètres, alignées, comme des journalières à la louée, le long du mur pour se protéger des sautes du vent qui projettent les gouttes de pluie, six nourrices du canton suivent des yeux les panaches de vapeur que lance la locomotive cent mètres en amont en passant sur les aiguillages. La lourde machine décélère et les freins tirent, du frottement des grosses roues sur le fer des rails, des cris de goret à l'abattage. Quand le train aborde le quai, le chef de gare fait un signe de la main et le mécanicien, lunettes de protection relevées sur sa casquette bleue, penche la tête par l'ouverture latérale de la locomotive qui passe lentement, dans un bruit de respiration assourdissant. À l'intérieur de la locomotive, le second mécanicien tire sur la barre de commande qui coupe la vapeur. Aussitôt, la chaudière se purge et crache un nuage blanc qui s'échappe entre les bielles et inonde le quai.

En bout du rang des nourrices, Rosine se tient devant la porte de la salle des pas perdus. Elle regarde M. Camize, un homme de grande taille dont le chapeau haut de forme lui en impose encore plus que les uniformes des gendarmes. Elle regarde défiler les premières voitures, attirée par les visages des passagers qu'on voit au travers des vitres. Le train ralentit mais ne s'arrête pas encore.

— C'est un rapide, dit une femme de Meaucé. Il ne s'arrête qu'à Versailles et à Chartres avant d'arriver ici.

— Deux heures et demie de trajet quand même.

— Les gosses doivent pas être frais. Surtout les bébés.

En entendant le mot « bébés », Georgette, une nourrice de Vaupillon aussi ronde que courte sur jambes, annonce tout de go d'une voix pas très commode :

— En tout cas, j'espère qu'on nous amène pas que des filles parce que moi, c'est réglé, j'veux un garçon.

La locomotive a dépassé la gare et se trouve maintenant en bout du quai. Les freins serrent plus fort et, dans une secousse qui pousse les passagers à s'agripper aux portes des compartiments et aux barres des filets à bagages, le train stoppe. D'un bout à l'autre du quai, quelques portières s'ouvrent et des voyageurs descendent, une valise à la main, et convergent immédiatement vers la sortie. M. Camize tourne la tête à droite et à gauche, essayant de repérer dans quelle voiture se trouvent les meneuses qui accompagnent les enfants.

— En général, explique une nourrice, elles attendent que tout le monde soit descendu.

De la voiture qui s'est arrêtée sous le large auvent qui protège les voyageurs de la pluie, une femme habillée en infirmière s'avance sur le marchepied et fait un signe en direction du groupe. Elle porte en bandoulière une sacoche de cuir comparable à la musette des facteurs. Sa cape blanche et le voile d'infirmière qui lui couvre la tête la distinguent des autres voyageurs et la désignent au chef de gare. Il pointe aussitôt le doigt dans sa direction et interpelle les autres :

— Tenez, elles sont là.

— Par exemple, Mme Landais ! s'exclame M. Camize. Une éternité que je ne l'avais pas vue.

Il avance, les gendarmes et les maires sur ses talons. Les nourrices ne bougent pas. Elles restent plantées le long du mur, se tordant le cou, impatientes d'apercevoir la tête des enfants qu'on va leur attribuer.

— Bonjour, monsieur l'inspecteur, dit Mme Landais.

— Quelle bonne surprise ! l'accueille M. Camize d'une voix douce et ronde que sa forte carrure ne laisse pas supposer. On m'avait dit que d'autres fonctions vous avaient été confiées et que vous aviez cessé de mener des enfants.

— Venir respirer l'air de la campagne une fois de temps en temps, ce n'est pas désagréable, plaisante-t-elle. Mais, aujourd'hui, je n'avais guère le choix. La meneuse que j'avais prévue a été appelée en urgence à la pouponnière d'Antony. Je n'avais plus personne sous la main. Ou bien je venais, ou bien on annulait.

— C'est donc à un concours de circonstances que je dois le plaisir de vous voir.

Mme Landais descend sur le quai et se retourne. Derrière elle, deux petits garçons, dont l'aîné peut avoir huit ans et son petit frère dans les quatre à cinq, se tiennent par la main. Ils portent un sac de toile noire en bandoulière et descendent les marches sans regarder où ils mettent les pieds tant leur regard apeuré fixe le monsieur au chapeau haut de forme et les uniformes des gendarmes.

—Venez, n'ayez pas peur, les encourage Mme Landais en leur tendant les mains pour les rassurer et les aider à prendre pied sur le quai. Ces messieurs sont très gentils. Ils sont là pour s'occuper de nous.

Derrière les deux garçons apparaissent deux petites filles. La plus petite suce son pouce, un morceau de tissu tire-bouchonné dans sa main, et pleure en s'agrippant à sa sœur. Elles paraissent un peu plus âgées. Leurs jambes sont si maigrelettes que les secousses provoquées par la descente des marches font glisser les chaussettes sur leurs galoches.

—En voilà des grosses larmes, dit Mme Landais en caressant la joue de l'enfant. N'aie pas peur. Montre que tu es grande. Dis bonjour au monsieur.

La fillette sanglote et se montre incapable de prononcer la moindre parole. Peut-être par crainte que sa petite sœur ne s'attire une réprimande, l'aînée regarde M. Camize et dit :

—Bonjour monsieur…

—Bonjour grande fille, répond M. Camize. Comment t'appelles-tu ?

—Pierrette. Et elle, c'est Françoise.

L'inspecteur se penche vers la petite qui a un mouvement de recul.

— Françoise. Dis-moi pourquoi tu pleures ? Hein, qu'est-ce qui se passe ?

L'enfant reste muette et essaie de se protéger en se glissant derrière sa sœur. Pierrette lui passe le bras autour des épaules et la presse contre elle. Mme Landais intervient :

— Elle a peur d'aller chez une autre nourrice que sa sœur. C'est comme ça depuis Paris. Sauf que, dans le train, elle n'arrêtait pas de parler et de me demander de les mettre toutes les deux ensemble.

M. Camize plisse les lèvres et hoche la tête pour signifier qu'il comprend cette attitude. Il pose la main sur la tête de la petite et lui ébouriffe les cheveux tout en regardant la plus grande qui, malgré l'absence de larmes, a l'air aussi terrifiée que Françoise.

— Rassurez-vous toutes les deux. Je vous promets que vous ne serez pas séparées. Les garçons aussi, vous serez ensemble dans la même maison.

— On a essayé de leur expliquer, dit Mme Landais, mais c'est dur à cet âge. Les bébés, ils ne se rendent pas compte, mais eux… Allez, en route.

Elle prend la main du plus jeune des garçons, attrape celle de Françoise et, au milieu des quatre enfants, elle fait quelques pas pour dégager la sortie du train. Derrière elle, deux meneuses, deux jeunes femmes portant un petit voile blanc sur la tête, tiennent un panier de forme allongée dans chaque main. À l'intérieur de chaque panier, un bébé dont on ne voit que la partie de la figure découverte entre un bonnet rabattu bas sur le front et une couverture tirée haut sous le menton. Les bébés ne dorment pas. Ils ont les yeux grands ouverts et découvrent les visages qui les entourent avec une moue de résignation muette.

— Ils sont bien quatre, constate M. Camize. Deux garçons et deux filles, n'est-ce pas ?

— Aucun changement. Ce sont bien les enfants qui vous ont été annoncés dans la lettre. J'ai leurs dossiers dans ma sacoche.

— Une salle est mise à notre disposition. Allons-y. Il ne faudrait pas que les enfants prennent la pluie.

— Par ici ! indique le chef de gare.

M. Camize lui emboîte le pas. Les trois meneuses et les enfants suivent, pas mécontents d'échapper au mauvais temps. Les gendarmes et les deux maires ferment la marche. En passant devant la salle des pas perdus, l'inspecteur s'adresse aux nourrices :

— Mesdames, mettez-vous à l'abri dans la salle d'attente. Il me faut un instant pour vérifier les papiers. Je vous ferai appeler une par une pour vous remettre les enfants.

Georgette essaie d'imposer ses exigences. Elle fait un pas vers lui et annonce sa préférence d'avoir un garçon. Parlant la première, elle espère ainsi devancer les autres nourrices et obtenir plus facilement satisfaction.

— Je vous avais bien dit que je voulais un garçon. Même que vous l'avez écrit dans mon dossier.

— Oui, oui, répond l'inspecteur. Mais, je vous en prie, attendez quelques minutes à l'intérieur. Le temps de régler les formalités.

Tout le monde pénètre dans le hall de la gare et gagne une salle assez vaste où sont entreposés des paquets et du matériel utilisé par les cheminots.

Le chef de gare a fait installer une table au milieu, une autre entre les deux fenêtres, plus une dizaine de chaises le long des murs. Les hommes prennent place tandis que les meneuses posent les paniers contenant les bébés sur la table centrale. Chacun essuie la pluie qui mouille les visages. M. Camize ôte ses lunettes aux verres parsemés de gouttelettes et sort un mouchoir de sa poche. Mme Landais ouvre sa sacoche et en extrait les huit dossiers des enfants qu'elle tend à l'inspecteur. M. Camize s'assied tout en continuant à frotter soigneusement ses lunettes avant de les remettre en place sur son nez et d'ouvrir les dossiers. Il prend le temps de vérifier qu'ils contiennent les pièces réglementaires et lit les certificats médicaux que le médecin de l'Assistance publique de Paris a établis avant le départ des enfants.

— Pierrette Labbé, lit-il à haute voix.

— C'est la plus grande de nos filles, répond Mme Landais.

— C'est donc la grande sœur de Françoise.

Mme Landais pousse les deux fillettes en avant. La petite est toujours collée à sa sœur mais ses pleurs ont cessé depuis qu'on lui a dit qu'elles resteront ensemble. Elle fixe les papiers entre les mains de l'inspecteur, réalisant malgré son jeune âge l'importance du moment. Elle a compris que la signature que l'inspecteur va apposer au bas d'une feuille va décider de son sort pour de longues années. M. Camize observe les fillettes.

— Elles ont été examinées par le médecin de l'Assistance publique juste avant leur départ, précise

Mme Landais. Le docteur a conclu qu'elles sont en bonne santé. Le certificat médical est dans le dossier.

M. Camize hoche la tête. S'il est vrai qu'elles ne semblent pas en mauvaise santé, il les trouve pâlottes et pas bien grosses. Dans leurs yeux, il lit l'angoisse. Il a brusquement l'impression d'avoir devant lui deux élèves punies qui attendent l'annonce de la sanction. À chaque arrivée de « petits Paris », malgré sa longue expérience et les années au contact de l'enfance malheureuse, ces situations lui arrachent le cœur. Que ne donnerait-il pas pour les voir insouciantes, souriantes, heureuses ! Pauvres gosses ! Qu'ont-elles déjà vécu ?

Il se tourne vers le maire de Vaupillon :

— Monsieur le maire, auriez-vous l'obligeance de faire entrer Mme Anceaume. C'est bien l'une de vos administrées, n'est-ce pas ?

— Tout à fait…

Tandis que le maire quitte la salle pour aller chercher la femme, M. Camize s'adresse aux enfants :

— Une dame va entrer. C'est elle qui s'occupera désormais de vous deux. Elle a une maison à la campagne, avec des poules et des lapins. Vous irez à l'école du village et je suis certain que vous vous ferez rapidement beaucoup d'amis.

Il leur sourit, puis se tourne vers la chef meneuse :

— J'ai préparé les placements et, pour les quatre plus grands du moins, j'ai décidé à qui j'attribue les enfants.

Le maire de Vaupillon revient, suivi d'une femme d'une quarantaine d'années à la démarche pataude qui semble très mal à l'aise au moment de s'avancer au milieu de la pièce. Elle découvre les deux orphelines et leur adresse un petit sourire. En un regard, les deux fillettes jaugent leur nouvelle nourrice. C'est un moment crucial que M. Camize suit avec attention. La réussite ou l'échec du placement peut se jouer à cet instant. Moment de silence. Pas de réaction de rejet. Françoise ne se crispe pas, ce qui constitue un signe plutôt positif.

—Madame Anceaume, dit l'inspecteur en s'adressant à la nourrice, je vous attribue ces deux petites filles. Vous avez déjà eu des enfants de l'Assistance. Vous connaissez les règles et vos devoirs envers elles. Nous allons vous remettre les sacs de vêture et l'argent de la pension jusqu'au 31 mai. Je vous rendrai visite avant le 1er juin et, si tout se passe bien, ce dont je ne doute pas, je confirmerai le placement et je vous verserai le mois de juin. Avez-vous des questions ?

—Ben non... Je sais comment que ça se passe, et puis vous m'avez déjà tout dit quand j'ai signé les papiers.

—Pas tout, rectifie l'inspecteur. Je vais vous demander une signature sur le procès-verbal de remise des enfants. À partir de ce moment, c'est vous qui en serez responsable. Vous êtes bien d'accord ?

—Ben oui...

La femme Anceaume signe maladroitement. Une meneuse lui remet deux sacs de vêtements et la précieuse enveloppe contenant les pensions. Puis Mme Landais pousse les deux fillettes vers elle et les accompagne à l'extérieur de la salle en recommandant de tenir l'agence au courant de la moindre difficulté et de ne pas hésiter à consulter le docteur de La Loupe en cas de problème. L'inspecteur les regarde franchir la porte en formulant des vœux pour que les choses se passent bien.

Le même scénario se répète pour les deux petits garçons. Une deuxième femme est appelée et M. Camize lui tient le même discours, lui fait les mêmes recommandations. Les enfants partent, tournant la tête en arrière pour essayer de comprendre ce qui pousse la chef meneuse à laquelle ils se raccrochaient déjà à les abandonner une fois encore.

Pour les bébés, c'est un peu plus compliqué. M. Camize n'a pas anticipé les placements.

— Je voulais voir les enfants auparavant, dit-il.

Les deux jeunes meneuses découvrent les nourrissons, les sortent des paniers et les présentent au directeur de l'agence. Il y a deux garçons et deux filles. Les certificats médicaux sont vagues et n'attestent rien de plus que le fait qu'ils sont effectivement vivants à la date de l'examen. Tous ont entre trois et cinq mois. Ce qui surprend, c'est leur silence. Ces bébés ne pleurent pas. Ils sont pâles et regardent avec de grands yeux chargés d'indifférence le spectacle qui se joue autour d'eux. Les deux garçons et l'une des filles ont une croissance à peu près satisfaisante, quoique légèrement inférieure à la normale. Par contre, la seconde petite fille, bien qu'approchant de ses cinq mois, accuse un retard de développement certain et atteint tout juste la taille et le poids d'un nourrisson de trois mois.

Les nourrices entrent les unes après les autres. M. Camize répète ses recommandations, ajoutant que nourrir un bébé au sein est une responsabilité. Il fait appel à leur conscience de mère pour s'occuper de ces petits comme s'il s'agissait du leur propre. Georgette se voit attribuer un garçon.

— On m'avait dit que la prime d'allaitement avait été augmentée de trois francs par mois, réclame Georgette qui monnaye son propre lait comme elle le fait pour les poulets ou n'importe laquelle des marchandises de sa fermette.

— Vous avez été mal informée, regrette l'inspecteur. Mais nous en rediscuterons lors de la visite que je vous rendrai dans les quinze jours. En attendant, prenez grand soin de cet enfant. Les premières semaines sont les plus délicates.

L'autre petit garçon est attribué à une nourrice de Meaucé.

Quand arrive le moment d'attribuer les deux petites filles, Mme Landais prend l'inspecteur en aparté :

— Les deux nourrices qui attendent, interroge-t-elle à voix basse, elles sont comment ?

L'inspecteur comprend tout de suite le pourquoi de cette question. Il partage la même préoccupation que sa collègue.

— Vous aussi, vous estimez que la plus chétive des deux n'a de réelles chances de survie qu'entre les mains d'une nourrice expérimentée et attentive ?

— Oui…

— Mme Chuche a deux enfants à elle. C'est une nouvelle recrue qui prend un orphelin au sein pour la première fois. Je la crois brave et dévouée, mais je ne l'ai pas encore vue à l'épreuve.

— Et l'autre ?

— Mme Péchereau ? Nouvelle recrue aussi, mais elle a sauvé un nourrisson dont la mère est morte en couches. Le maire de Saint-Éliph me l'a recommandée et il sait de quoi il parle : le nourrisson en question, c'est son propre petit-fils. Non seulement elle a l'expérience, mais encore elle a bonne moralité et semble dévouée.

— Alors il n'y a pas à hésiter…

L'inspecteur fait entrer Mme Chuche, une brave femme à qui il confie la petite qui semble la moins fragile. Puis il fait appeler Rosine et lui annonce qu'il lui attribue le bébé Suzanne Armand.

— Armand, ce n'est pas très original comme nom, explique Mme Landais, mais elle a été recueillie le 23 décembre, jour de la Saint-Armand. Les employés de l'état civil attribuent souvent le saint du jour comme nom de famille quand on a affaire à un enfant trouvé.

Rosine regarde le bébé que la plus jeune des meneuses lui présente. La petite est emmaillotée dans un lange de laine d'un blanc tirant vers le beige. On ne voit de l'enfant qu'un tout petit visage et deux mains aux doigts de nouveau-né. Rosine tend les mains et la prend dans ses bras. L'enfant maintient mal sa petite tête qui roule sur son sein. Immédiatement, Rosine est surprise par le faible poids du bébé qui est bien inférieur à celui de sa Jeanne qui a pourtant deux mois de moins.

— 23 décembre…, laisse-t-elle échapper. Elle a donc cinq mois…

L'inspecteur note l'étonnement de Rosine et échange un bref regard avec Mme Landais qui, immédiatement, essaie de rassurer la nourrice :

— Le médecin n'a signalé aucun problème. Suzanne est menue mais pas malade.

L'inspecteur fait allusion à la situation particulière que Rosine a vécue deux ans auparavant et renchérit en jouant sur son grand cœur :

— M. Favellière m'a dit le plus grand bien de vous. Je vous fais confiance. Et puis, au moindre problème, n'hésitez pas à consulter le Dr Fabre. Je vais le mettre au courant.

Rosine entoure le bébé de ses bras et, d'instinct, se dandine sur place pour le bercer.

— Quand même, laisse-t-elle échapper, elle est drôlement petite.

— Alors on l'appellera « la petite Suzanne », essaie de plaisanter Mme Landais en se levant. C'est joli, « p'tite Suzanne ».

M. Camize se lève à son tour et s'approche. Il caresse la joue creuse de Suzanne, puis introduit son doigt dans l'échancrure du maillot, le glisse sous le cordon qui entoure le cou du bébé et extrait la médaille de l'Assistance publique sur laquelle sont gravés son nom et le numéro de matricule qui suivra Suzanne jusqu'à la fin de sa vie.

— Suzanne Armand. Matricule 8000, lit-il à haute voix. Cette médaille doit rester au cou de l'enfant. La longueur du cordon ne permet pas qu'on l'enlève. Ne vous inquiétez donc pas. Elle ne risque pas de la perdre.

Rosine signe le procès-verbal et reçoit l'enveloppe contenant l'argent. En quelques minutes, toutes les formalités sont accomplies. Les meneuses apportent le sac de vêture qu'Émile s'empresse de saisir afin que Rosine puisse garder l'enfant dans les bras. Au moment du départ, M. Camize les accompagne jusque dans le hall de la gare.

— Je vous ferai une petite visite dès que possible et je vous apporterai la pension de juin. D'ici là, ne vous inquiétez pas. Tout se passera bien. Je vous fais confiance.

Il regarde une dernière fois l'enfant, tire le bord du lange qui cache à demi le visage et dit :

— Et toi… petite Suzanne… porte-toi bien. Tu es entre de bonnes mains.

3

Une tragique disparition

Le boulanger de l'avenue de la gare est un ami d'enfance d'Émile Favellière. C'est sous son hangar, qui se trouve dans l'arrière-cour de la boulangerie, qu'Émile a remisé sa jument et la voiture. Pendant le court trajet qui sépare la gare de la voiture, Émile ouvre un grand parapluie noir qu'il tient au-dessus de Rosine afin que le bébé, dont elle a recouvert la tête d'un pan de son manteau, soit protégé de la pluie. Suzanne est silencieuse, inerte et somnole en silence dans les bras de sa nouvelle nourrice.

— Tu avais bel d'attendre à l'abri dans la gare. J'aurais très bien pu venir chercher la voiture seul.

— Je vous mets déjà bien assez en retard comme ça.

— J'crois plutôt que t'étais pas à ton aise parmi tous ces gens.

— C'est vrai. J'avais hâte de partir. C'est les gendarmes qui m'impressionnent. Pourquoi font-ils venir les gendarmes ?

— Pour faire officiel. Dame, remettre un enfant à quelqu'un, c'est pas rien.

Ils remontent une partie de l'avenue, le cou rentré dans les épaules à la manière d'une tortue, comme si cette précaution pouvait les protéger des gouttes. Ils pénètrent dans la cour de la boulangerie et, dès qu'ils sont sous la remise, Émile replie le parapluie tandis que Rosine lève le pan du manteau pour vérifier que Suzanne n'est pas mouillée.

— Monte et installe-toi. Mets-toi à gauche ; tu seras mieux protégée du vent.

Rosine escalade le marchepied de la voiture et prend place sous la capote. Elle déplie la couverture qu'Émile a pris la précaution d'emporter et couvre l'enfant au mieux. Pendant ce temps, Émile range le sac et va détacher Pâquerette. Il ajuste les longes de cuir dans les anneaux du collier, passe les guides par-dessus la croupe et les noue au montant du siège afin qu'elles ne glissent pas. Puis il caresse la joue de sa jument, prend le mors au ras de la bouche et entreprend de la faire reculer pour que l'attelage fasse demi-tour. Il s'apprête à monter à son tour dans la carriole quand la petite bonne de la boulangerie sort de l'arrière-boutique et court dans sa direction.

— Bonjour monsieur Favellière. J'avais reconnu votre jument, alors je vous guettais.

— Bonjour ma petite Marie. Je suis bien content de te voir. Comment ça va ?

— Je voulais pas vous laisser partir sans vous dire bonjour. Moi, ça va bien. On travaille beaucoup, mais je m'entends bien avec la patronne. Je vous remercierai jamais assez. Ici, j'suis cent fois mieux qu'au cul des vaches.

— Qu'est-ce que tu as changé ! T'es une vraie petite femme, maintenant. Et puis jolie avec ça...

Les parents de Marie sont cultivateurs à Saint-Éliph. Mais, la ferme, ce n'était pas le truc de Marie. Dès qu'elle a su qu'elle était reçue au certificat d'études, Marie a dit à son père qu'elle voulait être placée dans un commerce en ville et elle lui a tenu tête. Le père est un peu porté sur la bouteille. Un soir qu'il en avait un coup dans le nez, il lui a flanqué une paire de claques. Les choses ont dégénéré et ce n'est que grâce à l'intervention d'Émile qu'elles se sont arrangées par la suite. C'est lui qui l'a fait rentrer dans la boulangerie de son copain.

— Il faut que je me sauve. Quand tu viendras à Saint-Éliph, viens me dire bonjour. Tu me raconteras.

— Si vous voyez mes parents, donnez-leur de mes nouvelles et dites-leur que tout va bien. Même au père, dites-lui que tout va bien…

— J'oublierai pas, promet Émile en posant son soulier sur le marchepied.

Il s'assied à côté de Rosine, saisit les deux guides et les fait onduler de façon à ce qu'elles frôlent la croupe de Pâquerette. Au premier signal, la jument se met en route et on la sent heureuse de se dégourdir les jambes après cette longue attente. Elle franchit le portail, s'engage dans l'avenue et remonte jusqu'à la place. À l'entrée de la rue de Châteaudun, sans doute parce qu'elle reconnaît le chemin, la jument cambre le cou et prend le trot, retrouvant d'emblée l'allure légère et élégante qui la caractérise. La route est plutôt bonne mais, malgré les lames qui amortissent les secousses ressenties dans la voiture, la petite Suzanne se met à geindre. Elle ne pleure pas comme le ferait n'importe quel bébé dérangé dans sa quiétude, elle émet une plainte qui se rapproche du pleurnichement continu d'un enfant fiévreux qui ne parvient pas à s'endormir. Rosine la berce doucement. Pendant quelques centaines de mètres, elle tente de l'apaiser mais, quand la voiture sort de la ville et arrive dans la campagne, au milieu de ses geignements, Suzanne émet les bruits de bouche d'un bébé qui tète à vide.

— Elle a peut-être faim, avance Émile. Même s'ils lui ont donné une tétée juste au moment du départ, il y a près de quatre heures qu'elle n'a pas bu.

— Je lui donnerai le sein dès qu'on arrivera aux Croisettes.

De la voiture, ils suivent du regard l'ondulation alerte de la croupe et du dos de Pâquerette dont la crinière perlée de gouttelettes flotte au vent. La pluie glisse sur la robe pommelée de la jument, frappe la capote et on se sent bien à l'abri dans la voiture, une sensation douce semblable à celle qu'on éprouve les soirs d'hiver quand on coud à la lumière de la cheminée. Émile soulève et rabat prestement les guides afin de fouetter une nouvelle fois la croupe de Pâquerette. Aussitôt, l'animal accélère l'allure. Les prés défilent. Après les dernières maisons, la route est moins bonne et les secousses deviennent plus sensibles. Suzanne geint un peu plus fort.

— C'est sûr, tu as faim, lui murmure Rosine. On va bientôt arriver. Une petite demi-heure.

Mais elle a beau la bercer, lui parler doucement, Suzanne ne se calme pas. Elle ne fait pas de colère, ne pleure même pas et continue à pousser ses plaintes lancinantes comme un enfant qui souffre. Bientôt, son gémissement de chaton sans mère s'affaiblit et traduit un épuisement qui ne plaît pas à Émile.

— Veux-tu que je m'arrête ?

Rosine n'hésite pas longtemps :

— Si cela ne vous met pas trop en retard…

— Me mettre en retard… comme si j'étais à dix minutes…

— Juste un petit moment, histoire de la calmer…

On arrive à hauteur d'un bois. Émile tire sur les guides. Pâquerette semble étonnée par cet ordre de halte en pleine ligne droite. Elle ralentit, prend le pas puis tourne à gauche dans un chemin dès qu'Émile tire sur le mors. La voiture s'arrête à l'abri de taillis de charmes et de noisetiers qui coupent le vent et la pluie.

— Je vais descendre pour que tu sois tranquille, dit Émile en nouant les guides.

Rosine le retient :

— Vous ne me dérangez pas. Il pleut. Restez donc à l'abri. Rosine relève les genoux et y pose Suzanne le temps de déboutonner son manteau et de dégrafer son corsage. Elle dégage le sein gauche, reprend le bébé et approche la petite bouche du mamelon. Suzanne a un mouvement brusque de la tête et, dans une quête désordonnée et impatiente, se jette sur la pointe du sein sans parvenir à le saisir entre ses lèvres. Rosine essaie de l'aider, tordant tour à tour le sein et la tête du bébé pour mettre les deux en contact. C'est difficile. Suzanne a-t-elle l'habitude du sein ? À Paris, ne lui donnait-on pas des biberons ? Rosine ne sait rien de la façon dont on la nourrissait jusqu'à maintenant.

— Elle est pas comme mon petit Louis, laisse tomber sourdement Émile. Lui…

Avant qu'il ne termine sa phrase, surgit dans sa tête l'image de son petit-fils tétant le sein de Rosine dans un moment de paisible plénitude. Il la regarde presser le bout de son sein pour faire couler un peu de lait entre les lèvres de Suzanne de façon à lui indiquer le chemin mais son regard se trouble et il a l'impression de voir son propre petit-fils à la place de Suzanne. Il a si souvent été ému devant ce spectacle !

Comme cela lui arrive vingt fois par jour, la terrible journée du 19 juin 1917 s'impose dans son esprit. Il ne voit plus Rosine. Il n'entend plus la pluie. Il s'enferme malgré lui dans ses douloureux souvenirs.

Cette maudite journée du 19 juin 1917, avant même que les deux gendarmes ne franchissent la porte de la maison, il avait compris. Le brigadier-chef baissait la tête. Il tenait un papier à la main, un papier bleu qu'il avait reconnu au premier coup d'œil. Le même papier bleu que celui qu'on lui avait demandé, en tant que maire, de porter à Maurice quand son gars avait été tué au début de la guerre. Le gendarme avait la gorge tellement nouée qu'il n'avait pas pu prononcer un seul mot. Il avait déplié le papier, l'avait posé sur la table et lui avait donné plusieurs tapes sur l'épaule pour signifier qu'il partageait son malheur. Les autorités militaires l'informaient que le soldat Édouard Favellière était tombé au champ d'honneur le 10 juin 1917 au cours d'un combat dans les Ardennes. Pour Émile, les mots n'étaient pas les mêmes : *cette saloperie de guerre lui avait tué son fils unique.* Sur le coup, il avait eu l'impression que la terre s'ouvrait sous ses pieds. Sa femme avait éclaté en sanglots. Quant à sa belle-fille, enceinte d'un peu plus de huit mois, elle était devenue folle de chagrin. Elle avait hurlé sa douleur comme une bête blessée à mort et ses cris de désespoir résonnaient encore dans sa mémoire. Dès le soir, le choc avait déclenché l'accouchement.

Deux ans après, l'évocation de ces heures tragiques fait encore monter des larmes dans les yeux d'Émile, un homme pourtant solide que tout le monde voit taillé dans le granit. Il revit l'accouchement. Enfin, si l'on peut appeler ça un accouchement. Constance avait perdu la raison et ne se maîtrisait plus. Elle hurlait, se débattait, perdait tout contrôle d'elle-même. Toute communication était subitement devenue impossible. Elle n'entendait plus rien ni personne. Quand elle avait perdu les eaux et qu'on s'était rendu compte qu'on courait à la catastrophe, Émile avait précipitamment attelé la jument et était allé chercher le Dr Fabre. Pendant ce temps, malgré son immense désarroi, Mathilde et une voisine essayaient de calmer la future mère plongée dans les douleurs. Quand il était revenu avec le Dr Fabre, la malheureuse avait perdu conscience et saignait abondamment. Le docteur était resté une grande partie de la nuit. Situation tragique : à l'instant où le bébé avait poussé son premier cri, Constance avait rendu son dernier souffle. Le moment avait été épouvantable. Émile avait eu l'impression terrible que l'âme de la mère passait dans le corps du bébé et, depuis, cette impression ne le quittait plus.

Un cauchemar insondable. Son fils unique mort, sa belle-fille morte et son petit-fils nouveau-né orphelin. Le monde s'écroulait en quelques heures.

Sans l'enfant de son fils, il est probable qu'Émile serait allé dans la grange et qu'il se serait pendu à la poutre maîtresse. Mais il y avait ce nouveau-né prématuré, fragile, qui ne pesait pas trois livres et qu'il ne fallait pas laisser mourir. Le fils de son fils n'avait plus que lui, son grand-père, pour l'aider à grandir et ce n'était pas le moment de se pendre pour échapper au malheur.

— Je vais chercher Rosine, avait-il décidé dans un sursaut de clairvoyance.

Depuis l'enfance, l'école, la communion, les fêtes de village, Joseph et Édouard étaient de vrais amis. Tous les deux avaient rencontré leurs femmes au mariage d'un copain commun, s'étaient mariés à quelques mois d'intervalle, avaient été mobilisés le même jour d'août 1914. Tous les deux étaient passés entre les coups de foudre de la guerre pendant des mois. Joseph avait eu une première permission en juillet 1916 et était reparti en laissant sa femme enceinte de son petit Pierre qui était né en avril de l'année suivante. Avec trois mois de décalage, Édouard avait parcouru le même itinéraire. Il était revenu à la ferme en octobre 2016 et était reparti en laissant sa Constance enceinte de Louis, un bébé qui n'aurait dû naître qu'un mois plus tard.

Émile avait repris la carriole qui n'avait pas été dételée et était allé aux Croisettes. Quelle heure pouvait-il être ? 4 heures, 5 heures du matin… Il avait trouvé Rosine en train de donner le sein à son bébé, alors âgé de six à sept semaines. Elle avait tout de suite dit oui et elle était revenue à la ferme avec lui. Sans que les choses soient prononcées, elle s'était assise en silence dans la grande salle, avait ouvert son corsage et avait donné son lait au petit Louis, le dos tourné à la porte de la chambre où deux vieilles voisines habillaient le corps déjà froid de la jeune mère morte en couches.

Émile frémit. Comment a-t-il pu survivre à un tel malheur ? Heureusement, son petit-fils se portait bien. Pendant un certain temps, Rosine était restée à la ferme, nourrissant et prenant soin des deux bébés à la fois, de Louis tout autant que de son petit Pierre, de son propre enfant tout autant que de l'orphelin. Rapidement, grâce au lait et aux soins donnés par Rosine, Louis avait pris le dessus. Sûr, sans elle, le petit prématuré n'n'aurait pas survécu. Elle l'avait sauvé et il lui en était infiniment reconnaissant. Plusieurs semaines après l'enterrement de Constance, progressivement, une fois qu'on avait pu s'organiser un peu, Rosine était rentrée chez elle, revenant quatre à six fois par jour à vélo pour allaiter Louis.

Rosine change de position et ses mouvements ramènent Émile à la réalité. Suzanne a bu un petit peu mais téter représente un tel effort pour ce petit être fatigué qu'elle s'épuise vite.

— Elle a pas la force de tirer, dit Rosine. Elle somnole au bout de deux minutes et je n'aime pas ça.

— C'est le voyage, avance Émile. Pour une petite nature comme elle, c'est une fatigue immense. Ça ira mieux dans deux ou trois jours quand elle aura récupéré et qu'elle se sera habituée. Les bébés, il leur faut du calme…

— N'empêche, ça me plaît pas. Je vais essayer de l'autre côté.

Rosine relève ses jambes et veut y poser Suzanne, le temps de dégager l'autre sein. Mais elle se rend compte que, posée sur ses genoux, Suzanne est moins bien protégée par la capote, ce qui l'expose davantage au vent. Elle se tourne vers Émile et la lui tend.

— Si vous voulez la tenir une seconde, juste le temps que je me prépare…

Tandis que Rosine manipule sa poitrine, ouvre et referme son corsage, Émile prend le poupon entre ses mains. Le faible poids de Suzanne fait remonter dans ses mains des sensations vieilles de près de deux ans. Les premiers temps, Louis ne pesait pas bien lourd non plus et il craignait de lui faire mal à chaque fois qu'il le prenait. Il regarde Suzanne. La manipulation du bébé a retroussé le haut du lange si bien que le petit cou de Suzanne apparaît. L'attention d'Émile est tout de suite attirée par un trait rouge qui zèbre la peau. Il écarte le tissu et découvre la médaille portant le matricule de l'Assistance publique dont l'inspecteur a parlé tout à l'heure. Il la prend entre ses doigts et la lit.

— Elle va s'étrangler avec ce truc-là.

Il dégage le cordon. Rosine comprend qu'il a l'intention d'enlever la médaille. Elle l'arrête.

— Faut pas. C'est interdit.

— Le cordon est dangereux… À ta place, je lui laisserais pas ce truc-là autour du cou.

— De toute façon, c'est impossible de l'enlever. La longueur est calculée pour qu'on puisse pas l'enlever. C'est même pas la peine d'essayer.

La voix de Rosine est ferme et il comprend que lui tenir tête la contrarierait. Il abandonne la médaille qui glisse et pend sur le lange. Il ne dit rien mais il note cependant que le cordon, sans être très long, n'est pas si court que le prétend Rosine et qu'il semble supérieur à la circonférence de la tête de Suzanne. Sans aucun doute, il serait possible de l'ôter.

« Mais puisqu'elle ne veut pas… »

Rosine a fini de découvrir son sein droit. Elle reprend Suzanne, la colle contre sa poitrine et essaie de lui introduire le mamelon entre les lèvres. Mais Suzanne est inerte.

— Je crois qu'on va pouvoir repartir, dit-elle. Elle s'est endormie.

4

Les Croisettes

La vie aux Croisettes a été transformée le jour où Émile, en remerciement de tous les services rendus, a apporté une cuisinière en fonte. Jusqu'à ce jour, avec une cheminée, on était grillé devant et gelé dans le dos. Avec une Godin comme celle-là, qui peut fonctionner en feu continu, on se chauffe d'une bien meilleure façon tout en économisant le bois. Haute sur pattes, dotée d'un four, d'une fontaine d'eau chaude et de deux barres pour faire sécher les torchons, elle permet surtout de cuisiner plus facilement sans avoir à se casser le dos ou se noircir la figure. Que c'est pratique de pouvoir poser ses casseroles à hauteur de main et de disposer d'un four et de l'eau chaude à n'importe quelle heure de la journée !

Quand Rosine entre dans la maison avec le bébé dans les bras, Albertine prépare la soupe, courbée au-dessus de la marmite posée sur le feu à côté de la petite lessiveuse pleine d'eau bouillante qui laisse échapper des volutes de vapeur par la jointure du couvercle. Le petit Pierre, assis sur le banc devant le panier de légumes renversé sur la table, s'arrête immédiatement d'aligner carottes, topinambours et autres pommes de terre avec lesquels il jouait, saute sur le sol et vient se coller aux jupes de sa mère.

— J'me doutais bien que t'arriverais autour des 5 heures, dit Albertine.

Rosine s'accroupit. Pierre lui entoure aussitôt le cou et l'embrasse. Sa mère lui rend un baiser sonore sur la joue et découvre avec précaution le visage de Suzanne pour lui montrer le bébé.

— C'est une petite fille, annonce-t-elle. Elle s'appelle Suzanne.

— … Zanne, essaie de répéter l'enfant.

— Su-zanne, articule Rosine. Su-zanne.

Tournée vers le paquet de langes que sa fille tient dans les bras, Albertine coupe les dernières carottes à l'aveuglette et fait tomber les morceaux dans l'eau bouillante de la marmite. Elle revient vers la table, pose son couteau à côté des épluchures, saisit le bord de son tablier et s'approche tout en s'essuyant les mains :

— T'as réussi à avoir une fille. C'est bien.

— J'ai réussi rien du tout, ça s'est fait comme ça, réplique Rosine en écartant davantage le lange. Elle a cinq mois, mais elle n'est pas bien grosse.

Albertine regarde et découvre les joues creuses et le visage maigre du bébé avec une moue d'inquiétude. Elle se garde bien de faire un commentaire, mais Rosine devine qu'elle pense que c'est une gosse de l'Assistance et qu'il ne faut pas s'étonner de sa maigreur vu que tous les gosses de l'Assistance sont dans cet état quand ils arrivent de Paris.

— Avec cette pluie qu'arrête pas de tomber, déclare la grand-mère, je me suis dit que le bébé aurait pas trop chaud en arrivant. J'ai fait chauffer une brique dans le four et je l'ai mise dans le berceau. Elle va être bien.

La maison des Croisettes est une longère percheronne assez basse qui se compose de deux pièces. Ouvrant de plain-pied sur l'extérieur, il y a surtout une pièce à vivre assez vaste qu'on appelle « la cuisine ». Elle est équipée de la cuisinière que, pour des questions de longueur de tuyaux, on a placé devant la cheminée, d'une table et de deux bancs de ferme où peuvent prendre place huit personnes, d'un grand placard pour la vaisselle et les provisions, d'une huche à pain et, juste sous la fenêtre qui donne sur la route et les prés, d'une pierre à évier dont l'eau s'écoule dans le fossé par un tuyau de grès. Le long du mur de gauche, entre la porte qui donne dans la grange et l'autre fenêtre, on a conservé une alcôve fermée par un rideau où se trouve le lit de la grand-mère. En retrait, remisée de chaque côté de la cuisinière, comme au temps où le feu pétillait le soir dans la cheminée, il y a deux chaises et une caisse où on entrepose le bois. Dans la journée, on installe le berceau de Jeanne le long du mur afin de veiller sur elle tout en travaillant. Par une porte située au milieu du mur de droite, on accède à la chambre. Quoique modeste, c'est la pièce noble de la maison. Elle est à peine moins vaste que la cuisine et, outre le grand lit des parents, le lit de Pierre, l'armoire en noyer, une table et plusieurs chaises paillées, on peut aligner deux berceaux sans se sentir à l'étroit. La fenêtre est large et donne plein sud. Chose rare, elle est habillée d'une paire de rideaux brodés de fleurs bleues et jaunes par Albertine, du temps où ses yeux et ses doigts lui permettaient de faire des travaux d'aiguilles. Accrochés au mur, un crucifix et un cadre en bois de taille respectable contenant la photo de Joseph en soldat, posant fièrement en uniforme aux insignes du 17e régiment d'infanterie. Le bord supérieur du cadre est surmonté de quatre branches de buis, béni le jour des Rameaux, coincées au-dessus de la tête du soldat comme pour le protéger de la barbarie de la guerre.

Albertine ferme le bas de la porte au *courriau*[1] et repousse le vantail du haut afin de couper l'air. Rosine se dirige vers le berceau où dort sa petite Jeanne. Elle se penche et lui pose un baiser sur la main. Puis elle revient au centre de la pièce, pose Suzanne sur la moitié libre de la table et l'extrait de la couverture qui la protège. Le poupon apparaît, emmailloté dans un lange fermé par une forte épingle à nourrice. Les deux femmes la regardent un instant puis Rosine décide :

— Il faut que je me change. Après, je lui donnerai à boire.

— Jeanne va encore dormir un moment, explique la grand-mère. Elle a réclamé il y a pas une heure. J'ai fait comme tu m'as dit et je lui ai donné la moitié d'un biberon d'eau sucrée.

Rosine soulève Suzanne et la tend à sa mère.

— Tiens, prends-la cinq minutes. Faut que j'aille dans la chambre pour me mettre en tous les jours.

— Attends, je vais m'asseoir à côté du feu.

La grand-mère tire une chaise et s'installe près de la cuisinière. Rosine lui pose le bébé dans les bras.

1. *Verrou.*

— Suzanne… C'est comme ça que t'as dit qu'elle s'appelait ?

— Oui, Suzanne, répond Rosine. Comme la fille à la Honorine des Grands Pavillons. Et puis son nom de famille, c'est Armand.

Elle part en direction de la chambre mais, au moment d'y pénétrer, sans doute pense-t-elle à la médaille parce qu'elle précise :

— Suzanne Armand. Matricule 8000.

Rosine franchit la porte et la repousse derrière elle. Une fois seule, enfin seule, l'impatience la pousse à sortir de la poche intérieure du manteau la fameuse enveloppe contenant l'argent de la première pension et la prime de démarrage. Depuis plusieurs semaines, cette enveloppe accapare son esprit et, même si elle ressent un malaise quand les femmes qui se regroupent au lavoir parlent de l'argent de « l'élevage » des gosses de l'Assistance publique, elle rêve de la tenir entre ses mains. L'enveloppe qui va la tirer d'affaire ! Elle l'extirpe de la poche, la palpe du bout des doigts, la regarde et, avant de l'ouvrir, elle la tourne en direction du cadre accroché au mur pour la montrer à son Joseph.

« La maison, on nous la prendra pas ! »

Le bord n'est pas collé. Il est simplement retourné à l'intérieur. Un à un, Rosine sort les billets et les étale quasi religieusement sur l'édredon du grand lit. Des billets de dix francs, de cinq francs, de un franc. Trente-neuf francs pour la pension et vingt-huit francs pour la prime d'allaitement au sein. Soixante-sept francs au total. Il y a bien longtemps qu'elle n'a pas vu autant d'argent.

« Dès que je pourrai, j'irai chez le notaire. Je lui donnerai soixante francs. Après, il pourra plus parler de saisir la maison. »

La maison ! Toute une histoire. La source de bien des tourments pendant toute la guerre et encore davantage maintenant.

Jusqu'en 1913, le propriétaire des Croisettes était un vieil homme peu cupide qui ignorait l'avidité de l'argent. Depuis des années, il louait, pour une somme très modeste, la maison à Albertine parce que son mari, décédé depuis fort longtemps, avait été l'un des ouvriers de sa ferme. Le loyer n'était pas très élevé et, avec les quatre sous que lui rapportaient ses enfants, du moins quand ils étaient encore là, elle arrivait à faire face. Pour Albertine, qui était sans ressources personnelles, donc incapable de payer le loyer, le mariage de sa fille avec Joseph représentait une grande angoisse. Où allait-elle pouvoir trouver refuge ? Le problème ne s'était pas posé parce que le jeune ménage n'avait pas de toit et avait décidé de s'installer aux Croisettes, attribuant l'alcôve à la grand-mère qui s'en trouva très soulagée. Ses vieux jours étaient assurés. C'était sans compter sur le sort. Quelques mois plus tard, le propriétaire était mort d'une attaque et les héritiers avaient mis la maison en vente.

À quelques centaines de mètres des Croisettes, la ferme des Épinetteries avait été reprise quelques années auparavant par Fernand Lerogneux, qui aurait été un brave gars s'il n'avait pas été obligé de partager le logement de la ferme avec ses vieux parents. Aurélien et Zélie Lerogneux, deux vieux aussi autoritaires que tyranniques, taciturnes et mesquins comme des chiens à la chaîne, menaient une vie d'enfer au jeune ménage. Bien que retirés, ils commandaient du matin au soir et il fallait plier sur tout puisque la ferme et toutes les terres leur appartenaient. Marthe souffrait encore bien plus que son mari de cette dictature, les vieux lui jetant au nez sans arrêt qu'elle n'était qu'une pièce rapportée et qu'elle ne s'était mariée avec Fernand que pour l'héritage. Ils ne la considéraient même pas comme leur bonne et la traitaient comme un chien. La situation étant à ce point invivable que Marthe, à plusieurs reprises, avait été sur le point d'envoyer au diable l'héritage, les Épinetteries et le Fernand pour aller se placer quelque part où on ne l'accablerait plus de tant de misères. Sachant que les Croisettes étaient à vendre, Fernand Lerogneux s'était donc empressé de se porter acquéreur, projetant d'y expédier ses vieux afin de sauver son ménage.

Pour Joseph et Rosine, la vente de la maison à Lerogneux signifiait leur mise à la porte. Aussi, avec la belle confiance en l'avenir que leur donnaient leurs jeunes bras, le jeune ménage s'était-il également porté acquéreur, envisageant de faire un gros emprunt pour payer la maison. Ils étaient jeunes, ils étaient costauds, il fallait se lancer. Fidèles à la parole de leur père, les héritiers leur avaient donné la préférence. Le notaire avait prêté l'argent et tout s'était arrangé, même si l'affaire qui venait de lui passer sous le nez rendait Fernand teigneux et rancunier.

Malheureusement, un an plus tard, la guerre éclatait. Avec le départ de Joseph et une paie en moins, Rosine se trouvait démunie et l'approche du

30 de chaque mois devint une angoisse permanente. Où trouver l'argent pour faire face à l'échéance ? La première année, le notaire se montra compréhensif, acceptant quelques retards, n'osant pas saisir la maison d'un soldat combattant au front pour sauver la France de l'invasion ennemie. Rosine fit à peu près tout ce qui pouvait rapporter quatre sous : des journées dans les fermes, des besognes de laveuse de linge, des tâches dans les champs et même des travaux d'hommes dans les bois. Et puis la naissance de Pierre avait compliqué les choses. Nouveaux retards, nouvelles menaces. Le notaire s'impatientait. Lerogneux, à la fois par rancune et parce que sa femme menaçait de partir, était allé le voir et lui avait fait une bonne proposition. Le drame Favellière avait apaisé les choses pour un temps. Émile avait très convenablement rémunéré les services rendus par Rosine, ce qui avait permis de remonter la pente. Mais maintenant…

Rosine ramasse tous les billets, les serre sur son ventre et se tourne vers le portrait de Joseph.

« La maison, on nous la prendra pas, jure-t-elle en fixant son homme dans les yeux. Maintenant, avec la pension qui va tomber tous les mois, on pourra rembourser. »

Malgré sa volonté d'être forte, la vue de son Joseph fait monter des larmes dans ses yeux. Quand reviendra-t-il ? Il ne faut pas qu'il la voie ainsi. Alors elle se passe la main sur les yeux, se tourne vers le lit et empoigne les billets. Elle compte soixante francs, ouvre l'armoire et glisse l'enveloppe entre deux paires de draps. Puis elle enlève ses beaux habits et se rhabille avec les vêtements de tous les jours posés sur le dossier de la chaise.

« Mon Joseph… Mon Joseph… »

Elle a soudain envie de pleurer mais elle se retient. La nuit, quand personne ne peut la surprendre, elle craque et se laisse aller à pleurer pendant des heures. Dans la journée, c'est différent, elle doit être forte, surtout devant lui dont elle sent le regard dans son dos. Elle ne l'a pas revu depuis qu'il a été blessé. Que c'est bête la guerre ! Fauché un mois avant l'armistice alors qu'il a survécu à plus de quatre années de boue, de mitraille et de combats sans souffrir la moindre égratignure. Dans quel état est-il ? Elle lui a envoyé une photo de Pierre et de Jeanne qu'il n'a jamais vue. Dans une lettre, il lui a écrit qu'il la gardait posée sur sa table de nuit d'hôpital et qu'il regarde ses deux enfants pendant des heures. S'inquiète-t-il aussi pour la maison ? Lui manque-t-elle autant qu'il lui manque ? Dans ses lettres, il ne se plaint jamais. Il lui raconte seulement qu'il a subi plusieurs opérations mais que les docteurs n'ont pas pu sauver son œil et qu'il n'entend plus rien d'un côté. Il parle d'autres opérations pour réparer son épaule, son bras, son visage. Il dit qu'il fait des exercices tous les jours pour retrouver l'usage de sa main. Dans chaque lettre, elle lui demande quand il espère rentrer. Il ne sait pas. Les médecins ne promettent rien. Peut-être faudra-t-il encore une opération. Il faut attendre. Dans quelques mois, peut-être…

— Jeanne se réveille, prévient Albertine de la cuisine. Je crois bien qu'elle a faim parce que ça fait du bruit quand elle tète son pouce.

— J'arrive. Est-ce que Suzanne se réveille ?

— Elle ouvre les yeux. C'est drôle, elle me regarde mais elle cligne pas des paupières. Elle a le regard fixe. T'as remarqué ?

Rosine ouvre la porte de la chambre et revient dans la grande pièce, les deux bras levés pour remettre de l'ordre dans ses cheveux.

— C'est parce qu'elle est pas bien réveillée. Garde-la un moment, je vais faire boire Jeanne.

Au son de la voix maternelle, Jeanne s'agite dans son berceau d'osier. Ses deux bras battent l'air et le drap est parcouru par les secousses que font naître ses jambes en action.

— Mon bébé ! Viens vite dans les bras de ta maman.

Rosine l'attire vers elle, la caresse, l'embrasse.

— Oh, on dirait que l'eau tu ne l'as pas seulement bue. Tu m'as l'air d'avoir fait un beau pipi.

Rosine revient vers la cuisinière et s'assied sur la chaise disponible. En quelques secondes, avec les gestes précis qu'elle a répétés des centaines de fois, elle relève ses jambes, pose sa fille sur ses genoux, ouvre son corsage et dégage un sein. Dans une secousse gourmande, Jeanne s'empare aussitôt du mamelon et aspire le lait.

— Ma coquine, tu ne te fais pas prier ! J'espère que ce sera pareil pour Suzanne.

Au bout d'une dizaine de minutes, Jeanne est repue. Rosine la tient sous les bras et la place en face d'elle. L'enfant sourit, ouvre la bouche et émet un rot prolongé.

— Voilà. Tout est fait. On ne perd pas de temps avec toi.

Les deux femmes échangent les bébés et, tandis que Pierre se colle contre sa grand-mère pour jouer avec sa petite sœur, Rosine découvre l'autre sein et entreprend de faire boire Suzanne. La petite n'y va pas franchement comme Jeanne mais, au bout de trois ou quatre tentatives, elle parvient à mettre la pointe du sein entre ses lèvres et tète tant bien que mal.

— C'est déjà mieux que tout à l'heure, constate Rosine. Tu vas vite t'habituer…

Quand Suzanne a terminé, Rosine met une couverture sur la table et allonge les deux bébés côte à côte pour les changer. Pendant qu'elle les déshabille, Albertine verse dans une bassine de l'eau bouillante puisée dans la lessiveuse et ajoute de l'eau froide jusqu'à ce qu'elle obtienne la bonne température. Quand elle pose la bassine d'eau tiède sur la table, les deux filles sont nues, côte à côte, et Albertine ne peut s'empêcher de les comparer :

— C'est vrai qu'elle est pas bien grosse. Toutes les deux, on dirait qu'elles ont le même âge. Avec ça qu'elles ont les mêmes yeux…

— Des jumelles, plaisante Rosine en regardant Pierre qui s'est hissé sur un banc pour mieux assister au spectacle. Tu n'as plus une sœur, tu en as deux.

Pendant que Rosine lave les fesses de Jeanne, Albertine maintient Suzanne pour qu'elle ne tombe pas. Elle saisit la plaque matricule, la lit puis examine les traces rouges que le cordon a laissées sur le cou.

— C'est dangereux, ce truc-là. Tu crois pas qu'il vaudrait mieux l'enlever ?

5

Une bêtise de jeunesse

C'est dans un petit immeuble proche de l'*Hôtel du Lion d'Or* qu'est installée l'agence de l'Assistance publique de Nogent-le-Rotrou. Le bureau de l'inspecteur et deux autres pièces réservées aux secrétaires occupent le premier étage. Dans les salles du rez-de-chaussée, plus faciles d'accès, sont entreposés les vêtures des enfants assistés et du matériel destiné aux nourrices.

L'inspecteur Jacques Camize est en train de rédiger le rapport des visites qu'il a faites dernièrement dans le canton de Thiron, quand une secrétaire frappe à la porte de son bureau.

— Monsieur l'inspecteur, il y a là un monsieur qui insiste pour vous voir. Il est imprimeur à La Loupe et il dit que c'est très urgent.

— M. Leroy ? L'employeur du pupille Lucas Silvère ?

— Oui, je crois. Il est venu exprès par le train.

— Un problème ?

— Il ne m'a pas dit…

— Faites-le entrer.

La secrétaire fait demi-tour et introduit quelques instants plus tard un homme au front dégarni qui tient son chapeau à la main. Il a le visage préoccupé et, au premier regard, M. Camize comprend que l'homme lui apporte un nouveau problème.

— Monsieur l'inspecteur, je m'excuse de forcer votre porte sans avoir pris rendez-vous mais la situation me semble suffisamment embarrassante pour justifier l'urgence.

— Vous m'inquiétez. Est-ce donc si grave ?

M. Camize se lève, contourne son bureau, serre la main de l'arrivant et l'invite à s'asseoir. L'imprimeur hésite entre les deux fauteuils qui font face à une fenêtre et prend finalement place dans celui de droite.

— Grave, grave, je le crains. Le genre d'histoire qui peut conduire un jeune de l'Assistance en maison de correction.

— Diable ! Vous me parlez bien de Lucas Silvère ?

— Oui.

M. Camize rassemble ses souvenirs. Lucas Silvère a été pris en charge par l'agence de Nogent-le-Rotrou des enfants assistés du département de la Seine en 1904. Après trois années d'errance entre pouponnières et orphelinats parisiens, l'enfant a été placé chez une nourrice à Champrond-en-Gâtine. Un placement chez de braves gens qui lui ont permis de retrouver une famille. Lucas était plutôt bon élève et les appréciations portées par les maîtres d'école sur ses cahiers soulignaient à chaque fois qu'il apprenait avec facilité et obtenait de bons résultats. Depuis qu'il avait découvert l'école, il s'était pris de passion pour les livres et passait le plus clair de son temps à lire. Il y était d'ailleurs largement encouragé par le fait qu'il y avait, dans sa famille nourricière, une grand-mère aveugle que son infirmité privait de la lecture de romans dont elle raffolait. Très jeune, Lucas avait été sollicité pour les lui lire à haute voix, ce qui avait eu le triple avantage de lui attirer la protection de la vieille femme, de le faire accéder à une culture lui permettant de se hisser parmi les meilleurs élèves et de lui épargner les durs travaux des champs et les besognes harassantes imposées très souvent aux enfants de l'Assistance et qu'il aurait eu bien du mal à supporter en raison de son physique de gringalet.

— Que se passe-t-il donc ? interroge M. Camize. Il ne vous donne plus satisfaction ?

— Oh, il ne s'agit pas de cela. Question travail, je n'ai que des compliments à lui faire. Il m'est même devenu indispensable. Grâce à lui, je peux prendre des commandes que je n'aurais pas été en capacité d'exécuter il y a deux ans.

À l'âge de douze ans, Lucas avait obtenu son certificat d'études avec brio et avait fait la fierté de son instituteur en se classant deuxième du canton. Un sacré succès aussi pour l'Assistance publique dont les deux tiers des enfants, malheureusement, ne parvenaient pas à décrocher le précieux sésame. L'Assistance publique avait la réputation de n'assister que des enfants débiles, pervers et vicieux et d'être le grand pourvoyeur de la délinquance et de la prostitution. Aussi, pour les en soustraire, la volonté de la République était de placer les enfants abandonnés à la campagne où, pensait-on, il était plus facile de les réinsérer dans la société. Le législateur estimait que la vie rurale était plus saine pour leur santé et que les structures sociales paysannes leur donnaient une chance supplémentaire de se refaire une famille. Pour les mêmes raisons, à douze ans, l'immense majorité des pupilles était placée dans les fermes, soit comme bonniche, soit comme ouvrier agricole afin de les empêcher de revenir dans les villes où la probabilité de tomber dans la débauche, l'alcool et le crime était plus forte. Sans sa deuxième place au certificat d'études, Lucas n'aurait pas échappé à ce destin et aurait probablement été placé comme garçon d'écurie ou toutes mains dans une ferme du fin fond du Perche. Mais, outre le fait que son instituteur et le maire de Champrond, dont il faisait la fierté, avaient affirmé en public le jour de la remise des prix que c'était gâcher de l'intelligence que de le mettre au cul des vaches, il était si peu costaud pour ses douze ans qu'il n'était pas envisageable de le destiner aux travaux des champs. M. Camize avait donc dérogé à la règle et, parce qu'il était excellent lecteur et très attiré par les livres, avait cherché une place chez un imprimeur. M. Leroy, qui tenait une imprimerie dans le centre de La Loupe, avait fait confiance et l'avait pris comme apprenti, nourri et logé, sans s'engager à le payer avant de l'avoir mis à l'épreuve pendant un an. Le gamin avait donc commencé par balayer l'atelier, nettoyer le matériel d'imprimerie, puis, rapidement, parce qu'il était à la fois habile, intéressé et intelligent, M. Leroy lui avait confié la distribution des lettres dans les casses, puis lui avait appris la typographie, la composition, la mise en pages et tous les savoir-faire de l'imprimerie. Le gamin apprenait vite et se montrait méticuleux. En trois ans, il avait assimilé l'essentiel des ficelles du métier. Aujourd'hui, à dix-huit ans et demi, il était capable de faire tourner l'imprimerie aussi efficacement que son patron.

— Non, non, poursuit M. Leroy. Lucas, c'est mon meilleur ouvrier et c'est bien pour cette raison que je ne tiens pas à le perdre. Seulement, il n'y a pas que le travail…

— Un coup de tête, un vol ? enchaîne M. Camize qui est fréquemment confronté à ce type de problème causé par le caractère instable de ses pupilles.

— Voler, vous n'y pensez pas ! Lucas est un honnête garçon. Toujours poli. Jamais la moindre saute d'humeur. Non, l'affaire est à la fois bien plus simple et bien plus compliquée que ça.

L'imprimeur ne sait pas trop par quel bout commencer. Il pose son chapeau sur ses genoux et en tapote le sommet pour se donner une contenance.

— Voilà. Lui et une gamine, qui est deux ans plus jeune, se sont amourachés l'un de l'autre. Depuis quelques semaines, j'avais bien remarqué des petites choses, mais ils étaient discrets. Enfin, des choses de leur âge.

— Jusque-là, c'est assez banal et ça ne porte guère à conséquence.

— Sauf qu'il l'a mise enceinte et que les parents de la fille veulent porter plainte à la gendarmerie. Comme la gamine a seize ans et que Lucas est loin d'être majeur, il y a fort à parier qu'il va se retrouver au tribunal et qu'il sera enfermé dans une maison de correction jusqu'à vingt et un ans.

— Aïe !

En quelques mots, l'imprimeur a lâché le gros morceau. Il respire.

— Comme vous dites. Moi, Lucas, je l'apprécie beaucoup en tant qu'ouvrier. J'ai besoin de lui. Je le considère un peu comme mon gamin. C'est moi qui lui ai tout appris du métier et je sais ce qu'il vaut. C'est un gentil garçon, droit, honnête, travailleur. J'voudrais pas qu'il lui arrive du malheur. Il mérite pas la maison de correction.

— Comme vous y allez ! Vous lui avez parlé ?

— Je l'ai pris entre quat'z-yeux et j'lui ai demandé des comptes. Il m'a tout dit. Que voulez-vous, c'est un gosse qui cherche l'affection. Il l'aime sincèrement, cette fille. Tenez, si je vous disais qu'un soir je les ai surpris. Ils se parlaient sagement.

L'imprimeur s'arrête. Comment un homme de son âge pourrait-il avouer qu'il en a été tellement ému que, ce jour-là, il s'est retiré sur la pointe des pieds pour ne pas les déranger ?

— Il reconnaît les faits, poursuit l'imprimeur. Il est prêt à assumer et il est d'accord pour la marier et tout réparer.

— Qui est cette fille ?

— Il est pas allé la chercher bien loin. C'est la petite bonne de la boulangerie voisine. Une apprentie qu'est comme lui, travailleuse, honnête, gentille. Ses patrons, je les connais bien. Ils en sont très contents.

M. Camize a déjà été confronté à ce type de situation. Il a souvent observé que le fait, pour les pupilles de l'Assistance, de n'avoir jamais connu une vraie famille les pousse souvent à vouloir créer la leur de façon précoce en brûlant les étapes. Regrettable, mais compréhensible. Seulement, sur le coup, la situation est toujours délicate à gérer.

Dans le cas présent, ils sont jeunes tous les deux, certes, mais, si la fille n'est pas une écervelée et qu'ils s'aiment, le mariage est la meilleure issue.

— Et les parents réagissent mal ? enchaîne M. Camize.

— M'en parlez pas ! D'abord, Lucas a écrit une longue lettre au père pour dire qu'il aimait Marie, qu'il reconnaissait l'enfant et qu'il voulait la marier. Le père n'a évidemment pas répondu mais j'ai su par un client qui habite Saint-Éliph qu'il est rentré dans une rage folle quand il l'a lue. Depuis, il ne décolère pas et il emplit le bistrot de ses vociférations. Que ce soit à l'encontre de sa fille ou de Lucas, il n'a pas d'insultes assez fortes.

— De la part de Lucas, c'était peut-être une démarche trop directe, donc maladroite…

— C'est un peu ce que j'ai pensé. C'est pour cette raison que je suis allé moi-même à Saint-Éliph, histoire de discuter avec le père. Je me disais qu'en tant que patron je serais une sorte de caution morale et que ma parole aurait davantage de poids. Erreur. Faut voir comment j'ai été reçu. Faut dire que Marie a du caractère et que, quelques années en arrière, les choses ne se sont pas passées comme son père l'exigeait. Certificat d'études en poche ou pas, il était évident, dans sa logique de paysan, que sa fille devait rester à la ferme et travailler pour lui. Il n'a pas une grande ferme, mais il en est propriétaire, et deux bras gratuits c'est toujours bon à prendre. Vous qui allez des fois dans les communes, vous la connaissez peut-être, cette ferme ? Elle est pas très loin de l'école, sur la route de Montireau.

M. Camize réfléchit. Il parcourt les villages de l'arrondissement depuis de nombreuses années et il connaît Saint-Éliph. De là à situer chaque ferme…

— Comment s'appelle ce cultivateur ?

— Loriot. Et sa fille, c'est Marie. Marie Loriot.

— Non… je ne vois pas.

— Enfin, bref. Quand Marie a été reçue au certificat, elle a refusé de rester dans la culture. Elle voulait travailler dans le commerce et elle n'en démordait pas. Il paraît que ça allait mal entre le père et la fille. Comme Loriot chopine un peu, il y a eu des discussions qui ont mal tourné et la gamine a pris des claques, ce qui a failli dégénérer parce que Marie était à deux doigts de « foutre le camp de la maison », comme elle disait. À l'époque, c'est le maire qui a arrangé les choses. M. Favellière, vous connaissez ?

— Oui. Je l'ai vu récemment. Très bien.

— C'est lui qui a réussi à faire entendre raison au père Loriot. En plus, il a trouvé pour Marie une place de bonne dans la boulangerie de ses amis à La Loupe. La fille a gagné et le père a bien été obligé de baisser pavillon. C'est ce qui explique que, maintenant, entre Marie et son père, les relations ne sont pas faciles. Entre La Loupe et Saint-Éliph, il n'y a guère plus de quatre kilomètres et, pourtant, elle ne va voir ses parents qu'une fois par mois. Et encore, c'est parce qu'il y a sa mère.

— Si je comprends bien, c'est par représailles que le père refuse d'entendre parler de mariage. Et c'est pour cette même raison qu'il veut porter plainte contre Lucas. Une sorte de vengeance par ricochet…

L'imprimeur arrête de tournicoter son chapeau et se détend. Maintenant qu'il a exposé la situation, il a le sentiment de s'être soulagé d'un poids. Désormais, ils sont deux à se partager le problème. Il s'autorise à livrer des appréciations plus personnelles.

— C'est d'abord à sa fille qu'il en veut, mais il en veut à la terre entière. Loriot, il boit pas mal et il a le vin méchant. Quand je suis allé chez lui, je n'ai pas eu le temps de dire grand-chose. Il s'est tout de suite emporté. Il a traité sa fille de traînée et a hurlé qu'il ne donnerait jamais son consentement. Contre Lucas, il a surtout la haine contre les enfants de l'Assistance. Il m'a jeté à la figure que mon Lucas, c'était de la graine de prison, comme tous les gosses qui sortaient de l'Assistance, et qu'il allait pas se gêner pour porter plainte contre un criminel de naissance.

Ces mots font mal à M. Camize. Le rejet des enfants de l'Assistance publique, il connaît. Plus il avance dans la carrière, plus ce genre de propos, qu'il a maintes fois entendus, le révoltent tant ils sont injustes et bêtes. Ses yeux se durcissent soudain et M. Leroy le remarque.

— Excusez-moi. Je fais que répéter les mots à Loriot. Après, il m'a traité de tous les noms, il a lâché ses deux chiens contre moi et je suis parti. Que voulez-vous faire d'autre ?

L'imprimeur s'arrête et regarde ses mains. Il cherche ce qu'il pourrait bien ajouter mais, face au silence de l'inspecteur, il ne trouve rien d'autre que :

— Loriot, il a la haine de sa fille, et puis l'alcool le rend malfaisant. Mais il se sent fort parce qu'il a la loi de son côté. Sûr qu'il va porter plainte. Il va faire ce qu'il a dit, sans la moindre hésitation. Dans ce cas, je crains que les choses tournent mal pour Lucas.

M. Camize réfléchit. Marie est mineure et, sans le consentement de son père, tout mariage est impossible. Si la réaction du père se limite au seul refus de consentement, les choses seront graves mais pas dramatiques à terme. Marie deviendra une fille mère plus ou moins livrée à la honte mais, pour peu que Lucas respecte sa parole et l'aide à élever l'enfant, la situation pourra être régularisée dans quelques années et tout rentrera dans l'ordre. La vie des deux jeunes ne sera pas gâchée à jamais. Par contre, si le père porte plainte, la situation deviendra autrement périlleuse parce que la loi est effectivement en sa faveur. Dans ce cas, Lucas sera traduit devant un tribunal qui au pire pourrait prononcer une peine de prison, au mieux donnerait à Lucas le choix entre un placement en maison de correction jusqu'à sa majorité et une incorporation forcée dans l'armée.

M. Camize pense à d'autres conséquences que l'imprimeur n'a pas envisagées mais que lui, très expérimenté dans le domaine de l'enfance abandonnée, connaît bien.

« Dans tous les cas de figure, Marie se retrouvera seule avec un bébé. Bien sûr, en tant que tuteur, mon devoir, c'est de m'occuper de Lucas. Mais cette Marie qui n'a que seize ans ? Quel sera son sort et celui de cet enfant à naître ? Le parcours des filles mères, j'en ai connu un si grand nombre dans ma vie d'inspecteur. Ne perdra-t-elle pas sa place ? Si ses parents la rejettent, si elle ne bénéficie pas du soutien moral et financier de Lucas, si elle doit quitter la boulangerie, ne sera-t-elle pas contrainte d'abandonner son bébé ? »

En un éclair, il entrevoit le parcours de ce petit être sur qui le malheur menace de s'abattre avant même qu'il ne soit né : traumatisme de l'abandon, lutte pour la survie dans des orphelinats, enfance faite de misère et de brutalité, apprentissage de la haine et de la violence…

L'éclair d'un instant, la vision des derniers bébés arrivés de Paris surgit dans son esprit. Tous chétifs. Tous silencieux. Tous en retard de développement. L'image de l'un de ces nourrissons s'impose : celle de cette petite Suzanne, tellement malingre et souffreteuse qu'il revoit le regard de la nourrice de Saint-Éliph, affolée à la perspective de retrouver le petit corps froid dans le berceau. Il frémit.

« Il faut à tout prix arracher l'enfant de Lucas à ce sombre destin… »

M. Leroy ignore les pensées qui agitent M. Camize mais il pressent qu'elles sont sombres. Il insiste :

— Vous comprenez, moi, Lucas, je l'aime bien. Je voudrais pas qu'il lui arrive des malheurs. Faut faire quelque chose, sinon il va y avoir des conséquences pour tout le monde.

M. Camize porte la main à sa moustache et la lisse lentement. M. Leroy avoue plus sourdement, comme s'il était gêné d'avancer un tel argument :

— Et puis il y a l'imprimerie. Si Lucas s'en va, je vais me retrouver en grande difficulté. Un bon typographe, ça ne se trouve pas comme ça, surtout dans notre région.

— Demain, j'ai des rendez-vous, dit M. Camize d'une voix décidée. Après-demain matin aussi.

J'essaierai d'aller voir Lucas l'après-midi. Il faut que je lui parle. Tout seul et puis peut-être aussi avec cette Marie. Il faut que je sois sûr de leurs intentions.

— Leurs intentions, j'en réponds. Ces deux-là ont des sentiments. Ils s'aiment et ils sont prêts l'un comme l'autre à régulariser la situation. Ils sont allés un peu vite, c'est vrai, mais, après tout, ils ne sont pas les premiers. C'est pas un crime de faire un enfant. Maintenant, faut les aider, pas les enfoncer.

M. Camize donne quelques précisions :

— Lucas est mineur, mais il a plus de dix-huit ans. L'Assistance publique peut engager une procédure d'émancipation. Personnellement, j'y serais favorable. Le point noir, c'est le consentement du père.

— Vu qu'elle est enceinte, n'y a-t-il pas moyen de faire la même chose pour Marie ? Être enceinte, c'est pas un motif pour se faire émanciper ?

— Pour une femme, l'émancipation est automatiquement reconnue par mariage. Seulement par mariage. La loi ne prévoit pas d'autre possibilité.

— Il faut donc convaincre le père Loriot à tout prix. C'est lui qui bloque la situation.

— Vous, il vous a mis à la porte, réfléchit M. Camize.

— Il était soûl...

— Si c'était moi qui allais le voir, pensez-vous qu'il m'écouterait ?

La réponse de M. Leroy est tranchante comme un verdict de juge de paix :

— Un inspecteur de l'Assistance publique ? Ce serait pire ! Il serait déchaîné et c'est avec une fourche qu'il vous recevrait. Aucune chance. Votre visite l'exciterait encore plus que la mienne. C'est pour le coup qu'il courrait à la gendarmerie.

— Alors il faut trouver quelqu'un d'autre qui puisse le raisonner.

— On dit que sa femme est bigote. Peut-être que par le curé…

M. Camize a brusquement une autre idée et il lui coupe la parole :

— À moins que…

6

Une impossible médiation

Après deux journées de pluie et de grisaille, la lumière pure d'un vrai matin de printemps éclate dès 6 heures dans le bleu du ciel, l'infinie gamme des verts de la nature et la profusion des roses et des blancs fleurit en boules fragiles dans les pommiers à cidre des prés et l'aubépine des haies. Il fait frais et la rosée perle en gouttelettes argentées dans l'herbe des talus. La campagne est magnifique.

Depuis qu'il a franchi le portail de sa ferme, le regard d'Émile parcourt les herbages, et la vue des veaux et des poulains, la bouche collée à la mamelle de leur mère, le réjouit. Il marche les deux mains dans les poches, éprouvant avec délice le bonheur simple de poser ses souliers sur le chemin. À ses côtés, les trois gros chevaux qu'il conduit chez le forgeron pour y être ferrés quittent volontiers la chaussée pierrée et s'écartent pour fouler l'herbe du bas-côté comme si, eux aussi, éprouvaient du plaisir à faire briller leurs sabots d'un noir de jais dans la rosée. Malgré leur poids qui avoisine les mille kilos, et la masse imposante de leur musculature, ils caracolent de côté avec légèreté, le cou cambré, et avancent en exécutant spontanément des sortes de pas de danse à la manière des chevaux présentés à l'appréciation des juges de la Société du cheval percheron un jour de concours. Seigneur est le plus fier et le plus beau des trois. C'est un grand étalon de race pure à la robe entièrement noire. Un mètre quatre-vingt-huit au garrot. Il est l'héritier d'une longue lignée d'étalons primés, fruit d'un patient travail de sélection effectué avec obstination par trois générations de Favellière pendant plus de un siècle. L'animal, d'une grande intelligence et d'un naturel affectueux, manifeste son attachement en maintenant sa joue contre l'épaule de son maître. Les deux autres chevaux, deux hongres puissants et dociles à la robe pommelée gris très clair, règlent leur marche sur celle de Seigneur et foulent l'herbe du bas-côté dans toute sa largeur et jusqu'à ras du fossé.

Émile aime ces moments paisibles où il sent derrière lui la puissance retenue de ses chevaux. Il marche en dégustant le moment pendant quelques centaines de mètres, épiant à la manière d'un chef d'orchestre la régularité du rythme des pas et la justesse des sons produits par le claquement des fers sur le sol.

« Il est grand temps d'emmener Samson chez le maréchal, pense-t-il. Le fer arrière gauche est sur le point de se détacher. »

Au fil des pas, son esprit glisse vers d'autres pensées. La veille, l'inspecteur de l'Assistance publique est venu tout exprès à la mairie de Saint-Éliph pour lui parler. En quatre mots, il lui a exposé la situation bien banale de deux jeunes qui sont allés un peu vite en besogne sans mesurer les conséquences dramatiques pour le pupille de l'Assistance.

Par contre, ce qui est moins banal, c'est que la petite Marie est la fille de cet entêté de Loriot.

« Petite, petite… Pas tant que ça, se dit Émile. Ah, les filles ! C'est à se demander à quoi elles pensent quand elles attrapent seize ou dix-sept ans. Encore une qui s'est laissé prendre. »

Depuis toujours, mais d'une façon plus accentuée depuis qu'il est maire, Émile a un défaut : il voudrait que tout le monde soit heureux. C'est en partie à cause de ce penchant naturel, apprécié comme une qualité par une large majorité, que ses concitoyens lui ont accordé leur confiance et lui ont confié l'écharpe de maire. Émile est un honnête homme mais, en plus, les gens de Saint-Éliph savent qu'en cas de problème il saura se montrer juste, compréhensif et conciliant.

« C'est un rancunier, un teigneux qui ne voudra pas se déjuger. Sûr que pour nuire à sa fille, il est capable de tout, même du pire. »

L'image de Marie traversant l'arrière-cour de la boulangerie sous la pluie pour venir lui dire bonjour remonte dans sa mémoire. Un simple bonjour mais c'est, pour lui, un petit geste d'amitié et de reconnaissance auquel il est très sensible, et cette spontanéité lui fait chaud au cœur.

« Marie, c'est une gosse gentille. Sa malchance, c'est d'avoir un père borné incapable de faire le moindre effort pour la comprendre. »

Le maréchal-ferrant annonce qu'il lui faut deux heures pour ferrer les trois chevaux. Émile attache ses percherons aux anneaux de la forge et prend la direction de la ferme Loriot toute proche, bien décidé à jauger les intentions de l'entêté cultivateur.

La veille, juste après le départ de M. Camize, il a été tenté de se rendre sur le champ chez Loriot pour lui parler, mais il y a rapidement renoncé. Il sait que quelques heures de réflexion permettent d'y voir un peu plus clair. Il doit aussi préparer sa visite parce qu'il se souvient des discussions difficiles qu'il a eues avec lui à l'époque où Marie a eu son certificat d'études et qu'il lui a fait avoir cette place dans la boulangerie. Le bonhomme n'est pas facile, surtout le soir, quand les verres accumulés pendant la journée lui échauffent le sang au risque de faire rapidement dégénérer la conversation. Le matin, quand l'alcool ne domine pas encore le bonhomme, il a une petite chance d'être écouté.

Quand il pénètre dans la cour de la ferme, un chien jaune accourt, renifle ses jambes mais ne gueule pas. Sans doute est-il rassuré par l'odeur des chevaux qui imprègne le velours du pantalon. La cour de la ferme est à l'image du propriétaire. Rien n'est rangé. Des ballots de paille éventrés obstruent une partie de l'entrée de la grange empêchant d'en refermer les portes ; un semoir, une charrue et d'autres outils dételés en hâte encombrent la loge, les portes disjointes des bâtiments sont à moitié ouvertes et la horde des volailles qui cherchent leur pitance gratte les abords incertains du fumier qui déborde jusqu'au ras des bâtiments. Au fond, ouvrant sur un vaste pré planté de pommiers en fleur, se détache un bâtiment à colombage couvert en chaume, près duquel Loriot fait reculer le cheval de cour afin de positionner le petit tombereau juste devant la porte de l'étable. À cette heure, dans toutes les fermes, les femmes tirent les vaches et les hommes lèvent les pailles. Loriot tourne le dos. C'est seulement quand le cul du tombereau est à moitié rentré dans l'étable et qu'il contourne son cheval qu'il se rend compte de la présence d'Émile.

— Tiens, Émile ! s'exclame-t-il.

Loriot est corpulent et a les joues et le nez parsemés de vaisseaux sanguins qui donnent à son visage un aspect rougeaud accentué par l'exposition permanente au grand air. À longueur d'année, il porte autour du cou un fouet de charretier avec lequel il aime émettre des claquements qui le font reconnaître de très loin dans la plaine.

— Bonjour, répond Émile en lui tendant la main.

Loriot le salue. Son regard devient interrogateur.

— C'est-y Émile ou c'est-y le maire qui vient me voir ?

— C'est pareil…

— Oh non. Si c'est le maire, c'est qu'il y a encore des emmerdes.

— Alors, disons que c'est plutôt Émile…

— Plutôt…, relève Loriot.

Les deux hommes pénètrent à l'intérieur. L'étable, qui témoigne de la prospérité passée de la ferme, est une longue salle pavée de grès dont le plafond de poutres de chêne est assez bas. Elle peut facilement abriter une quinzaine de vaches. Des ballots de paille, la plupart à moitié éventrés, sont entassés pêle-mêle entre le caniveau central qui collecte le purin et le mur. En face, entre le caniveau et les mangeoires, des vaches attendent d'être traites.

— C'est Émile, annonce Loriot à sa femme.

Assise entre deux bêtes sur un petit tabouret à trois pattes, le dos arrondi et les épaules rentrées, la femme tourne un visage vieilli et fait un petit signe de tête. Elle ne dit rien. Le mouvement de ses mains ne s'interrompt pas et elle continue de faire jaillir du pis des jets de lait qui tombent en saccades sonores dans le seau qu'elle serre entre ses genoux.

— J'ai amené mes chevaux chez le maréchal, commence Émile, pour engager la conversation.

— Et tu t'es dit : je vais aller boire un p'tit canon chez Loriot histoire de passer le temps en attendant que le maréchal fasse son boulot.

— Un canon ! grommelle aussitôt la femme. Toi, tu penses qu'à boire. Émile, il est pas comme ça.

— Dis tout de suite que je suis un ivrogne.

— Avec ce que tu trimballais encore hier soir, c'est pas facile de dire le contraire. Si on t'avait pas ramené, j'suis pas certaine que t'aurais retrouvé la route tout seul.

— Hier soir, se défend Loriot, j'étais contrarié et tu sais bien pourquoi. Toi aussi, t'es remontée contre elle. Dis pas le contraire.

— Entre être remontée contre cette traînée et se prendre une biture, y a de la marge.

Le pis est vide. La femme Loriot presse le dernier trayon, se relève et saisit l'anse du seau. Elle pousse la cuisse maculée de bouse séchée pour que la vache s'écarte, se dégage et gagne l'allée pavée. Elle n'ajoute rien, mais, quand elle passe devant lui, Émile devine, au visage fermé et au regard dur qu'elle jette dans sa direction, qu'elle ronge son frein et qu'elle ne se contient que parce qu'il est là. Manifestement, les engueulades permanentes constituent le quotidien du couple Loriot. La femme se dirige vers le fond de l'étable où sont disposés des bidons ouverts. Elle a quarante ans mais, de dos, ses épaules rentrées et ses cheveux gris lui donnent la silhouette d'une vieille femme. Un grand entonnoir est posé sur l'un des bidons… Elle filtre le lait tandis que Loriot prend une fourche et entreprend de tirer au milieu de l'allée les pailles chargées des bouses de la nuit.

Il est clair que l'un comme l'autre semblent très remontés contre leur fille, si bien qu'Émile se dit qu'il ne va pas être simple d'aborder le sujet calmement après ces premières paroles sans équivoque. Loriot pousse quelques fourchées de fumier sur les pavés et, dès qu'il arrive devant la porte, les envoie avec violence dans le tombereau. Brusquement, il pointe sa fourche sur le sol, pose ses deux mains jointes sur l'arrondi du manche et regarde Émile. Sans prononcer le nom de sa fille tant la chose est évidente pour lui, il l'interpelle :

— Est-ce que tu sais ce qu'elle a inventé pour nous emmerder, cette garce ?

— On m'en a parlé…, laisse tomber Émile, ce qui surprend Loriot.

— Ah ! T'es déjà au courant ?

— Les nouvelles vont vite, grimace la femme.

Elle malmène les bêtes pour se frayer un passage, récupère son petit tabouret et *s'apouniche* pour traire la vache suivante.

— Pas assez de faire la pimbêche en ville, renchérit Loriot, il a fallu qu'elle se fasse sauter comme une chienne en chaleur.

— Oui, mon pauvre Émile, renchérit la femme en le prenant à témoin, convaincue qu'elle va trouver une oreille complaisante. Se faire engrosser à seize ans, si c'est pas une honte !

— Une Marie-couche-toi-là. Une traînée ! On n'a qu'un seul enfant et on est tombés sur une fille de rien qui fait la vie et qui nous déshonore. Ah, c'est bien la peine de faire la mijaurée dans un commerce pour se faire engrosser par le premier venu. Parce que, pour couronner le tout, faut voir avec qui elle fait ses galipettes. Devine un peu qui lui a flanqué un polichinelle dans le tiroir ! Devine.

À chaque fois qu'il doit jouer le rôle de médiateur dans un conflit, qu'il soit familial ou non, Émile laisse toujours les gens vider leur sac. À quoi bon espérer être écouté tant que le pus de la haine et de la colère n'a pas été purgé par un flot de propos orduriers, de mots durs et d'insultes blessantes. Émile ne répond pas. Loriot s'échauffe :

— Tu réponds rien ? Mais je suis bête, tu peux même pas te douter tellement que c'est honteux.

— Par un vaurien de l'Assistance ! le devance sa femme.

— Oui, monsieur, l'appuie Loriot, un rebut de la société ! Une vermine sans aucune moralité. Pas besoin de se demander d'où il sort celui-là pour faire de telles saloperies. Sans doute une mère qui fait la putain à Paris et un père derrière les barreaux. Un gosse ramassé dans le caniveau.

— Et dire que la société se saigne aux quatre veines pour élever cette graine de voyou !

— Ces êtres-là, y a rien à en tirer. Pas un seul pour relever l'autre. Plus ils grandissent, plus ils deviennent vicieux. Tous paresseux, menteurs, malfaisants et compagnie ! Oh, remarque, je cherche pas des excuses à ma gamine. Qui se ressemble s'assemble. Elle vaut pas mieux que lui.

— On l'a pourtant pas élevée comme ça ! Elle qu'était si mignonne quand elle était petite. Toujours première au catéchisme.

— Elle trompait bien son monde.

Loriot reprend sa fourche et jette toute sa hargne dans le ramassage du fumier. Il frappe les pattes des bêtes parce qu'elles ne s'écartent pas assez vite et piétinent le fumier qu'il veut enlever. Sa femme exprime ses ressentiments en pressions nerveuses sur les trayons si bien que la vache qu'elle est en train de traire frappe le sol du sabot afin de soulager la douleur qui se répand dans sa mamelle. Émile sait que tous les deux se braqueront davantage encore. s'il les prend à rebrousse-poil. Alors il laisse déferler l'orage et avance quelques paroles compatissantes qui semblent aller dans leur sens :

— Je me mets à votre place, dit-il d'une voix très calme qui tranche avec la fureur qui vient de déferler dans l'étable. C'est pas drôle de se retrouver dans cette situation.

— Pas drôle ? reprend immédiatement Loriot. T'en as de bonnes, toi. Pas drôle ! On voit bien que c'est pas ta fille. Et dire qu'on n'en a qu'une !

— Une abomination ! ajoute la femme qui trouve là l'occasion de glisser un mot qui lui semble encore plus fort.

— Mais ça va pas se passer comme ça, menace Loriot. J'vais pas laisser faire. Non mais ! Y a des lois. On va aller à la gendarmerie et on va porter plainte. Ils sont tous les deux mineurs. Si l'autre fumier s'imagine qu'il peut abuser des gamines de seize ans en toute impunité et se barrer en disant « Merci, j'la remets dans ma culotte », il se met le doigt dans l'œil. La maison de correction. La prison. Un régiment disciplinaire. C'est tout ce qu'il mérite. Quant à l'autre *Jumelle,* qu'elle remette plus jamais les pieds à la maison. J'la renie. J'veux plus entendre parler d'elle.

— Non, c'est plus notre fille. On veut plus la voir.

Nouveau silence. Émile plaint soudain ces gens qui doivent être bien malheureux pour tenir de tels propos. Si, comme lui, leur enfant avait été tué, ils comprendraient ce qu'est le vrai malheur. Il tente prudemment d'orienter la discussion sur un aspect de la situation que les Loriot ne semblent pas encore avoir envisagé :

— C'est bien malheureux pour le bébé qui va naître…

Ces paroles raniment aussitôt les violents ressentiments de Loriot qui jette une grosse fourchée sur le tas de fumier qu'il constitue derrière lui et lance en guise de verdict :

— Un gosse de la honte ! J'espère bien que cette garce aura pas le culot de le garder. Manquerait plus que j'aie ça comme petit-fils. Qu'elle l'expédie à l'Assistance ! Le mouflet sera de la même mauvaise graine que le père. Pourri à la base. Le père vient de l'Assistance, c'est-y pas normal que le mouflet y aille aussi ? C'est sa place, non ?

La femme se relève vivement, le seau plein à la main, et, de la même démarche de vieille, va le vider dans les bidons. Elle grommelle de façon inaudible mais Émile note qu'elle ne suit pas son mari et n'ajoute aucune parole à propos du bébé. Quand elle revient et lui fait face, Émile l'interpelle :

— Il a pas demandé à venir au monde ce pauvre petit… Pas vrai, Clémence, que c'est quand même triste pour le petit ?

Clémence marque un temps d'arrêt et hausse les épaules. Émile lit le trouble dans son regard. Elle se faufile rapidement entre deux nouvelles vaches.

— Triste ou pas, tranche Loriot d'une voix péremptoire, j'en veux pas. Manquerait plus que je lui laisse ma ferme pendant qu'on y est ! Je les déshérite tous les deux, la mère comme son bâtard. Ils auront rien.

Les doigts de Clémence reprennent leur travail rapide mais Émile remarque qu'elle dodeline de la tête en silence. L'évocation du bébé, son premier petit-fils, ne déstabilise-t-il pas ses certitudes du moment ? Ne commence-t-elle pas à envisager les conséquences de ce que la colère et les ressentiments accumulés leur ont fait dire ? Elle n'a qu'une seule fille. Ne pense-t-elle pas en ce moment que, si elle refuse ce premier petit-fils, elle coupera définitivement les ponts avec Marie et se privera à jamais de la possibilité de tenir un petit sur ses genoux de grand-mère, ainsi que tous ceux que sa fille aura probablement plus tard ?

7

À la recherche de la meilleure formule

Deux ans auparavant, quand Émile était venu la chercher en catastrophe pour allaiter son petit Louis, Rosine n'avait pas eu le temps de se préparer à donner le sein à deux bébés en même temps. Les premiers temps n'avaient pas été faciles. Une période est nécessaire à l'organisme pour s'adapter et produire assez de lait pour répondre à la demande. Mais la nature est bien faite. L'adaptation s'était plutôt bien passée. En quelques jours, Rosine avait senti augmenter le volume de ses seins et le lait était rapidement monté en quantité suffisante. Une nourriture plus riche pour la nourrice, largement fournie par Mathilde qui s'appuyait sur les recommandations du docteur, avait facilité les choses.

Cette fois, son organisme a ajusté sa production de lait pour nourrir Jeanne. Rosine sait que, d'un jour à l'autre, il va falloir répondre à la demande de deux enfants, dont le second n'est pas, comme Louis, un nouveau-né ne consommant que quelques grammes mais un nourrisson de cinq mois aux besoins plus importants. Aussi, depuis le 3 mai, date à laquelle le facteur a apporté la lettre de l'inspecteur confirmant l'attribution d'un bébé, Rosine a anticipé la situation et suit un régime alimentaire visant à augmenter sa production de lait.

L'expérience précédente lui a appris beaucoup de choses et elle remet en pratique les précieux conseils donnés par le Dr Fabre. Depuis une semaine et demie, elle mange en quantité lentilles, topinambours et carottes à chaque repas. Elle s'efforce aussi de boire davantage, de l'eau mais aussi des infusions de verveine dont le Dr Fabre parle comme d'un stimulant efficace. Par contre, elle a ordonné à sa mère de ne mettre ni chou, ni persil, ni oseille dans les soupes parce que ce sont des légumes réputés couper le lait.

— Le persil, c'est ce qu'on donne aux lapines dont les petits sont crevés quand on veut couper leur lait, confirme Albertine. Le chou, j'ai jamais entendu dire.

— C'est le docteur qui l'a indiqué, impose Rosine.

Jeanne est un bébé vigoureux qui n'a jamais connu que le sein. Trois jours après l'arrivée de Suzanne, les choses restent un peu compliquées. Certes, Rosine sent que le lait monte davantage mais lentement, trop lentement à son goût. Elle a bien du mal à trouver la bonne méthode. Le premier jour, au bout de dix à quinze minutes de tétée de Jeanne, elle se sent prise de somnolence, ce qu'elle interprète comme un signe d'épuisement de sa réserve de lait. Aussi, quand c'est le tour de Suzanne, elle ne s'étonne guère de l'entendre geindre au bout de deux minutes, épuisée par les efforts qu'elle fait pour mastiquer le mamelon sans en extraire le breuvage nourricier. Ses seins sont vides.

— J'ai pas encore assez de lait pour deux.

— Faut un peu de temps, essaie de la rassurer Albertine qui sent l'inquiétude dans la voix de sa fille.

En ce qui concerne les nuits, les choses ne se passent pas très bien non plus. À trois mois, Jeanne est à peu près réglée et elle dort de 11 heures du soir à 6 heures du matin, ce qui, jusque-là, a permis à Rosine de récupérer de ses journées. Par contre, Suzanne n'a pas acquis ce rythme. La première nuit est difficile. Rosine, que l'anxiété de la situation prive d'un sommeil profond et réparateur, est réveillée toutes les deux à trois heures par les pleurs lancinants de la « petite Paris ». Au matin, quand Jeanne, selon son habitude, réclame le sein, Suzanne s'est enfin endormie, mais la nourrice recommence une nouvelle journée sans avoir effacé les fatigues de la veille. Sans l'avoir vraiment voulue, une autre méthode se met en place qui, du moins au début, semble corriger les errements du premier jour. Les horaires se décalent d'eux-mêmes et les deux bébés tètent en alternance. Jeanne a droit au sein à 6 heures, puis assez régulièrement, toutes les quatre heures ensuite, jusqu'à une dernière tétée vers 10 heures du soir. Suzanne boit pour la première fois à son réveil, un peu avant 8 heures, puis, avec moins de régularité, toutes les trois à quatre heures. Dans un premier temps, cette alternance satisfait Rosine. Les deux petites ne tétant pas l'une à la suite de l'autre, elle a l'impression que ses seins ont le temps de reconstituer un stock de lait suffisant pour satisfaire à la fois l'appétit de Jeanne tout en permettant à Suzanne de disposer de seins suffisamment remplis.

— C'est mieux. Suzanne boit plus facilement, se réjouit la nourrice.

— C'est une question de temps, essaie de la tranquilliser Albertine. Tu vas y arriver. Il faut le temps de s'habituer.

Effectivement, Suzanne s'adapte progressivement. De tétée en tétée, elle trouve plus facilement le mamelon et, parce que ses seins sont plus souples et qu'elle sent la somnolence la gagner quand la petite s'arrête, Rosine pense qu'elle boit davantage. C'est vrai et, en fin de journée, un autre indice, moins encourageant, le confirme : à la fin de chaque tétée, Jeanne pleure et s'acharne sur le mamelon pour téter davantage.

— Elle n'en a pas assez !

Après une nouvelle nuit de demi-sommeil, Rosine doit se rendre à l'évidence : malgré son régime de carottes et de topinambours, malgré l'alternance des horaires, malgré le temps qui passe, ses seins ne produisent pas une quantité de lait suffisante pour les deux enfants. Les choses avaient été plus faciles avec les deux garçons.

— Je ne comprends pas, s'inquiète-t-elle. Quand j'allaitais Louis et Pierre, j'ai toujours eu assez de lait.

— Louis avait trois mois de moins. Un nouveau-né, ça tète pas la même quantité.

En milieu de journée, alors que Jeanne fait une vraie colère parce que le sein est vide et qu'elle a encore faim, Rosine lui donne un biberon d'eau sucrée pour l'apaiser. Albertine n'est guère convaincue.

— De l'eau tiède… c'est pas avec ça qu'elle va se caler le ventre. De l'eau ou rien, c'est pareil. Dans cinq minutes, elle aura tout pissé et elle aura encore faim. Pourquoi tu complètes pas avec un biberon de lait ?

— Un biberon… Elle est encore trop petite.

— Il y a des enfants qui sont nourris au biberon dès la naissance…

— Pas Jeanne…

Le Dr Fabre, qui venait souvent chez Émile pour suivre son petit Louis, était un fervent partisan de l'allaitement maternel qu'il qualifiait de plus sûr moyen de préserver un nourrisson des microbes. Il déconseillait le biberon avant un an. « À cet âge, disait-il, un enfant a pris le dessus et son organisme devient assez fort pour se défendre. Encore faut-il prendre des précautions… Avant, je le déconseille… » Rosine donne parfois des biberons d'eau, toujours longuement bouillie, à Jeanne. Encore n'utilise-t-elle que des biberons soigneusement lavés et le fait-elle toujours elle-même de peur que sa mère, ignorante de tous ces problèmes de microbes, ne prenne pas les précautions indispensables. Rosine sait que le lait, beaucoup plus que l'eau sucrée, est un produit qui peut se révéler extrêmement dangereux. « Le lait est un aliment merveilleux, mais il est si riche que les bactéries y trouvent un terrain propice pour se développer à une vitesse qu'on n'imagine pas, répétait le Dr Fabre. Du fait qui reste dans une tétine mal lavée peut, en seulement quelques heures, contenir tant de bactéries et de microbes qu'il provoque des diarrhées capables de vous emporter un nourrisson en trois jours. »

— Des biberons, on en a deux, avance Albertine. Et du lait de chèvre, on en a autant qu'on veut.

— Oui…, répond Rosine. Mais pas maintenant.

Rosine change la couche de Jeanne, la remmaillote, la recouche. Puis c'est au tour de Suzanne. Elle voudrait laver du linge, aller au jardin, soigner les lapins. Mais les tétées et les soins aux bébés reviennent si souvent qu'elle n'a plus le temps de tout faire.

« Le biberon et le lait de chèvre, ce sera si y a pas moyen de faire autrement », se promet-elle.

Un jour qu'elle alternait sein droit et sein gauche pour faire boire le petit Louis, le Dr Fabre lui avait demandé pourquoi elle passait de l'un à l'autre.

— Quand il tète sur celui qu'est le plus plein, il tire plus facilement, lui avait répondu Rosine.

— C'est vrai, avait approuvé le Dr Fabre. Et savez-vous pourquoi ?

— Non. Je suppose que c'est parce que le mamelon est plus facile au commencement…

— Pas du tout. En début de tétée, le lait est plus fluide parce qu'il est moins gras, c'est presque de l'eau. Il coule donc mieux. Au fil des minutes, plus le bébé tète, plus le lait « du fond » est gras, donc épais, et il faut effectivement qu'il fasse de plus en plus d'efforts pour le tirer. Changer de sein, c'est sans doute lui faciliter la tâche, mais c'est le priver de ce bon lait gras de fin de tétée dont il a grand besoin et qui le rassasie complètement. C'est surtout ce lait gras qui lui remplit le ventre.

À partir des tétées suivantes, Rosine prend la décision d'attribuer toujours le même sein à chacune des filles : le sein droit pour Jeanne, le sein gauche pour Suzanne. Ainsi ; chacune devrait avoir sa ration et disposer de ce « fameux lait gras qui remplit le ventre ». Sans se l'avouer, elle craint aussi que l'allaitement de la petite Suzanne ne nuise à la bonne croissance de sa propre fille.

Le résultat est mitigé. Suzanne y trouve à peu près son compte, encore que la durée des tétées s'allonge parce qu'elle fatigue vite et que tirer le lait gras l'épuise rapidement. Il lui faut jusqu'à une heure pour vider le sein qui lui est attribué. À l'inverse, Jeanne liquide le sien en moins de dix minutes mais s'acharne sur le mamelon une fois que le sein est vide, réclamant par des pleurs aigus un supplément qui ne vient pas. Il est clair que la quantité est insuffisante.

— T'as raison, dit-elle à Albertine, elle a pas assez.

La tentation est grande de permettre à sa propre fille de boire tout son content et de ne donner à la petite Suzanne que ce qui reste, quitte à lui donner, à elle, quelques biberons de lait de chèvre pour compléter. Mais Rosine s'est engagée à nourrir Suzanne au sein. Elle a signé un papier et a touché l'argent. Suzanne est fragile. En trois jours, Rosine a même l'impression qu'elle a perdu du poids. Lui donner le biberon, ce serait encourir un risque encore plus grand qu'avec un bébé en bonne santé. Elle prend alors une décision qu'elle espère toute provisoire :

— Pour ce soir, je vais essayer un biberon.

— Tu veux que j'en prépare un ?

— Surtout pas. Je m'occupe de tout. Tu ne t'en mêles pas.

Jusqu'en mars 1918, par tous les temps, y compris pendant le dur hiver 1917, Rosine est allée cinq ou six fois par jour à la ferme d'Émile pour donner le sein. Au printemps suivant, en raison des travaux qui pressaient et grâce à la vigueur que prenait le petit Louis, le Dr Fabre a accepté qu'on passe à un allaitement mixte susceptible de dégager Rosine d'une partie des contraintes horaires. Le docteur se montra cependant très pointilleux sur le choix des biberons et déconseilla les célèbres biberons de la marque Robert[1], très en vogue, mais que, pour des questions d'hygiène, il jugeait dangereux à cause de la difficulté qu'il y avait à les nettoyer efficacement. Les goulots à rebord et les tétines en caoutchouc emboîtées sur des bouchons de liège recélaient, selon lui, tant de nids à microbes qu'il les qualifiait de « biberons tueurs ». Il avait préféré des bouteilles en verre au goulot lisse équipé d'une tétine amovible en caoutchouc Laborde, du nom du docteur qui l'avait mise au point, un confrère dont il avait entendu l'intervention dans un congrès de médecins à Paris. « Le lait, c'est un merveilleux aliment mais il peut rapidement devenir un dangereux poison. Pour être sain, le lait doit être vierge de bactéries. Il faut utiliser du lait qui a été stocké le moins longtemps possible et le faire soigneusement bouillir avant de le donner au bébé.

1. *Si aujourd'hui encore certains parlent de « roberts » à propos des seins d'une femme, on le doit à Édouard Robert, pharmacien dijonnais très innovant qui a breveté son invention en 1869 sous le nom de « biberon Robert ».*

Le Dr Fabre pensait que le lait de vache est trop gras. Il préconisait le lait de brebis ou le lait de chèvre, plus fort au goût mais dont la composition se rapproche du lait de femme.

En fin d'après-midi, Rosine confie la surveillance des deux berceaux à la grand-mère et prend son petit Pierre par la main.

— Viens, on va chercher la biquette.

— Biquette ! se réjouit aussitôt Pierre.

— Oui, Biquette. Pendant ce temps-là, nous, on coupera de l'herbe pour les lapins. Ensuite, on ramènera Biquette, on soignera les poules, on sèmera des navets et, pour finir, on traira la chèvre. J'ai besoin de lait frais pour donner à Jeanne.

Rosine, absorbée depuis trois jours par les deux bébés, les tétées et les couches, se sent brusquement toute joyeuse à la perspective de sortir au grand air. Une faucille et une *pouche* dans la main gauche, la menotte de son petit garçon dans la droite, elle part sur le chemin qui conduit à la ferme du Grand Bois Lecomte. Dès qu'ils franchissent la barrière, Pierre aperçoit la belle chèvre blanche à longue barbichette. Le piquet, qui la tient à la chaîne et l'empêche qu'elle ne fasse des escapades dans les prés voisins, est planté au milieu du chemin, à deux centaines de mètres de la maison. Elle est là depuis le milieu de la matinée et a eu le temps de se repaître. Elle est maintenant allongée sur ses pattes, la tête en direction des Croisettes, ruminant l'herbe grasse qu'elle a grignotée sur les bas-côtés, espérant l'arrivée de son petit maître avec un sens de l'heure digne d'un horloger. En les voyant arriver, elle béguète puissamment.

— Biquette, Biquette, répète Pierre qui adore cet animal vif et taquin.

— Écoute, elle t'appelle.

— Bêêê… Bêêê…

— Pieeerre… Pieeerre…, répète Rosine en imitant la chèvre.

Le petit garçon écoute attentivement et ne met pas une seconde en doute l'interprétation de sa mère tant les bêlements se rapprochent de son prénom. Pour lui, c'est certain, sa chèvre parle. Ils marchent. Une cinquantaine de mètres avant d'atteindre l'animal, poussé par l'impatience, Pierre dégage sa main et s'élance bras en avant vers Biquette. La chèvre a l'air de partager la même joie de le retrouver. Elle se dresse sur ses pattes, bêle et tire sur la chaîne. L'enfant se jette sur elle, lui entoure le cou et l'embrasse. Rosine sourit. Elle se sent heureuse mais, dans le même instant, comme cela lui arrive cent fois par jour quand une image l'émeut, une pensée triste l'envahit.

« Que mon Joseph serait heureux de voir son petit gars comme ça ! »

Sa dernière lettre remonte à une quinzaine de jours. La prochaine ne devrait pas tarder.

« Demain ? Ou après-demain, peut-être ? »

La chèvre se laisse cajoler avec une grande gentillesse, manifestement heureuse de recevoir son lot de caresses. Rosine les dépasse en écrasant une larme et se dirige vers le bas-côté où l'herbe est haute. Elle s'agenouille et entreprend d'en couper de grandes brassées qu'elle enfourne dans le sac. Une trentaine de lapins, ça mange…

Accaparée par ses pensées à Joseph, elle ne voit pas arriver dans son dos Arthur, un garçon assez grand pour ses treize ans, au profil osseux et au visage anguleux. Il pousse une brouette bien trop lourde pour lui et lui lance en arrivant à sa hauteur :

— B'jour madame Rosine. J'suis bien content de vous voir. Paraît que vous avez pris une petite fille de l'Assistance. Comment qu'elle s'appelle ?

Arthur aussi est un gosse de l'Assistance publique. L'an dernier, il a quitté l'école sans même avoir été présenté au certificat d'études tant ses dictées rendaient prévisible le double zéro éliminatoire à l'épreuve d'orthographe. De toute façon, de l'arithmétique à la géographie, de son incapacité à mémoriser une récitation à l'impossibilité de retenir les dates historiques obligatoires, Arthur était défaillant partout. Bref, c'était un mauvais élève qui devait à l'immense patience et à la ténacité de son instituteur le fait d'avoir réussi à apprendre à lire et à compter. À sa sortie de l'école, c'est-à-dire à douze ans, il avait été placé à la ferme des Épinetteries où les Lerogneux, les vieux comme les jeunes, accordaient aux gosses de l'Assistance un statut à peine plus enviable que celui des bêtes de somme qu'ils faisaient trimer du matin au soir. En clair, Arthur en bavait.

— Elle s'appelle Suzanne. Elle a cinq mois. Elle aussi, elle arrive de Paris. Comme toi.

— Si ça se trouve, on vient du même orphelinat.

— Peut-être…

— On est de l'Assistance tous les deux. C'est un peu comme si on était de la même famille, vous croyez pas ?

— Si tu veux…

— On pourrait dire que c'est ma petite sœur. Pas vrai ? Nous, tous les gosses de l'Assistance, c'est un peu comme si on était tous frères et sœurs.

Se dire qu'il n'est pas tout seul au monde, que lui aussi a une sœur, un embryon de famille auquel se raccrocher, semble lui faire du bien. Il sourit.

— Faudra venir la voir, l'invite Rosine. Mais il ne faut pas t'attendre à voir une petite fille qui marche et qui parle. Elle est toute petite.

— Merci. Oh oui, je viendrai, promet Arthur, mais faudra pas le répéter. Les Lerogneux voudraient pas que je vienne chez vous. Ils me flanqueraient une raclée s'ils venaient à l'apprendre.

— Ils te battent ? s'insurge Rosine.

— Pas souvent, parce que je cours vite, répond Arthur avec de la malice dans la voix. C'est pas tous les jours qu'ils arrivent à me coincer. Mais, quand ils peuvent pas m'attraper, ils attendent que je vienne manger. Je suis plus malin qu'eux : quand ça barde, je vais pas manger. C'est ça ou les gifles. Remarquez, c'est pas bien grave de pas manger parce que, ce qu'ils me donnent, c'est pas fameux et que je trouve toujours du lait ou des œufs. L'autre jour, on a tué le cochon. J'ai réussi à leur piquer un bout de boudin grand comme ça.

Il écarte ses mains d'une quarantaine de centimètres et rit de son larcin. Rosine finit de remplir sa pouche d'herbe et se relève. Le gamin retourne déjà près de sa brouette.

— J'porte des patates à planter aux Rogers, dit-il. Faut pas que j'm'amuse parce qu'il me guette.

— Qui ça ?

— Ben le vieux. Il paraît que c'est plus lui le vrai patron, mais c'est quand même lui qui commande tout. Faut voir comment qu'il en fait baver au Fernand et à la Marthe. Ils seraient de l'Assistance eux aussi que ce serait pas autrement. Le patron, il peut rien dire mais je vois bien que ça le ronge de l'intérieur. Alors, des fois, il se venge sur moi mais je crois que, dans le fond, il est pas vraiment méchant parce que, d'autres fois, il me parle gentiment. C'est les vieux qui sont méchants. Ils le *raboustaillent* du matin au soir. L'autre jour, sa femme en pouvait plus. Elle voulait rendre son tablier et foutre le camp. Elle criait fort et jetait à la figure de son mari que tout était de sa faute si elle était malheureuse comme les pierres, qu'il avait qu'à trouver une autre maison pour ses parents et les foutre à la porte. Moi, je vous le dis, ça bardait dur !

Le gamin a déjà pris des habitudes d'homme. Il approche ses deux mains jointes de sa bouche, crache et se frotte les paumes. Puis il saisit les bras de la brouette et amorce son départ.

— Promis, je viendrai voir « ma petite sœur ». Je trouverai bien une occasion de les rouler… Merci, merci. C'est très gentil de votre part.

Il donne un coup de reins et fait décoller la roue de la brouette. Alors qu'il a déjà parcouru une dizaine de mètres, il tourne la tête et lance en direction de Rosine :

— Mais faudra rien dire. Ils aimeraient pas que je vienne chez vous…

8

La rigueur de la loi

Depuis le milieu du XIXe siècle, l'« élevage » des orphelins de l'Assistance publique de Paris est une « industrie » très importante dans le Perche. Les quatre années de guerre, en tuant des millions de pères de famille, ont considérablement augmenté le nombre des orphelins pris en charge par l'Administration, si bien que cette activité connaît un développement important. De plus en plus d'orphelins parisiens sont placés, définitivement ou temporairement, à la campagne. Entre le recrutement et la surveillance des nourrices et gardiennes, les visites sur place, le placement des pupilles, les nécessaires relations avec les autorités et les écoles, les questions médicales, les rapports à l'Administration centrale et l'examen des dossiers, M. Camize doit organiser son temps de la façon la plus rigoureuse pour faire face à toutes ses responsabilités d'inspecteur. Les déplacements nécessitent des heures. Parcourir la circonscription, aller de village en hameau, de mairie en maison ou l'état des chemins l'obligent à de longues journées que l'Administration envisage de réduire en mettant prochainement une motocyclette ou une automobile à sa disposition. Question de budget. Pour l'instant, l'inspecteur doit se débrouiller avec les moyens du bord, c'est-à-dire, selon les cas, en utilisant le train, le cheval ou le vélo. Quand ce ne sont pas ses propres jambes.

Aujourd'hui, M. Camize a établi un programme serré qui comporte huit visites. Il prend l'express de 6h52 à Nogent-le-Rotrou et arrive à la gare de La Loupe à 7h18. Il se rend immédiatement chez son loueur habituel et prend possession du cheval et de la carriole qu'il réserve d'une fois sur l'autre. À partir de ce moment, un itinéraire d'au moins vingt-cinq kilomètres l'attend. Il se rend d'abord dans la ferme de la Bordazière où il doit rembourser une visite de dentiste pour la petite bonne.

— Un abcès, explique la fermière. La pauvre gamine, on ne pouvait pas la laisser dans c't'état. Elle avait la joue enflée et rouge comme un coquelicot.

Il donne l'argent, en profite pour parler avec la pupille et essayer de comprendre en quelques minutes comment se passent les choses. Apparemment, elle n'est pas maltraitée et mange à sa faim. Il ne s'attarde pas, remonte dans la carriole et file à la Brosse puis à la Basse Charmoie où habitent des nourrices qu'il connaît bien parce qu'elles élèvent des enfants depuis des années. Le curé fait des difficultés à la première pour l'inscription de la pupille au catéchisme parce que ses propres enfants n'y vont pas. La seconde prend des libertés avec l'obligation scolaire des deux garçons qu'elle a en charge et l'instituteur a adressé une lettre à l'agence :

— C'est les gosses, ils veulent pas y aller. Ils disent que le maître est trop sévère avec eux. Il les bat pour un oui, pour un non. Ils apprennent pas bien, c'est vrai, mais c'est pas une raison pour les cogner.

Émile parle, temporise, rappelle la loi, sermonne. Les enfants soutiennent que le maître d'école leur donne des coups de règle et ne s'occupe pas d'eux. L'agence écrira à l'instituteur pour lui demander des éclaircissements et il en parlera peut-être à l'inspecteur primaire pour qu'il le surveille.

Avant midi, M. Camize rend visite au docteur du Pas-Saint-l'Homer qui a fait hospitaliser une pupille de sept ans pour une suspicion de tuberculose. Les parents nourriciers, assez âgés, sont de braves gens qui entourent la fillette de beaucoup d'affection et la rendent heureuse. Mais ils hébergent aussi une vieille grand-mère impotente chez qui une tuberculose du vieillard s'est déclarée. La maladie ou le bonheur de l'enfant ? Décision de retrait ou de maintien ? Cas de conscience.

Tandis que le cheval parcourt la campagne et l'emporte vers l'Aritoire, un hameau isolé de La Madeleine-Bouvet où vit une candidate nourrice au sein dont il veut vérifier les conditions d'accueil sur place, Jacques ouvre le sac et mange le casse-croûte qu'il a emporté avec lui. Pas de temps à perdre. Au trot, le cheval. Il fait beau et, tout en promenant son regard sur les collines et les prés, il pense aux enfants dont il a la responsabilité. Curieux père de famille de substitution qui doit prendre des décisions importantes avec, en permanence, l'angoisse d'avoir mal apprécié la situation et de ne pas agir au mieux de l'intérêt de ses pupilles.

La Gilardière, le Plessis, Vaupillon, le Vaufermé. Les quatre visites de l'après-midi se déroulent sans problème. De l'argent à donner, des visites de routine, des éléments pour un rapport d'inspection. À 5 heures et demie, l'inspecteur Camize est de retour à La Loupe et restitue le cheval au loueur. Il lui reste deux heures avant son train de retour, deux heures à consacrer à sa dernière visite, celle qu'il considère comme la plus délicate de la journée, avec une interrogation qui l'angoisse : « Est-ce que le père a effectivement déposé une plainte à la gendarmerie »

Quand il pousse la porte de l'imprimerie, la réponse lui arrive très vite. M. Leroy et Lucas ont tous deux le visage décomposé et il n'est pas nécessaire qu'il leur pose la question pour savoir que la réponse est oui.

— Les gendarmes sont venus, déclare le patron. Le père Loriot a fait ce qu'il avait dit.

Lucas est devant la table de composition. Il a une poignée de caractères en plomb dans la main et se fige. M. Camize l'impressionne. Il sait tout ce qu'il lui doit. Sans lui, il aurait été placé dans une ferme, comme tous les autres de son âge, et il connaîtrait les souffrances physiques et morales que cet apprentissage de typographe lui a épargnées. Il lui en est très reconnaissant et il l'admire beaucoup. C'est peut-être ce qui le rend si mal à l'aise en ce moment. Il a l'impression d'avoir trompé sa confiance et il en éprouve une grande honte.

— Eh bien, approche, lui lance M. Camize d'une voix ferme.

Lucas pose les lettres de plomb. Il sent ses jambes se dérober. Il fait trois pas, croise les mains devant lui comme il le ferait à l'église au moment de recevoir la communion et baisse la tête.

— Ben parle, dit M. Leroy qui supporte très mal ces moments de silence. Dis quelque chose.

Lucas relève un regard implorant.

— Je vous demande pardon…, bredouille-t-il. Je ne suis pas digne de la confiance que vous m'avez accordée… J'ai honte. Je regrette.

À ce moment, Lucas souhaiterait recevoir deux claques. C'est ce que ferait n'importe quel père de famille à peu près normal face à son imbécile de fils qui n'a pas su se conduire en homme. Il préférerait mille fois une paire de gifles à ce silence qui se prolonge. Au lieu de ça, M. Camize l'observe sans ciller des paupières, comme s'il voulait scruter le fond de son âme. Il ôte son chapeau, le pose sur la table où l'imprimeur présente ses modèles aux clients et déclare d'un ton qu'il se force à rendre sévère :

— Je ne suis pas revenu pour parler à nouveau de l'erreur que tu as commise. Ce qui est fait est fait. Tu sais toute la sévérité avec laquelle je juge ton comportement. Aujourd'hui, je suis là pour examiner la situation nouvelle que crée cette plainte. Les conséquences risquent d'être lourdes. Y as-tu réfléchi ?

— Oui, monsieur.

M. Leroy intervient. Chez lui, l'expression de son visage, ses gestes et chacune de ses paroles montrent qu'il se range définitivement du côté de Lucas.

— Moi aussi, je lui ai passé un sacré savon mais on peut pas revenir en arrière. Le plus grave maintenant, c'est qu'un gendarme est venu lui apporter une convocation.

Il se tourne vers Lucas et l'apostrophe :

— Ben, reste pas planté comme un imbécile. Montre le papier.

Lucas s'exécute comme un petit enfant. Il va chercher la convocation qu'il a rangée sur une étagère et la remet à l'inspecteur.

— Il doit se présenter à la gendarmerie demain matin à 11 heures.

M. Camize s'assied et garde les yeux très longtemps sur le papier, bien plus que nécessaire pour la lecture. Il est contrarié et a besoin de s'accorder une minute ou deux de réflexion. Comment se fait-il que les gendarmes adressent une convocation à un pupille mineur sans en informer son tuteur légal ? Mais cette anomalie ne change rien au fond de l'affaire.

« Cette fois, les choses prennent une sale tournure. Si la gendarmerie et les juges appliquent la loi avec rigueur, ce gosse peut se retrouver en prison dès demain soir. »

— J'assumerai, dit Lucas pour rompre un silence qu'il ne supporte pas. Je ne me déroberai pas. J'irai à la gendarmerie et, si c'est la loi, je paierai.

— Payer, payer, l'interrompt son patron. Comme tu y vas. La maison de correction ou un régiment disciplinaire en Afrique du Nord, c'est pas rien. Tu te vois enfermé jusqu'à vingt et un ans ?

Lucas poursuit, des larmes plein les yeux :

— Je paierai, mais ça ne changera rien. Marie et moi, on s'aime et on se mariera. Je lui ai promis et je le ferai. Notre bébé, on l'aimera et on l'élèvera.

M. Camize est soudain ému par ce cri du cœur.

— Mais puisqu'il est prêt à réparer, s'échauffe M. Leroy, c'est quand même pas compliqué. Si c'était le fils d'un M. Untel, y aurait pas toutes ces complications. Merde alors, j'comprends pas que la loi soit si mal foutue. S'il voulait pas entendre parler de mariage, j'dis pas. Mais, puisqu'il est d'accord et que Marie aussi est d'accord, où qu'il est le problème ?

M. Camize, très calme, tend la main vers les chaises.

— Asseyez-vous. Ce n'est pas en se mettant en colère qu'on va y voir plus clair.

— Le problème, c'est le père Loriot, poursuit l'imprimeur. C'est un malfaisant. Il veut se venger parce que sa fille refuse de trimer pour lui. Faut pas aller chercher plus loin.

— Doucement, monsieur Leroy... Ne vous énervez pas. Vous ne pouvez pas nier que ces deux jeunes ont agi comme des écervelés inconscients des conséquences de leurs actes. En ce qui concerne la jeune fille, elle a un père...

— Malheureusement ! laisse échapper M. Leroy.

— ... un père à qui la loi reconnaît des droits, insiste M. Camize avec force. Lucas, lui, est placé sous la tutelle de l'Assistance publique jusqu'à ses vingt et un ans. De la même façon que la jeune fille est placée sous l'autorité de son père qui prend les décisions en son nom, rien ne peut se décider au sujet de Lucas sans que l'Assistance publique soit présente. Or, pour les pupilles placés dans ce secteur, je représente l'Assistance publique et, jusqu'à preuve du contraire; c'est moi qui parle au nom de l'Assistance publique.

Le patron et son jeune typographe s'asseyent. Les rappels volontairement fermes que prononce l'inspecteur leur imposent silence et ils restent suspendus à ses lèvres, essayant de trouver dans la plus légère intonation de voix une raison d'espérer. M. Camize fixe Lucas dans les yeux et s'adresse à lui seul :

— Que puis-je faire maintenant ? Je ne reviens pas sur le passé. Comme le dit ton patron, ce qui est fait est fait. Te blâmer ou te pardonner n'aurait aucune incidence sur la situation présente. En tant que tuteur, mais ce serait pareil si j'étais ton père, deux chemins s'ouvrent devant moi : ou bien je nie crois pas en ta sincérité et j'estime que tes dires ne sont que des paroles verbales, des promesses en l'air destinées à tenter d'échapper aux sanctions. Dans ce cas, je dois laisser la loi s'appliquer dans toute sa rigueur. Ou bien, à l'inverse, je te fais confiance et je crois en ta volonté sincère de réparer tes erreurs. Dans ce cas, j'essaie – je dis bien « j'essaie » – d'agir pour que vos vies ne soient pas brisées. Le cœur de l'affaire est là : oui ou non, puis-je croire en ta parole ? Que dis-je en ta parole… en votre parole à tous deux ?

Lucas essuie ses yeux d'un grand revers de main et se reprend. M. Leroy est tenté de le défendre mais l'inspecteur, sans quitter Lucas des yeux, lui oppose sa main ouverte pour lui signifier qu'il ne souhaite pas qu'il intervienne.

— J'ai fait une erreur, reconnaît Lucas, et je vous dis une nouvelle fois que je le regrette. Mais je n'ai pas fait de faute parce que Marie et moi on s'aime vraiment. Ce petit, on l'a fait un peu vite, c'est vrai, mais on le veut et on saura le rendre heureux. J'aurais trop peur qu'il devienne, comme moi, un gosse de l'Assistance. Marie, elle pense comme moi et je…

— Comment peux-tu être certain de ce que pense Marie ? le coupe M. Camize.

— J'en suis certain !

L'imprimeur a bien du mal à se contenir. Lui aussi est certain de Marie. Il a envie d'en témoigner. Il repousse sa chaise en arrière, se lève et propose d'en apporter la preuve irréfutable :

— Le meilleur moyen de vous en rendre compte, c'est qu'elle vous le dise elle-même. Je vais la chercher. Vous allez l'entendre de sa propre bouche.

Sans attendre la réponse, il fait demi-tour, ouvre la porte et s'élance dans la rue, laissant le tuteur et son pupille en tête à tête. Lucas baisse le regard et se livre alors en confidence :

— J'ai beaucoup réfléchi. La maison de correction, le régiment et même la prison, c'est pas ce qui me tourmente le plus. Que va devenir Marie si je ne suis plus là ? Et le bébé ? Toute seule, est-ce qu'elle pourra s'en occuper ? Est-ce qu'il ne finira pas, comme moi, à l'Assistance ? Toutes les nuits, je fais des cauchemars terribles. Je le vois dans les mêmes grands couloirs froids des orphelinats où j'ai végété pendant mes premières années de vie. Personne pour tenir sa petite main. Personne pour l'embrasser le soir. Personne…

Jacques Camize aussi pense à ce bébé. Il n'a jamais vécu dans les grands couloirs froids des orphelinats dont parle Lucas, mais connaît les ravages causés par ces mois de petite enfance vécus sans l'amour d'une vraie maman et d'un vrai papa. Il sait que, même lorsqu'il s'agit d'un dépôt temporaire et que les parents arrivent à récupérer leur enfant une fois leur situation régularisée, des pans entiers du petit être sont à jamais devenus durs comme de la pierre. Il sait que c'est dans ces grands couloirs froids que germe la haine, l'agressivité et la révolte que l'on reproche si souvent aux gosses de l'Assistance.

— Je suis sincère, monsieur l'inspecteur. Il faut me croire. Je sais travailler et je commence à bien gagner ma vie. Marie aussi commence à se débrouiller. Tous les deux, on y arrivera.

Il évoque encore son travail, parle d'un petit appartement qui est à louer au-dessus de la boutique du charbonnier, donne les noms de quelques personnes qui les aideront à démarrer : M. Leroy, la patronne de la boulangerie, une vieille dame à qui Marie porte son pain chaque jour et qui l'a prise en affection. À la fin, la question fatidique jaillit des lèvres de Lucas :

— Monsieur l'inspecteur, vous n'allez pas me laisser tomber, n'est-ce pas ?

L'irruption de l'imprimeur et de Marie dans l'atelier évite à Jacques de faire une promesse qu'il n'est pas sûr de pouvoir tenir. Marie a les yeux humides mais elle ne pleure pas. Elle a les cheveux relevés en arrière, le regard décidé et l'attitude d'une jeune femme – malgré ses seize ans, sa silhouette ne permet plus de la classer chez les enfants – volontaire, prête à se battre. Probablement par désespoir, elle déverse sans détour tous ses espoirs et défend Lucas avec une énergie étonnante :

— Le bébé, on l'a fait tous les deux. Lucas, il est pas plus responsable que moi. On est à égalité. Faut nous aider, monsieur l'inspecteur. Nous, ce qu'on veut, c'est se marier et être heureux ensemble. Je sais bien que ça compte pas beaucoup pour mon père ou les gendarmes de savoir qu'on s'aime. Mais c'est la vérité. Nous, on demande pas la lune : on veut juste qu'on nous marie. Tous les deux, on fera le reste.

« Que la vie est injuste, pense Jacques. Pourquoi le parcours de certains êtres est-il semé de tant d'obstacles ? »

Bien sûr qu'il va tenter de les aider. Bien sûr qu'il va essayer d'arranger les choses. Mais le leur promettre, ne serait-ce pas leur donner l'impression qu'il approuve leur comportement ?

— En tout cas, jure Marie d'une voix déterminée, même si on jette mon Lucas en prison, notre bébé, je le garderai. Je travaillerai quinze heures par jour s'il le faut, mais je l'élèverai et on attendra Lucas. Mon petit aura un père, lui.

Et elle prononce ce « lui » avec une telle force qu'il est tout à fait clair qu'elle considère que, tout comme Lucas, elle n'en a pas un vrai.

Quand il sort de l'imprimerie, Jacques est convaincu : ces deux jeunes ont du cran. Il file à la gendarmerie et fait valoir au chef de la brigade que la convocation n'est pas conforme puisqu'elle est adressée à un mineur.

— En tant que tuteur, c'est moi qui dois recevoir la convocation.

Malgré les sourcillements du gendarme qui arguë que le mineur a plus de dix-huit ans et que, par conséquent, la loi le reconnaît pénalement responsable, l'inspecteur obtient que la convocation soit repoussée de cinq jours. Très officiellement, il s'engage à venir en personne pour parler au nom de son pupille.

« Cinq jours, c'est court pour ramener le père de Marie à la raison, mais la sincérité de ces jeunes ne mérite-t-elle pas qu'on essaie ? »

Il revient sur ses pas, retourne à l'imprimerie et annonce le report de la convocation. Il regarde sa montre. Sans donner d'autre explication, il rédige à toute vitesse une courte lettre qu'il cachette sans en dévoiler le contenu et la remet en main propre à M. Leroy.

— Portez-la immédiatement à M. Favellière, le maire de Saint-Éliph, dit-il alors qu'il franchit déjà la porte. C'est très urgent.

Puis il dévale l'avenue, traverse la gare et pénètre sur le quai au moment où le chef de gare s'apprête à siffler le départ du train pour Nogent-le-Rotrou.

9

Un retournement inattendu

Émile n'est pas là quand M. Leroy débarque en motocyclette à la ferme. Mathilde finit de faire manger le petit Louis et s'apprête à lui donner son bain. Elle n'a guère de temps à consacrer à l'imprimeur. L'absence du maire frustre l'imprimeur. Il ignore le contenu de la lettre mais, comme il sait bien qu'elle a un rapport avec l'histoire de son apprenti typographe, il voudrait bien savoir ce que l'inspecteur lui demande. Il propose de l'attendre mais Mathilde tend la main et lui précise qu'il est en réunion à la mairie et qu'elle ne croit pas qu'il va rentrer de bonne heure. Il se résout donc à remettre l'enveloppe à Mme Favellière, en insistant mille fois sur l'urgence et l'importance :

— Surtout, je compte sur vous pour lui donner dès qu'il rentrera. Ça peut pas attendre.

— J'y manquerai pas, répond Mathilde. Vous pouvez partir tranquille.

— Je reviendrai demain soir pour lui parler mais, s'il passe à La Loupe avant, dites-lui de s'arrêter à l'imprimerie. Je voudrais lui expliquer des choses.

Vers 8 heures, quand il rentre de la mairie, Émile prend immédiatement connaissance de la lettre.

Monsieur le maire,

M. Loriot a déposé une plainte en bonne et due forme à la gendarmerie de La Loupe. Mon pupille et moi-même sommes convoqués dans cinq jours afin d'être entendus préalablement à la transmission du dossier au procureur de la République.

Je redoute de très graves conséquences.

Je suis convaincu que le mariage de ces jeunes serait de très loin une bien meilleure solution, ce qui suppose évidemment un retrait de ladite plainte.

Je vous demande à nouveau, avec la plus grande insistance et comme un service personnel, d'user de votre autorité morale de maire et des liens que vous entretenez avec la famille Loriot pour la ramener à la raison. Je suis certain que, comme moi, vous serez sensible au fait que la vie du petit enfant à naître, pas plus que celle du jeune couple, ne peut être brisée avant même d'avoir commencé alors qu'il existe une autre issue.

Je vous adresse mes respectueuses salutations.

Jacques Camize,

Inspecteur de l'Assistance publique.

Émile plie le papier et le range dans sa poche. Il s'attendait à la décision de Loriot mais ne laisse rien transparaître de sa désolation face à cette situation insensée. Une nouvelle fois, il résiste à la tentation d'aller voir Loriot sur-le-champ.

« À cette heure, il est certainement au bistrot. »

En apparence, la soirée se déroule comme toutes les autres. Mais l'histoire lui tourne en tête à la manière d'une chronique de malheurs annoncés qu'un peu d'intelligence pourrait éviter. Pourquoi tant de haine ?

Comme chaque soir, il accompagne longuement l'endormissement de son cher petit Louis, même si ce doux moment est perturbé par la pensée du futur bébé de Marie qui, lui, risque de ne jamais connaître la présence de son grand-père. Émile dîne et passe ensuite les deux heures avant la tombée de la nuit avec ses chevaux, vérifiant l'état des sabots, inspectant les crottins, contrôlant les rations d'avoine. Il brosse la robe de Pâquerette, démêle sa belle crinière, lisse à larges coups de peigne le crin blond de la longue queue.

« En ce moment, Loriot doit se sentir fort. C'est lui qui tient le manche de la cognée. Borné et bravache comme je le connais, il se fera un malin plaisir de tenir tête à qui que ce soit. »

Cette histoire l'empêche de dormir sereinement. À plusieurs reprises, il est tiré de son sommeil et il reste les yeux ouverts dans le noir, pensant tour à tour à Marie qu'il a prise en affection, à Lucas, au petit être pas encore né, et les images se confondent par moments avec le visage de son cher petit Louis.

«… avec la plus grande insistance… d'user de votre autorité morale de maire… pour la ramener à la raison. »

Le seul moyen d'arranger les choses, c'est effectivement de ramener Loriot à la raison. Mais comment ? Son esprit flotte entre sommeil et inconscience. La somnolence fait émerger des visions de couloirs d'orphelins et il mélange Louis, Suzanne et ce bébé qui n'a pas encore de nom. Dans les moments où il reprend le contrôle de lui, une évidence s'impose :

« En allant travailler en ville, Marie échappe à son. autorité. Ne m'en tient-il pas pour responsable ? »

Les heures s'égrènent à l'horloge de la grande salle. Émile est à nouveau brinquebalé par des demi-rêves qu'il ne maîtrise pas. Il revoit la petite Suzanne à sa descente du train, et la petite orpheline rejetée par Paris se métamorphose en une fragile flamme que le regard affolé de Rosine redoute de ne pas pouvoir maintenir allumée.

Dès 5 heures, il se lève pour fuir ces images angoissantes. Il ouvre la porte de la maison et observe le ciel. Vieux réflexe des gens de la campagne qui se perd dans la nuit des âges parce que le ciel commande le travail du paysan. Avant que Mathilde ne se lève, il reprend la lettre et la relit lentement.

« Faudra y aller sur la pointe des pieds, pense-t-il. S'il a l'impression que je vais encore lui faire perdre la face, autorité morale du maire ou pas, il m'enverra bouler. »

La ferme s'éveille. Les volailles s'ébattent et on entend, dans l'étable et les écuries, tinter les chaînes des gros animaux qui s'impatientent dans l'attente de leur nourriture. Il croise les deux journaliers qui sortent d'une écurie où ils dorment et se dirigent vers la cuisine. Comme chaque matin, respectant un rituel immuable, Émile imagine qu'ils s'assiéront au bout de la grande table de chêne et mangeront le morceau de cochon du matin préparé par la bonne embauchée depuis deux ans pour soulager Mathilde dans ses tâches ménagères. Le plus vieux a la casquette enfoncée jusqu'aux yeux. L'autre, un costaud qui compte ses mots et baisse toujours le regard, taillera méticuleusement des cubes de pain et de cochon qu'il piquera de la pointe de son couteau de charretier pour les porter à sa bouche.

— Bonjour les gars.

— B'jour patron…

Pour Émile, la journée commence invariablement par ses chevaux. Outre Pâquerette qui est sa jument préférée, Seigneur qu'il considère comme sa plus belle réussite de sélectionneur, et quatre hongres dociles pesant près de mille deux cents kilos et qui sont utilisés pour les travaux des champs, Émile possède une quinzaine de juments poulinières et autant de poulains en cours d'élevage. Une fois dressés, ces jeunes chevaux seront vendus aux grandes fermes de Beauce qui apprécient les percherons pour leur force et leur intelligence ou aux entreprises de roulage qui transportent les marchandises vers la capitale. Maintenant que la guerre est terminée et que les affaires reprennent, il faudrait en faire naître le double pour satisfaire les acheteurs. Jusqu'à la fin de l'année 1918, l'armée a été acheteuse prioritaire et, dans les fermes et les transports, les animaux de trait n'ont pas pu être renouvelés, si bien que le cheptel vieillissant ne suffit plus aux besoins. C'est ce qui explique la demande si forte cette année.

Il prend un bâton remisé devant l'entrée de la maison et part en direction des herbages. Une jument doit pouliner dans quelques jours et, la veille, il a remarqué que des gouttes perlaient de sa mamelle. C'est signe que le moment approche. Il faut surveiller. Il s'engage sur le chemin. Mai éclate. Il fait beau. Il marche et il a l'impression que la belle lumière lui débarbouille des visions de la nuit.

Venant du bourg, une femme avance dans le sens opposé. Rapidement, il reconnaît Clémence Loriot.

« Qu'est-ce qu'elle fait par là ? »

Les Loriot n'ont aucune terre, aucun pré dans la contrée.

« C'est moi qu'elle vient voir… »

Quand elle arrive à portée de voix, c'est-à-dire à une bonne vingtaine de mètres d'Émile, elle lance :

— J'suis bien contente de te trouver là. On va être tranquilles pour causer.

— Bonjour Clémence.

Elle ne lui rend pas son bonjour et continue à avancer. Elle a le visage défait par la fatigue d'une nuit sans sommeil et Émile remarque des traces violacées sur la joue gauche par ailleurs bien plus colorée que la droite. Le regard n'échappe pas à la femme.

— On a eu une sacrée discussion. Ça a duré jusqu'à 2 heures du matin. Il m'a foutu des baffes mais je lui ai dit ma façon de penser.

Elle parvient à hauteur d'Émile, lui serre la main mais, bien qu'ils soient côte à côte, continue à s'exprimer avec la voix forte d'une paysanne parlant en plein milieu des champs. Elle va droit au but :

— Moi, j'veux pas perdre ma fille. Elle a fait une connerie, d'accord, mais j'en ai qu'une. Et puis une connerie comme ça, y a pas beaucoup de femmes qui peuvent soutenir qu'elles l'ont pas faite. Toi qu'es à la mairie et qui signes les actes de naissance, t'as bien dû remarquer que, dans au moins une famille sur deux, l'aîné est un grand prématuré. Pas vrai ?

— Je peux pas dire le contraire…

— Et pis le curé itou, il a bien dû remarquer que les baptêmes ont pas toujours lieu neuf mois après les mariages. Et alors ? En v'là une affaire. Une fois qu'elles sont mariées, c'est quoi la différence ? C'est pour ça que j'dis que ma gamine elle est pas pire que les autres.

Ils font deux pas vers le pré voisin où broutent les juments et leurs poulains. Leurs bras prennent appui sur la barrière en bois et Clémence continue à déballer ses démêlés familiaux sans aucune retenue.

— C'est comme ça que l'engueulade avec Loriot a démarré. J'étais en train de traire les vaches quand il est revenu du bistrot, avec un bon coup dans l'aile, comme de bien entendu, et là il a dépassé les bornes. Tu sais comment qu'il l'appelait ? « L'autre putain ! » J'ai pas supporté et j'lui ai dit ma façon de voir. Et le ton est monté aussi vite qu'une mayonnaise.

— Et il t'a frappée…

— Pas tout de suite. La première séance, elle a duré trois heures. Il répétait toujours les mêmes choses. J'ai pas lâché d'un pouce. Je lui ai tenu tête. J'crois qu'on a passé en revue toutes les bonnes femmes de Saint-Éliph. Dame, il a bien fallu qu'il admette que Marie c'est pas la première à se retrouver grosse à seize ans. Sûr qu'elle a pas raison mais puisqu'ils veulent se marier, y a moyen d'arranger les choses. « Un repris de justice de l'Assistance. Elle aura jamais mon consentement, qu'il arrêtait pas de répéter. Plutôt crever ! » Tu sais comment qu'il est têtu. Alors moi, ç'a m'énervait encore plus. J'ai fini par lui dire que c'était un con.

— Bref, c'est à minuit qu'il t'a foutu la claque…

— Ah, nom de Dieu ! Là, j'ai vu rouge. Le seau de lait tout entier que j'lui ai balancé à travers la gueule. Il a pris l'arête en fer en plein dans le nez. Fallait voir comment que ça s'est mis à pisser le sang. Sur le coup, j'ai cru que je l'avais estourbi pour de bon.

Elle se tait. Émile regarde ses bêtes. La jument pleine dont la mamelle laissait échapper des gouttes de lait n'est pas avec les autres. Elle s'est isolée et se lèche les flancs. Manifestement, la naissance approche.

— Et ce matin, risque Émile, tu lui as causé ?

— Il a pas attendu ce matin. Une demi-heure après, c'est lui qu'est revenu, la queue entre les jambes. Le seau de lait, ça l'avait dessoûlé. « Si tu signes pas, que j'lui ai dit, j'fous le camp. La ferme et tout le toutim, tu te démerderas tout seul. Moi, j'pars avec ma fille. »

— Il t'a crue ?

— Et comment qu'il m'a crue ! Il me connaît. Il sait que je le ferais. Et puis il sait aussi que la moitié des terres viennent de mon côté. Ça compte. Mais c'est pas comme ça qu'il a réagi. Il a répondu : « Ta fille… ta fille… Et moi, alors ? — Ben oui, Ma fille, que je lui ai répondu, puisque toi tu la renies. — Comme tu y vas… » Là, il m'a un peu surprise et j'me suis dit que Marie comptait encore un peu pour lui. Je le connais, il est pas si mauvais et je suis sûr que, dans le fond, il l'aime bien. On s'est radouci tous les deux et on a causé jusqu'à 2 heures du matin.

Clémence reste plus discrète sur cette conversation et donne peu de détails. Émile sent qu'autant elle s'épanchait avec facilité quand il s'agissait de raconter une engueulade, autant elle se montre réticente à rapporter des paroles de réconciliation.

— Il revient en arrière ?

— Pas encore... mais il est prêt à arranger les choses.

— Il retire sa plainte ? Il donne son consentement ?

— Il a pas dit oui, mais il a pas dit non. Moi, je le connais et je sens que c'est oui.

— C'est pour ça que tu viens me voir ?

— Oui. Tu comprends, y a la fierté. Faut que tu trouves un moyen pour qu'il perde pas la face. Après ce qu'il a gueulé partout, tout le monde dirait que c'est un plat-cul et rigolerait s'il signait sans conditions. Va le voir et trouve des arrangements pour qu'il ait pas l'air d'avoir baissé sa culotte.

Pendant un instant, Émile garde le silence et observe la jument. Chez elle, c'est net, le ventre recule et comble le creux des hanches, signe que le poulain se déplace dans l'utérus. La naissance se prépare. Question de jours. Cette observation donne à Émile le temps de réfléchir.

— J'suis certain qu'il l'aime bien sa gamine, dit-il enfin en se tournant vers Clémence. T'as raison, c'est pas utile de l'humilier. Si tout le monde y met un peu du sien, on devrait pouvoir y arriver.

Clémence sourit, mais la douleur provoquée par le plissement de la joue la ramène instantanément à une expression plus grave de son visage.

— L'essentiel, renchérit-elle, c'est que Marie soit heureuse, que le père du bébé aille pas en prison et que je puisse tenir mon petit gars dans mes bras. Dans deux à trois ans, plus personne pensera à cette histoire. Même Loriot, il regrettera d'avoir dit autant de conneries.

Le soleil dépasse maintenant la cime des arbres. Ils regardent ensemble les poulains qui suivent les mères.

— Il est parti à Champrond, reprend-elle en décollant son corps de la barrière et en revenant sur le chemin. Il sait pas que je suis là. Quand tu le verras, c'est pas la peine de lui dire que je t'ai causé.

Émile hoche la tête. Clémence fait un petit geste de la main et rebrousse chemin en direction de Saint-Éliph. Émile la suit des yeux un moment, puis il ouvre la barrière et entre dans le pré pour aller examiner sa jument de plus près.

« Si on m'avait dit que les choses se passeraient comme ça… »

10

Un allaitement difficile

Rosine pose les soixante francs sur le bureau du notaire. Étant donné que la somme couvre le mois en cours plus une petite partie de l'arrérage, elle s'imagine non pas qu'il va la féliciter, mais qu'il sera content, peut-être même soulignera-t-il l'effort qu'elle fait et l'encouragera à poursuivre. Déception. Le notaire ne regarde même pas les billets. D'un geste, il commande à son clerc de débarrasser son bureau, comme si l'argent qui y était étalé avait une mauvaise odeur. Il dit d'une voix haut perchée :

— Ayez l'obligeance d'encaisser et d'établir le reçu correspondant au nom de Mme Rosine Péchereau.

Le clerc ramasse les billets tout en exécutant une sorte de courbette qui en dit long sur la crainte que lui inspire son patron.

— Soixante francs…, commente le notaire en fixant Rosine. À ce rythme-là, il vous faudra des mois pour rattraper votre retard. Sans compter les pénalités prévues dans le contrat, qui s'ajouteront. Vous êtes entrée dans une spirale infernale.

— J'essaierai de vous donner davantage le mois prochain, promet Rosine.

— J'essaierai…, souligne le notaire d'une voix sarcastique. La loi ne vous demande pas « d'essayer » mais vous « impose » de tenir vos engagements. Vous oubliez que vous avez plusieurs échéances en retard. Le moment arrive où je vais être contraint de prendre une décision. Non seulement je suis en droit de faire saisir votre maison mais encore, moralement, j'en ai le devoir. N'oubliez pas que je suis responsable et garant des intérêts des gens qui placent de l'argent chez moi. Si je tarde à vous saisir, c'est uniquement par égard pour le grand mutilé qu'est votre mari. Un soldat qui a fait son devoir… Je me montre compréhensif, mais il y a des limites. J'ai une responsabilité…

Rosine encaisse l'humiliation en baissant les yeux. Elle a hâte de partir mais le clerc n'en finit pas de lui apporter le fichu reçu. Le notaire en profite pour reprendre le travail de sape qu'il mène depuis le début de la guerre :

— Madame Péchereau, dit-il d'un ton paternaliste qui traduit sa volonté de placer Rosine dans une position très inférieure, j'ai le sentiment de ne pas vous rendre service. Pourquoi vous entêtez-vous à ne pas écouter mes conseils ? Certes, la guerre est terminée mais votre mari est, m'a-t-on dit, encore à l'hôpital pour de longs mois. Je sais que vous travaillez dur, que vous vous privez et que, dernièrement, vous avez pris un enfant de Paris en nourrice.

— Je vois que vous êtes bien renseigné, ne peut se retenir de répliquer Rosine.

— Vous avez du mérite, mais, de mois en mois, vous vous enterrez. Malgré tous vos efforts, croyez-moi, cette maison reste une charge bien trop lourde pour vous. Soyez raisonnable. Depuis des années, mon client…

— Dites plutôt votre ami Fernand Lerogneux ! le coupe Rosine.

— … mon client… M. Lerogneux… augmente régulièrement son offre. Il vous propose aujourd'hui vingt et un mille francs pour les Croisettes.

— Les Croisettes ne sont pas à vendre ! s'insurge Rosine. Je paierai.

— En 1913, vous avez payé cette maison neuf mille francs.

Douze mille francs de plus en six ans. Vous vous rendez compte ?

— Les francs de 1913 et les francs d'aujourd'hui, c'est pas la même chose.

— Suivez mes conseils, vendez. Vendez pendant qu'il en est encore temps. Vous vous libérerez d'une dépense insupportable. Quand votre mari rentrera… il représentera une charge supplémentaire pour vous et…

Joseph, une charge ! Comment ose-t-il toucher à son Joseph ! Une charge ! Cette méchanceté révolte Rosine. Elle referme son sac, se lève et lance :

— J'suis pressée. Le reçu, vous aurez qu'à me l'envoyer par la poste.

— Ce ne sera pas la peine, répond le notaire. Je suis sûr qu'il est prêt. Prenez-le en sortant.

Il se lève à son tour, mais reste derrière son bureau.

— Croyez bien que je parle dans votre intérêt, madame Péchereau. Réfléchissez.

— C'est tout réfléchi. Je paierai, conclut-elle en tournant les talons.

Sur le trajet de quelques kilomètres qui la ramène vers les Croisettes, Rosine pédale fermement, épuisant sa rancœur dans l'effort.

« Les Lerogneux, ils n'ont pas digéré qu'on nous ait donné la préférence. S'ils veulent une maison, ils ont qu'à s'en construire une. Ils ont bien les moyens. Les Croisettes, c'est la maison de mon Joseph. Je crèverais plutôt que de la vendre ! »

Quand Rosine arrive aux Croisettes, Albertine est sur le seuil de la porte. Elle semble soulagée de la voir revenir. Elle tient Jeanne dans ses bras. La petite braille dans ses oreilles et la pauvre grand-mère a beau la bercer, elle ne parvient pas à la calmer. En deux jours, épuisée par des diarrhées qui la déshydratent et lui tortillent le ventre, Jeanne a fondu et son visage, marqué par l'épuisement, a perdu sa rondeur et a pris une couleur terne.

— C'est de la diarrhée de plus en plus jaune. J'ai pas arrêté de changer ses couches. Va y en avoir une lessive !

— Elle a faim, dit Rosine en posant son vélo contre le mur et en se précipitant vers la petite qui lui tend les bras. Viens ma chérie. Viens. On va arranger ça.

— C'est pas la faim, répond Albertine en accompagnant de ses mains le transfert du bébé d'une poitrine à l'autre. J'lui ai donné un biberon y a pas une heure.

— Et elle l'a bu ?

— D'un trait. Ça l'a calmée dix minutes, et puis aussitôt les coliques ont repris. Elle se tordait encore plus. En deux minutes, elle était toute mouillée.

— C'est le lait, se morfond Rosine. Faudrait pas lui donner le biberon.

— On fait pourtant attention. Les biberons sont propres et le lait est bouilli…

— Elle avait pas l'habitude. C'est venu trop brutalement.

Rosine jette son sac sur le bahut. Elle s'assied sur l'une des chaises proches de la cuisinière, ouvre son corsage et met immédiatement Jeanne au sein. Le bébé happe le mamelon mais à peine commence-t-elle à téter que des gargouillements et des flatulences sonores parcourent le petit ventre. Le bébé lutte mais la douleur l'emporte. Elle ouvre la bouche en grand et tousse si fort qu'elle finit par envoyer des jets de vomis malodorants qui menacent de l'étouffer et maculent les vêtements de Rosine. Dans le même temps, les petits intestins en déliquescence évacuent des diarrhées liquides qui traversent la couche et mouillent le bras de Rosine.

— Elle se vide autant par le haut que par le bas…, constate la grand-mère. C'est pas bon.

— C'est les biberons. Faut que je la remette complètement au sein.

— Et Suzanne ?

Rosine éprouve un moment de trouble. N'a-t-elle pas présumé de ses forces ? Les choses se sont tellement bien passées quand elle a nourri les deux garçons que, au moment de déposer sa demande à l'Assistance publique, l'idée qu'elle pourrait ne pas avoir assez de lait pour deux ne lui a pas effleuré l'esprit une seule minute.

— Suzanne, la rabroue Rosine, depuis qu'elle est là, elle n'a eu que le sein. Pas un seul biberon. Elle n'a pas de diarrhées, que je sache.

— Non… Mais elle profite pas beaucoup pour autant. Quand je l'ai changée tout à l'heure, j'ai même eu l'impression qu'elle avait encore maigri… Elle a presque six mois, avance Albertine. Tu pourrais lui donner des biberons ou des petites purées…

— Pour qu'elle soit malade aussi ? Pas question. C'est pas une question d'âge. Il faut d'abord qu'elle se remplume.

Rosine change Jeanne, la recouche, s'inquiète de la fièvre qu'elle sent monter. Jeanne est brûlante et la sueur froide qui envahit le corps de l'enfant est une cause d'inquiétude supplémentaire. Jeanne s'endort en geignant.

— Pousse le feu, ordonne-t-elle.

La grand-mère prend le crochet accroché à la barre sèche-torchons de la cuisinière, ôte plusieurs ronds qu'elle repousse sur le côté, tisonne pour faire tomber les cendres et enfourne plusieurs bouts de bois. Elle remet les ronds en place, tourne la clé fixée sur le tuyau de poêle et ouvre la porte du devant de la cuisinière pour accélérer le tirage. Les flammes se mettent à rouler dans le foyer et émettent un ronflement grandissant.

La petite Suzanne n'a pas tété depuis plus de quatre heures.

Pourtant, elle somnole dans son berceau d'osier et il faut que Rosine la secoue pour lui donner le sein. L'enfant n'a pas pris un gramme depuis son arrivée et, malgré le temps qui passe, elle stagne et reste trop chétive pour son âge. C'est simple, davantage encore depuis que Jeanne est malade, quand les deux filles sont nues pour le bain, on jurerait des jumelles. Pourtant, Suzanne n'émet quasiment plus de plaintes révélatrices d'un état de souffrance permanent. Elle prend le sein et, même si les tétées sont longues, l'épuisement ne l'arrête plus au bout de quelques minutes.

— Viens, ma chérie, la câline Rosine. C'est pas parce que tu ne réclames pas qu'il faut sauter une tétée. Tu as besoin.

Rosine s'assied près de la cuisinière. Dans le mouvement qu'elle fait pour caler le nourrisson de l'Assistance contre son sein, la petite tête roule comme s'il s'agissait de celle d'un bébé de deux semaines. À presque six mois, Suzanne ne tient toujours pas sa tête.

— Allez, réveille-toi. Il faut boire.

Suzanne ouvre à demi les yeux. Quand elle sent le mamelon, elle referme machinalement les lèvres et commence à téter. Mollement, mais elle tète…

L'allaitement, les nuits difficiles, l'absence de son Joseph, les soucis d'argent, les tâches nombreuses, le jardin, les lapins, le bois, sans compter le linge qu'elle va laver dans les fermes ou les heures de travail dans les champs pour gagner quatre sous, tout concourt à épuiser les forces de la jeune femme. Ses seuls moments de repos, très relatifs, sont les tétées. Alors, tandis que Suzanne somnole sur son sein, Rosine se laisse envahir par la douce chaleur émise par la cuisinière. Elle allonge les jambes, cale ses reins contre le dossier de la chaise et se laisse aller. Ses muscles se relâchent et, insensiblement, sa respiration change de rythme. Elle dort, les yeux grands ouverts, sans perdre totalement conscience, comme le font les chevaux qui récupèrent, debout, l'épaule appuyée contre un mur, pendant que les journaliers chargent les charrettes.

Dans les heures qui suivent, l'état de Jeanne empire. Elle se vide littéralement et la remise au sein ne stoppe ni les diarrhées ni les vomissements. La fièvre grimpe et son front devient à ce point brûlant que, en fin d'après-midi, Rosine prend peur et pédale jusqu'à La Loupe pour demander au docteur de venir.

— Il est justement à Saint-Éliph en ce moment, indique sa bonne. Vous le trouverez soit chez Mme Vergne, soit à la Bréganderie.

Retour vers Saint-Éliph. Rosine pédale comme une dératée, épouvantée à l'idée qu'elle pourrait perdre sa petite. Par chance, elle croise la carriole du docteur sur le chemin qui relie le bourg au hameau.

— C'est pour la petite, lui dit Rosine. Elle se vide et elle a beaucoup de fièvre.

— J'ai encore deux visites. Je passerai avant ce soir, promet-il.

Rosine rentre aux Croisettes. Pour éviter que les deux enfants ne se contaminent, Albertine a mis le berceau de Suzanne dans la chambre tandis que celui de Jeanne a été rapproché de la cuisinière de façon à ce que l'enfant, rouge de fièvre et couvert de sueur, ne prenne pas froid.

— Le docteur va passer dans la soirée, lui annonce Rosine. On aura les médicaments tout de suite. Il en a dans sa carriole.

— Le docteur…, répète la vieille femme. Mon Dieu ! Une visite et des remèdes, mais combien que ça va te coûter ?

Rosine hausse les épaules. Est-ce vraiment le moment ? L'argent, on s'arrangera.

— Je vais dans le jardin. Il reste des vieux poireaux. Commence à éplucher les patates pour la soupe pendant qu'elles dorment.

Rosine entraîne Pierre dans la grange accolée à la maison. Elle prend le petit seau de fer-blanc pour le lait de la chèvre, un panier pour les quelques légumes qu'elle trouvera au jardin et un vieux panier à salade en fil de fer qu'elle donne au petit garçon pour mettre les œufs qu'ils ramasseront en allant soigner les poules. En mai, il y a beaucoup de travail au jardin mais peu de chose à récolter : des poireaux qui montent à graines, des trognons de chou, des radis, des navets, des salades qui sont les premiers légumes de printemps, et puis la rhubarbe qui pousse en grosses touffes au fond, près du vivier. Mais la rhubarbe, c'est comme le persil ou l'oseille, c'est mauvais pour le lait.

— Si j'arrive à acheter du sucre, je dirai à maman de faire de la confiture.

Mais la priorité, ce n'est pas d'acheter du sucre. Alors on se contentera de compote acide qu'il faut manger tout de suite parce qu'elle ne se garde pas. Rosine cueille, coupe, bine. Elle pince les coins de son tablier et le relève pour former une sorte de sac qu'elle remplit de grosses poignées d'herbe pour les lapins. Elle ramasse les œufs.

— Attention, recommande-t-elle à Pierre. Les œufs, c'est fragile.

— Pas casser…

Elle apporte les paniers à la cuisine, jette un coup d'œil aux petites, pose la main sur le front de Jeanne tout en regardant l'heure à l'horloge, s'inquiétant à la fois de la fièvre qui continue à grimper et de l'absence du médecin. Albertine coupe les poireaux. Rosine ne reste pas les bras croisés. Il y a tant à faire! Elle repart, ramène la chèvre mise au piquet dans le chemin, l'enferme dans la cabane et la trait. Pierre la suit comme son ombre et se montre curieux de tout.

« Comme son père va le trouver changé quand il reviendra ! ».

Joseph. C'est à peine si elle a encore le temps de penser à lui.

Il faut absolument qu'elle trouve un moment pour répondre à la courte lettre qu'elle a reçue hier dans laquelle il lui dit que les médecins l'encouragent à sortir dans les jardins de l'hôpital, qu'il fait des efforts pour marcher et reprendre ses forces. Il lui dit qu'il l'aime et qu'il a bon espoir de revenir bientôt. Il ne parle pas de ses blessures ni de ses opérations, mais il annonce qu'on lui a promis une petite pension quand il rentrera.

« Oh oui, qu'il revienne vite ! Même éclopé, même infirme, tout sera tellement mieux quand il sera à la maison. »

C'est en sortant de la cabane, le seau à moitié rempli du lait de la chèvre, que Rosine se rend compte que le docteur est là. Elle croit tout d'abord qu'il ne fait qu'arriver et qu'il est encore dans sa carriole mais, quand elle passe la haie qui sépare le jardin de la cour, elle se rend compte que la carriole est vide et que le docteur est déjà à l'intérieur de la maison. Quand Rosine entre, elle le trouve debout en train d'ausculter Jeanne posée, les fesses à l'air, au milieu de la grande table.

— Je ne vous ai pas entendu arriver, s'excuse Rosine en posant le seau sur la pierre à évier.

Le docteur fait un petit signe de tête mais ne prête guère attention à ses paroles. Il examine les selles contenues dans la couche et demande à Rosine de s'approcher.

— Votre petite a perdu beaucoup d'eau. Venez voir.

Le docteur pince la peau de l'abdomen du bébé et la relâche brusquement.

— Chez un enfant normalement hydraté, l'élasticité naturelle de la peau lui fait immédiatement reprendre sa configuration initiale et la trace du pli disparaît sur l'instant. Lorsque l'enfant est déshydraté, la peau garde plus ou moins longtemps la trace de ce pli.

Dans le cas présent, la peau ne reprend pas sa place du tout. Le pli reste. Le docteur range ses instruments dans le sac de voyage en cuir qui lui sert de sacoche et observe à nouveau le petit ventre.

— Le pli de la pinçure ne se résorbe pas. Cela signifie que votre petite a perdu beaucoup d'eau, entre dix et quinze pour cent de son poids. Refaites ce test à chaque fois que vous la changerez. Je vais vous donner des médicaments qui devraient faire effet dans les vingt-quatre heures. Si la peau reste aussi peu élastique, rappelez-moi. Surtout, faites-la boire. Beaucoup. Au besoin, forcez-la. Le danger, c'est la déshydratation.

Rosine reste fascinée par la ligne rouge du pli cutané qui n'en finit pas de s'estomper. Elle regarde le ventre à la peau flasque et découvre, avec un long temps de retard, combien les paroles du médecin sont justes : Jeanne a maigri, beaucoup maigri.

— Rhabillez-la. Je vais chercher les médicaments. Je reviens tout de suite.

En même temps que le docteur franchit le seuil, Albertine se rapproche et glisse à l'oreille de sa fille quelques paroles qui la ramènent à une dure réalité :

— Avec les médicaments, ça va représenter une somme… Rosine est trop fatiguée et son angoisse est telle qu'elle ne réagit pas.

— Va y en avoir au moins pour huit francs. Comment qu'on va faire ?

Rosine finit d'ajuster les langes, de telle façon qu'elle tourne le dos au médecin quand il revient, un flacon de sirop et un sachet de poudre à la main.

— Voilà, dit-il en posant les remèdes sur la table. Une cuillerée à café dans un peu d'eau sucrée toutes les deux heures et une cuillerée à café de poudre toutes les trois heures. Jour et nuit, c'est important.

D'ordinaire, à ce moment de la visite, les gens ont le porte-monnaie à la main et demandent combien ils doivent. Il a l'habitude des maisons où il n'y a pas d'argent. Il trouve alors une façon élégante de sortir les deux femmes de leur embarras. Il saisit la sacoche qu'il a laissée sur la table et dit :

— Ne me payez pas aujourd'hui. Je reviendrai un jour ou l'autre pour examiner la petite de l'Assistance. On verra à ce moment.

Rosine baisse la tête. Albertine, habituée de longue date à ce genre de situation, répond à sa place :

— Merci Docteur, merci bien.

— Au revoir. Surtout, s'il n'y a pas d'amélioration dans les vingt-quatre heures, n'hésitez pas à me rappeler.

Albertine l'accompagne jusqu'à sa voiture tandis que Rosine finit de langer Jeanne et la recouche. La barrière grince. Les roues de la carriole crissent. La voix du docteur lance son cheval au trot. Albertine attend que le médecin soit déjà loin pour revenir dans la maison. Quand elle se retrouve devant sa fille, elle dit simplement :

— Le docteur, c'est un homme bon.

11

Un retournement sous conditions

Le cochonnier de Saint-Victor-de-Buthon vient chaque premier jeudi du mois à la ferme Favellière pour tuer un goret. Le lendemain, Émile porte du boudin et un morceau de poitrine à Rosine. Quand il arrive aux Croisettes, Rosine est absente. Albertine est assise entre les deux berceaux et agite doucement celui de Jeanne pour tenter de calmer ses pleurs.

—On n'a pas pu payer le docteur, lui lance d'emblée la grand-mère.

Émile pose le paquet de viande sur la table et s'approche. L'image est pénible. La petite fille est brûlante de fièvre et ses yeux brillent comme des éclats de glace. Son état ne s'est pas amélioré depuis la visite du médecin. Dans le berceau voisin, le bébé de l'Assistance somnole. La petite Suzanne est calme et silencieuse et, même si son visage demeure pâle, elle paraît en bien meilleure santé que le bébé de Rosine.

—Malgré les remèdes, elle continue à se vider.

—Il faut le temps qu'ils fassent effet…

Arriver au monde n'est pas chose facile et, par une association d'idées douloureuse, la vision de la petite malade et de l'orpheline de l'Assistance publique le ramène au sort d'un autre bébé : celui. de Marie.

Dans la carriole qui le reconduit vers Saint-Éliph, cette obsession ne le quitte pas. À l'entrée du village, il croise un vieux revenant de sa partie de manille quotidienne qui lui apprend que Loriot n'est pas venu au bistrot.

— Paraît qu'il a commencé à faucher sa luzerne tantôt. Il doit profiter du beau temps.

Le champ de luzerne en question est situé derrière la ferme des Loriot, juste en rive des prés où ils mettent à paître leurs vaches une fois que Clémence a fini de les traire.

En fin de matinée, Émile, son chien sur ses talons, coupe à travers les prés pour rejoindre le chemin de la Ducherie. Au bout de dix minutes de marche, il parvient au sommet de la croupe de terrain et aperçoit son homme, les manches de la chemise à carreaux roulées sur les bras, la casquette rabattue sur les yeux, avançant ses pas au rythme cadencé du balancement de sa faux. Il est seul.

Pour éviter de le surprendre en arrivant dans son dos, Émile ne franchit pas la clôture du pré le plus proche et se présente par le bout du champ que le faucheur remonte.

— J'ai pas voulu traverser le pré, lui lance Émile alors qu'il est encore loin. Les veaux, c'est peureux quand ils connaissent pas.

Loriot se redresse, pose une main sur sa hanche et cambre ses reins courbatus dans un mouvement de douleur. Il a le nez meurtri et la cicatrice rouge du cul du seau barre sa pommette. Il pose ses deux mains sur la poignée de la faux dont il met le manche debout et prend appui d'une façon qui ne laisse aucun doute sur son intention de discuter un bon moment. L'arrivée du maire semble presque un soulagement. Clémence n'a rien exagéré : le bonhomme semble revenu à de meilleurs sentiments.

— Pas ceux-là, répond Loriot avec un signe de tête en direction des veaux. Tu leur marcherais sur les pattes qu'ils se lèveraient même pas.

— Ils sont bien beaux.

— Oui. Y a quatre génisses dans le lot. J'les garderai pour remplacer les plus vieilles de mes vaches.

Les deux hommes regardent les bêtes allongées dans l'herbe. Les jeunes poulains acceptent difficilement d'être séparés de leur mère. Dans les herbages, on les voit toujours caracoler à proximité de la jument qui les a mis au monde. Vaches et veaux sont des animaux différents et recherchent volontiers une vie plus collective. Une dizaine de veaux, couchés au soleil sur leurs pattes repliées, forment une sorte de nurserie livrée à la surveillance de trois vaches à larges taches marron. Plus loin, la tête baissée au ras du sol, des génisses de un an broutent entre les lignes de pommiers.

— Cette année, j'me plains pas. J'en ai pas un qui a crevé, raconte Loriot en pointant le doigt vers les veaux. J'ai même pas eu besoin d'appeler le vétérinaire une seule fois pour les vêlages. C'est des économies.

Le chien furète dans la luzerne, le nez au ras du sol, et s'approche de la clôture du pré. Émile donne un coup de sifflet. Le chien lève la tête, revient aussitôt et s'assoit.

— C'est pas comme pour les moutons, ajoute Loriot.

— T'as eu des pertes ?

— M'en parle pas ! Sept agneaux. J'me suis pas méfié. J'ai pas rentré les brebis à temps et elles ont mis bas dehors une nuit qu'il pleuvait. Les petits ont été mouillés et ils ont pris froid.

— Ça arrive…

La conversation ressemble au premier round d'un match de boxe. Les deux hommes s'observent mais chacun sent bien qu'ils ne sont pas là pour parler des bêtes.

— Tes poulains sont tous nés ? demande Loriot.

Loriot n'est pas décidé à aborder le sujet le premier. C'est de bonne guerre. Comme dit Clémence, il ne peut pas perdre la face.

— Non, répond Émile. J'en ai encore trois à naître et j'ai l'impression que le prochain c'est pour dans pas longtemps.

— Les juments, c'est de la surveillance. Faut être là au bon moment…

La conversation tourne en rond. Ils se taisent, suivant des yeux les myriades de pétales de fleurs de pommiers que le vent disperse en averses lumineuses. La même pensée tourne dans leurs deux têtes : Marie. Finalement, c'est Émile qui, sur la pointe des pieds, se décide à lancer le sujet :

— Tu te doutes sans doute du pourquoi de ma venue…

Loriot a un imperceptible mouvement qui dessine un pli au coin de ses lèvres. Évidemment qu'il sait, mais il ne se dévoile pas.

— Non…

Il feint si mal que sa voix change d'intonation. Ce « non », qui ne facilite pas les choses, lui permettra de se justifier par la suite en affirmant que, s'il a fait un geste, c'est parce que le maire a insisté. Émile tourne sa langue plusieurs fois dans sa bouche avant de continuer. Il ne s'agit pas de se montrer maladroit. En aucune façon Loriot ne doit soupçonner que Clémence lui a parlé.

— C'est rapport à Marie, commence Émile. C'est embêtant ce qui lui arrive…

Silence. Loriot pousse du pied le dernier andain de luzerne fauché par la lame de la faux. Il ne faudrait pas qu'il se lance à nouveau dans une tirade où les mots « traînée », « garce » ou autre « Marie-couche-toi-là » rendraient difficiles une conciliation. Le but ultime, c'est d'aboutir au retrait de la plainte. Signe encourageant, Loriot se contient. Émile poursuit :

— J'te comprends, ça fait pas plaisir aux parents. Mais c'est des choses qui arrivent. Petits enfants, petits soucis. Grands enfants, grands soucis. C'est souvent comme ça. Les gosses, c'est toujours une source de tourment.

Loriot décroise ses doigts et change la position de ses mains sur le manche de la faux. Les paysans percherons sont des hommes rudes dont la nature a endurci l'âme tout autant que les mains. Ils ne parlent pas facilement de certaines choses et il faut des circonstances exceptionnelles pour avoir l'excuse d'ouvrir son cœur. Émile entreprend de l'amener sur ce terrain où il ne peut pas s'aventurer sans aide. Il se baisse, prend une poignée de luzerne fraîchement coupée et, pour masquer sa réticence à se livrer sans pudeur, fait mine d'observer les fleurs violettes.

— C'est drôle, j'me disais que toi et moi on avait un truc en commun. J'avais un fils unique et toi, ta fille, elle est unique aussi. Toi, t'as rien que Marie, et moi, j'avais rien qu'Édouard.

L'effort d'attention pour suivre le raisonnement fait froncer les sourcils de Loriot.

— Sauf que moi je l'ai perdu définitivement, lâche Émile. Il reviendra jamais. Ça va faire deux ans dans quinze jours.

— Deux ans…

— J'ai pas trop l'air comme ça, mais à l'intérieur de moi j'arrive pas à m'en remettre. Tu me diras, moi et puis les autres qui sont dans mon cas, c'est les circonstances. Si y avait pas eu cette vacherie de guerre, Édouard serait encore là, et puis mon petit Louis, il aurait toujours son père. Je pouvais rien empêcher. Impossible. Qu'est-ce que j'aurais pu faire pour détourner les obus ?

Loriot est mal à l'aise. À l'intérieur de lui, son esprit se tortille comme un chien d'arrêt dans l'attente de l'ordre du chasseur. Il a très bien compris ce qu'Émile veut lui dire mais le fait de parler d'un enfant mort l'embarrasse. Comment pourrait-il rétorquer que, dans son cas, c'est pire ? Évidemment qu'il n'y a pas pire qu'un enfant mort, surtout quand il est tué à la guerre. On ne peut rien répondre là-dessus. Sans lui laisser le temps de trouver une riposte, Émile livre le fond de son raisonnement :

— Marie, elle a fait une connerie et je comprends que tu sois remonté. Sauf que toi, ta fille, elle est vivante et que, question maîtrise de la situation, t'es le maître du jeu…

Il ne finit pas vraiment sa phrase, laissant le soin à Loriot de prolonger.

— Qu'est-ce que tu veux dire ?

— Perds pas ta fille comme moi j'ai perdu mon garçon, assène aussitôt Émile sur un ton ferme. Moi, c'est un Boche qu'avait le doigt sur la détente. Je pouvais rien faire. Pour Marie, c'est toi qui as le doigt sur la détente. Moi, je te dis : « Il est pas trop tard. Appuie pas ! »

— Un coup de fusil ! Comme tu y vas !

— Tu le regretterais toute ta vie.

— Elle mérite quand même une belle engueulade, non ?

— Eh bien, engueule-la. Ça oui. Un père a le droit d'engueuler sa fille qu'a fait une connerie.

— Encore heureux…

— Tu vois, poursuit Émile sur un ton de voix qui se rapproche de la confidence, moi, dans mon malheur, j'ai la chance d'avoir mon petit-fils. C'est pour lui que je me lève tous les jours. Si je l'avais pas, qu'est-ce qu'elle deviendrait ma ferme après moi ?

La ferme ? Oui, Loriot y a pensé. Et depuis longtemps. Comme tout paysan, il ne pense même qu'à ça. Il tourne la tête et regarde une charrette tirée par deux chevaux en ligne qui passe sur le chemin de la Ducherie. Il suit la marche de l'attelage qui se détache sur le vert des bois puis, à brûle-pourpoint, fait face à Émile et s'écrie :

— Bon, Marie et le petit, c'est une chose ! Mais y a quand même l'autre saligaud qui lui a fait ça !

— Saligaud, saligaud… Il se défile pas. Il est prêt à marier ta fille pour régulariser. Tout peut rentrer dans l'ordre. T'as juste une parole à dire.

— Oh là ! Oh là ! résiste Loriot. Je te vois venir. Si t'es venu me dire qu'il faut que je retire ma plainte, ça va être plus compliqué. J'le connais pas, ce gars-là. J'sais pas d'où qu'il sort.

— Il a un bon métier. C'est un jeune très sérieux.

— Sérieux, faut voir. C'est un gosse de l'Assistance.

— Je vois que t'es au courant. Oui, c'est un gosse qui n'a pas eu de chance au départ. Il en a d'autant plus de mérite aujourd'hui parce qu'il réussit à s'en sortir plutôt bien. Sans parents pour l'épauler, c'est beau d'arriver là où il est. Ta fille n'a pas rencontré un fainéant ou un abruti. Finalement, même s'il est pas dans la culture, pour Clémence et toi, c'est pas un mauvais parti. Marie, il saura la rendre heureuse. Et si Marie est heureuse, toi et ta femme, vous le serez aussi.

— J'dis pas le contraire, admet Loriot. Quand les enfants sont heureux, forcément, les parents le sont aussi.

— Les enfants et les petits-enfants. Les petits-enfants, ça compte quand on prend de l'âge. T'as déjà vu mon petit Louis quand il est assis dans la carriole à côté de moi ? Tu crois pas que tu seras content, dans quelques années, quand tu tiendras la main du petit à Marie ?

Jusqu'à aujourd'hui, Loriot n'a guère eu le temps de penser que le grand-père du bébé de Marie ce sera lui. Mais l'évocation de cette petite main d'enfant dans la sienne le touche. Tant de sentiments mêlés brinquebalent son pauvre esprit qu'il éprouve le besoin de marcher pour masquer son émotion. Il laisse tomber le manche de sa faux, saisit le bras d'Émile et l'entraîne dans l'espèce de sentier dessiné entre deux andains de luzerne.

— Suppose, prend-il la précaution de dire – je dis bien « suppose » -, que je retire ma plainte. Qu'est-ce qui va se passer ? Tout le monde va se foutre de ma gueule. J'vais passer pour un con. C'est la Clémence qui va crier victoire. Parce qu'il faut que je te raconte, quand t'es venu l'autre soir, elle avait l'air de mon côté mais, en réalité, elle a complètement retourné sa veste une fois que tu as eu tourné les talons. Faut voir ce qu'elle m'a mis. Jusqu'à 2 heures du matin qu'on a discuté. Et méchante avec ça…

Il penche ostensiblement son visage et met en évidence son nez meurtri et la blessure laissée par le bord coupant du seau.

— J'ai dans l'idée qu'elle a revu Marie et qu'elle s'est laissé embobiner.

— C'est une mère…

— Si je reviens sur la plainte, Marie et son galant, eux aussi ils vont bien rigoler de moi.

— Mais non, essaie de le rassurer Émile. Personne ne rigolera, personne ne te jettera la pierre. Au contraire. On dira de toi que tu es un brave homme, que t'as su comprendre ta fille parce que tu l'aimes bien, que tu ne veux pas que ton petit-fils soit l'enfant d'une fille mère, et tout ça te fera honneur. Ta fille, elle t'aime aussi. À chaque fois que je la vois, elle manque jamais de me dire : « Vous souhaiterez le bonjour à papa. »

— Ah oui, elle dit ça ?

— Tu vois. C'est plutôt si tu changes pas d'avis qu'on te traitera de con.

— Tu crois ?

— Je suis certain que Marie et Clémence seront les premières à t'en être reconnaissantes.

— Clémence aussi ? Tu crois ?

Un homme, un vrai, peut se vanter de foutre sa femme à la porte. En aucun cas il ne peut avouer qu'il craint qu'elle ne le quitte. Question de fierté de mâle. Ce sont des choses qui ne s'avouent pas. Aussi, par pudeur, Émile feint de ne pas comprendre l'allusion à la menace de départ de Clémence.

— Et les problèmes avec la mairie, le curé ? enchaîne Loriot.

— Le curé, on verra. Pour la mairie, je m'en charge.

— Le mieux, ce serait que ça se passe pas à Saint-Éliph.

— Si tu veux que ce soit plus discret, le mariage peut avoir lieu à La Loupe. Je peux arranger le coup. En plus, c'est pas obligatoire de faire un grand mariage avec la robe blanche, la couronne de fleurs d'oranger et tout le tralala.

— J'ai gueulé, j'ai gueulé, mais n'empêche que j'ai pris de ses nouvelles. Paraît qu'elle est enceinte de cinq mois. Alors, le temps de faire les papiers, pour la robe blanche et les fleurs d'oranger elle aura un ventre de six mois et demi ou sept mois, ce sera plutôt raté.

— On arrangera ça.

Leurs souliers écrasent les chaumes des pieds de luzerne et leurs pas résonnent des craquements produits à ras du sol. Tout en continuant à évoquer de multiples petits détails de moindre importance, ils marchent, atteignent le bout du champ, font demi-tour et remontent vers l'endroit où la faux a été abandonnée. Loriot se fait expliquer les formalités pour consentir au mariage. Il interroge pour savoir comment se fait un retrait de plainte.

— Une fois qu'on a signé les papiers à la gendarmerie, est-ce que c'est seulement possible ?

Le maire essaie de le renseigner mais il n'a pas réponse à tout.

— Le mieux, ce serait de se retrouver après l'école pour que le secrétaire de mairie donne exactement la marche à suivre.

Autre chose préoccupe Loriot.

— Si c'était arrivé avec un gamin du pays, j'connaîtrais ses parents. J'pourrais m'arranger avec eux. Mais là, le gars à Marie…

— Lucas. Il s'appelle Lucas.

— Si tu veux… Ce Lucas donc, j'peux pas discuter avec ses parents puisqu'il en a pas. Il est mineur aussi, et il a pas fait son service militaire. Avec qui veux-tu que je discute de l'avenir ? Moi, j'sais pas comment que ça va se passer, mais j'imagine qu'avec l'Administration c'est forcément plus compliqué qu'avec Pierre, Paul, Jacques…

— Je connais personnellement l'inspecteur de l'agence de Nogent-le-Rotrou. M. Camize qu'il s'appelle. C'est lui qui exerce la tutelle de Lucas. Je peux t'arranger un rendez-vous avec lui si tu veux.

— Si c'est son tuteur, c'est un peu comme si je parlerais à son père. Toi, tu me dis que Lucas est un gars sérieux. Je te crois, mais faut me comprendre. J'ai besoin d'avoir des garanties. J'peux pas donner ma fille sans savoir à qui j'ai affaire. Y a l'avenir : un ménage qui s'installe avec un bébé, faut des sous. Qu'est-ce qu'elle fait, l'Assistance, dans ce cas-là ?

J'veux bien payer, mais pas tout. Ce serait pas équilibré.

L'avenir... L'installation du jeune ménage. Qu'on est loin de la plainte, de la maison de correction et de la honte d'une fille mère! Émile respire mieux.

—Je vais t'arranger une rencontre. Je m'en occupe.

Le chien d'Émile est couché dans l'herbe près de la faux.

—Regarde, dit Loriot, il a fait son petit tour et il t'attend. On jurerait qu'il a compris qu'on allait revenir ici.

Le chien se lève et vient se frotter contre les jambes de son maître en un geste affectueux. Maintenant que l'affaire est dénouée, Loriot éprouve le besoin de se livrer à quelques confidences:

—Tu sais, Marie, c'est ma fille, j'l'aime bien. J'ai pas l'air comme ça, mais elle compte beaucoup pour moi. J'ai pas tellement su la comprendre, c'est vrai, surtout quand elle s'est mis en tête de se placer dans un commerce. C'est sûr, j'aurais préféré qu'elle reste à la ferme. Une fille, ça peut aussi prendre la suite. L'histoire de la boulangerie, ça m'a pas fait plaisir et j't'en ai voulu. Mais j'ai réfléchi depuis. Que veux-tu, c'est la roue qui tourne. Si sa vie c'est comme ça... Et puis c'est comme tu le disais tout à l'heure: il y aura le petit, et pour peu que ce soit un garçon...

Les deux hommes sont sur le point de se séparer. Loriot se baisse et redresse le manche de sa faux. Il redevient paysan, crache dans ses mains et dit dans un soupir qui trahit le grand soulagement qu'il éprouve:

— C'est pas le tout, le travail va pas se faire tout seul. Les femmes viennent tantôt pour faner. Faut que je finisse avant midi.

— Je fais au plus vite. Compte sur moi.

Au moment où Émile amorce son départ, Loriot le rattrape par le bras.

— Oh, j'oubliais. Si tu vois Clémence, c'est pas la peine de la mettre au courant de nos petites affaires. J'lui dirai que c'est pour éviter des frais de justice que je retire ma plainte.

Émile lui adresse un clin d'œil.

— C'est ça… Pas la peine de jeter l'argent en frais de justice…

Puis il tourne le dos et monte en direction de la Ducherie.

12

Une promesse d'avenir

Le Dr Fabre a eu une matinée éprouvante. Son passage quotidien à l'hôpital rural s'est prolongé de façon imprévue en raison de l'admission d'un ouvrier couvreur qui, à la suite d'une chute, présente une fracture du tibia qu'il a fallu réduire en urgence. Du coup, les visites à domicile dans La Loupe ont été décalées de une heure et, à cause de cette fichue épidémie de gastro-entérite qui sévit depuis quelques jours, elles ne se sont terminées qu'à midi. En rentrant chez lui, le docteur espère, sans trop se faire d'illusions, pouvoir s'accorder un moment privé avec Mme Fabre en savourant le bon petit plat préparé par leur bonne, une remarquable cuisinière qui n'a pas sa pareille pour mitonner des ris de veau aux morilles ou du bœuf en cocotte. Mais, quand il entre dans son cabinet, il doit se faire une raison : sept personnes se trouvent dans la salle d'attente et il n'aura pas le loisir de déjeuner en tête en tête.

— Mes cours à l'institution commencent à 2 heures, regrette Mme Fabre.

— Mange sans moi… On essaiera de profiter de la soirée.

Deux heures plus tard, alors qu'il reconduit son dernier patient et qu'il meurt de faim, Jacques Camize tire la sonnette du cabinet.

— Je n'ai pas déjeuné et j'ai horreur d'être seul à table, l'accueille le docteur sans détour. Joue de bœuf au cidre. Si le cœur vous en dit, je vous invite.

— Avec grand plaisir, accepte M. Camize. Moi non plus je n'ai pas eu le temps de manger.

— C'est tous les jours comme ça. Hôpital à partir de 7 heures, visites, consultations. Il est 2 heures de l'après-midi et je n'ai pas eu une seule minute de répit.

— Maigre consolation pour vous, je suis à peu près dans le même cas, ajoute Jacques Camize en entrant dans le couloir.

Thérèse, la bonne, ouvre la porte. Elle s'avance et prend le chapeau et le manteau que l'inspecteur lui tend. Les retards du docteur, elle connaît, depuis quinze ans qu'elle est à son service, mais elle ne peut s'empêcher de manifester sa désapprobation.

— Si c'est raisonnable de manger à cette heure, lui reproche-t-elle. Vous serez bien content quand vous aurez un ulcère à l'estomac.

— L'ulcère, c'est mon domaine, sourit le docteur. Seul remède conseillé par la Faculté : la joue de bœuf au cidre ! Allez, on passe à table. Dites-moi, Thérèse, votre joue, vous l'avez faite comment, aujourd'hui ?

— Ben, comme d'habitude, avec du cidre, des carottes et des lardons. C'est pas comme ça que vous la vouliez ?

Le docteur répond par un grand sourire et confirme d'un signe de tête que c'est bien ainsi qu'il l'espérait. Il avance le bras et invite l'inspecteur à entrer dans la salle à manger.

— Madame est partie à l'institution il y a un quart d'heure, explique Thérèse en apportant une assiette et un couvert supplémentaires. L'abbé devait venir passer la soirée, mais elle va repousser l'invitation à la semaine prochaine. Elle vous fait dire qu'elle rentrera vers les 6 heures.

Le docteur enregistre. Les deux hommes prennent place. Thérèse approche le plat d'asperges de l'entrée et, avant de disparaître dans sa cuisine, tend une cuillère et une fourchette à Jacques pour qu'il se serve.

— En toute simplicité, dit le docteur. Allez-y.

— Ainsi votre épouse est enseignante, relève Jacques en saisissant une demi-douzaine d'asperges.

— Oui. Professeur d'histoire. Des horaires fixes. Un rêve !

— Ma femme aussi est professeur. Nous avons au moins ce point en commun.

— Français peut-être ?

— Oh non… Musique. Elle est violoniste. Elle fait quelques heures au lycée mais elle donne surtout des cours particuliers.

Les deux hommes bavardent de choses et d'autres jusqu'à ce que Thérèse apporte un plat fumant qui emplit la pièce d'un parfum de cidre doux et de lardons fumés. La gourmandise du docteur s'exprime aussitôt par un « Huumm ! » prolongé qui fait rosir la cuisinière de plaisir.

— Vous m'en direz des nouvelles, lance-t-il à Jacques. Thérèse est une fée.

C'est très bon et les premières bouchées leur imposent silence. Puis Jacques engage la conversation sur les raisons de sa venue.

— Je viens pour vous payer. Avez-vous préparé votre facture d'honoraires ?

— Elle est sur mon bureau. J'ai fait un récapitulatif détaillé, comme d'habitude. Une douzaine de visites si je me souviens bien.

— Que pensez-vous de l'état de santé de mes pupilles ? demande Jacques.

— On ne m'appelle jamais que pour les enfants malades. Les bien portants, je ne les vois pas souvent. Quelques infections pulmonaires, des problèmes intestinaux, des rougeoles ou des varicelles. Toujours des diarrhées inquiétantes chez les tout-petits.

— Les bébés récemment placés ?

— Touchons du bois ! Aucun des quatre nourrissons de la dernière fournée n'est décédé à ce jour. Pour le moment, ils s'accrochent mais je ne suis pas certains qu'ils s'en sortiront tous.

— Vous les avez vus ?

— Tous, sauf la petite qui est chez Mme Péchereau. Je suis bien allé aux Croisettes mais, rassurez-vous, c'était pour sa propre petite fille. Une déshydratation sévère. J'espère que votre pupille y échappera. Je lui ai conseillé de garder les enfants dans deux pièces séparées jusqu'à ce que sa propre fille aille mieux.

— C'est plus prudent.

Près de la moitié des nourrissons qui arrivent de Paris décèdent dans le mois qui suit leur placement. Depuis qu'il dirige l'agence de Nogent, Jacques en a vu mourir des dizaines. À chaque fois, il en éprouve une grande tristesse. Mais que faire ?

— Et les autres ? interroge Jacques.

— Quelques complications pulmonaires, des varicelles, des dysfonctionnements intestinaux. Une grosse conjonctivite aussi.

Les enfants de l'Assistance publique sont généralement de constitution peu robuste et beaucoup présentent des retards de croissance plus ou moins importants. Ils ne sont pas toujours accueillis dans des conditions d'hygiène satisfaisantes.

— Les microbes, plaisante le docteur, c'est comme les rats dans la fable de La Fontaine. Il y a les microbes des villes et les microbes des champs. Ce ne sont pas les mêmes et, quand ils débarquent, les enfants de Paris ne sont pas immunisés. Leur organisme résiste moins bien. Alors, le premier microbe qui traîne, ils le ramassent.

À 2 heures et demie, les deux hommes se séparent. Le docteur part pour sa tournée de visites dans la campagne. C'est dans ces moments où il pénètre dans leur univers intime qu'il se sent le plus proche des gens. Être utile aux gens, c'est la source de sa vocation.

Jacques a retenu une carriole chez son loueur. Dans la lettre qu'il lui a fait parvenir par l'intermédiaire du chef de gare pour qu'elle arrive très rapidement, le maire de Saint-Éliph annonce le revirement de Loriot à condition que *le tuteur officiel de Lucas vienne discuter avec le père de la fille, comme cela se ferait si Lucas avait une famille.* La formulation fait sourire Jacques tout en le remplissant de bonheur. On le place au même rang qu'un père, ce qui constitue à ses yeux la plus belle des reconnaissances qui puisse récompenser son travail.

Sa carriole pénètre dans la cour désordonnée de la ferme au moment où Loriot aidé par deux *bonshommiaux* portant pantalons à l'ancienne et bretelles plaquées sur des chemises à carreaux aux manches retroussées sortent de la soue un goret récalcitrant qui, présumant du mauvais sort qu'on lui réserve, pousse des cris terribles et se débat comme un beau diable.

— Nom de Dieu ! gueule Loriot. Chope une patte ! Ta corde, elle te sert à quoi ? Allez !

Jacques contourne une partie du tas de fumier et arrête son cheval le long de l'écurie. Il descend et attache la bride à l'un des anneaux scellés dans le mur. C'est la première fois qu'il vient chez les Loriot mais, en raison de sa longue expérience des fermes où il place des pupilles et des dires du maire de Saint-Éliph, il n'a pas imaginé autre chose que le désordre et les bâtiments délabrés qu'il a sous les yeux. Il piétine le fumier que le grattage des poules éparpille bien au-delà des limites des murets, passe au large du demi-cercle tracé par les pattes du chien qui s'époumone au bout de la chaîne et s'approche de la couche de paille étalée sur laquelle sera grillé le cochon. Une échelle dressée contre le mur et des cordes sont prêtes.

Loriot comprend tout de suite qu'il s'agit de l'inspecteur de l'Assistance avec lequel il a à discuter. Émile le lui a annoncé. Parce que le cochon lance des tentatives brusques pour s'échapper, mais surtout parce que Loriot estime que faire attendre un monsieur en chapeau est propre à lui donner un avantage dans la discussion, il lance d'une voix forte qui couvre avec peine les hurlements aigus de l'animal :

— J'suis à vous dans deux minutes.

Jacques lève le bras pour signifier qu'il peut attendre. Un bonhommiau réussit à passer le nœud coulant autour de la patte arrière et tire la corde pour déséquilibrer le goret à chaque tentative d'évasion. L'autre gars tire sur celle qui est nouée autour du cou jusqu'à étrangler l'animal. Loriot, à coups de bâton sur le cul, le pousse vers le lieu du crime. Quand la bête se trouve à proximité du tas de paille, les hommes cessent de tirer. L'animal, surpris, affermit ses quatre pattes pour rétablir un bon équilibre et remplace ses cris stridents par des grognements interrogatifs.

— J'estourbis le bestiau et j'arrive ! dit Loriot en saisissant le lourd maillet de bois posé à côté de l'échelle.

Loriot prolonge l'attente et Jacques n'aime pas trop ce comportement. Loriot lui semble être l'un de ces paysans madrés qui risque de le faire poireauter pendant une heure. Plus que le temps qu'il risque de perdre, c'est la perspective de se retrouver en position d'infériorité qui l'amène à amorcer un faux départ et à répondre :

— Je vous dérange au mauvais moment. Je vais revenir dans une heure.

— Non, non, s'empresse de le retenir Loriot. Ils ont pas besoin de moi pour le saigner. Deux minutes…

Il houspille ses deux gars, puis il prend position face à la tête du cochon, le maillet posé sur le sol entre ses deux jambes écartées, les doigts frétillants sur le manche afin d'assurer la meilleure prise. Le goret se méfie. Il regarde tour à tour chacun des hommes qui tiennent les cordes et cet engin bizarre qui se trouve cinquante centimètres devant son groin. Quand il n'émet plus que de petits grognements qui traduisent son incompréhension de la situation, Loriot lève lentement son maillet, tend ses bras vers le ciel, immobilise la lourde bille de bois au-dessus de lui et attend le moment propice. Puis, d'un coup, de toutes ses forces, dans un « Han ! » de hargne, il abat le maillet sur la tête du cochon qui n'a pas le temps d'esquiver le coup. La bête sursaute, pète, hurle et ses quatre pattes décollent en même temps. Il reste suspendu une fraction de seconde en l'air puis retombe sur le côté, assommé. Tandis que Loriot remonte sa casquette et se passe la main sur le front, l'un des gars dénoue les cordes et l'autre va chercher la poêle, dans laquelle se trouve un petit couteau à lame triangulaire, et le bidon destiné à recevoir le sang avec lequel on fera le boudin.

— Émile m'a pas dit l'heure, s'excuse Loriot en reposant le maillet contre le mur. Si j'avais su, j'aurais commencé plus tôt. Mais vous savez ce que c'est…

— Dans une ferme, c'est pas l'ouvrage qui manque. Faut bien que tout se fasse.

— J'en tue quatre ou cinq par an, ça dépend.

Les deux vieux se sont agenouillés près de la tête du cochon. Avec sa main gauche, l'un lui palpe la gorge, fourrage les chairs à la recherche de la grosse artère puis, quand il l'a repérée, enfonce son couteau à ras du doigt qu'il a maintenu pour ne pas perdre la position. Le second approche la poêle et recueille le flot de sang qui jaillit immédiatement en saccades chaudes. En quelques secondes, la poêle est pleine. Le temps de vider le sang dans le bidon, l'homme au couteau introduit son doigt dans la blessure et tire afin de refermer la plaie. Dès que la poêle est remise en place, il desserre la pression et le sang coule à nouveau.

— Brasse tout de suite, ordonne Loriot. Brasse tout de suite sinon on pourra plus rien en faire.

Le bonhommiau essuie sa main sur sa chemise, plonge le bras dans le bidon et fouette vigoureusement le sang pour qu'il ne coagule pas. Loriot surveille et, sans quitter des yeux le sang qui coule et le va-et-vient de la poêle, il dit à l'intention de l'inspecteur :

— Mais c'est pas pour nous voir tuer un cochon que vous venez. Faut qu'on cause.

— Je vous remercie d'avoir accepté de me recevoir. Je ne suis pas au courant de tous les détails de votre conversation avec M. le maire mais il m'a dit que vous acceptez de revoir les choses.

— Faut voir, répond Loriot. Tout dépendra si on tombe d'accord ou pas.

— Entre gens de bonne volonté, on finit toujours par s'arranger…

— Venez dans la maison. Ils ont pas besoin d'entendre.

Sur la grande table, Clémence a préparé un tas de gamelles et de marmites destinées à recueillir les abats et les morceaux de viande. Pour elle, l'abattage d'un cochon représente un surcroît de travail important. Dès que son homme entre dans la cuisine, elle remarque son œil contrarié. Sans doute se passerait-il volontiers de sa présence, mais elle ne l'entend pas de cette oreille. Elle salue l'inspecteur, repousse quelques casseroles et avance l'unique chaise qui se trouve dans la pièce.

— Le temps de lui griller la couenne et de le gratter, dit-elle en pointant le menton en direction du cochon, ils en ont bien pour une demi-heure. J'ai le temps. Je peux rester avec vous.

— Cela me semble normal que la mère de la jeune fille participe à la discussion, approuve M. Camize.

Ils prennent place, Loriot sur un banc, sa femme sur le banc opposé et l'inspecteur sur la chaise, en bout de table, entre eux deux. La présence de Clémence oblige Loriot à modifier sa tactique. Il tousse, se racle la gorge et déclare en guise de préambule :

— Si on est là, c'est pas tellement pour causer de ma fille. C'est plutôt pour savoir si je dois déposer ma plainte ou pas.

— Comme si qu'on n'allait pas causer du mariage, le contre Clémence en haussant les épaules.

— On causera peut-être du mariage aussi..., reprend Loriot. Mais faut d'abord voir si c'est possible du côté du gars. C'est qu'avec l'Assistance on sait pas comment que ça peut se goupiller.

— Nos deux jeunes sont allés un peu vite en besogne, essaie de temporiser M. Camize en prenant grand soin d'associer d'emblée le garçon et la fille, de façon à discuter sur un pied d'égalité. Je sais que votre fille est très appréciée par ses patrons qui confirment qu'elle est sérieuse, travailleuse et très mûre malgré ses seize ans. De mon côté, je peux vous assurer que mon pupille Lucas Silvère fait preuve depuis des années des mêmes qualités. Il a été deuxième du canton au certificat d'études…

— Deuxième du canton…, répète Loriot.

M. Camize parle. Il raconte tout : l'école, le placement, l'apprentissage, insiste sur le mot typographe qui classe son pupille dans la catégorie des gens qui ont un métier un peu plus haut que paysan dans l'échelle sociale, fait ressortir ses qualités morales. Clémence dodeline de la tête, recevant les bons points décernés au garçon comme des arguments supplémentaires qui vont dans son sens. Loriot écoute, les traits du visage tendus parce que M. Camize a la parole facile et s'exprime dans un langage qui n'est pas le sien.

— Tout ça, c'est des paroles, finit-il par dire. Faut aussi voir les choses concrètes. Se marier, se marier, faut des sous.

— Il en a, répond M. Camize. Tous les pupilles ont obligation de placer de l'argent dès qu'ils travaillent. Lucas est prévoyant. Il a un livret bien garni.

— Nous, on mettra quelque chose sur la table pour qu'ils s'installent, annonce Clémence. Mais vous ?

Ils parlementent. L'inspecteur promet de faire émanciper le jeune homme, ce qui lui donnera la possibilité d'utiliser l'argent qu'il a placé. Il promet aussi de débloquer un secours spécial pour participer aux frais de la noce et un autre pour aider le jeune ménage à s'installer. Ils se mettent d'accord sur la mairie, sur les témoins, les invités. Loriot pousse son avantage et va jusque dans les moindres détails, jusqu'à ce que Clémence interrompe la discussion :

— On est d'accord, monsieur l'inspecteur. Mon homme, il ira à la gendarmerie dès demain matin et il retirera sa plainte.

Loriot n'arrive pas à prononcer le mot oui, mais il fait un signe de tête qui montre qu'il est d'accord. Les choses sont arrangées. Jacques se réjouit. Le drame est évité. Clémence se lève et jette un œil par la fenêtre.

— Ils finissent de le gratter, dit-elle en parlant du cochon. Dans dix minutes, il sera pendu sur l'échelle et ils l'ouvriront. Faut qu'on se prépare.

Loriot a le contentement muet mais, au fond de lui, il est drôlement soulagé que les choses finissent comme ça.

— Votre Lucas, conclut-il, dites-lui donc de passer à la ferme un de ces jours. Dame, ce serait quand même plus correct qu'il vienne la demander lui-même, ma fille.

— Lui et puis Marie, ajoute Clémence. Qu'ils viennent tous les deux dimanche midi. On mangera ensemble.

— T'as raison, approuve Loriot en se tournant vers sa femme qui n'a plus entendu ce genre de compliment depuis des années. On fera pas de cérémonie mais ce sera une bonne façon de faire connaissance.

M. Camize promet de confirmer par courrier toutes les promesses qu'il a faites au sujet de l'émancipation et de l'argent. Loriot lui répond qu'il a confiance, qu'il considère que sa parole vaut sa signature et que c'est pas indispensable. Il veut ouvrir une bouteille de cidre pour sceller l'accord mais Clémence le dissuade en lui glissant en aparté qu'on n'est pas entre paysans et que ça ne se fait pas de proposer un gorgeon de cidre à un monsieur qui a un chapeau. Ils sortent dans la cour au moment où les deux gars couchent le cochon sur l'échelle posée à plat sur le sol, à côté des cendres, et lui attachent les pattes arrière. M. Camize les regarde redresser péniblement l'échelle et, une fois que la bête pend de tout son long, le groin à ras du sol, il se dirige vers sa voiture en disant :

— Bon courage. Je crois que vous n'avez pas fini votre journée.

— Dommage qu'on soit si peu en avance, s'ouvre Loriot. S'il était découpé, vous auriez emporté un bout et quelques côtelettes.

13

Un bébé sans vie

Depuis que la petite Suzanne est arrivée aux Croisettes, Albertine dit que c'est « un bébé sans vie ». Elle dort, somnole, reste inerte dans son berceau pendant des heures et se montre très inexpressive pendant ses moments de veille. Aucune évolution. Elle végète dans l'état où elle se trouvait en quittant Paris.

— Elle s'est à peu près habituée au sein, mais il faut la réveiller à chaque tétée, maugrée Albertine. C'est pas normal.

De fait, le poids du bébé stagne. Suzanne survit plus qu'elle ne vit.

Jeanne, elle, va mieux. Sa robuste constitution l'aide à surmonter l'épreuve. Vingt-quatre heures après les premières prises de médicaments, les diarrhées diminuent et les vomissements cessent. En plus des tétées, elle accepte des biberons d'eau sucrée si bien qu'elle commence à se réhydrater. Rosine, que l'inquiétude pousse à faire plusieurs fois par jour le test du « pli cutané » indiqué par le docteur, voit avec soulagement la peau regagner en élasticité.

La soirée s'avance. L'horloge a sonné 10 heures et demie. Pierre dort dans son petit lit installé près de l'alcôve. Albertine a raccommodé des vêtements usés à la lumière du jour jusqu'à la dernière minute. Il fait maintenant nuit noire et elle allume la lampe à pétrole. Rosine embrasse Pierre endormi et s'apprête à donner aux deux petites la dernière tétée de la journée.

— Tu peux aller au lit, dit-elle à Albertine. Je leur donne à boire et je me couche. Je n'en peux plus.

Albertine s'enferme dans l'alcôve, seul minuscule endroit privé dont elle dispose. Rosine prend la lampe et entre dans la chambre où, maintenant que Jeanne va mieux, on a remis les deux berceaux. Une fois de plus, la journée a été épuisante pour Rosine et la fatigue accumulée rend la soirée pénible. Elle ne tient plus debout. Elle prend Jeanne, s'allonge sur le grand lit, se cale le dos avec des oreillers et découvre sa poitrine. Jeanne est rapide. Elle boit en dix minutes et à peine a-t-elle lâché le sein qu'elle s'endort comme une souche. Se relever pour la changer et la coucher brise la douce quiétude et coûte à Rosine. Elle embrasse l'enfant et la couvre soigneusement.

« À demain, mon trésor. Toi, tu fais tes nuits depuis la fin de ton premier mois. Je sais que tu vas me laisser me reposer jusqu'à 6 heures demain matin. Dors bien.

Ensuite, il faut encore faire boire Suzanne. Une véritable corvée. L'enfant n'est ni vraiment endormie parce qu'elle entrouvre les yeux ni franchement réveillée parce qu'elle ne réclame pas. Rosine l'extrait de son berceau. La petite tête roule et Rosine prend la précaution de soutenir la nuque pour qu'elle ne bascule pas en arrière lorsqu'elle s'installe à nouveau sur son lit. Une fois au sein, comme à son habitude, Suzanne somnole et tétouille avec mollesse. Il lui faut du temps, beaucoup de temps.

Accrochée au mur qui lui fait face, il y a la photo de Joseph dont le visage apparaît dans la faible lumière diffusée par la lampe. Rosine cherche le regard de son homme et des larmes lui viennent aux yeux.

« Mon Joseph… »

Dans la brume de sa fatigue, l'image du mari estropié s'impose, avec son bras infirme et son visage ravagé. Quand elle pense à ses blessures, c'est surtout la vision de l'œil crevé qui l'impressionne.

« Forcément, un œil crevé, ça doit lui changer le visage… »

Au fil des minutes, la silhouette du soldat mutilé marchant obstinément dans les couloirs d'un hôpital militaire improbable se forme et se déforme. Le silence, la tiédeur des couvertures et la fatigue irrépressible ont raison d'elle, l'engourdissement la gagne et elle pique du nez à plusieurs reprises, plongeant par saccades dans l'inconscience, sursautant quand la vision terrible du visage aimé la ramène brutalement à la réalité.

« Mon Dieu, faites qu'il revienne vite. J'ai tellement besoin de lui ! »

Suzanne est molle sur son ventre. Elle ne tète pas. Au bout de une heure de va-et-vient dans les eaux troubles des pertes et des reprises de conscience, vaincue par une ultime charge de fatigue, Rosine naufrage comme une masse dans les profondeurs d'un sommeil dont les cauchemars mélangeant chairs violacées, murs blancs d'hôpitaux et huissiers de justice aux yeux jaunes l'expulsant des Croisettes ne parviennent plus à la faire émerger. La nuit est remplie d'angoisses.

À 6 heures, Jeanne s'éveille. Dans son demi-sommeil de fin de nuit, elle tète son pouce et émet des bruits de succion grandissant. Rosine émerge difficilement avec une terrible migraine, agitée par les miasmes de ses mauvais rêves. Quelque chose pèse sur son ventre. Elle se sent mal. Où est-elle ? Le lit… Le rayon de jour qui entre dans la chambre par le cœur découpé dans le volet… l'odeur du pétrole ayant charbonné dans la lampe Quelle heure est-il donc ? Et cette lourdeur sur son ventre Rosine avance ses mains vers cette masse pesante. Elle touche cette chose étrange et, soudain, elle frémit et se redresse comme un ressort.

Suzanne est inerte, froide, inanimée.

Rosine est brusquement prise d'un immense vertige. La tête lui tourne, ses tempes battent et son cœur s'affole à ce point qu'elle ne peut plus respirer. Dans le noir de la chambre, ses mains s'emparent d'un petit corps sans vie déjà froid.

Suzanne est morte !

Rosine se dresse prestement dans le noir. Elle se précipite dans la cuisine, le bébé mort, soudain très lourd, dans les bras. Albertine est assise près de la fenêtre pour profiter de la faible lumière de l'aube, la botte d'éclisses d'osier à ses pieds. Elle finit le tressage du rebord du panier qu'elle a commencé depuis plusieurs jours.

— Tu dormais bien, je…

Rosine est figée dans l'encadrement de la porte, debout, la poitrine débraillée, hagarde, les yeux fixes et exorbités d'épouvante. Elle tient entre ses mains le petit corps dont la nuque raide maintient la tête de l'enfant dans la torsion douloureuse d'un lapin pris dans le collet d'un braconnier. Albertine comprend au premier coup d'œil.

— Mon Dieu !

Un vieux réflexe la pousse à faire un signe de croix. Elle se lève, rejoint sa fille et lui saisit les poignets. Pendant quelques secondes, les deux femmes portent ensemble la petite morte.

— C'est de ma faute, murmure Rosine. J'me suis endormie.

Albertine a l'impression que sa fille est sur le point de perdre connaissance tant elle est blanche et choquée. Lentement, la grand-mère glisse ses mains à la place de celles de sa fille et fait pression pour qu'elle lâche prise. Quand elle sent que le transfert est opéré, elle recule. Rosine est comme paralysée. Elle garde la même position, les bras à angle droit, les mains ouvertes comme si elles tenaient encore l'enfant.

— Assieds-toi. Tu ne tiens pas debout.

Albertine s'efforce de rester hors de portée de l'émotion. Elle pose le corps sur la table et l'observe avec cette curiosité de mère confrontée à cinq reprises au mystère de la mort d'un enfant. Des nourrissons inanimés, elle en a vu dans sa triste vie, elle qui a eu neuf enfants dont cinq sont morts à l'âge de quelques semaines. Cinq fois elle s'est retrouvée dans la situation que vient de découvrir Rosine, son enfant mort dans les bras. Un tout-petit, c'est si fragile. Allez savoir pourquoi il meurt ? Voir partir cinq de ses petits en quelques années a durci son cœur. Qu'est-ce qu'on y peut ? C'est comme ça chez les pauvres. En plus, quand il s'agit d'un enfant de l'Assistance, est-ce que ce n'est pas écrit le jour de sa naissance qu'il n'a qu'une chance minime de survivre ? Triste destin. Chienne de vie ! La fatalité… Albertine observe le visage livide du bébé mort et, dans un bredouillement inaudible qui ressemble à une vague prière, elle plaque la main sur le front, la redescend doucement et ferme à jamais les paupières.

— Assieds-toi, je te dis. Tu n'y es pour rien. T'es pas responsable. Ce qui devait arriver est arrivé. C'est tout.

Rosine ne semble pas entendre et ne réagit pas. La grand-mère va vers elle, la guide pour s'asseoir et rajuste la chemise débraillée pour couvrir la poitrine.

— Je m'en suis pas bien occupée, se mortifie Rosine. C'est de ma faute. L'Assistance va m'accuser.

— T'accuser de quoi ? Tu t'en es bien occupée. Tu as fait ce que tu as pu. Le jour même où tu l'as prise, c'était clair que ça pouvait pas finir autrement. C'est déjà un miracle que tu l'aies fait vivre jusqu'à aujourd'hui.

— C'est terrible !

D'un coup, Rosine remonte ses genoux sur le barreau de la chaise et se recroqueville comme un enfant malade. Elle enfouit son visage entre ses mains et éclate en sanglots.

— Mon Dieu… Qu'est-ce qu'on va devenir ?

Dans la chambre, Jeanne se met à pleurer. Elle réclame le sein. Pierre continue à dormir, comme s'il ne se passait rien dans la maison. Rosine tremble de tous ses membres. Albertine se sent détachée de l'événement. Elle garde la tête froide. Forcément, elle, elle a déjà vécu ce moment-là. Elle a une cuirasse. Rosine, c'est la première fois qu'elle a un bébé mort dans les mains. Alors, parce qu'il faut bien que quelqu'un prenne la direction des choses, elle va dans la chambre, s'empare d'une couverture et du berceau vide. Elle revient dans la cuisine, pose le berceau vide sur la table à côté du corps et jette la couverture sur les épaules de Rosine. Puis elle retourne vers la table, soulève le corps mort et le cale dans le berceau. Elle essaie de redresser la nuque raide qui résiste et refuse de plier. Elle décroche le crucifix en bois suspendu à la hotte de la cheminée et le pose sur la poitrine de la petite morte. Rosine est emportée par le malheur et voit soudain tout en noir :

— Mon Dieu, qu'est-ce que j'ai fait ? Mais qu'est-ce que j'ai fait pour mériter ça ? Cette fois, tout est perdu. Je ne pourrai plus rembourser. On va être expulsés. Où est-ce qu'on va aller ? Mon Joseph, qu'est-ce qu'il va penser de moi ? Et mes pauvres enfants ?

— Arrête de te faire du mal. On n'en est pas là.

— J'ai peur ! Peur qu'on nous prenne les Croisettes, peur de devenir folle, peur pour mes enfants, peur…

— Viens te recoucher. Tu trembles trop. T'as froid.

Le froid n'y est pour rien. C'est bien davantage l'effroi et la panique qui ont raison des nerfs de Rosine et la propulsent dans un avenir où tout est misère et malheur. Elle n'entend plus.

— Qu'est-ce qu'on va devenir ? Vaudrait mieux en finir tout de suite. C'est pas humain de vivre comme on vit : la guerre, la misère et maintenant la mort. Mais y a donc pas de bon Dieu ?

— Viens…

Crise de démoralisation. Elle pleure, serre ses bras croisés sur sa poitrine et déverse son dénuement dans un flot de paroles de désespoir. Albertine se rend compte qu'il ne sert à rien de lui parler. Elle lui prend le bras. Avec un mélange de douceur et de grande fermeté, elle saisit à deux mains le bras de la jeune mère et tire pour qu'elle quitte la chaise. Rosine résiste. Elle insiste, accentue sa traction, pèse de toutes ses forces et parvient à vaincre la résistance.

— C'est foutu. Sans la pension, je suis perdue. Comment payer le notaire ? On va nous prendre les Croisettes. Joseph ! Il pourra pas accepter. C'est sa maison. Il dira : « Qu'est-ce que t'as fait de ma maison pendant que je sacrifiais ma vie pour la patrie ? Je n'aurais jamais dû te faire confiance. Tu m'as trompé. Tu m'as trom… »

Rosine pleure, s'étouffe dans ses sanglots et s'abandonne. La résistance se dissout dans les larmes. Albertine l'entraîne dans la chambre où Jeanne pleure sa faim. Elle la conduit vers le lit, l'assoit, lui prend les jambes et les allonge sous les couvertures. Elle lui cale le dos avec les oreillers, et lui caresse le front, faisant brusquement un bond de trente ans en arrière et retrouve le temps où, mère âgée de quarante et un ans, elle rassurait sa neuvième née par accident quand un cauchemar la réveillait en sursaut.

Rosine pleure. Albertine s'assoit au bord du lit, lui caresse la main et lui entoure les épaules pour l'apaiser. Elle réfléchit et, parce qu'elle veut épargner à sa fille des gestes pénibles à effectuer dans ces moments, elle organise les choses dans sa tête, reproduisant à des dizaines d'années d'intervalle des dispositions prises dans cette même maison lors du décès de ses petits.

« On va isoler la petite morte ici et on fermera la porte. Cette nuit, Rosine dormira avec moi dans l'alcôve. Si elle veut rester toute seule, j'irai dans la remise. Jeanne et Pierre passeront la nuit dans la cuisine. »

C'est comme ça que les choses se sont toujours passées aux Croisettes. Quand l'un de ses propres enfants partait au ciel, pendant une nuit ou deux, elle réservait la chambre au mort. Tout le monde se serrait dans l'autre pièce et on utilisait la remise quand on ne pouvait pas faire autrement. Après l'enterrement, les choses reprenaient leur cours, jusqu'au décès suivant. La fatalité.

« Il faudra prévenir le docteur, le maire, le directeur de l'Assistance. Peut-être le directeur de l'Assistance en premier… faudra demander au maire. »

Parce que, dans sa tête, si le directeur de l'Assistance publique passe en premier et déclare en personne qu'il a constaté le décès de sa pupille, il n'est pas certain que le docteur se déplacera. Ce ne serait pas la première fois qu'il signerait le permis d'inhumer un enfant de l'Assistance sur la seule déclaration du directeur. C'est tellement ordinaire, le décès d'un nourrisson de l'Assistance. Mais, aussitôt, elle se dit que le directeur n'a aperçu Suzanne que quelques minutes à sa descente du train, un jour de pluie, alors qu'elle était tout emmaillotée.

« Il ne la reconnaîtra pas… »

Peu importe, il constatera le décès, et cette pensée en entraîne une autre dans la tête d'Albertine :

« En même temps, il dira que la pension cesse d'être versée à compter d'aujourd'hui. Logique. Normal. »

Albertine, qui n'y avait pas prêté attention, réalise que cette perspective angoissante a déjà pénétré l'esprit de Rosine qui, alors qu'elle avait encore le corps du bébé mort dans les bras, répétait déjà qu'on allait leur prendre les Croisettes.

« Plus de pension, plus de rentrée d'argent. Plus de remboursement. Plus de maison. Expulsés des Croisettes ! »

Une horreur pour tout le monde. Le naufrage de sa fille qui se montre si courageuse depuis le début de la guerre lui est insupportable. La vieille se sent devenir un animal acculé à deux doigts d'être dévoré qui n'a d'autre recours que de rassembler ses dernières forces pour faire face et livrer un ultime combat. Un sentiment de révolte la pousse à la résistance :

« Non. Non. Ce n'est pas possible ! »

— Jeanne pleure beaucoup, murmure Rosine que la fatigue épuise. Elle n'y est pour rien, elle. Donne-la-moi. Elle a besoin de boire.

La grand-mère va la chercher et la pose contre le sein de sa mère. Rosine la serre contre elle, l'embrasse, la berce en se remettant à pleurer de plus belle.

— Mon Dieu ! Qu'allons-nous devenir ?

Elle ouvre sa chemise et dégage son sein. Jeanne agite ses mains et se précipite sur le mamelon. Albertine s'éclipse dans la cuisine en traçant dans l'air un geste propre à expliquer à Rosine qu'elle va s'occuper du corps.

Dans le berceau froid posé sur la table, Suzanne ressemble à un petit ange en prière. Albertine la regarde, arrange les mèches qui dépassent du bonnet et borde le drap pour effacer les plis. La vieille est triste, bien sûr, mais pas profondément émue. Certes, son cœur s'est beaucoup endurci avec les années. Mais ce n'est pas cela. Elle éprouve un sentiment étrange. Elle se rend compte qu'elle n'est pas touchée. Certes, cette petite n'est pas un membre de la famille mais il y a autre chose dont elle prend rapidement conscience. C'est comme si elle en voulait à l'enfant de s'être laissée mourir par négligence, par manque de volonté. N'est-ce pas parce que Suzanne n'a pas fait l'effort de vivre qu'ils vont être privés de la pension versée par l'Assistance publique ? N'est-ce pas à cause de la perte de cette pension qu'ils vont être chassés des Croisettes ? Finalement, Suzanne n'est-elle pas responsable de cette faillite ?

Le col de la petite chemise bâille un peu. En le relevant, les doigts de la vieille frôlent le cou de la morte et découvre la marque rouge tracée par le cordon. Albertine hésite, glisse un doigt, crochète la cordelette et tire. Lentement, le cordon sort de sous la chemise. La médaille de l'Assistance publique suit.

« Suzanne Armand. Matricule 8000. »

La médaille… l'Assistance… la pension…

Une curieuse association s'impose dans le cerveau d'Albertine : médaille égale pension. Une idée diabolique germe.

Lentement, les deux vieilles mains saisissent le cordon, le dégagent complètement et entreprennent de lui faire franchir la barrière du visage. Centimètre par centimètre, obstacle après obstacle, elle le force à franchir le menton, le nez, le front, les oreilles… Albertine glisse sa main sous la nuque, la soulève, tire le cordon encore et encore. Au bout de quelques secondes seulement, elle est étonnée de tenir la médaille dans la main. Le corps d'un côté, la médaille de l'autre.

« Pauvre petite, pense-t-elle. Elle n'a pas grossi du tout depuis qu'elle est arrivée. »

Alors, comme si elle exécutait la volonté d'une force extérieure, elle entre dans la chambre. Sans adresser la moindre parole à Rosine déboussolée, elle s'approche de Jeanne et lui enfile difficilement la médaille autour du cou.

Rosine regarde, hébétée. Elle ne réalise pas encore que, à partir de ce moment ; l'enfant qui vient de mourir est Jeanne Péchereau, sa propre fille, et que l'enfant qui survit est Suzanne Armand, la petite de l'Assistance publique.

14

Un enterrement de pauvre

Au retour des Croisettes où il vient de constater le décès, le médecin s'arrête à la mairie pour remettre le permis d'inhumer indispensable à la rédaction de l'acte de décès. Émile est là. Quand il lui apprend que la petite fille de Rosine Péchereau est décédée, il est effondré.

— Elle m'avait fait venir il y a deux jours, explique le docteur.

J'avais trouvé l'enfant dans un état de déshydratation très avancé. Le décès ne m'a guère surpris. Des nourrissons emportés par des diarrhées impossibles à enrayer, c'est le troisième cette semaine.

— Sa petite fille… C'est terrible. C'était un si beau bébé ! Elle poussait comme un champignon.

— Sans doute, dit le médecin en tendant le certificat. Mais, dernièrement, elle a pris une petite de l'Assistance assez fragile…

La réflexion laisse planer une possible relation de cause à effet. Le médecin ne veut-il pas dire quel enfant de l'Assistance a apporté de Paris des microbes traînant dans les orphelinats de l'Assistance publique et que l'une a contaminé l'autre par l'intermédiaire du sein nourricier qu'elles se partageaient ?

— Les microbes. Toujours les microbes, répète le Dr Fabre.

— Je sais, acquiesce Émile. Les précautions en matière d'hygiène, vous nous les avez assez expliquées quand Rosine allaitait Louis.

— C'est une bonne mère et une bonne nourrice, dit le médecin avec indulgence. Elle a sans doute fait de son mieux. La petite de l'Assistance, par contre, a l'air de plutôt bien s'en sortir. Peut-être que Mme Péchereau s'est montrée plus vigilante avec elle qu'avec sa propre fille.

Dès qu'il sort de l'école, Émile met au courant l'instituteur, qui est aussi son secrétaire de mairie, afin qu'il prépare l'acte de décès sur les registres d'état civil.

— Ce ne sera guère compliqué, répond-il. C'est nous qui avons dressé l'acte de naissance en février dernier. On a tout ce qu'il faut.

De sa plus belle plume, en ronde impeccablement calligraphiée, il reprend tous les renseignements exigés par la loi.

Le vingt-sept mai mil neuf cent dix-neuf à six heures du matin est décédée au lieu-dit les Croisettes, commune de Saint-Éliph (Eure-et-Loir), Jeanne Péchereau, née le neuf février mil neuf cent dix-neuf audit lieu-dit, fille de Joseph Péchereau, journalier agricole né le 17 février 1888 à Condé-sur-Huisne (Orne), et de Rosine Robbe, née le 24 juin 1888 en cette commune ; époux domiciliés audit lieu-dit des Croisettes. Dressé le même jour à dix-huit heures sur la déclaration de…

— Qui déclare le décès ? interroge-t-il.

—Généralement, c'est les parents. Mais là... Laissez en attente. Je demanderai. Il faut que j'aille aux Croisettes. Rosine a certainement besoin d'aide.

Émile quitte la mairie et regagne sa ferme vers les 7 heures. Mathilde est en train de faire manger le petit Louis. Il lui annonce le drame qui frappe Rosine, redoutant que cette mauvaise nouvelle ne plonge sa femme dans une grande tristesse.

—La pauvre, c'est épouvantable ! s'exclame Mathilde. Perdre un enfant... Elle doit être dans un état !

—On mangera un peu plus tard, dit Émile. Elle a peut-être besoin de quelque chose. Je vais la voir tout de suite.

Mathilde jette un coup d'œil à l'horloge.

—Mauricette n'est pas encore partie. Je vais lui demander de garder Louis. Je veux venir avec toi.

Quand Pâquerette arrive aux Croisettes, Albertine est dans le chemin du Grand Bois Lecomte et tire la chèvre. Émile attache la jument et va à sa rencontre.

—C'est affreux, dit la vieille en voyant le maire et sa femme. Elle est toute retournée. Elle a rien pu faire de la journée. Qu'est-ce qu'elle a pleuré ! J'sais pas comment qu'on va arriver à faire tout ce qu'il y a à faire.

—Si vous voulez, demain je vous enverrai un gars pour vous aider.

—Vaut mieux pas, le remercie Albertine. Si elle se remet pas au travail tout de suite, les idées noires vont lui tourner dans la tête et elle va se rendre encore plus malade.

—Fallait nous le faire dire, avance Mathilde. Émile serait allé chercher le docteur.

— On s'est aperçues de rien, réplique la grand-mère. Elle s'est endormie hier au soir comme d'habitude et ce matin on l'a retrouvée morte. Pas un cri, pas un bruit. Rien. Sur le papier, le docteur a marqué qu'elle est morte à 6 heures mais, si ça se trouve, elle est passée à 2 heures ou à 4 heures. On n'a rien entendu.

— Morte dans son sommeil. C'est affreux…

— C'est Rosine qui l'a trouvée ?

— Oui, rapporte Albertine. Moi, j'étais déjà levée depuis un moment mais j'étais loin de me douter d'un truc pareil. Je faisais mon panier quand je l'ai vue arriver dans la cuisine avec la petite dans les mains. Elle la tenait devant elle, comme une paire de draps qu'on vient de plier. Ma pauvre Rosine était tellement blanche que j'ai cru qu'elle allait perdre connaissance.

Ils remontent vers la maison. Il faut une minute pour qu'Albertine aille enfermer la chèvre dans la cabane. Émile et sa femme l'attendent devant la maison, n'osant pas aller frapper. Par la porte dont le battant du haut est ouvert, ils aperçoivent Rosine, debout devant la cuisinière, portant sur son bras l'autre bébé qui est collé contre son épaule gauche. Elle a une *mouvette* en bois dans la main droite et tourne la soupe du soir qui chauffe sur la cuisinière.

— C'est Émile et sa femme, annonce Albertine en soulevant le loquet de la partie basse de la porte. Le docteur est passé à la mairie. Ils savent.

Rosine est parcourue d'un grand frisson. Elle se retourne.

Elle ne pleure pas mais a un visage ravagé où Émile et Mathilde, tout remplis de compassion, croient lire un mélange d'abattement et de résignation. Albertine pousse la porte.

— Entrez donc…

En début d'après-midi, la venue du docteur a été une épreuve insensée pour Rosine. C'est seulement au moment de son départ, alors qu'il ne s'était rendu compte de rien et avait déjà signé le permis d'inhumer, qu'elle a réalisé dans quel piège diabolique sa faiblesse et son aveuglement du matin l'avaient entraînée. Depuis, elle tremble, paniquée à l'idée que la supercherie soit découverte. Elle a tellement peur qu'on se rende compte que la petite morte n'est pas sa fille mais le bébé de l'Assistance qu'elle redoute de se trahir elle-même.

— Émile… Mathilde…

Albertine se précipite, prend l'enfant dans les bras et s'écarte à l'autre bout de la pièce en prenant soin de tourner le visage de l'enfant de telle façon qu'Émile ne puisse le voir. Lui, le jour de son arrivée, il a vu la petite Suzanne et il pourrait peut-être avoir un doute.

— Ma pauvre Rosine, compatit Mathilde en la prenant dans ses bras. C'est terrible !

Elle la serre longtemps. Émile reste debout, préparant ses mots en attendant que sa femme dégage son étreinte.

— On vient juste pour te dire qu'on est de tout cœur avec toi, dit Émile.

— Oh oui, perdre un enfant, c'est terrible.

— On va pas être longtemps parce qu'on se doute bien que t'as besoin d'être tranquille. Mais tu peux compter sur nous. Dis-nous comment on peut t'aider.

— Merci, merci bien.

Rosine n'ose pas regarder Émile dans les yeux. Quand sa mère a passé la médaille au cou de Jeanne, elle n'a pas compris ce qui se passait. Maintenant, elle commence à réaliser et elle se demande dans quelle folie elle est embarquée. Elle est mal, transpire et n'arrive pas à réprimer les frissons qui agitent son corps. Mathilde se rend compte qu'elle est au bord du malaise.

— T'as l'air vraiment mal. Assieds-toi.

— Ne te tracasse pas. Je vais faire le nécessaire à la mairie, essaie de la rassurer Émile. Si tu veux, je passerai chez le menuisier pour le cercueil et j'irai voir le curé pour la messe.

— Oui, c'est d'accord, répond Albertine du fond de la pièce. Vous nous rendez un bien grand service. Occupez-vous aussi pour le cimetière. Une place dans le coin des enfants, pas trop loin des tombes des miens, si c'est possible.

Émile hoche la tête. Il enchaîne en faisant allusion à la cérémonie :

— Veux-tu que j'intervienne pour essayer de faire venir Joseph ? C'est une circonstance exceptionnelle. S'il en a la force, peut-être que l'hôpital lui donnera une permission.

— Non, non, se cabre aussitôt Rosine avec de la fermeté dans la voix. C'est pas la peine. La petite, il l'a jamais vue. C'est pas la peine de le tourmenter. On lui écrira.

— De toute façon, il aura pas le temps, l'appuie Albertine.

— Bien…, s'étonne Émile.

Émile est un homme bon que Rosine apprécie beaucoup. Elle l'a vu si près du gouffre au moment de la mort de son fils qu'une vraie connivence s'est créée entre eux. À de multiples reprises dans le passé, elle lui a ouvert son cœur en confidence. Dans ses moments d'angoisse, quand les journaux annonçaient de grandes offensives et qu'elle craignait pour Joseph, quand elle avait besoin d'un bras sur lequel s'appuyer parce qu'elle se sentait perdue, quand elle recherchait un conseil ou un avis, toujours il l'a écoutée et aidée. En ce moment, elle résiste à la tentation de parler. Sans la présence de Mathilde, sans doute dirait-elle à Émile que l'enfant mort qui repose dans la pièce d'à côté est la petite de l'Assistance et non Jeanne. Mais se libérer du mensonge qui a été entériné par le docteur ne serait-ce pas à coup sûr faire un trait sur les Croisettes et perdre son Joseph ?

— Je me sens tellement fatiguée, dit-elle.

— Elle est dans la chambre ? demande pudiquement Mathilde en dirigeant son regard vers la porte fermée.

— Oui…

Nouveau moment de panique. Émile a vu la petite le jour de son arrivée. Sans doute n'en garde-t-il qu'un souvenir flou parce que, ce jour-là, il pleuvait fort et l'enfant était très couverte. Néanmoins, s'il vient à entrer dans la chambre, n'aurait-il pas un doute ! Danger, danger.

— Voulez-vous que je reste là cette nuit pour la veiller ? demande Mathilde… De cette façon, vous ne seriez pas seule…

—Rosine n'est pas toute seule, intervient Albertine qui a entrevu le danger. Je suis là. Rosine dormira dans la cuisine et les enfants aussi. Moi, je dormirai sur une chaise ou dans la remise. C'est comme ça qu'on a toujours fait quand il y a eu un malheur aux Croisettes.

D'ordinaire, quand il s'agit d'un défunt adulte, surtout s'il est âgé, la tradition veut que les gens qui viennent présenter leurs condoléances bénissent le corps avec une branche de buis rapportée de l'église le jour de Pâques. On trempe le rameau dans une soucoupe d'eau bénite et on asperge le défunt en traçant dans l'air un vague signe de croix. Une coutume. Par contre, quand il s'agit d'un bébé, il arrive que les parents ne souhaitent pas toujours ce geste. Émile met sur le compte du grand trouble qui agite Rosine le fait qu'elle ne souhaite pas cette bénédiction. Par délicatesse, il dit à sa femme :

—Rosine a besoin de repos. Il est déjà tard. Viens, on va s'en aller.

—Oui. Ma pauvre Rosine, essayez de dormir un peu.

—Je m'arrangerai pour que le menuisier fasse la mise en bière demain dans la journée. Si le curé est d'accord, l'inhumation aura lieu après-demain. Je m'occupe de tout et je vous tiens au courant.

La nuit est difficile. Dès que Rosine est allongée dans le noir de l'alcôve, ses deux enfants collés contre elle, elle a l'impression que l'esprit de la petite morte s'échappe de la chambre et la cherche dans la maison. Certes la mort du bébé la touche, certes le mensonge la tourmente mais, par-dessus tout, elle pense à son Joseph et aux Croisettes. Elle lutte et se cherche des excuses en essayant de se persuader que sa mère l'a mise devant le fait accompli, que l'idée ne vient pas d'elle et qu'elle n'est pas responsable. Mais une petite voix lui répète sans cesse que c'est le seul moyen de préserver sa famille de la misère, de garder l'amour de son homme. Pendant toute la nuit, deux Rosine s'affrontent en elle.

Au début de l'après-midi du lendemain, le menuisier et son aide apportent un petit cercueil blanc et procèdent à la mise en bière. Curieusement, au moment où le menuisier visse le couvercle, enfermant à jamais le corps du vrai bébé de l'Assistance dans l'oubli, Rosine se sent traversée par un début de soulagement. Au moins, l'âme de la petite morte ne pourra plus rôder dans la maison et elle n'éprouvera plus la désagréable sensation d'une présence accusatrice tournant autour d'elle comme cela a été le cas la nuit dernière. Cette fois, le secret ne pourra plus être percé. Du coup, telle la première goutte de sève se remettant à couler dans les fibres d'un arbre à la fin de l'hiver, une force nouvelle renaît dans l'esprit de Rosine. Elle a une petite chance de s'en sortir. Il suffit qu'elle soit assez forte pour se taire et cela dépend uniquement d'elle.

L'enterrement a lieu le matin suivant. Un enterrement de pauvre. Le curé en surplis de dentelles, deux enfants de chœur en robe rouge et seulement quatre cierges aux quatre coins du cercueil. Albertine cramponne le bras de Rosine et se penche de temps en temps pour lui glisser à l'oreille un mot que personne ne peut entendre. Émile et Mathilde les entourent. Derrière, il y a le village de Saint-Éliph. Comme à chaque enterrement, toutes les familles sont représentées. Certes, c'est la tradition, mais aujourd'hui tout le monde se sent plus ou moins redevable envers le soldat Joseph, mobilisé le premier jour et le seul à ne pas être encore rentré. Que dirait-on d'une famille qui néglige d'envoyer l'un des siens à l'enterrement du bébé d'un malheureux soldat dont le sacrifice à la patrie se prolonge par des mois d'hôpital et qui ne peut pas être présent pour enterrer son enfant ?

« Pauvre gars, quatre années de guerre et sept mois d'hôpital. »

« Pas là pour sa naissance… Pas là pour son enterrement. »

« Le pauvre, il l'aura seulement jamais vue… »

Après une courte messe basse, deux hommes portent le petit cercueil blanc jusqu'à la fosse creusée le long du mur du cimetière qui entoure l'église. L'enfant de chœur qui ouvre la marche brandit le haut crucifix en argent. Le second porte le petit seau d'eau bénite dans lequel est posé le goupillon. Le curé marche devant le cercueil, le bréviaire ouvert, marmonnant un bout de prière en latin. Derrière le cercueil suivent la mère et la grand-mère, deux silhouettes vêtues de noir s'accrochant l'une à l'autre dans un même malheur. Viennent ensuite les gens, paysans et ouvriers agricoles qui se sont rappropriés à la hâte entre la fin du nettoyage des étables et la fauchaison des foins qu'il faut se dépêcher de finir à cause du ciel qui pourrait bien virer à la pluie, paysannes, bonnes femmes de la campagne et vieilles tout en noir s'appuyant sur une canne qui guettent toutes l'heure à l'horloge du clocher parce que l'ouvrage attend à la maison. À l'arrière, arrivée en retard, il y a même la femme Lerogneux.

On fait cercle autour du trou. Les hommes descendent le cercueil. Courte prière, rapide signe de croix. Le curé place Rosine et Albertine un peu plus loin, au bord de l'allée qui conduit vers la sortie. Puis il donne le signal pour que le défilé des condoléances commence. L'un après l'autre, les gens bénissent le cercueil posé au fond du trou, passent le goupillon à celui qui se trouve derrière et marchent jusqu'à Rosine et sa mère.

— Tu peux compter sur nous, dit Mathilde en embrassant Rosine.

— N'hésite pas à me demander, l'appuie Émile.

— Sincères condoléances…

— Quel grand malheur…

— De tout cœur avec toi…

— Condoléances…

La dernière fois que Rosine s'est retrouvée à cette place, c'était pour l'enterrement de son père, il y a longtemps. On lui serre une main ou on lui presse vivement les deux. On l'embrasse. On lui donne des tapes d'encouragement sur l'épaule. Elle entend des mots mais n'y prête guère attention. Albertine ne lui lâche pas le bras, comme si la vieille avait peur qu'elle ne craque ou ne lâche une parole de travers avant la fin.

Un enterrement, c'est triste et Rosine pleure. Question d'atmosphère. Mais, à l'intérieur d'elle-même, plus le village défile, plus elle se rassure : il ne se passe rien. Personne n'a rien vu.

— Sincères condoléances…

— C'est terrible de perdre un petit ange…

— On partage ton malheur…

— Elle était si mignonne, ta petite Jeanne…

En entendant le prénom de sa fille, Rosine a un sursaut et, sans la main d'Albertine qui se referme immédiatement sur son bras pour la retenir, il est probable que, d'instinct, elle rectifierait.

« Jeanne. Mais Jeanne n'est pas morte ! C'est Suzanne qu'on vient d'enterrer. »

Elle éclate en sanglots. La femme qui vient de prononcer ces paroles en est toute gênée. Elle ne peut pas se douter que c'est pour une tout autre raison que Rosine pleure : elle vient de réaliser que plus jamais elle ne pourra prononcer le mot « Jeanne ». Ni demain, ni dans quelques années, ni jamais elle ne lancera de la porte de la cuisine : « Jeanne, viens manger ! », quand l'enfant jouera dans le jardin, ou ne dira : « Jeanne, as-tu bien travaillé ? », quand elle rentrera de l'école. Elle réalise aussi l'effort de chaque instant qu'elle devra désormais faire pour appeler sa fille Suzanne et non plus Jeanne.

Jeanne Péchereau, c'est désormais du passé. Jeanne, c'est le nom qui sera inscrit sur la pancarte qu'on plantera sur la tombe de l'enfant que le village vient d'enterrer.

15

Une bonne nouvelle

Dans les jours qui suivent, les Croisettes retrouvent tant bien que mal leur équilibre antérieur et les choses s'arrangent d'elles-mêmes. Rosine a largement assez de lait pour rassasier sa fille, si bien que, n'ayant plus recours ni au lait de chèvre ni aux biberons transmetteurs de microbes, les diarrhées deviennent un mauvais souvenir.

— Ma petite Jeanne, elle…

— Suzanne ! l'interrompt Albertine. Ta fille s'appelle Suzanne. Mets-toi bien ça dans le crâne.

— … Ma petite Suzanne…, rectifie difficilement Rosine. Elle reprend aussi vite qu'elle a perdu.

N'ayant plus qu'un seul bébé à allaiter et à s'occuper, la quantité de travail s'allège. Surtout, elle n'est plus réveillée en milieu de nuit et elle dort des six à sept heures d'affilée, si bien qu'elle récupère tout aussi vite que sa petite. Dans les jours qui suivent l'enterrement, Émile vient chaque soir et se montre très attentif. La veille de l'inhumation, Albertine lui a dit que le meilleur moyen d'empêcher les idées noires de tourner dans la tête de Rosine, c'est qu'elle se remette au travail. Il pense qu'elle a raison. Quand son fils et sa belle-fille ont disparu, s'il n'y avait pas eu ses chevaux, la ferme et le travail dans lequel il s'est jeté du matin au soir, il ne s'en serait pas sorti. Alors, chaque jour, en allant ou en revenant de la mairie, Émile apporte des ballots de linge sale que Rosine lave chez elle, du linge à Mathilde mais aussi du linge d'autres fermes où Rosine travaille habituellement.

— Comme ça, dit Émile, tu gagnes quatre sous et tu économises ta peine. Au moins, tu n'as pas les déplacements à faire. Moi, ça ne me coûte pas puisque, de toute façon, je viens te dire bonjour.

Au bout de une semaine, Rosine sent ses forces se reconstituer mais ses inquiétudes ne disparaissent pas.

— Tu vois bien qu'il ne se passe rien, répète Albertine. Tu vas être payée pour élever ta fille, c'est tout. Elle est là, elle reste là. Tu sais bien que les enfants de l'Assistance restent chez leur nourrice jusqu'à ce qu'ils soient en âge. Alors, qu'est-ce que ça change ? Faut se taire, c'est tout.

— Je ne peux plus l'appeler Jeanne…

— Et alors ? En voilà une affaire. Un changement de prénom d'un côté, les Croisettes de l'autre ; ça penche de quel côté dans ta balance ?

Une dizaine de jours après le décès, M. Camize en personne apporte la pension du mois de juin. Sous le cerisier de la cour, il y a le grand baquet à laver le linge posé sur un trépied en bois. La planche à laver, les bassines, les corbeilles en osier contenant le linge sale et tous les ustensiles utiles au lavage du linge sont alignés sur le muret de pierre qui sépare la cour du jardin. Au moment où il arrive, Rosine a cessé son travail. Elle est assise un peu plus loin sur le muret. La tétée vient de se terminer et elle joue avec l'enfant. La petite rit aux éclats et c'est un vrai bonheur pour l'inspecteur de constater que la nourrice ne se contente pas de nourrir la pupille mais lui manifeste une vraie tendresse. Quand Rosine se rend compte qu'il est là, elle se sent brusquement très mal à l'aise.

— Oh, excusez-moi, dit-elle en rajustant son corsage. Je ne vous ai pas entendu arriver.

— Ne vous excusez pas, madame Péchereau. Continuez, continuez.

M. Camize observe avec grande satisfaction les joues remplies et le teint frais de l'enfant. Il trouve que les yeux sont encore un peu creux, mais quel changement ! Le lait de la jeune femme tout autant que le bon air de la campagne, les soins attentifs tout autant que l'affection dont elle semble faire l'objet sauvent l'orpheline.

— J'ai appris le drame qui vous frappe. Croyez bien que j'en suis très attristé.

Rosine remonte l'enfant et la plaque contre sa poitrine. Tout en la berçant tendrement, elle bredouille un « merci » d'une voix très troublée que Jacques interprète comme une montée de larmes. Comment pourrait-il soupçonner que la jeune femme est morte d'angoisse à la pensée qu'il pourrait avoir des soupçons ?

— Excusez-moi...

Rosine se lève et se dandine doucement en embrassant le bébé dans le cou. La haie est fleurie, l'air est doux et la campagne alentour éclate des odeurs de foin et de la lumière du début juin. L'enfant fait son câlin, serre le cou et frotte sa joue contre celle de la jeune femme. Jacques trouve le spectacle tout à fait attendrissant. Immanquablement, il ne peut s'empêcher de faire le rapprochement avec une autre situation dont il est témoin depuis dix-neuf ans. Peu de temps après avoir pris la direction de l'agence de Nogent, il a placé un nourrisson dans des conditions très comparables à celles que connaît Rosine. Un bébé de quelques mois arrivé tout droit de Paris, mis en nourrice au sein dans une fermette de Rémalard. À l'âge de trois ans, une mauvaise rougeole a emporté le fils de la famille. À partir de ce moment, les braves gens ont reporté toute leur affection sur le pupille et l'ont considéré comme leur propre enfant. Un fils de substitution en quelque sorte. À douze ans, ils ont refusé qu'il soit placé ailleurs que dans leur propre ferme et aujourd'hui, âgé de dix-neuf ans, il est clair que ses parents nourriciers, devenus ses parents tout court, envisagent de lui transmettre la ferme. Jacques pense qu'ayant perdu son propre enfant Rosine est en train de reporter tout son amour sur la pupille et il en est heureux. Un transfert que la psychologie expliquerait sans grand problème. Assurément, Suzanne a eu de la chance : elle est tombée dans une bonne maison.

— Je voulais voir Suzanne, dit-il en ouvrant sa sacoche, mais je suis également venu pour vous remettre la pension du mois de juin. J'imagine que vous en avez besoin.

Il tend une enveloppe fermée. Rosine a le cœur qui bat. Non seulement il n'a aucun doute en voyant l'enfant, mais encore le fait qu'il lui donne l'argent confirme aussi qu'il n'a aucun soupçon.

— Qu'est-ce que je t'avais dit ! jubile Albertine une fois qu'il est parti. Je savais bien que personne ne s'apercevrait de rien.

— Il n'a seulement pas eu l'idée de regarder la médaille.

— Quand bien même il l'aurait fait, il l'aurait vue puisqu'elle est accrochée au cou de la petite. Tu peux dormir tranquille. Au fond, qu'est-ce que ça change ? Rien. Tu vas être payée pour élever ta propre fille.

— Quand même…

— T'as même pas à en rougir. La patrie, comme ils disent, elle prend en charge les enfants abandonnés. C'est bien la moindre des choses qu'elle prenne aussi en charge les enfants des soldats qu'elle a envoyés pendant quatre ans se faire casser la gueule dans les tranchées sans les payer. Ils n'ont pas demandé à partir.

— C'est pas pareil…

— Quand Joseph reviendra, il ne pourra plus travailler comme avant. Il gagnera forcément moins. Est-ce que le gouvernement lui donnera des sous pour élever ses enfants ? Certainement pas. Alors, elle est où la justice ? Moi, je te le dis, y a rien de honteux dans ce qu'on a fait.

Le raisonnement de la grand-mère se tient et Rosine s'accroche à cette conclusion pour chasser ce qui subsiste en elle de mauvaise conscience : « ça répare une injustice ». Elle est confortée par le fait que la vie apparaît chaque jour plus normale que la veille. Dans un premier temps, pour ne pas faire la bévue d'appeler sa fille Jeanne, surtout en présence d'Émile, tout en n'employant pas Suzanne qui passe difficilement, elle prend l'habitude de parler de sa fille en disant « la petite ». Mais, Albertine utilisant sans cesse Suzanne, le petit Pierre, qui commence à parler, désigne sa petite sœur en disant « Zanne », si bien que, petit à petit, Rosine finit par utiliser Suzanne. L'enfant pousse bien et commence à manger de petites purées, ce qui permet, une ou deux fois par jour, de sauter une tétée et de dégager du temps pour qu'elle puisse se remettre à travailler à l'extérieur. Quelques heures pour faire les foins. Quelques heures pour aller laver du linge dans l'une ou l'autre ferme. Une demi-journée à droite, un après-midi à gauche. Vers la mi-juin, elle entreprend le binage d'un champ de haricots. C'est un travail fatigant mais pas mal payé. Une fois dans la matinée et une autre fois vers 4 heures de l'après-midi, la grand-mère lui amène Suzanne en bout de champ pour la tétée. C'est dur, mais un peu d'argent rentre à la maison et elle peut à nouveau acheter des choses qui avaient déserté les Croisettes : quelques kilos de sucre, du pétrole pour la lampe, des chaussettes pour Pierre, de la viande pour faire un pot-au-feu.

Fin juin, Rosine peut se rendre fièrement chez le notaire. Il y a même de la provocation dans sa manière d'aligner sur son bureau une série de billets de dix francs, et c'est avec une pointe de revanche dans l'intonation de la voix qu'elle lui annonce :

— Le mois normal plus quarante francs pour les arrérages.

Le ton teinté d'irrévérence n'échappe pas au notaire. Il encaisse mais n'apprécie guère.

— C'est bien, c'est bien, commente-t-il en hochant la tête.

Il ramasse les billets, les tend à son clerc pour qu'il encaisse mais ne se résout pas à laisser passer la bravade :

— Dans votre grand malheur, persifle-t-il, vous avez eu la chance de garder l'enfant qui rapporte une pension…

— La chance ! s'insurge aussitôt Rosine.

— Ce n'est pas ce que j'ai voulu dire, rectifie le notaire avec beaucoup de fausseté. Je veux dire… Je ne trouve pas le mot qui conviendrait. Il ne faut pas interpréter mes paroles de cette…

— Donnez-moi mon reçu, le coupe Rosine d'une voix sèche. Le mois prochain, j'essaierai de faire pareil.

Le jardin des Croisettes fournit les premiers légumes. Les clapiers sont pleins de petits et les mères poules promènent des ribambelles de poussins. On prépare des confitures de bigarreaux et on fait provision de foin pour la chèvre en séchant l'herbe coupée dans les fossés. Des journées de travail qui n'en finissent pas mais qui représentent une sécurité pour les mois à venir.

Dans la grande ferme, comme dans toutes les autres, on change les draps de lit et le gros linge une ou deux fois par mois. La patronne stocke tout ce linge sale dans de grands coffres et on ne les lave que deux fois par an, début juillet (juste après les foins, mais avant la moisson qui mobilise tous les bras) et à la Toussaint. La lessive « à la buée » est un travail assez pénible qui s'étale sur trois jours, mais il est bien mieux payé que les traditionnels lavages.

— Il y en a beaucoup, dit la patronne de la grande ferme en ouvrant les coffres remplis de draps sales, mais deux bonnes femmes t'aideront.

La perspective de gagner quelques francs supplémentaires réjouit Rosine. Dès 6 heures du matin, juste après la tétée, elle met dans sa brouette sa planche et sa boîte à laver, ses brosses et prend la direction de Saint-Éliph. Comme tous les gens de la campagne, marcher dans le petit matin constitue pour Rosine un moment revigorant. L'air frais, la lumière, l'espace, la nature. Rosine se sent bien. Elle regarde les bœufs qui remontent les prés, la tête au ras du sol. Elle entend leur souffle et un bruissement sourd quand leur langue râpeuse arrache l'herbe. Le soleil est haut dans le ciel. Les paysans profitent des jours les plus longs de l'année et du beau temps pour faucher dès le lever du jour. Partout, il y a des hommes, des chevaux et des herbières.

Rosine pense à sa fille, à son Joseph, aux Croisettes et, le crissement de la roue de sa brouette sur les graviers aidant, elle se dit que tout redevient normal. La confiance remonte en elle. Elle atteint le coude de la route qui contourne l'église, passe devant le grand calvaire de bois érigé devant la mare, entre dans le village, parvient à la grande ferme toute grouillante de vie. Les volailles, les meuglements des vaches, le va-et-vient des hommes et des femmes, la course des chiens. L'une des deux bonnes femmes est là, une grosse pas très finaude qu'il faut commander comme un enfant.

— Bonjour Lucienne.

— Je viens avec toi ?

— Ben oui. Je vais te dire ce qu'il faut faire.

Rosine connaît la maison. Elle l'entraîne vers un bâtiment situé entre la maison et l'étable. La pièce du bas est vaste et un mur entier est occupé par la cheminée au fond de laquelle s'ouvre la gueule d'un four à pain. Dans l'angle, il y a un fourneau en brique, très bas, sur lequel sont posés deux grands baquets. C'est dans cette pièce qu'on cuit le pain, qu'on fait bouillir le linge, qu'on cuit les patates pour les cochons, qu'on fait le boudin et les rillettes quand on les tue, là encore qu'on fait bouillir l'eau nécessaire au nettoyage des tonneaux de cidre ou qu'on flambe les volailles après les avoir plumées pour faire disparaître les dernières vrilles de duvet.

— Tu vas m'aider à remplir les baquets d'eau et on va allumer le feu. Pendant que l'eau chauffera, on s'occupera du linge qui trempe depuis hier.

La veille, Rosine a passé la journée à trier le linge et à le mettre à tremper dans de grands cuveaux d'eau où elle a dissous de la cendre de bois très finement tamisée et du sel de soude. Après une journée et une nuit de trempage, le vrai travail va commencer. Dès que la seconde bonne femme arrive, la corvée d'eau commence. Ici, c'est moderne. Depuis quelques années, la ferme est équipée d'une pompe à eau en fonte qui remonte l'eau du puits. Tour à tour, elles actionnent le bras de la machine et, les deux mains sur le levier pour avoir plus de force, elles pompent et remplissent des bidons qu'elles vont ensuite vider dans les baquets. Puis elles chargent les fourneaux en bois et allument les feux. L'eau commence à chauffer mais il faudra une bonne heure avant qu'elle ne commence à bouillir.

— En attendant, commande Rosine, on va frotter le linge qui trempe.

Les femmes posent sur un trépied en bois assez bas un grand baquet en zinc qu'elles remplissent d'eau. Rosine y installe sa planche à laver. Puis, tandis que l'une plonge ses bras dans le cuveau de trempage pour attraper un drap gorgé d'eau, les deux autres saisissent les extrémités et l'extirpent, tout dégoulinant.

— Recule, dit Rosine. Recule. Faut le déployer.

Elles tirent, tendent le drap, regroupent les bouts dans leurs mains, forment une sorte de boudin qui ruisselle.

— Allez, maintenant, on le tord.

À deux mains, Rosine entortille le drap dans un sens tandis que l'autre femme torsade l'autre extrémité dans le sens inverse. Le drap pisse l'eau sale.

— Tire, tire, commande Rosine.

Elles s'arc-boutent, tirent, tordent, expulsent de la toile l'eau qui s'est chargée de crasse au cours du trempage.

— Maintenant, je vais le frotter.

Elles déplient le drap, fouettent l'air pour dénouer les plis, le plongent dans le baquet d'eau claire. Rosine étale les parties les plus sales sur la planche, frotte les taches avec la brosse en chiendent. Les deux bonnes femmes la regardent, attendant les ordres suivants. Quand Rosine a fini de frotter le premier drap, elle commande la suite et la chaîne s'organise :

— Toutes les deux, vous le tordez, et toi tu vas le mettre à bouillir. Au passage, remets du bois dans les fourneaux. Faut que ça chauffe. Toi, tu reviens avec moi et on prend le suivant.

La mécanique prend sa vitesse de croisière. On sort le linge mouillé très lourd, on le tord, frotte les plus grosses taches à la brosse en chiendent, le rince et le met à bouillir dans le grand cuveau. C'est dur, éreintant, pénible parce qu'on est à la fois en sueur et mouillé d'eau froide.

— Le feu n'est pas assez vif, dit Rosine. Mets du bois, charge, charge.

La température monte. Par la fente qui subsiste entre le couvercle et le bord du baquet, la vapeur d'eau bouillante s'échappe en nuages de plus en plus denses et envahit la pièce, ce qui crée une atmosphère très humide, collante, qui imprègne les vêtements autant qu'une averse d'orage en plein été. À cette époque de l'année, la buée est moins pénible que lors de la grande lessive de début d'hiver. Porte et fenêtres peuvent rester ouvertes et la sensation de chaud et froid est moins prononcée.

Dehors, les cuveaux de trempage se vident. Elles tordent et brossent les derniers draps. La première séance de frottage se termine. Une fois bouillis pendant trois à quatre heures, il faudra reprendre ces draps, les remettre sur la planche à laver, frotter et frotter encore avant de les rincer à l'eau claire et d'aller les étendre sur les fils tendus dans le jardin.

— Je vais faire un aller-retour aux Croisettes pour donner à boire à ma petite, annonce Rosine quand elles achèvent de mettre le linge dans l'eau bouillante. Surtout, veillez à ce que le feu ne baisse pas. Il faut que ça chauffe jusqu'au bout.

— Oui, Rosine, répondent docilement les bonnes femmes.

En fin de matinée, le facteur apporte le courrier à la ferme. Il entre dans la maison, parle avec la fermière, boit le traditionnel petit coup de cidre. Au moment où il s'apprête à enfourcher son vélo pour poursuivre sa tournée, il aperçoit Rosine.

— Je savais pas que tu étais là, dit-il en faisant un détour et en posant son engin contre le mur. J'ai une lettre pour toi.

Il fait décrire à sa sacoche de cuir un demi-tour qui la ramène de son dos sur son ventre, soulève le rabat et fouille à l'intérieur. Il en sort une lettre que Rosine identifie tout de suite. Son cœur saute.

— C'est sans doute Joseph, annonce le facteur. J'ai reconnu le tampon de l'armée.

— Merci, merci bien…, bredouille Rosine, soudain tout émue. Quand elle est aux Croisettes, Rosine s'enferme dans la chambre pour lire les lettres de son Joseph. Ici, l'impatience est trop grande. Elle ne peut pas attendre. Elle s'isole dans un recoin du pignon du bâtiment, arrache le rabat de l'enveloppe et sort la feuille de papier. Ses mains tremblent et elle doit s'y reprendre à deux fois pour la déplier.

Ma Rosine chérie,

Enfin une bonne nouvelle à t'annoncer : le médecin-major m'a dit que j'allais bientôt pouvoir rentrer à la maison. Je ne sais pas encore quand, mais c'est pour dans pas longtemps. Je vais…

« Mon Dieu ! »

Le sang de Rosine ne fait qu'un tour dans son cœur. Sa vue se brouille et elle ne parvient pas à lire la suite tant l'émotion est forte. Elle presse la lettre sur sa poitrine, ferme les yeux et sent une joie immense l'envahir :

« Mon Joseph ! Enfin, il va revenir ! »

Et, sans même prendre le temps de lire la suite, elle part en courant vers les Croisettes.

16

Une inspection faite à l'occasion

Pour annoncer son mariage, Lucas met un point d'honneur à imprimer un magnifique faire-part. Sans doute n'en tirait-il pas plus d'une douzaine d'exemplaires mais c'est un travail de typographie remarquable qui montre à quel point il est habile et heureux. Quand l'invitation arrive à l'agence de Nogent-le-Rotrou, l'inspecteur de l'Assistance pousse un ouf de soulagement. Le retrait de la plainte, l'émancipation du jeune homme, les consentements, tout a abouti. Il en est très reconnaissant au maire de Saint-Éliph.

« Sans M. Favellière, Lucas serait aujourd'hui dans une maison de correction et il ne resterait qu'un champ de ruines pour tout le monde. Un très grand merci à lui. »

Le 14 juillet 1919, le premier depuis la fin de la guerre, est commémoré avec une solennité particulière. Le mariage de Lucas et de Marie est célébré deux jours avant, à 5 heures de l'après-midi, par un adjoint au maire de La Loupe, en comité très restreint, alors qu'il flotte encore dans la mairie un parfum d'hommage appuyé à tous les soldats morts pour la patrie. Le troisième adjoint au maire accueille les mariés, les deux témoins (le patron de l'imprimerie et la boulangère) et la dizaine d'invités, dont Loriot et sa femme, qui se sont mis sur leur trente et un.

M. Camize assiste à la cérémonie. Il estime que, Lucas n'ayant aucune famille, la présence quasi officielle de l'inspecteur de l'Assistance publique rééquilibre la situation et atteste du sérieux de son pupille. C'est aussi, pour Jacques, un moyen de manifester son soutien moral au jeune homme et de l'entourer de son affection. Après la mairie, une courte cérémonie religieuse est célébrée dans la chapelle de la communauté. Un tout petit mariage, mais un mariage porteur d'avenir.

— Tu es désormais dégagé de la tutelle de l'Assistance publique, dit M. Camize à Lucas, ce qui ne signifie pas que je me désintéresserai de ton sort. Soyez heureux et aimez l'enfant qui ne va pas tarder à arriver.

La grossesse de Marie atteint son huitième mois et, à en juger par la rondeur de son ventre, il y a effectivement fort à parier que le bébé ne tardera pas à arriver. À se demander s'il laissera le temps aux jeunes parents de s'installer dans le petit logement loué près de l'imprimerie.

Le mardi matin suivant, M. Camize revient à La Loupe pour procéder, sur le quai de la gare, à la réception d'un bébé qu'il place chez une nourrice près de l'étang du Gallou et de deux petits garçons qu'il confie à une veuve de guerre du Vaufermé, une femme sérieuse qui lui a été recommandée par plusieurs personnes. Comme cette dernière ne dispose d'aucun moyen de locomotion et n'a pas pu se déplacer jusqu'à la gare, c'est lui qui se charge de conduire les enfants chez leur nourrice. Les choses se passent facilement et les formalités ne lui prennent pas plus d'une demi-heure, si bien qu'il se retrouve en avance et dispose d'un bon moment avant de reprendre son train.

« C'est l'occasion ou jamais de faire un saut aux Épinetteries. » Arthur est placé dans la ferme Lerogneux depuis un an.

M. Camize n'a pu s'y rendre qu'une seule fois, quelques semaines après le placement. En l'absence de demandes particulières ou de plaintes, il suppose que le jeune s'est adapté à sa nouvelle vie et que les choses se passent ni mieux ni moins bien que dans les autres cas de placement dans une ferme. Néanmoins, depuis longtemps, il projette de faire un saut jusqu'aux Épinetteries. Au sortir du Vaufermé, plutôt que de rentrer directement à La Loupe par la grand-route, il fait un crochet et en profite pour se rendre à la ferme des Lerogneux. Quand il arrive, la vieille Lerogneux est en train de tuer un lapin.

— Est-il possible de voir M. Fernand Lerogneux ? lui demande-t-il.

— Mon pauvre monsieur, c'est qu'on est en moisson. À cette heure, il est dans les champs.

— Je suis l'inspecteur de l'Assistance publique.

— Ah ! Il m'semblait bien que j'vous avais déjà vu. Qu'est-ce que vous lui voulez ?

— Je voulais savoir comment ça se passait avec Arthur.

— Le gamin de l'Assistance ! Bof, pas ben courageux. C'est tout juste s'il gagne sa croûte. Si vous voulez voir mon gars, ils sont tous en train de couper du blé dans un petit champ qu'on a juste derrière. C'est pas ben loin. J'vas vous montrer.

La vieille abandonne le lapin à moitié dépouillé, avance jusqu'au coin du bâtiment et pointe en direction de la Parisière le couteau avec lequel elle vient d'arracher un œil au lapin.

— Ils sont là-bas. Vous les voyez ?

M. Camize la remercie, remonte dans sa carriole, traverse la route et s'engage sur le chemin de terre, si sec en cette fin juillet que les roues soulèvent sur leur passage des nuages de poussière chaude. Tout autour des fermes disséminées dans le paysage, les prés et les pommiers occupent l'espace mais, au fur et à mesure qu'elle s'en éloigne, la voiture atteint les champs qui s'intercalent entre les pâtures. Les foins sont terminés et l'été jaunit les repousses de luzerne. Les champs de maïs, de pommes de terre, de haricots et de betteraves sont encore verts. Par contre, partout où la moisson bat son plein, la couleur chaude et dorée des blés et des avoines s'impose à l'œil. L'armée des hommes en bras de chemise et des femmes aux fichus noués sur la tête livre la bataille du pain.

Quand il atteint le champ, M. Camize repère immédiatement les deux Lerogneux et Arthur. Fernand fauche. Jambes écartées, il avance à pas rythmés le long de la ligne de coupe ouverte au milieu du champ en balançant une grande faux munie d'un râteau. Les tiges de blé, tranchées net à ras du sol dans un feulement sifflant, vacillent et sont recueillies par le râteau de la faux qui les entraîne et les dépose à sa gauche. Arthur avance à ses côtés, se servant de sa faucille comme d'un crochet pour regrouper en un andain régulier les javelles que dépose la faux. Derrière, le vieux Lerogneux, Marthe et deux autres femmes les ramassent en grosses brassées, les serrent en appuyant avec le genou et les lient en bottes au moyen de *tians*[1] de paille tressée. Enfin, à l'arrière, une bonne femme relève les bottes et les regroupe en « demoiselles » d'une douzaine de bottes.

Masqués par la haie qui sépare le bout du champ du chemin, lui tournant le dos, les moissonneurs ne remarquent pas son arrivée. M. Camize s'arrête et se rend compte qu'ils ne l'ont pas vu. Heureuse coïncidence. Il va pouvoir observer le quotidien ordinaire de son pupille en situation. Il attache la longe de son cheval au tronc d'un poirier sauvage et recule au bord de la haie. Souvent, quelques minutes de ce genre d'observation discrète lui en apprennent bien plus sur le comportement du patron et de son pupille que de longues discussions.

« Il a grandi et forci en un an. »

Rouge, en sueur, Lerogneux travaille en poussant des « Han ! » à chaque coup de faux et se dépense sans compter. À l'inverse, en vieux paysan comptable de ses efforts, le vieux Lerogneux travaille avec une grande économie de mouvements, formant les gerbes à gestes économes et lents. Entre le fils Lerogneux qui fauche et son vieux père qui regroupe les javelles, Arthur avance, le dos cassé, coincé entre les deux hommes. M. Camize sent bien qu'il est surveillé et qu'il a été placé là pour qu'il ne se permette aucun écart. Il regroupe les javelles

1. *Liens de paille tressée remplaçant la ficelle.*

avec habileté et ses gestes vifs dénotent une force qu'il n'avait pas au moment de son placement. Il effectue le travail imposé avec aisance et les petits coups de pied guillerets, qu'il donne entre deux coups de faucille pour rejeter hors de la portée des mains des femmes les chardons qui pourraient les piquer, tranchent sur la force lourde de son patron.

M. Camize se rassure vite. Au bout de quelques minutes, il quitte son poste d'observation et avance dans le champ. La femme qui relève les bottes à l'arrière du groupe est la première à se rendre compte de sa présence. Elle sursaute quand elle voit un monsieur de la ville marcher près d'elle en regardant le sol pour éviter de mettre le pied sur les chaumes acérés. Les autres femmes se retournent à leur tour. Le vieux Lerogneux se redresse et regarde l'arrivant avec la défiance d'un héron surpris au bord de la mare du village. Arthur reconnaît l'inspecteur qui l'a placé dans cette ferme et se fige. Dans sa tête, la visite non annoncée de l'inspecteur ne signifie rien de bon et ne peut qu'être synonyme de mauvaise nouvelle. Seul Lerogneux, comme hypnotisé par le feulement de sa lame, ne s'aperçoit de rien et poursuit son travail.

— Bonjour, lance M. Camize.

— Bonjour monsieur, répond poliment Arthur en reculant d'instinct de deux pas.

En entendant ce bonjour, le faucheur se demande ce qui se passe et jette un coup d'œil derrière lui.

— Bonjour monsieur Lerogneux.

— Y a un problème ? s'inquiète aussitôt l'homme aux larges bretelles sans répondre au bonjour. Qu'est-ce qui va pas ?

— Oh rien, rien, le rassure M. Camize. Je passais près d'ici. Comme je n'ai pas eu l'occasion de venir vous saluer depuis qu'Arthur est placé chez vous...

Lerogneux dresse le manche de sa faux à la verticale et se passe le dos de la main sur le front. Il est rouge, en sueur, et souffle fort.

— J'aime mieux ça, soupire-t-il.

— Simple visite de routine pour savoir comment ça se passe avec Arthur.

Lerogneux jette un coup d'œil en direction du gamin. Manifestement, il ne souhaite pas parler en présence d'Arthur. Le vieux comprend et lui ordonne d'un signe de tête de rejoindre le groupe des femmes à l'arrière.

— On s'en occupe bien, commence Lerogneux. Vous voyez comment que ça se passe.

M. Camize a l'habitude. Dès les premières paroles, il comprend que Lerogneux est sur ses gardes.

— On fait tout ce qu'il faut pour lui. Il a son coin pour dormir et...

— Dans la maison ?

— Oui... enfin pas avec nous, mais c'est tout comme. L'autre fois, j'vous l'avais fait voir, la petite pièce où il dort. Il est bien. Il a un bon lit et on lui a même donné un beau petit placard pour mettre ses affaires.

— Quand vous me l'avez montrée, il n'y avait pas de chauffage mais vous m'aviez dit que vous installeriez un poêle pour l'hiver. C'est fait ?

— C'est pas tout à fait fini, mais il aura tout ce qu'il faut pour cet hiver.

— Il a donc passé l'hiver dernier sans chauffage.

— Ah, quand il a fait froid, il dormait dans l'étable. Il fait toujours bien chaud, dans l'étable.

L'inspecteur n'est pas dupe. Arthur connaît le rude quotidien des gosses de l'Assistance publique, trop souvent considérés comme une main-d'œuvre corvéable à merci, pour ne pas dire comme des esclaves. Quand ce n'est pas pire que la moyenne de ce qui se pratique ailleurs, c'est déjà pas mal. Il essaie d'apprécier la nourriture, les soins, la quantité et la rudesse du travail qu'on impose à son pupille. Il essaie d'avoir des précisions sur sa santé, son comportement, son caractère. Toutes les réponses de Lerogneux sont plutôt positives, ce qui, aux yeux de l'inspecteur, traduit une volonté du fermier de ne pas entrer dans les détails pour ne pas dévoiler des pratiques moins avouables. Il n'y a pas de gros problèmes, le jeune trouve aux Épinetteries des conditions de vie dans la moyenne des choses.

— Faut pas se plaindre de lui, dit Lerogneux. Il est comme tous ces gosses-là, dès qu'on le lâche un peu il en profite pour faire l'andouille. Mais, si on le laisse pas tout seul, il fait à peu près ce qu'on lui demande. Vous êtes arrivé sans prévenir, alors vous l'avez vu par vous-même qu'il est pas maltraité et qu'il est en bonne santé.

M. Camize ne fait pas de commentaires. L'une de ses préoccupations permanentes, ce sont les mauvais traitements, les coups, les agressions sexuelles, encore que les garçons en sont beaucoup moins victimes que les filles.

— Dans l'ensemble, j'me plains pas, répète Lerogneux. Il file à peu près droit et, contrairement à d'aucuns, il est pas trop vicieux. J'dis pas qu'il a jamais reçu une gifle ou un coup de pied au cul, mais c'est pas arrivé souvent. Pis, c'est comme avec tous les jeunes, des fois, faut les remettre dans le droit chemin. Pas vrai ?

— Certainement, acquiesce M. Camize, mais je vous rappelle avec fermeté que les coups, tous les coups, sont formellement interdits. Tous les châtiments corporels et les privations de nourriture aussi.

— Oui, oui…

Quand ils abordent la question du tout petit pécule que le fermier doit placer chaque mois sur le livret de caisse d'épargne du pupille, Lerogneux a beaucoup de mal à donner des informations claires.

— Avec tout le travail, c'est pas facile d'aller exprès à La Loupe pour placer sur son livret…

Et puis il a dépensé quelques francs à droite à gauche pour des bricoles que voulait Arthur, et puis il a été obligé de retenir deux francs parce que le gamin a cassé des outils, et puis les récoltes ne sont pas bonnes, et puis l'argent ne coule pas à flots, et puis, et puis…

— Je procéderai à un contrôle auprès de la caisse d'épargne à la fin du mois d'août, annonce l'inspecteur. D'ici là, mettez tout en ordre.

Au bout d'un quart d'heure, la pause imposée a permis à Lerogneux de calmer son souffle mais pas sa transpiration, la cause de cette sueur n'étant pas à rechercher dans le travail mais dans la crainte que le représentant officiel de l'Assistance publique lui inspire et dans l'effort que lui impose l'épaisseur de son intelligence pour répondre à toutes les questions sans s'embrouiller. Aussi, il se sent soulagé quand M. Camize hoche la tête et lui dit :

— Bon. Je ne vais pas vous retarder plus longtemps.

— C'est vrai qu'en période de moisson c'est pas l'ouvrage qui manque.

— Je donne mes recommandations à Arthur et je poursuis. Il tend la main à Lerugneux qui, par un réflexe de paysan peu habitué, éprouve le besoin de s'essuyer sur le tissu de sa chemise avant de la lui serrer.

Arthur est très impressionné. L'inspecteur lui en impose. Il sait que, d'une parole, cet homme peut décider de son sort. À son approche, il baisse les yeux, se sentant à l'avance coupable de toutes les choses qu'il soupçonne son patron d'avoir racontées. Il réagit de la même façon et confirme que tout se passe bien.

— Alors, Arthur, te plais-tu aux Épinetteries ?

— Oh oui, m'sieur !

— Fais-tu bien tout ce que te dit ton patron ?

— Oh oui, m'sieur !

— Le travail n'est pas trop dur ?

— Oh, non, M'sieur !

Au bout de un an, Arthur connaît le fonctionnement de la ferme et des fermiers, les jeunes comme les vieux. La vie aux Épinetteries n'est guère enviable, mais il s'en accommode. Il s'est adapté et sait maintenant comment passer à travers la plupart des inconvénients et échapper à la majorité des tourments. Il se garde donc bien de récriminer en quoi que ce soit. Au contraire, il se montre reconnaissant.

— Sois obéissant et travailleur, lui recommande M. Camize. Souviens-toi bien des leçons de morale de ton instituteur. Maintenant, c'est le moment de mettre en pratique toutes les bonnes résolutions qu'il t'a apprises. Sois courageux, honnête, poli.

Le gamin écoute toute la leçon de morale sans sourciller, hochant la tête à chaque phrase pour signifier qu'il est d'accord. Quand il part, M. Camize termine par une de ces belles phrases censées maintenir le jeune dans le droit chemin :

— Tes patrons, c'est comme ta famille.

Arthur lève les yeux et répond à tout hasard :

— Merci, m'sieur.

L'inspecteur lui donne une tape paternelle sur la tête et part en direction de sa voiture. Au bout de quelques pas, il se retourne et lui demande d'une voix un peu plus forte :

— Sais-tu qu'il y a une petite fille de l'Assistance tout près d'ici, aux Croisettes ?

Le visage d'Arthur s'épanouit. Il a envie de crier qu'il le sait et qu'il est déjà allé la voir, qu'il l'appelle sa petite sœur et que Rosine l'aime comme sa propre fille maintenant qu'elle a perdu la sienne. Mais son élan est brisé net par le regard du vieux Lerogneux qui, occupé à lier des bottes à petite distance, n'a pas perdu une miette de l'entretien. Le gamin réalise *in extremis* que dire qu'il l'a déjà vue deux fois, ce serait se dénoncer et avouer qu'il va aux Croisettes en cachette. La colère des Lerogneux serait terrible et les représailles pleuvraient.

— Ah…

Et sa réponse inaudible se perd dans les senteurs de blés mûrs dispersées par la brise.

17

Le retour d'une gueule cassée

Le champ d'avoine d'Émile, qui se trouve sur la route de La Loupe, est coupé depuis une dizaine de jours, les bottes sont bien sèches et c'est le moment de les rentrer avant qu'un orage ne ruine la récolte. L'avoine, c'est précieux. C'est la nourriture de ses chevaux pour tout l'hiver. La grande gerbière traverse Saint-Éliph. Un bel attelage. Trois chevaux en ligne tirant une charrette où l'on peut entasser deux fois plus de bottes que dans une gerbière ordinaire. L'un de ces attelages qu'Émile compose par plaisir et qui le rend très fier. Seigneur est en tête. Haut, puissant, aristocrate, il suit le milieu de la route et avance avec une noblesse qui ravit l'œil de son maître. Le poulain du milieu est son fils mais, s'il a hérité de la docilité, de la puissance et de l'élégance de son père, sa robe est celle de sa mère. Un bel animal gris pommelé dont la robe deviendra plus foncée en prenant de l'âge. Émile a choisi comme limonier le plus lourd de ses hongres, un animal massif qui, bien que son poids dépasse largement la tonne, paraît assez petit dans les limons d'une si grosse gerbière.

Le fermier marche à hauteur du limonier de façon à voir les deux premiers chevaux devant lui.

Il observe avec beaucoup d'attention le jeune cheval du milieu, un poulain de un an retenu par un fermier de Beauce depuis longtemps. L'animal est de bonne origine. Il doit maintenant faire son apprentissage de cheval de trait. Son comportement plaît à Émile.

« Il prend modèle sur Seigneur et fait tout comme lui. C'est bon signe. Il a de la mémoire. Il apprendra vite. »

Tout comme son père et son grand-père avant lui, Émile ne dresse pas ses chevaux, il les éduque. Et sa méthode relève du bon sens : confier l'apprentissage à un cheval expérimenté. Le poulain ne peut pas avoir de meilleur maître que Seigneur.

Même vide, la voiture est lourde. Les chaînes sont tendues mais les chevaux la tirent sans effort apparent. Dans un concert de douze sabots ferrés frappant les pierres de la route, l'attelée longe le mur du cimetière, traverse le croisement avec la rue du lavoir, passe devant la mairie et atteint la dernière maison. Aussitôt sorti du village, par-dessus les haies qui bordent les prés, Émile aperçoit son champ. La paille d'avoine est beaucoup plus longue que celle des blés environnants, si bien que les bottes forment des demoiselles hautes faciles à repérer. Deux hommes attendent, assis au bord du fossé, en bout de champ. Émile continue à observer la démarche de son poulain quand une voix venant de derrière lui fait tourner la tête :

— Monsieur Favellière !

C'est la petite boulangère, la fille des Loriot.

— Marie !

Elle redouble de coups de pédale pour rejoindre la voiture. Quand elle arrive à hauteur d'Émile, elle glisse sa jambe droite par-dessus la gauche, freine et saute sur la route. Son ventre est énorme et l'imminence de l'accouchement ne fait guère de doute.

— Ma petite Marie, lui reproche-t-il d'un ton paternel, est-ce que tu crois que c'est bien raisonnable de faire du vélo dans ton état ?

— Quel état ? Ce que j'ai, c'est pas une maladie. J'me sens en pleine forme.

Elle rit, se place à côté d'Émile et, une main sur le guidon du vélo, l'autre sur le gros ventre dont elle semble fière, elle affiche son nouveau bonheur.

— Tu reviens de chez tes parents ?

— Oui. Depuis le mariage, on s'est jamais aussi bien entendus. Le père, c'est pas imaginable comme il est devenu gentil avec moi.

— Il t'aime bien...

— Il me l'avait jamais montré. Je crois que c'est à cause du petit. Il le dit pas mais j'ai l'impression qu'il est heureux comme tout d'avoir un petit-fils.

— Parce que ce sera un garçon ?

— Ben oui !

Cette évidence fait sourire Émile. Marie le remarque et, avec une naïveté déconcertante, elle avance comme une certitude :

— La patronne m'a fait le truc de la fourchette et du couteau. Elle se trompe jamais.

— Le truc de la fourchette et du couteau ? Encore un truc de bonne femme !

— N'empêche, elle se trompe pas souvent. Sans que j'aie rien vu, elle a mis un couteau sous le coussin d'une chaise, une fourchette sous le coussin d'une deuxième. Je suis entrée et, sans hésiter, je me suis assise sur la chaise où il y avait le couteau.

— Et un couteau, c'est un garçon ?

— Ben oui.

Elle lâche son gros ventre et prend le bras d'Émile. Le geste est chargé d'affection et de reconnaissance. Émile en est tout attendri. Qu'il aurait été dramatique que Loriot se prive à jamais de ce genre de geste !

— Garçon ou fille, c'est pas important, poursuit Marie. Ce qui est important, c'est qu'on ait pu se marier. Si mon père a retiré sa plainte, c'est grâce à vous. Si vous lui aviez pas parlé, personne aurait pu le faire changer d'avis. C'est grâce à vous si les choses se sont arrangées. On sait pas bien comment vous le dire, mais on vous remercie beaucoup. Lucas a eu très peur. Dame, quand on est de l'Assistance, c'est pas tous les jours qu'on trouve quelqu'un pour vous aider.

Le pas des chevaux meuble un instant l'absence de paroles.

— Je pourrai jamais vous le rendre, mais si un jour vous avez besoin…

Marie exerce une dernière pression sur le bras pour exprimer ce que ses mots ne peuvent pas traduire, puis elle se dégage et reprend son vélo à deux mains.

— C'est pas le tout, faut que j'aille à la boutique. Le patron sort la prochaine fournée dans une demi-heure. Il va avoir besoin de moi.

— Parce que tu vas travailler jusqu'au bout ?

Elle rit, met le pied gauche sur la pédale et patine du pied droit pendant quelques mètres pour prendre de l'élan.

— Non. J'prendrai un ou deux jours pour faire le bébé.

Puis elle passe le pied par-dessus le pédalier et prend de la vitesse.

— Quand il sera né, on vous préviendra, dit-elle avant d'être hors de portée de voix. Faudra venir le voir avec votre dame. Ça nous f'ra rudement plaisir.

Au fur et à mesure qu'elle s'éloigne en direction de La Loupe, l'attelage réaffirme sa présence. Le pas des chevaux s'impose et le claquement du moyeu des grandes roues résonne dans l'air chaud mais Émile n'arrive plus à se concentrer sur l'observation de son poulain. Il pense au jeune couple, au bébé, au petit mot tout simple que M. Camize lui a adressé pour lui exprimer toute sa reconnaissance, à Loriot. Il a le sentiment d'avoir été utile et cela le remplit de joie.

« Depuis le mariage, paraît qu'on n'a pas revu Loriot au bistrot. Lui aussi, c'est son petit gars qui va le sauver. » Quand l'attelage parvient à proximité du champ, les deux gars qui attendaient se lèvent et saisissent les *brocs,* sorte de fourche à trois doigts équipée d'un très long manche qui leur servira à hisser les bottes. Émile presse le pas et se place à hauteur de Seigneur dont il saisit la bride.

— Dia, dia ! commande-t-il.

Le cheval vire sur la gauche. Le poulain et le hongre suivent docilement. La voiture cahote au passage du busage qui permet de franchir le fossé et avance entre les rangées de demoiselles. Émile n'arrête Seigneur que lorsque les grandes roues se trouvent à hauteur des premières bottes. Sans un mot, les deux hommes se séparent et se positionnent de chaque côté de la voiture, face à la première demoiselle de chacune des deux rangées.

— On va avoir chaud, dit Émile. Le soleil est bon.

— Bah, c'est un temps de moisson, répond le plus jeune des deux.

L'autre ne répond pas. Émile grimpe sur le plancher de la voiture et dépend le crochet coincé dans la garde, sorte de grande grille en bois aménagée à l'avant et à l'arrière pour permettre de charger les bottes bien au-delà du niveau des ridelles.

— On fait comme d'habitude, explique Émile. Faudra me passer les bottes grain vers l'intérieur.

Charger une gerbière de cette contenance est un art qui n'est pas donné à tout le monde. Il faut ranger les bottes selon un ordre bien précis pour assurer la stabilité et l'équilibre de l'ensemble. Émile se charge de ce travail minutieux qui permet de rentrer à la ferme sans prendre le risque de voir le chargement verser à la première secousse. Le gars de droite plante les pointes de son broc dans la première botte, la soulève, la passe par-dessus sa tête et la jette sur le plancher. La paille, longue de plus de un mètre est chaude et odorante. La tête de la botte est plus lourde et tombe en premier. Les épis d'avoine, bien développés et fournis cette année, résonnent sur le bois en un bruit plus dense qui est de bon augure. Émile plante son crochet au milieu de la botte et, en s'aidant de sa main gauche, la fait pivoter et la place à l'avant, tout contre la garde, en prenant grand soin de mettre les épis à l'intérieur de la voiture. À peine la première botte venant de droite est-elle rangée que, venant de la gauche, la deuxième tombe à portée de sa main. Émile renouvelle son geste et la tasse à la suite de la première. La troisième s'abat sur sa droite et, en alternance, sur un rythme qui se règle sans qu'aucune parole ne soit prononcée, les suivantes arrivent dans la voiture. Avec les bottes des quatre premières demoiselles, le premier lit est constitué sur le plancher de la gerbière.

— Dia ! lance Émile.

Seigneur avance de quelques mètres.

— Ho !

Le cheval s'arrête entre les quatre demoiselles suivantes. Les hommes reproduisent les mêmes gestes. Petit à petit, au fur et à mesure que les chevaux avancent, les lits de bottes s'entrecroisent et le chargement monte. Quand la voiture vire au bout du champ, Émile se redresse et souffle un instant. Partout dans la plaine, hommes, femmes et enfants, jeunes et vieux, s'activent, fauchant, liant, relevant, chargeant. La moisson bat son plein sous le soleil ardent qui fait vibrer les chaumes d'une lumière brûlante. En direction du sud, Émile voit le clocher de l'église du village tandis qu'à l'opposé les ardoises de celui de l'église de La Loupe, en plein soleil, brillent comme un miroir. Il voit les charrettes circulant sur la route de Saint-Éliph à La Loupe, des vélos, des marcheurs, un outil sur l'épaule.

— Dia ! Ilo !

C'est à partir du moment où le chargement dépasse la hauteur des ridelles latérales que le talent du tasseur s'exerce le mieux. Émile positionne les bottes de telle façon que les pailles dépassent d'une cinquantaine de centimètres sur les côtés. La surface d'entassement s'élargit et il faut deux fois plus de bottes pour confectionner un lit. La hauteur augmente et les deux *brocqueteurs* sont obligés de pousser davantage sur le manche de leur outil à chaque fois qu'Émile ajoute un lit.

— J'ai la place de prendre les deux rangées jusqu'à la route, annonce Émile. On redescend.

Perché tout en haut, le genou appuyé contre la dernière botte posée, il prend un soin encore plus grand à tasser les gerbes. Le chargement devient si haut que les gars, broc dressé vers le ciel, le manche en bout de bras, sont obligés de donner un coup de reins pour faire sauter la botte encore plus haut afin qu'elle atteigne Émile. Quand ils arrivent en bas du champ, la voiture ressemble à une immense maison ambulante.

— Les cordages sont dans le coffre, indique Émile. Passez-les moi.

Les hommes plantent les brocs dans les chaumes et sortent les cordes. Émile s'essuie le front. Au loin, sur la route, la silhouette d'un marcheur attire son attention. Il n'est pas habillé en paysan et, bien que son allure ressemble à celle d'un homme encore jeune, il avance les épaules voûtées, courbé comme un vieux.

— J'lance les cordages, annonce un gars.

Émile les attrape, les répartit à gauche et à droite, passe les bouts entre les cornes des gardes et les fait redescendre. Un gars, à l'avant, noue les extrémités aux anneaux fixés près des limons. L'autre, à l'arrière, les enfile dans les trous des treuils. Émile descend avec prudence, s'aidant des cordages et des barres de bois des gardes. Quand il touche le sol, le marcheur s'est rapproché. Il porte un pantalon bleu, une vareuse militaire et, malgré la chaleur, un bonnet de laine brune lui couvre la tête et une grande partie du front. Il a passé un bras dans la bretelle de sa musette et s'en sert comme d'une attelle. Le temps de serrer les treuils pour tendre les cordages, il s'est approché et, quand Émile se retourne, l'homme est dans le champ et avance dans sa direction.

Émile a un mouvement de recul : l'homme présente un profil horrible. Il est littéralement défiguré. La paupière est à demi fermée sur une orbite très creuse dépourvue de globe oculaire. La joue est labourée de cicatrices, le nez est amputé à l'extrémité et la peau n'est qu'une brûlure boursouflée difficile à regarder. Le lobe de l'oreille est déchiqueté et des plaques violacées maculent le cou. Émile n'a jamais rien vu d'aussi atroce. L'homme penche la tête sur le côté.

— M'sieur Favellière, ben vous m'reconnaissez pas ?

La voix est claire et fait tressaillir Émile. Il ne maîtrise pas son effroi et s'écrie dans un cri du cœur :

— Joseph ! C'est toi ?

L'homme se tourne davantage, comme s'il voulait faire demi-tour mais ce n'est pas pour rebrousser chemin et retourner vers La Loupe. C'est tout simplement pour présenter l'autre profil de son visage. Ce côté est intact et, plus le mutilé tourne la tête, plus il redevient Joseph Péchereau, le mari de Rosine. Émile est atterré.

— Joseph ! Mais…

Il ne sait pas quoi dire. Il ouvre les bras et veut le serrer contre lui mais Joseph a un mouvement de recul.

— Faut pas, m'sieur Favellière, à cause de mon bras. Il est encore douloureux.

D'un coup, dans la bouche d'Émile, les questions fusent, comme si une vanne venait de sauter :

— Joseph ! Mais qu'est-ce que tu fais là, à pied ? T'es venu en train ? T'es arrivé quand de l'hôpital ? Pourquoi t'as pas prévenu de ton arrivée ? T'es pas trop fatigué ?

Émile fait signe aux deux gars d'aller chercher des bottes sur les demoiselles voisines et de les poser sur le sol à l'ombre de la gerbière.

— Assieds-toi. Tu dois avoir soif. J'ai une bouteille de petit cidre dans le coffre à outils.

Les gars installent les bottes. Émile file vers le coffre. Joseph est faible et manifestement fatigué. Il se laisse tomber sur la paille. Les deux brocqueteurs restent debout, un peu en arrière, fascinés par l'atrocité des blessures de l'une de ces « gueules cassées » dont ils ont entendu parler sans en avoir jamais vu de si près.

— Tiens, bois un coup, dit Émile en tendant la bouteille. Joseph ne se fait pas prier. Il porte le goulot à ses lèvres et grimace parce qu'ouvrir la bouche est un mouvement douloureux pour lui dont la mâchoire a été rafistolée par un chirurgien militaire qui, après quatre ans de guerre, a mis au point une technique de consolidation en utilisant des fils de fer très rigides. Émile s'assied en face de lui. Il le regarde boire et reprend difficilement la maîtrise de ses émotions.

— Joseph ! Qu'est-ce que je suis content de te voir ! T'as l'air fatigué.

— Oui. Depuis hier matin, j'ai pas beaucoup dormi. Pas mangé grand-chose non plus. Et puis j'ai perdu l'habitude de marcher. Je suis pas encore très costaud.

— T'es sorti hier matin ?

— Oui. Là où j'étais, c'était plutôt un hôpital pour convalescents, raconte Joseph en abaissant la bouteille. On ne voit pas le médecin-major tous les jours. Hier matin, il m'a dit : « Vous pouvez rentrer chez vous. » Moi, j'lui ai répondu : « Quand donc ? » Il m'a dit : « Dès aujourd'hui si vous voulez. » J'aurais pu écrire à Rosine et attendre sa réponse mais, le temps que les courriers fassent les allers-retours, ça me faisait attendre une dizaine de jours supplémentaires. J'étais à bout de patience, j'ai pas résisté. Hier midi, j'ai profité d'un camion qui descendait à la gare et j'ai pris le premier train pour Paris. Je suis arrivé à la gare du Nord très tard. J'ai dormi sur un banc dans le hall. Des gens m'ont donné à manger et m'ont aidé pour traverser Paris. J'ai pris le métro, pas sans mal, mais j'ai quand même trouvé la gare Montparnasse. J'ai sauté dans le train de 11 heures, un express qui va jusqu'au Mans. J'ai même eu peur parce que j'étais pas certain qu'il s'arrête à La Loupe. Et voilà. J'suis enfin arrivé.

— Et à La Loupe, t'as trouvé personne pour te ramener chez toi ?

— J'ai pas demandé. J'suis trop pressé d'arriver aux Croisettes.

— Je rentre, dit Émile. T'es fatigué, tu vas monter dans la gerbière. À Saint-Éliph, on trouvera bien quelqu'un pour te conduire aux Croisettes.

— Non, j'veux pas, répond Joseph. J'suis trop pressé d'être à la maison. J'vais couper à travers les prés.

Instinctivement, il pointe son bras valide en direction des Croisettes, ce qui l'oblige à tourner la tête. Il voit alors les deux gars, muets, et se rend compte qu'ils ont le regard accroché à ses blessures. Il s'assombrit et lâche en évoquant les centaines de gueules cassées soignées à l'hôpital militaire :

— Là-bas, on faisait plus attention. On était tous éclopés. Ici, il va falloir que je m'habitue.

— C'est les autres qu'il va falloir habituer…

Joseph se lève et rend la bouteille à Émile.

— Sûr que Rosine va être surprise quand elle va me voir arriver. Est-ce que ça va bien aux Croisettes ?

— Oui, oui…

Émile pense au décès de la petite Jeanne et détourne le regard. Comment trouver la force et la manière de lui annoncer une si mauvaise nouvelle ? Le soldat cale son bras à moitié paralysé dans la bretelle de sa musette et fait deux pas en direction de la route :

— Je viendrai à la mairie demain ou après-demain, dit-il. J'ai un papier à faire tamponner.

Et il s'élance en direction des Croisettes.

Deuxième partie

LA PETITE SUZANNE

Octobre 1924 à juin 1925

18

Cinq années pour se reconstruire

Jeudi 9 octobre 1924.

Cinq années se sont écoulées depuis le retour de Joseph.

Le jeudi est une journée particulière qu'il attend avec impatience. Il n'y a pas d'école et il s'occupe des enfants pendant que Rosine est partie au lavoir. Pierre a fait sa deuxième rentrée et Suzanne, bien qu'elle n'ait ses six ans révolus qu'en décembre, vient de faire son entrée à l'école, ce qu'elle attendait avec impatience depuis un an. Du même coup, Joseph est seul toute la journée et ses enfants lui manquent. Difficile de s'habituer, surtout après trois mois de vacances pendant lesquels il les a eus tous les deux près de lui, surtout après ces cinq années de présence de chaque instant de sa chère petite Suzanne.

— C'est peut-être le plus beau qu'on puisse trouver dans la forêt de Montécôt, explique-t-il, mais il ne faut pas le cueillir. Il est toxique.

Pierre et Suzanne sont accroupis autour d'une poignée d'amanites tue-mouches et observent le magnifique chapeau rouge orangé moucheté de points blancs des champignons vénéneux avec une prudence qui retient leurs mains.

— Toxique, relève Suzanne, ça veut dire qu'il ne faut pas le manger ?

— Oui, répond Joseph. Si on le mange, au bout de une heure ou deux, on a des hallucinations et on a très mal au ventre.

— Et on peut mourir, ajoute Pierre.

— Peut-être pas, rectifie son père. Le mieux, c'est de ne pas en manger. Il faut aussi éviter d'y toucher parce que, après, si on cueille d'autres champignons ou si on met les doigts dans sa bouche, on peut avaler le poison sans s'en rendre compte.

On n'accepte pas de vivre avec un visage défiguré mais, avec le temps, on se résigne. Pendant des mois, dès que Joseph croisait des gens, les regards s'accrochaient à la cavité béante de son orbite sans œil, aux balafres violacées de sa joue et à son nez amputé comme par un coup de hache. Au début, ces regards lui étaient insupportables. Par moments, il aurait voulu devenir taupe pour plonger dans un trou. À d'autres, il sentait monter en lui une révolte irrépressible et avait envie de se jeter comme un chien à la gorge des gens. Plus que les douleurs physiques, ces regards dégoûtés le faisaient souffrir. Heureusement, ses enfants l'avaient aidé à vivre avec ce visage monstrueux.

Suzanne penche la tête pour essayer de voir ce qu'il y a sous le chapeau. Joseph prend un bout de bois mort, arrache une amanite et la retourne.

— Sous le chapeau, les lames sont très serrées. Regarde, au milieu du pied, il y a un anneau blanc dentelé. L'anneau, c'est souvent le signe qu'un champignon est toxique. En général, les bons, ils n'en ont pas.

— Les animaux de la forêt mangent les champignons ? demande Suzanne.

— Oui, certains.

— Comment ils font pour reconnaître les bons et les mauvais ?

— Eux, ils savent d'avance, précise Pierre, fier de ses connaissances. À l'école, on a appris que ça s'appelle l'instinct.

— Ah…

La première rentrée scolaire de Suzanne est un véritable bonheur pour la petite fille qui, depuis des mois, piaffait d'impatience pour faire comme son frère. L'an dernier, chaque matin, une main dans celle de Joseph, l'autre dans celle de Pierre, elle l'accompagnait jusqu'à la grille de l'école et c'était une grande frustration de n'avoir pas encore l'âge de rentrer dans la classe avec les autres enfants. Le soir, elle questionnait Pierre pour savoir ce qu'on y faisait, dans cette fameuse école où elle était encore trop petite pour être admise. « On apprend à lire », répondait invariablement Pierre qui, avec l'aide attentive de son père, répétait chaque soir sa page de lecture avec un sérieux et une concentration qui transformaient le moment des leçons à la maison en une cérémonie solennelle. Pierre lisait bien, prononçant les mots distinctement, s'appliquant à mettre le ton d'une si belle façon que Suzanne, la bouche grande ouverte d'admiration, n'avait qu'une envie : savoir lire à son tour.

— Bon, dit Joseph en se relevant, si on veut remplir nos paniers, il ne faut pas nous attarder ici. Venez, je connais un bon coin pour les trompettes-de-la-mort, dans le bois des chênes clairs.

— Des trompettes-de-la-mort !

— C'est pas mortel ?

— Le nom n'est pas rassurant mais c'est un champignon délicieux.

Suzanne s'empresse de saisir la main de son papou. Pierre marche au bord du chemin forestier, comme un petit homme, une main dans la poche, l'autre tenant le panier.

Dans un premier temps, Pierre s'était tenu à l'écart puis, dans les bras de Rosine, doucement, il avait surmonté sa peur et ses petits doigts s'étaient aventurés dans les sillons des boursouflures, exploré le gouffre tragique de la fosse oculaire, suivi les arêtes vives du nez arraché. Progressivement, le petit garçon s'était habitué à soutenir le regard du borgne et Joseph avait pu tenir son enfant dans ses bras sans qu'il ne le repousse.

Joseph entraîne les enfants vers une partie de la forêt où poussent en abondance châtaigniers et noisetiers. Non seulement il compte trouver les trompettes qui poussent généralement sous ces arbres, mais il fera aussi provision de noisettes et de châtaignes. Chemin faisant, le père satisfait leur curiosité.

— … de la mort parce qu'ils sont noirs. C'est à cause de leur couleur qu'on leur a donné ce nom-là. Les trompettes…

— Trompette, Croisettes, fourchette, omelette…, chantonne Suzanne qui est d'un naturel vif et malicieux.

— Alouette, frisette, musette…, ajoute Pierre.

Pour Suzanne, les choses s'étaient passées de façon beaucoup plus évidente. Quand Joseph était rentré de la guerre, elle était encore tout bébé et ses premiers regards s'étaient ouverts sur ces mutilations avec le même naturel que sur l'admirable beauté des fleurs. Les choses étaient ainsi et elle acceptait le monde tel qu'il se présentait. Il n'y avait ni beau ni laid, ni normal ni étrange. C'était comme ça et les petits baisers qu'elle posait sans réticence aucune sur l'une ou l'autre joue avaient peu à peu estompé l'horreur que Joseph lui-même ressentait quand son propre regard croisait l'image de son visage dans un miroir.

Un jour, elle lui a demandé ; « Papa, tu veux m'apprendre à lire ? » Joseph a répondu oui. Joseph ne sait pas dire non à la petite. Comme Joseph ne savait pas comment s'y prendre, il a demandé un manuel d'apprentissage et le maître d'école lui a donné une *Méthode Boscher* usagée. Page par page, assise sur ses genoux pendant des heures, à grand renfort de « ta te ti to tu – le cheval tire la voiture de Toto » ou de « cha che chi cho chu – le chat, la vache, le cheval – le chat se fâche et se couche », elle a appris à lire avec une facilité déconcertante. Maintenant, à chaque fois que Joseph en a l'occasion, il répète avec fierté : « Elle savait lire en entrant à l'école. Pourtant, elle n'aura ses six ans qu'en décembre. »

En juillet 1919, quand il est rentré de l'hôpital militaire, Rosine n'a pas eu besoin de lui expliquer que Jeanne était morte. Il a compris. Albertine a donné quelques détails parce que Rosine restait muette sur le sujet, bloquée, fermée, ce que Joseph mettait sur le compte de la douleur pour une mère d'avoir perdu son enfant. À l'époque, il trouvait que c'était triste mais il n'osait pas avouer que, pour lui, ce n'était pas pareil. Jeanne, il ne l'avait jamais vue. Et puis sa gueule défigurée le faisait encore si terriblement souffrir qu'il avait d'autres sujets de tourment. Heureusement, il avait son petit Pierre et cette adorable enfant de l'Assistance qui lui tendait les bras. En rentrant aux Croisettes, il s'attendait à voir une petite fille. Eh bien, il en avait trouvé une. Une de l'Assistance, mais qu'importe, il s'était rapidement attaché à cette petite. Il n'osait pas en parler parce que c'était idiot à dire mais il s'y était peut-être d'autant plus attaché qu'elle non plus n'avait pas eu de chance. La vie ne l'avait pas gâtée, pas plus qu'elle ne l'avait gâté, lui qui revenait avec un bras estropié et une gueule cassée. Le reste s'était fait tout naturellement. Rosine partait travailler pour gagner de l'argent. Pendant ce temps, longue convalescence oblige, il s'était rendu utile comme il avait pu, en s'occupant des enfants, des poules et des lapins. Rapidement, Suzanne lui avait manifesté une affection sans bornes, grandissant sans s'étonner de ses mutilations ou de ses cicatrices. Pendant des mois, il n'osait pas s'éloigner des Croisettes, de peur de lire dans les regards des gens qu'il croisait la répulsion que ses mutilations inspiraient. Pierre était affectueux mais il était déjà grand et autonome. Suzanne, c'était un bébé. Il fallait la promener, la changer, la faire manger à la cuillère. Les cicatrices boursouflées n'étonnaient pas le bébé et elle promenait ses petits doigts dans les sillons des chairs labourées avec un naturel qui apaisait Joseph. De ces heures au contact l'un de l'autre, ils avaient tissé une sorte de dépendance mutuelle. C'est lui qui lui avait fait faire ses premiers pas, lui encore qui lui avait appris ses premiers mots, lui qui l'avait accompagnée dans tous ses apprentissages. Mais c'est elle qui l'avait réconcilié avec la vie, elle encore qui lui avait réappris à sourire, à regarder la beauté des fleurs, à croire à nouveau que la vie pouvait être belle.

Pendant des mois, Joseph avait lutté pour retrouver une place, des mois pour se résigner à accepter son sort de mutilé de guerre incapable de reprendre un travail dans les fermes, incapable de redevenir l'homme qui rapporte l'argent à la maison pour faire vivre sa famille, incapable de retrouver un statut de chef de famille. Un mutilé. Une gueule cassée. Un infirme. Une nouvelle catégorie d'humains inventée par la guerre, à mi-chemin entre le glorieux héros ayant sauvé la France et l'inutile à charge vivant en parasite au crochet de la société. Encore s'estimait-il chanceux d'avoir échappé au sort de cet amputé des deux jambes de Champrond qui circulait en petite voiture ou de ces deux gazés de Belhomert qui crachaient leurs poumons à longueur de journée.

Sa force à lui, c'était l'amour de sa Rosine, l'affection manifestée par son petit Pierre et les câlins de Suzanne. Petit à petit, sa santé s'était stabilisée. Les terribles migraines s'étaient estompées, les douleurs avaient diminué au fur et à mesure qu'il avait renforcé les muscles de son épaule et de son bras torturé par les éclats d'obus. Les cauchemars hantant ses nuits s'étaient espacés. Il avait appris la vannerie, le tressage des lians, l'affûtage des couteaux, et les premières pièces de vingt sous procurées par ces petits boulots qui n'exigeaient pas une grande force physique lui avaient redonné le moral. Il avait agrandi le jardin, élevé davantage de lapins, glané châtaignes, noisettes et ramassé le bois mort. Il gagnait quatre sous en rapetassant les sacs à patates, en mettant le cidre en bouteilles, en greffant des pommiers. Des travaux de femme. Des travaux de vieux. Le problème de l'argent avait été dur à surmonter mais s'affranchir du regard des autres avait été bien plus difficile encore. Comment supporter des regards de pitié et des paroles de compassion à trente-cinq ans ? Des mois de lutte.

— Là, là, sous les arbres, il y en a des gros ! s'exclame Pierre en s'élançant sous une belle futaie de chênes.

— Des cèpes ! Et des beaux. Avec tout ce qu'il y a, on aura vite fait de remplir nos paniers.

— Il n'y aura plus de place pour les trompettes-barbichette-vinaigrette, jubile Suzanne.

— Et les noisettes ? s'inquiète Pierre.

— J'ai ma musette, renchérit Joseph pour participer au jeu des enfants.

— Noisette-musette-trompette-sapinette ! rit aux éclats la petite.

Quand il est rentré, Rosine l'a tout de suite mis au courant des difficultés qu'elle avait dû affronter pour garder la maison. Le manque d'argent pour faire face aux échéances, les propositions pressantes des Lerogneux, l'insistance du notaire pour qu'elle vende. Heureusement, avec le retour de Joseph, la situation financière s'est progressivement améliorée. Dégagée de la garde des enfants, Rosine a pu travailler davantage. La petite pension de mutilé de guerre, malheureusement bien inférieure à une paie d'homme qu'il avait avant guerre dans les fermes, s'ajoutant à la pension de l'Assistance publique et aux heures de Rosine, ils ont pu se remettre à jour en quelques mois. L'hiver suivant, une pleurésie a emporté la grand-mère mais on n'a eu connaissance de la maladie que lorsque le docteur est venu constater le décès. Elle ne coûtait pas beaucoup mais sa disparition a allégé d'autant les ressources de la famille.

Au bout d'un quart d'heure, les trois paniers sont remplis de champignons.

— Peut-être que l'aubergiste m'en achètera un, se réjouit Joseph. Peut-être deux. Il paraît qu'il a du monde à manger tous les midis en ce moment.

Ils changent de coin, marchent sous les grands arbres, ramassent une pleine musette de noisettes et une autre de châtaignes. Dans la forêt, l'automne éclate en couleurs chaudes où dominent des jaunes et des bruns aux mille nuances. Au détour d'une clairière, ils surprennent quatre chevreuils en train de brouter. Joseph fait signe de se taire et de se tapir sur le sol. Les animaux ne les ont pas entendus. Suzanne est émerveillée et a bien du mal à retenir ses paroles. Elle écarquille les yeux et les mèches de ses cheveux bouclés flottent dans un rai de lumière. Joseph regarde sa fille – parce que plus elle grandit, plus Suzanne est sa fille – et fond d'attendrissement. Suzanne est une très belle petite fille, souriante, vive d'intelligence, agréable de caractère. Un cadeau envoyé par le ciel pour compenser l'injustice infligée par la guerre.

— Leurs cornes, elles sont drôlement grandes ! murmure Suzanne.

— C'est pas des cornes, rectifie Pierre, c'est des bois. On l'a appris à l'école.

À en juger par l'importance de sa ramure, l'un des trois chevreuils est un brocard de trois à quatre ans. Il est en éveil et perçoit les chuchotements. Il dresse la tête, tourne les oreilles et repère la présence des enfants. Aussitôt, il frappe le sol de ses deux pattes arrière, fait volte-face et détale dans la direction opposée. Les trois autres l'imitent et les feuilles mortes crépitent sous les coups nerveux de leurs sabots.

— Ils étaient beaux, hein, papou. J'aurais bien voulu les caresser.

— Ce n'est pas possible, explique Joseph. Ce sont des animaux sauvages.

— Un chevreuil, une chèvre, c'est pareil, dit Pierre. Tu caresseras notre biquette.

— Non, c'est vraiment pas pareil…

À travers les taillis, ils remontent les sentiers tracés par les animaux et atteignent l'allée forestière. Là, pendant un bon moment, ils marchent côte à côte, panier au bras, musette en bandoulière, poursuivant leur bavardage sur mille choses insignifiantes qui vous soudent les êtres les uns aux autres. Suzanne parle de l'école, de sa maîtresse, de ses copines. Pierre raconte le catéchisme, le curé, la messe. Joseph fait remonter ses souvenirs d'enfance, bien avant 1900, du temps où les enfants marchaient en sabots et n'allaient pas souvent à l'école.

Au bout d'une bonne marche à travers la forêt, l'allée débouche sur le chemin de César, un sentier qui longe la lisière de la forêt, séparé des prés et des champs par un fossé assez profond. C'est au bord du chemin de César que, dans un premier temps, les bûcherons débardent le bois de chauffage façonné dans les coupes intérieures et l'entassent en longues cordes régulières. Dans un deuxième temps, les carrioles tirées par des attelages de deux ou trois chevaux viennent le chercher en plein hiver quand le gel durcit le sol et permet aux lourdes charrettes de rouler sans enfoncer leurs roues dans les ornières détrempées. Le chemin aboutit à une petite lande d'où partent, dans un coude à angle droit, le chemin qui conduit à l'étang du Perruchet et, vers le nord, le chemin qui passe devant la ferme du Grand Bois Lecomte et ramène aux Croisettes.

— J'suis fatiguée, minaude Suzanne avec une voix proche d'un miaulement de petit chat.

— On est presque arrivés ! rétorque Pierre.

— Moi aussi, je suis fatigué, dit Joseph pour justifier la demande de sa fille. On va s'arrêter cinq minutes.

Joseph prend toujours le parti de sa fille. « Elle te mène par le bout du nez », lui répète souvent Rosine en plaisantant. De gros troncs de chêne destinés à la scierie sont entreposés à l'embranchement des chemins. Ils posent les paniers et s'assoient.

— Ouf ! soupire Suzanne en regardant son frère. C'est que je suis encore petite, moi.

— Regarde qui arrive, lui dit Joseph en tendant le bras.

Venant du côté de la Frenotière, un cheval approche, tirant un petit tombereau. Un homme se tient debout dans le tombereau et un autre, plus jeune, marche un peu en avant. Suzanne le reconnaît, se lève, grimpe sur le tronc d'arbre sur lequel elle était assise et lui fait de grands signes.

— Là, t'es plus fatiguée, remarque Pierre.

— Arthur! Arthur! lance la petite.

Arthur agite le bras et se met à courir, laissant Lerogneux en arrière. En cinq ans, il s'est développé et, à dix-huit ans, il est devenu un jeune homme costaud et large d'épaules. Avec les années, il a su se faire respecter et, si le travail est toujours rude, il ne craint plus ni les coups ni les privations.

— Ma petite Suzanne!

Arthur voue un amour sans limites à celle qu'il continue d'appeler « ma petite sœur ». De son côté, Suzanne adore ce grand jeune homme qui lui fabrique des poupées avec des épis de maïs ou tresse avec de minces brins d'osier des lits pour ses poupées. La fillette s'élance à son tour sous l'œil quelque peu critique de Pierre:

— Tu vois, dit-il à son père, c'était de la comédie. Elle était même pas fatiguée.

Avant qu'elle ne le rejoigne, Arthur se baisse et tend les mains. La petite se jette dans ses bras. Il la soulève, l'embrasse et la fait sauter en l'air. Suzanne rit, rit de ce rire d'enfant heureuse qui fait le bonheur de Joseph. Arthur fait le fou. Il la place sur ses épaules et se met à caracoler, imitant le hennissement du cheval qui court d'un bord à l'autre du chemin.

— Au galop! Au galop! réclame Suzanne.

— Tagadac, tagadac, tagadac! hennit Arthur.

Il fait quelques longueurs, passe devant Joseph et Pierre à toute vitesse, fait demi-tour et s'ébroue comme un pur-sang avant de revenir vers eux.

— Encore, encore! réclame Suzanne.

— Si tu te laisses faire, dit Joseph, elle va te demander de la remonter sur tes épaules jusqu'aux Croisettes.

— Oh oui ! s'écrie Suzanne. S'il te plaît, Arthur…

— D'accord, répond Arthur, mais ça va pas être du goût du patron.

— Pourquoi ? Il n'est pas de bonne humeur le Fernand ?

Le tombereau approche. Arthur se contente de lever les yeux au ciel mais ne répond pas. Le cheval avance en balançant exagérément la tête, ce qui révèle une vieille bête percluse de rhumatismes qui peine à travailler. Debout dans le tombereau, une main serrant les guides, l'autre s'appuyant sur le tablier, Lerogneux les domine de toute sa hauteur. La mauvaise humeur se lit sur son visage. Joseph n'a jamais eu ni différends ni discordes avec lui mais il garde ses distances. Il n'aime pas ce voisin taciturne au caractère aigri par un travail de bête et les incessantes humiliations infligées par ses vieux. Des personnes de Saint-Éliph ont souvent fait les frais de ses explosions de mauvaise humeur.

Au moment où il passe devant Joseph et les enfants, Lerogneux regarde avec insistance les paniers de champignons et lance l'une de ces méchancetés dont il est coutumier :

— On dirait que t'as été te promener…

— Bonjour Fernand, répond Joseph qui ne relève pas la mesquinerie.

— B'jour…

Puis, s'adressant à Arthur, il lance d'une façon cinglante :

— Si tu veux jouer avec la gamine, t'auras qu'à r'venir dimanche. Aujourd'hui, y a du boulot. Allez hop ! Si tu crois que j'ai les moyens de te nourrir à faire le couillon avec des gosses.

Mais Arthur n'a plus treize ans. Sa nouvelle carrure lui permet de ne plus trembler à la première remarque. Il se soumet mais réplique sur un ton ironique qui indique clairement que l'ordre ne lui fait ni chaud ni froid :

— Oui, patron. Je suis le tombereau. Comme ça, j'arriverai en même temps que vous aux Épinetteries.

— C'est ça, fous-toi de ma gueule…

Le tombereau passe. Lerogneux est raide comme un parapluie de marché et on ne voit de lui que ses épaules. Suzanne sur ses épaules, Arthur imite un cheval fougueux qui piaffe et gratte le sol avec son sabot, se cambre, fait mouliner ses jambes sur place et se met à caracoler au milieu du chemin qui remonte vers les Croisettes, une quinzaine de mètres derrière son patron. Joseph et Pierre se partagent paniers et musettes et les rattrapent. Joseph se place à côté d'Arthur. D'année en année, Lerogneux est devenu teigneux et a pris l'habitude de parler seul pour évacuer sa perpétuelle mauvaise humeur. Il bougonne. S'adresse-t-il aux autres ? S'adresse-t-il à lui-même ? À croire qu'il ne se rend pas compte que les autres l'entendent.

— … Forcément, aller aux champignons pendant que les autres triment, c'est un luxe que tout le monde peut pas s'offrir. Mais puisque le gouvernement a de l'argent à balancer par les fenêtres…

Arthur surveille le dos de son patron du coin de l'œil tandis qu'il glisse à voix basse en direction de Joseph :

— Faut pas faire attention. Rien qu'aujourd'hui il s'est fait engueuler deux fois par le vieux. Deux fois qu'il a été obligé de baisser la tête et de ramper. Ça lui monte à la tête.

— C'est pour ça qu'il est pas de bon poil ?

— Pour ça et pour tout le reste. C'est des vexations permanentes, alors, dès qu'il échappe à l'emprise de son père, il râle.

Suzanne pose sa tête à plat sur les cheveux d'Arthur.

— Évidemment, tout le monde a pas la chance de toucher une pension de l'État, marmonne Lerogneux. Pas besoin de trimer pour gagner son pain quand l'argent tombe du ciel à la fin de chaque mois. Moi, pour gagner…

Les paroles ne lui sont pas directement adressées mais Joseph les prend très mal. Sa pension de mutilé, une chance ! Que ces propos sont injustes et insultants !

— Sans compter la pension de l'Assistance, poursuit Lerogneux. L'élevage des gosses de l'Assistance, c'est bien plus rentable que l'élevage des vaches et ça donne moins de travail.

Lerogneux dépasse les bornes. Joseph sent en lui monter la colère. Sa condition de diminué physique le conduit très souvent à négliger les mesquineries, mais là il trouve que Lerogneux va trop loin. Il accélère le pas et remonte jusqu'à la roue du tombereau.

— … besoin de se lever à 4 heures tous les matins. Y en a qui savent y faire.

— Fernand ! l'interpelle fortement Joseph.

L'autre tourne la tête et le toise de toute sa hauteur. Lorsque Joseph a saisi son regard, il lui lance :

— Fernand, t'es vraiment un con !

19

Une exigence de l'Administration

Début 1924, l'Assistance publique dote l'agence de Nogent-le-Rotrou d'une voiture automobile. Jacques apprécie hautement ce progrès qui lui donne beaucoup plus d'autonomie et lui fait gagner un temps fou. Fini les attentes sur les quais de gare, les heures de train, les longs déplacements en carriole à cheval et l'obligation de tout prévoir une semaine à l'avance. Pour la première fois, il pense pouvoir faire le tour de toutes les écoles de son secteur pour faire le point sur la rentrée de ses pupilles.

— Suzanne Armand est très en avance, explique la maîtresse des petits. Elle sait parfaitement lire. Dans une école de ville, ce serait même un problème parce qu'on ne saurait pas dans quel cours la mettre. À Saint-Éliph, ce n'est pas pareil. Dans ma classe, il y a des enfants de six à dix ans. Suzanne navigue d'un cours à l'autre et suit les leçons qui sont à sa portée. Le plus souvent, elle travaille avec le cours élémentaire mais je la remets avec les enfants de son âge à certains moments de la journée.

— Par exemple, en écriture, précise son mari qui est tout à la fois le maître des grands, le directeur de l'école et le secrétaire de la mairie.

— Son père… enfin je veux dire M. Péchereau, se reprend la maîtresse, nous avait demandé une méthode. C'est lui qui lui a appris à lire. Il s'est remarquablement occupé d'elle. J'avoue que je n'aurais pas fait mieux. En même temps, il lui a appris à écrire les lettres mais elle n'en a pas fait assez. Il faut s'exercer pendant des heures et des heures avant d'avoir une belle écriture. Alors, tous les matins, elle revient avec les petits pour faire sa page.

— C'est une enfant très vive d'esprit, très intelligente, dit son mari. Elle apprend avec une facilité déconcertante.

— Excellente mémoire. Elle retient tout. Tenez, un exemple : je lui fais apprendre les récitations du cours préparatoire parce que je veux que tous les enfants connaissent certaines poésies. Je suppose que son père – cette fois, elle ne se reprend pas – les lui fait apprendre et elle les sait toujours parfaitement bien. Mais, en classe, elle retient aussi les poésies des plus grands. Il suffit qu'un ou deux élèves récitent à haute voix pendant qu'elle fait sa page d'écriture et, mine de rien, elle l'enregistre. L'autre jour, elle nous a récité *Jeanne était au pain sec,* vous savez, le poème de Victor Hugo, qui était la récitation du cours moyen. Pas une erreur. Et dite sur un ton !

M. Camize savoure. Les instituteurs lui parlent généralement de ses pupilles en termes autrement plus difficiles à entendre. « Ils apprennent difficilement, ne comprennent rien, ne s'intéressent pas. » Quand ils ne disent pas ouvertement qu'ils sont inintelligents, voire bêtes ou franchement tarés. M. Camize écoute, note sur son carnet, ne se lasse pas d'entendre ces éloges. Une fois de plus, il fait le lien entre l'affection portée par des parents nourriciers et l'intelligence développée par l'enfant. Depuis toujours, il défend l'idée que, bien plus que le capital génétique reçu de ses parents biologiques, c'est l'amour qui lui est porté qui permet à un enfant de se développer. Cela semble si évident qu'un enfant s'épanouit et réussit bien quand il est aimé et heureux. Aucun enfant n'est taré à la naissance. S'il y a tant d'enfants en difficulté parmi les enfants de l'Assistance publique, il faut en rechercher la cause dans le déficit d'affection qui les pénalise. Leur handicap, c'est le manque d'amour. Voilà bien pourquoi il pense que les orphelinats ne sont pas des lieux où il faut maintenir les enfants abandonnés. Mais comment faire autrement ? La loi ne peut améliorer que le sort matériel des pupilles. Jamais aucune loi ne pourra décréter que tous les enfants ont droit à l'affection.

— En calcul, c'est pareil, ajoute le directeur. Ma femme me dit que Suzanne a compris les multiplications en voyant les corrections des grands au tableau et qu'elle apprend les tables en faisant les opérations avec son frère – son frère… lui non plus ne se reprend pas.

La guerre a tué tant et tant de pères de famille que le nombre des orphelins a explosé à partir de 1914 et jusqu'à aujourd'hui parce que des grands blessés ou des gazés continuent à mourir chaque jour des suites de leurs blessures de guerre.

Bien avant l'armistice de 1918, certaines pratiques se sont développées, surtout en campagne. En général, la veuve d'un soldat tué dans les tranchées se retrouvait sans ressources suffisantes pour élever plusieurs enfants en bas âge. Par sens du devoir, par raison aussi, le jeune frère encore célibataire a épousé sa belle-sœur. La famille s'est reconstituée, presque à l'identique puisque les enfants n'ont pas changé de nom et que le même sang coule dans les veines de l'oncle devenu père et des neveux devenus fils. Dans d'autres cas, la justice accorde assez facilement la garde et la tutelle des orphelins à un oncle, une tante ou des grands-parents. C'est beaucoup moins simple quand l'enfant n'a plus ni père ni mère et que la loi ne reconnaît aucun lien de parenté légal entre l'orphelin et celui qui l'a recueilli. Quel lien existe entre un petit garçon et le beau-frère de son oncle ou entre une petite fille et la cousine de son père ? Et pourtant, très souvent, le cercle affectif familial s'étend bien au-delà des liens reconnus par la loi.

Surtout, les orphelinats sont pleins. Orphelins, sans famille acceptant de les prendre en charge, sans ressources, les enfants des « morts pour la France » sont placés sous l'autorité de l'Assistance publique et entrent dans la même catégorie que les enfants abandonnés pris en charge par l'État. Parce que la solidarité est forte dans les années qui suivent la fin de la guerre, parce que les deuils ont resserré les familles, parce que le sentiment de fidélité à la mémoire des soldats ayant fait le sacrifice de leur vie pousse les gens à ne pas laisser tomber leurs enfants, la population s'insurge contre le statut de ces orphelins et se révolte contre l'injustice qui permet à tout un chacun d'adopter un majeur de plus de vingt et un ans qui peut se débrouiller tout seul dans la vie et interdit l'adoption d'un orphelin mineur qui a besoin d'être aidé, entouré, aimé. Dans les années qui suivent l'armistice, l'immense armée des anciens combattants, veuves et victimes de guerre, de mieux en mieux structurée, exerce une forte pression sur le législateur.

Le 19 juin 1923, les députés votent une nouvelle loi ouvrant aux enfants mineurs et non plus aux seuls majeurs la possibilité d'être adoptés. Bien sûr, la loi vise essentiellement les orphelins de guerre mais, se refusant à faire une ségrégation entre les enfants victimes de la guerre et ceux qui sont victimes de la vie, la loi autorise l'adoption de tous les orphelins placés dans les structures de l'Assistance publique. Orphelins de guerre, enfants abandonnés, enfants délaissés ne forment plus désormais qu'une seule et même catégorie juridique, celle des orphelins susceptibles d'être adoptés.

Des milliers de dossiers sont déposés, concernant essentiellement des orphelins de guerre dont la situation sur le terrain est déjà stabilisée. Ces demandes sont traitées directement par la justice et ne transitent pas par les services de l'Assistance publique. En fait, ce sont des régularisations.

De son côté, dans l'intérêt des enfants mais aussi dans un souci d'économie parce que les finances publiques peinent à trouver les sommes considérables nécessaires à l'entretien de tous ces orphelins, le gouvernement presse les structures d'accueil à prendre des dispositions propres à faciliter l'application de la nouvelle loi. L'Assistance publique se fixe pour objectif de constituer un fichier des enfants adoptables. Pour l'État, un enfant adopté pris en charge financièrement par des parents adoptifs, c'est une économie énorme.

— En résumé, conclut le directeur, Suzanne Armand est une enfant très intelligente, de caractère agréable dont le comportement est très satisfaisant.

— J'ajoute qu'elle est attachante, dit la maîtresse. Je l'aime beaucoup.

M. Camize note sur son carnet. Cette année, sa visite n'apparaît en rien extraordinaire puisqu'il passe après chaque rentrée dans toutes les écoles où sont scolarisés ses pupilles. Il ne dit rien de la nouvelle législation et de l'obligation qui lui est désormais faite de rédiger, pour chaque pupille, une fiche donnant, outre des indications sur son état civil et son statut au regard de la loi, le maximum de renseignements sur son parcours depuis sa naissance, sa santé, son développement physique et mental, son caractère, son comportement, ses tares, ses vices, son degré d'intelligence, son niveau scolaire, ses aptitudes, sa personnalité. La fiche doit être complétée par une photographie en pied et un portrait.

M. Camize ne dispose pas de davantage de précisions sur la destination de ce fichier mais, au cours d'une visite à Paris, un collègue travaillant au ministère lui a dit que « c'est pour résoudre le problème des orphelins de guerre.

— À quoi bon constituer des fiches pour les autres enfants ? lui a alors demandé M. Camize.

— Moralement, il aurait été choquant de faire une distinction entre les orphelins de guerre et les autres », lui a répondu son collègue.

Dans l'esprit de Jacques, la probabilité est faible que des enfants abandonnés, autres que des orphelins de guerre, soient adoptés. Très faible même. Si toutefois des gens se portent candidats à l'adoption, il ne pourra s'agir que de gens de la ville ou de notables assez fortunés pour en supporter la charge. Dans les campagnes, à part les enfants de soldats morts au champ d'honneur, personne n'a besoin d'adopter un enfant. Il y en a déjà bien plus qu'on en veut. On n'est pas assez riches. Or, en ville, les gens aisés occupent des positions qui écartent d'emblée les « gosses de l'Assistance », réputés tarés, vicieux et graines de vaurien. Selon l'imagerie populaire, tous les gosses de l'Assistance sont issus du viol, de l'adultère ou de la copulation lubrique entre une prostituée et un repris de justice. Comment envisager de transmettre son nom et son patrimoine à un tel enfant ? Comment oser prendre le risque de s'exposer à l'hostilité de ses relations ? Les rares demandes ne pourront porter que sur des bébés très jeunes, ignorants de leur passé, dont on pourra cacher l'origine tant à l'enfant lui-même qu'à la société, que l'on pourra éduquer selon les règles propres à sa classe sociale. Encore ne pourra-t-on les voir grandir qu'en tremblant d'angoisse à la pensée qu'ils pourraient ne pas répondre aux espoirs des adoptants et que les tares transmises par les parents ne refassent surface.

« Alors, à quoi bon parler de cette loi et de ce fichier ? »

Le maître d'école raccompagne l'inspecteur jusqu'à sa voiture. De Saint-Éliph, Jacques pousse jusqu'aux Croisettes. Il a besoin de voir Mme Péchereau pour l'histoire de la photographie.

Quand il arrive, il n'y a personne dans la maison ni dans la cour. Il avance jusqu'à la haie qui sépare le jardin. Les Péchereau, les deux enfants et le chien sont tout au fond, au bord du vivier. M. Camize s'arrête à l'abri des regards et, selon son habitude de se faire une opinion hors de ce qu'on lui dit, il observe. Suzanne tient une longue perche de bois avec laquelle elle frappe l'eau tandis que les deux parents sont de part et d'autre du point d'eau et tiennent des cordes. De prime abord, Jacques ne comprend pas ce qu'ils sont en train de faire. Il note la vitalité et l'apparente bonne santé de la fillette. Il repense à tous les compliments faits par la maîtresse et ne peut s'empêcher de penser :

« Et jolie avec ça… La nature n'est pas toujours injuste. »

C'est au moment où le garçon crie : « Ça y est ! La grosse carpe, elle est dans le filet ! » que Jacques comprend. Dans le Perche, les étangs sont nombreux. De temps en temps, une pêche collective permet de capturer en quantité tanches, carpes ou brochets que l'on rapporte chez soi et que l'on met dans le vivier. Les garder vivants, c'est le seul moyen de les conserver et de pouvoir manger du poisson frais au fur et à mesure des besoins. Les Péchereau sont tous en train d'essayer de sortir de l'eau l'un de ces poissons conservés dans le point d'eau.

— Vas-y papa ! Tire, maman ! crie joyeusement Suzanne en tapant des mains.

Ils tendent le filet, ramènent un gros poisson à la couleur mordorée et le déposent dans l'herbe. Les deux enfants s'agenouillent aussitôt pour le regarder de près.

— Oh, la grande bouche ! s'exclame Suzanne en se reculant et en serrant ses mains contre sa poitrine comme si elle avait peur que la carpe ne lui attrape les doigts.

— Je vais la prendre, dit le garçon.

— Non, non, elle va te mordre.

— Les carpes n'ont pas de dents.

Tout le monde rit. Jacques songe qu'il a sous les yeux une famille heureuse et il ressent le bonheur simple de ces quatre êtres. Comme il souhaiterait assister partout à ce genre de spectacle quand il arrive à l'improviste ! Il quitte son poste d'observation et avance dans l'allée, au milieu du jardin. Pierre a saisi la carpe, essaie de la maintenir et de l'immobiliser en la serrant contre lui. Rosine s'essuie les mains sur son tablier et c'est en se retournant pour prendre la corbeille posée dans l'herbe qu'elle aperçoit l'inspecteur.

— Monsieur Camize, dit-elle en s'avançant vers lui. Vous nous trouvez en pleine pêche.

— Je n'avais jamais remarqué que vous disposiez d'un vivier, déclare-t-il en lui tendant la main.

— Il y a une source. L'eau est très propre mais elle est froide.

Joseph et Suzanne approchent tandis que Pierre se bagarre avec le poisson qui refuse de rentrer dans le panier. Suzanne reconnaît M. Camize et tend les bras pour l'embrasser. L'inspecteur est tout attendri par ce geste inhabituel. En général, les pupilles sont craintifs et se méfient de ce monsieur en chapeau, sans doute parce qu'ils entendent les nourrices parler de lui en termes peu rassurants. Tout en se baissant pour tendre sa joue, M. Camize se réjouit du beau visage ouvert de la fillette, de ses yeux rieurs et du teint clair qui dénote une bonne santé.

— Que tu as grandi ! lui dit-il.

— Je vais avoir six ans dans deux mois, répond Suzanne. Et je sais lire.

— Je sais, je sais, répond-il en se relevant. Je viens d'aller voir ta maîtresse. Elle m'a dit que tu travailles bien, que tu es sage et que tu sais faire les multiplications. C'est très bien. Je suis content. Il faut continuer et faire des efforts pour que M. et Mme Péchereau soient fiers de toi.

— M. et Mme Péchereau… Vous voulez dire papa et maman ?

— Oui, si tu veux…

Joseph est très serein mais Rosine, à chaque fois qu'elle est en présence de M. Camize, se contracte malgré elle. L'inspecteur n'a jamais rien suspecté. Depuis six ans, il a régulièrement versé la pension et l'Assistance publique n'a jamais soupçonné l'échange des deux bébés. Au début, l'angoisse d'être démasquée a poussé Rosine à beaucoup en vouloir à la grand-mère qu'elle accusait d'avoir profité de ses moments de faiblesse pour manigancer un truc contre nature. Puis Joseph est rentré, si faible, si démoralisé, qu'elle n'a pas eu le courage de lui expliquer. Au fil des mois, les choses se sont tassées, l'argent a permis de relever la tête et, comme tout se passait bien, les visites de M. Camize se sont espacées. Surtout, Rosine s'est rapidement rendu compte combien la fillette aidait son cher Joseph à sortir du désespoir. On a enterré Albertine et, avec elle, le terrible secret. Plus Suzanne grandissait, plus Rosine constatait combien l'affection se développait entre le père et la fille. Elle avait en permanence sous les yeux le miracle d'une résurrection inespérée qui permettait à son Joseph de reprendre goût à la vie. Alors que d'autres soldats à la gueule cassée qui se trouvaient dans le même cas que lui finissaient par se suicider, lui jouait avec elle et, petit à petit, recommençait à rire et à avoir envie de faire mille choses. Elle sentait bien qu'il s'accrochait à sa fille et que l'enfant devenait sa raison de vivre. Au début, elle avait repoussé à plus tard la révélation de l'échange de la médaille. Puis les mois et les années passant, elle s'était tue. Elle n'y pensait plus que de temps en temps, puis de moins en moins et elle avait fini par oublier. Seules les visites de M. Camize faisaient resurgir des angoisses passées. Mais les visites étaient si rares…

— Je vois que tout a l'air de bien se passer, dit M. Camize.

— Suzanne est une enfant qui ne nous donne aucun souci, répond Rosine.

— Avec elle, on n'a que des satisfactions, ajoute Joseph. C'est notre fille chérie. Y a pas d'autre mot, notre fille chérie.

M. Camize approuve d'un mouvement de tête et enchaîne :

— Je suis allé à l'école pour savoir comment s'était déroulée cette première rentrée. Je sais que tout se passe très bien. Mais ce n'est pas pour parler de l'école que je vous rends visite.

Ils marchent en direction de la maison.

— Je vous apporte un bon pour aller chez le photographe de La Loupe.

— Vous voulez qu'on la fasse photographier ?

— Oui.

— Pour quoi faire ?

— Les temps changent. L'Administration se modernise et a des façons de fonctionner qui évoluent. Maintenant, il y a des photographes partout et les photos sont de plus en plus faciles à réaliser. Aussi, l'Assistance publique a décidé d'ajouter une photo dans le dossier de chaque enfant.

Ils franchissent la haie et parviennent dans la cour. M. Camize sort le bon à remettre au photographe et le tend à Rosine. Suzanne tire sur la manche de son papa pour qu'il se baisse, met sa main devant sa bouche et lui glisse quelques mots à l'oreille. Quand elle a fini, Joseph lui répond simplement « oui » et elle part en courant vers la maison.

— En tout cas, reprend M. Camize, pendant que Suzanne n'est pas là, je veux vous dire toute ma satisfaction de la voir aussi épanouie. Vous l'élevez très bien. Je suis vraiment satisfait de la façon dont vous prenez soin d'elle.

— Merci, merci bien, répond Rosine.

— En particulier je vous engage à continuer à veiller à ce que sa scolarité se déroule le mieux possible. Elle est bien partie.

Suzanne revient en courant. Elle tient un livre à la main. Le regard de Joseph s'illumine.

— Elle voudrait vous montrer comme elle sait bien lire.

Suzanne est toute fière. Elle montre le livre.

— C'est le livre de lecture de son frère, fait remarquer Joseph. Il est une division au-dessus d'elle.

Suzanne s'assied sur le muret de pierre, pose le livre sur ses genoux, l'ouvre à une page qui ne contient aucun dessin et commence à lire d'une voix claire et fluide :

— « La tortue et les deux canards. La tortue, qui marche toujours clopin-clopant et qui met plus de un an à faire le tour du jardin, rêvait de s'envoler rapidement vers les pays les plus lointains. Mais comment faire ? Deux canards, ses voisins, lui en indiquèrent le moyen. « Prenez, dirent-ils, ce bâton par le milieu et serrez-le dans votre bouche. » Les canards prirent le bâton chacun par un bout et... »

M. Camize est médusé. Jamais il n'a entendu une enfant d'à peine six ans lire de cette façon. Aucun mot n'est écorché et l'enfant fait vivre l'histoire en mettant un ton qui dénote une parfaite compréhension du texte. De la main, un peu à la manière d'un chef d'orchestre, Joseph encourage la petite. Suzanne va jusqu'au bout de la page.

— Tu lis vraiment très bien, la félicite M. Camize. Je suis très content.

Puis il ajoute en se penchant vers elle :

— Si tu continues à bien travailler, à Noël, je promets qu'il y aura une belle récompense pour toi.

20

Chez le photographe

Rosine pousse la brouette sur laquelle elle a placé un baquet et sa boîte à laver où elle a mis un battoir et deux brosses en chiendent. Joseph marche à ses côtés, poussant le vélo sur lequel est assise Suzanne.

— Demande au photographe de nous faire un tirage supplémentaire, dit Rosine en s'adressant à son mari. On lui paiera.

— C'est qu'elle est tellement belle notre petite princesse ! répond Joseph en regardant sa fille. Si c'est possible, je lui demanderai un agrandissement du portrait.

— Et on achètera un cadre ? se réjouit Suzanne.

La fillette est fièrement assise sur la selle mais, comme le vélo de son père est bien trop grand pour elle, elle est penchée en avant pour se cramponner au guidon et ses petites jambes pendent dans le vide sans atteindre les pédales. Elle est endimanchée comme pour une messe de Pâques. Le bleu ciel du ruban fait ressortir le blond de ses cheveux que Rosine a soigneusement coiffés. Elle porte une robe au col blanc brodé d'une dentelle au point d'Alençon et les chaussures noires contenues dans la vêture attribuée par l'Assistance publique juste avant sa rentrée à l'école. Parce qu'on est en octobre et que la température n'est plus celle des jours d'été, Rosine lui a mis un gilet pour qu'elle ne prenne pas froid pendant les quelques kilomètres du trajet.

— Chez le photographe, tu l'enlèveras.

— Oui, maman.

— J'ai mis un petit mouchoir blanc dans la poche de la veste de papa. Quand il te photographiera debout, le photographe te demandera certainement de poser une main sur le dossier d'une chaise ou sur un guéridon. Dans l'autre main, tiens ce petit mouchoir. Ce sera plus gracieux.

— Oui, maman.

Ils marchent ensemble jusqu'à Saint-Éliph et se séparent devant le *Café des Voyageurs* où Rosine va laver le linge. Joseph et Suzanne poursuivent leur route en direction de La Loupe.

— Au revoir, maman, dit l'enfant en lui adressant un geste de la main.

— À ce soir, ma chérie, lui répond Rosine. Surtout, tiens-toi bien droite sur la photo et souris.

De son comptoir, la femme de l'aubergiste voit s'embrasser la famille Péchereau. Elle sort sur le pas de sa porte et va à la rencontre de Rosine.

— Dis donc, elle est bien belle, ta fille. C'est pourtant pas dimanche.

— Joseph l'emmène chez le photographe.

— Pourquoi que vous y êtes pas allés tous les quatre ? Vous auriez pu faire une photo de la famille entière.

Comme tous les habitants de Saint-Éliph, l'aubergiste était présente le jour de l'enterrement du bébé et elle sait que Suzanne est une enfant de l'Assistance publique. Néanmoins, depuis que Joseph est revenu, il est tellement évident pour tout le monde que les Péchereau ont reporté leur amour sur cette enfant qu'elle parle de « leur » fille et non pas de la petite de l'Assistance. Pour le village, Suzanne est une Péchereau. D'ailleurs, la plupart des gens ignorent que son vrai nom de famille est Armand. C'est le genre de détail qui, depuis des années, rassure, conforte et réjouit Rosine.

— On fera des photos tous les quatre ensemble quand Pierre fera sa communion.

— Moi, il y a un bon moment que je voudrais qu'on fasse une photo avec nos trois enfants mais on n'arrive jamais à trouver un moment libre pour y aller.

Rosine pousse sa brouette et rentre dans la cour. L'aubergiste l'accompagne.

— J'ai dit à la bonne de venir t'aider à tordre les draps. Elle t'aidera aussi à les étendre sur les fils quand tu reviendras du lavoir.

À l'auberge, on fait la lessive deux fois par mois et on ne pratique pas, comme dans les fermes, la lessive à la buée. On laisse tremper le linge pendant une nuit et on le brosse avec du savon de Marseille dans le lavoir communal. La patronne fait le tour des deux grands baquets où, depuis la veille, trempent draps et linge de maison, donne ses ordres et envoie la petite bonne pour aider Rosine à sortir les draps de l'eau, à les tordre et à les entasser dans le baquet posé sur la brouette.

— J'en ai au moins pour deux heures, prévient Rosine.

— Je fais les chambres, répond la bonne. Vous aurez qu'à faire signe à la patronne en revenant. Elle m'appellera et je viendrai vous aider à les étendre.

Sur le chemin des Croisettes, le baquet était vide et la brouette paraissait légère. Plein de linge mouillé, il est très lourd et Rosine doit maintenant se pencher en avant et s'arcbouter pour la pousser. Le poids lui tire dans les bras et elle peine. C'est dur. Elle traverse la place, franchit la grand-route. À partir de là, le chemin descend un peu et il est plus facile d'avancer. Le lavoir communal se trouve derrière l'école, dans un creux du terrain. Il est bâti autour d'un vaste point d'eau naturel qui n'a rien d'une mare. Il est alimenté par les eaux de pluie et une petite source d'eau froide mais toujours très claire. Le chemin le longe sur un côté, des roseaux et de grandes herbes envahissent les rives basses du tour et la commune a fait construire un lavoir dont le toit très avancé au-dessus de l'eau permet aux femmes de laver à l'abri de la pluie et du vent.

Quand Rosine arrive, deux brouettes sont rangées le long du mur. Elle pose la sienne près de la porte, saisit sa boîte à laver et descend les cinq marches qui conduisent à l'intérieur. Deux femmes sont déjà au travail.

— Bonjour tout le monde, lance Rosine.

L'une des deux femmes, agenouillée dans sa boîte, frotte un pantalon de grosse toile à grands coups de brosse énergiques. L'autre doit être arrivée depuis moins longtemps parce qu'elle est en train de vider sa corbeille et entasse sur un tréteau des chemises dégoulinantes d'eau savonneuse. Les deux se tournent vers Rosine.

— Tiens, c'est toi. J'croyais que tu lavais à la Ducherie tantôt.

— Non. Je suis à l'auberge.

— Alors t'es dans les draps.

— C'est lourd, ces machins-là. Tu veux un coup de main pour descendre ton baquet ?

— C'est pas de refus. On va l'apporter ici.

Rosine pose sa boîte à ras de l'eau, tout contre'la margelle de pierre taillée en biseau sur laquelle on pose le linge pour le frotter. La femme agenouillée se dresse. Toutes trois ressortent, saisissent le très lourd baquet de draps à deux mains et le soulèvent.

— Même à trois, c'est pas léger !

Elles font des petits pas traînés, descendent les marches avec précaution et posent le baquet juste derrière la boîte.

— Merci. Ça m'évite de faire trente-six voyages.

Chacune se met au travail. Rosine prépare ses piles de linge à portée de main, installe tout son fourbi de brosse, battoir et savon. Elle cale au fond de la boîte le petit sac de toile bourré de crin sur lequel elle s'agenouille et relève ses manches bien au-dessus des coudes. Elle empoigne un drap, pince fortement le bord et, d'un geste habile, le lance au-dessus de l'eau. C'est joli : tel un grand oiseau blanc, le drap se déplie, flotte un instant dans l'air puis se pose à la surface comme une vaste corolle de fleur. Rosine l'agite pour le déployer complètement et le tissu ondule, devenant lourd de l'eau dont il s'imbibe à chaque fois qu'un pli touche la surface. Le véritable travail commence. Rosine plaque le bord du drap sur la pierre, attrape le gros cube de savon de Marseille et le frotte à grands moulinets de bras.

— As-tu des nouvelles de ton cher voisin ? attaque sa voisine qui, elle aussi, est en train de savonner une chemise.

— Qui donc ? s'étonne Rosine.

— Ton chéri, le vieux Lerogneux.

— Ma foi, non. Tu sais bien qu'on se parle pas.

— Paraît qu'il est au lit, rapporte l'autre femme. Le médecin est venu.

— Et pour que la Zélie se résigne à payer le médecin, c'est qu'il va vraiment pas bien.

Dans un village comme Saint-Éliph, le lavoir diffuse les nouvelles bien mieux et bien plus vite qu'un journal. En quelques heures, le bouche à oreille relaie le moindre événement qui, repris et amplifié plus tard par les hommes au bistrot, est connu dans toutes les maisons le soir même. Certaines commères, bien connues pour se délecter du moindre ragot, colportent les nouvelles en ajoutant tant de détails qu'on a l'impression qu'elles ont été témoins, ce qui ajoute encore à la crédibilité de l'information.

— À ce qu'on dit, il aurait un truc au cœur.

— De l'angine de poitrine.

— Ces derniers temps, il marchait avec un bâton, et il s'arrêtait tous les cent mètres. Manque de souffle.

— C'est pas bien bon, surtout à son âge.

Lerogneux n'a jamais caché qu'il convoitait la maison des Croisettes et, même si Rosine est toujours restée discrète sur le sujet, tout le monde sait, depuis des lustres, qu'elle n'apprécie pas cette famille.

— Toi qu'habites pas loin, t'as pas de nouvelles ? essaie de l'entraîner la femme aux chemises.

— Par Arthur, renchérit la seconde. Il t'a rien dit ?

Rosine les sent tout excitées et a le vague sentiment qu'elles veulent l'entraîner dans des cancans dont elle n'est pas coutumière. Elle ne les suit pas :

— Non, répond-elle. D'ailleurs, j'ai pas vu Arthur depuis un moment.

Les femmes semblent déçues. Elles frappent leur linge en silence pendant un instant pour se donner le temps de trouver un autre angle d'attaque et rebondissent dans une autre direction :

— Depuis que son homme est sur le flanc, Zélie fait courir le bruit que son gars se frotte les mains. Paraît qu'il est aux anges. Faut avouer que ça doit lui faire des vacances de plus avoir son père sur le dos.

— Elle dit que, s'il arrivait un malheur, il hésiterait pas à la foutre à la porte.

— La ferme et toutes les terres viennent du côté d'Aurélien. Zélie n'a rien du tout. Quand le vieux partira, tout reviendra à Fernand. Zélie, elle, il ne lui restera que les yeux pour pleurer.

— … pleurer et faire son baluchon.

Dès que la partie du drap plaquée contre la pierre est savonnée, Rosine la brosse énergiquement. Puis elle fait un large pli et remonte la partie frottée vers le haut de la pierre, savonne la partie suivante et reprend le brossage. Quand le drap tout entier est brossé et ne forme plus qu'un accordéon mousseux sur la pierre, elle le replie, s'empare du battoir et le frappe à grands coups sonores pour expurger la crasse. Puis elle le retourne, frappe et frappe encore, le déploie dans l'eau, le replie et recommence l'opération de battage jusqu'à ce que le tissu rejette une eau claire. Elle le rince une dernière fois, le sort hors de l'eau, se lève et le dépose sur un tréteau derrière elle pour qu'il s'égoutte.

— Paraît que Fernand a dit qu'il se présentera au conseil municipal l'année prochaine.

— Si ça se trouve, le vieux n'est pas si malade que ça et elle en profite pour essayer de nuire à son gars.

Pendant un bon quart d'heure, les deux laveuses s'adonnent au commérage, se lancent dans des suppositions de plus en plus hasardeuses.

— Zélie, c'est une langue de vipère.

— Sûr. Elle fait flèche de tout bois.

Par manque d'imagination sans doute, la conversation s'épuise et l'intérêt faiblit jusqu'à ce qu'une quatrième laveuse arrive. « L'Angèle de la Malivernerie » – c'est ainsi que tout le monde l'appelle pour ne pas la confondre avec les deux autres Angèle qui habitent la commune – en a, comme toujours, après son bonhomme. Son Ernest est un faible aussi poivrot que fainéant qui ne fait rien à la maison. La conversation retrouve un nouvel intérêt, même si tout le monde connaît par cœur les frasques de l'Ernest en question.

— Les patates sont toujours dans le jardin, se plaint l'arrivante. Pas le courage de les arracher. Ah, forcément, c'est moins fatigant d'être au bistrot. Si ça continue, on n'aura rien à bouffer cet hiver. Et le bois, c'est pareil. Il y a plus de deux mois qu'on nous en a apporté. Croyez-vous qu'il a commencé à le scier ? Pas du tout. Le tas est au milieu de la cour, tel qu'il est tombé du cul du tombereau. Un fainéant. Ernest, il…

— Armandine aussi, elle a un drôle de bonhomme. Le sien, il…

Les déboires conjugaux constituent un sujet inépuisable. Tour à tour, les quatre laveuses jacassent, ironisent, se plaignent, critiquent, s'apitoient, plaisantent, se moquent, compatissent. Elles ont leurs tabliers trempés, les genoux cassés, les mains blanchies par le savon, les bras engourdis par la froideur de l'eau et le bout des doigts douloureux à cause de l'onglée qui les mord. Les mouvements répétés sèment le désordre dans leurs cheveux. Le travail est dur. La fatigue s'installe dans leurs dos malmenés. Cependant, ni la lassitude ni le travail n'interrompent leurs cancans et, au milieu des coups de battoir et des crissements des brosses grattant les toiles, elles parlent des enfants, du catéchisme, des déboires d'un ménage, des braconniers qui se sont fait prendre dans la forêt de Montécôt, de la mort de la vieille Isabelle qui vient de partir à l'âge respectable de quatre-vingt-dix-sept ans.

— Isabelle, je l'aimais bien, dit Rosine. Son mari et mon père ont travaillé ensemble pendant une dizaine d'années.

— Jusqu'au bout, elle aura fleuri la croix. Un bouquet chaque semaine. Été comme hiver. J'me demande bien qui va prendre le relais.

Les draps lavés, les chemises, pantalons et divers linges d'enfants des autres femmes s'accumulent et s'égouttent sur les tréteaux. Le sol pavé du lavoir pisse l'eau qui s'écoule entre les joints creusés jour après jour. Il ne reste plus qu'une paire de draps dans le baquet de Rosine. Elle en prend un, le lance vers le milieu du point d'eau, l'imbibe, le savonne, frotte et frotte encore. Une femme a terminé. Elle remonte sa corbeille chargée de linge mouillé sur sa brouette. Rosine attaque le dernier drap.

— Je pars, dit la femme en revenant chercher sa boîte et ses brosses. Rosine, veux-tu que je t'aide à remonter ton baquet avant que je parte ?

— On l'aidera, répondent les deux autres.

— Alors je m'attarde pas. Les gosses sont seuls à la maison. Au revoir.

Rosine termine. Elle reprend un à un les draps égouttés sur les tréteaux, les essore grossièrement, emplit son baquet. On l'aide à charger sa brouette. Elle reprend le chemin du *Café des Voyageurs*. Pour revenir, la route monte et c'est encore plus dur. La bonne l'aide à étendre. Encore une tournée. Les heures passent. On recommence toutes les opérations. La fatigue s'accumule et elle ne sent plus ni son dos ni ses bras.

Pour la seconde fois, elle repart vers le lavoir. En traversant la grand-route, elle voit arriver Joseph. Il est sur son vélo, Suzanne assise en amazone sur le cadre, et il pédale en écartant les genoux pour ne pas heurter l'enfant.

— Oh oh ! Maman !

Rosine laisse tomber la brouette sur ses deux pattes et attend qu'ils la rejoignent.

— Tout s'est bien passé, lance Joseph en laissant traîner ses deux pieds sur la chaussée de chaque côté du vélo pour freiner. Les photos devraient être belles.

— Mais le photographe a dit qu'il ne pourra pas nous en refaire, regrette Suzanne dans une moue de déception.

— C'est une commande spéciale de l'Assistance, explique Joseph. Il m'a expliqué que l'agence l'a chargé de photographier tous les pupilles du canton. Il faut un format spécial. C'est pour ça qu'il ne peut pas.

— Même pas une.

— Quel dommage !

— L'inspecteur paiera tout en bloc et passera prendre toutes les photos en même temps, alors tu les verras même pas.

Joseph maintient le vélo et lève la jambe loin en arrière pour la passer par-dessus la selle. Suzanne saute sur le sol et se précipite au cou de sa mère pour l'embrasser.

— Elle n'était pas la seule à venir se faire photographier, continue Joseph. Il y avait deux petits garçons qui sont placés chez une nourrice de Montlandon. Une femme assez forte, avec un chignon et une petite cicatrice au menton. Tu vois qui c'est ?

— Oui, Mais je ne connais pas son nom.

— Elle m'a dit que les photos c'est pour Paris. Ils sont en train de faire de nouveaux dossiers. Les photos, c'est pour ça.

— M. Camize nous l'a dit.

— Oui. mais elle, elle m'a appris que les nouveaux dossiers c'est pour des histoires d'adoption.

— L'adoption des enfants ? s'étonne Rosine.

— Elle est bavarde comme une pie. Elle veut faire croire qu'elle est au courant mais elle emmêle tout.

Elle a sans doute mélangé avec des dispositions sur les orphelins de guerre.

Adoption. Rosine a un énorme coup au cœur. Elle s'exclame :

— L'adoption, ça ne concerne que les gens majeurs et les riches. C'est pour régler des histoires de succession…

21

Une loi peu compréhensible

La jument que le fermier des Salardières amène a six ans et a déjà été saillie une fois par Seigneur. C'est une élégante poulinière de trait à la robe gris pommelé assez foncé dont le premier poulain collectionne les prix dans les concours de la Société hippique percheronne. Elle-même en a remporté plusieurs, dont un premier prix à Saint-Cyr-la-Rosière, dans la catégorie des juments suitées.

— Elle est très calme. Elle bougera pas.

— T'es certain qu'elle va pas faire des ruades ? s'inquiète Émile. Sinon je lui entrave les pattes arrière. Je ne voudrais pas qu'elle me blesse Seigneur.

— Garanti. Elle est prête. Elle a la vulve rouge et gonflée. Je suis certain qu'elle va l'accepter à la première présentation.

La jument a une queue fixée haut, très abondante, dont le fermier a tressé les crins en une natte épaisse et serrée pour faciliter la pénétration. Elle semble comprendre que son maître la prépare pour un accouplement et elle tourne vers lui sa tête très expressive dont le mouvement vif des oreilles découpées, pointées vers l'avant, trahit l'impatience. Le fermier la caresse pour la rassurer, flatte la croupe ample, remonte sa main sur les hanches, glisse le long des reins musclés et du dos droit. Il tapote l'encolure rouée, la ganache assez effacée et finit par une caresse sur le chanfrein, très droit. Puis il se recule et lui fait face.

— Je la tiens à la longe, indique-t-il. Elle bougera pas.

— Je vais chercher Seigneur, décide Émile.

L'étalon a senti la jument. Il se tient tout contre la barrière du pré et accueille Émile par un hennissement sonore. Il a l'habitude de ce moment. Des saillies, il en fait plusieurs dizaines chaque année.

— Du calme, du calme.

Émile attache une longue corde sur le mousqueton de la muserolle et ramène son étalon dans la cour. Le corps immobile, la tête retournée vers l'arrière pour le voir arriver, la jument attend. Seigneur est un cheval calme et de grande expérience. Il s'approche de la jument et la flaire longuement. Puis il lève la tête, tend l'encolure, retrousse les naseaux et pousse un long hennissement amoureux. Il frotte sa tête contre l'encolure. La jument frémit.

— T'as raison, dit Émile. Elle ne bougera pas.

Seigneur la contourne, recule, lève les deux pattes avant en même temps à plusieurs reprises pour frapper le sol. Puis il se dirige vers la croupe. Les naseaux grands ouverts, il hume l'air tandis que la jument relève au plus haut sa queue aux crins tressés. Il tend à nouveau la bouche vers le ciel, un peu à la manière d'un loup qui hurle, retrousse les lèvres et hennit. En même temps, son sexe s'allonge en un arc qui atteint la longueur d'un bras.

— Tiens-la, il va y aller.

— Pas besoin. Elle l'attend.

Alors, dans un geste puissant qui soulève la masse de ses centaines de kilos, Seigneur se cabre, lance ses deux pattes avant au-dessus du dos, prend appui de la poitrine contre la croupe et enserre fortement les reins. Son membre raidi s'agite en courtes secousses et cherche son chemin. Émile se précipite, saisit le sexe à pleine main et le place contre la vulve. La jument, solidement plantée sur ses quatre pattes, anticipe la pénétration et pousse sa croupe vers l'arrière. Seigneur donne un coup de reins. Son membre pénètre profondément. Il effectue quelques va-et-vient vigoureux qui font saillir les masses musculeuses de sa croupe et de ses reins. Dans cette position dressée, il est magnifique et paraît encore plus majestueux. L'acte ne dure pas longtemps. Au bout de une minute, l'étalon se cambre, s'immobilise au fond de la jument et expulse sa semence fécondante en une longue expiration.

— C'est bon, dit Émile. T'avais raison, elle était prête.

Seigneur se retire de la jument aussi rapidement qu'il l'a pénétrée. Presque debout sur ses pattes arrière, il recule et ses deux sabots avant retombent sur le sol en un martèlement sonore. Émile n'attend pas. Il n'est pas bon de laisser les animaux en présence l'un de l'autre une fois la saillie accomplie. Il tire sur la longe et lui fait faire demi-tour. Dans le même temps, le fermier entraîne sa jument dans l'autre sens.

— Je reviendrai dans deux jours, lance-t-il tandis qu'Émile reconduit Seigneur vers le pré.

— Dans deux jours, c'est pas certain qu'elle l'accepte.

— Ce sera plus sûr. Au revoir.

— Si tu veux, mais je crois pas que ce soit nécessaire. Au revoir.

Au retour du pré, Émile revient dans la maison pour noter la saillie selon les règles de la Société hippique percheronne. C'est pendant qu'il écrit sur le grand livre de la ferme que Rosine arrive. Comme elle le fait fréquemment, elle vient faire quelques heures pour aider Mathilde.

— Bonjour Rosine.

— Bonjour monsieur Favellière, répond-elle. Je suis bien contente de vous trouver là.

Le ton inhabituel attire l'attention d'Émile. Rosine, il la connaît bien et il sent d'emblée que quelque chose ne va pas. Il la regarde et remarque le front froncé et le regard sombre.

— Tu as des problèmes ?

— Non. Tout va bien. Mais une chose me turlupine depuis que Joseph est allé faire photographier Suzanne.

— Tu t'inquiètes pour une photo ?

Depuis le drame vécu en 1917, ici, elle est en confiance et, une fois de plus, elle se livre sans retenue et lui raconte le bon apporté par M. Camize, le voyage fait à La Loupe pour que le photographe fasse des photos de Suzanne, la rencontre de Joseph avec la nourrice de Montlandon et les propos qu'elle a tenus.

— Elle a bien prononcé le mot « adoption », insiste-t-elle. Je n'ai pas demandé à Joseph de répéter pour pas le tourmenter mais c'est le mot exact qu'il m'a rapporté.

— M. Camize, qu'est-ce qu'il a dit quand il t'a donné le bon ?

— Rien de spécial. Il a expliqué que l'Administration se mettait au goût du jour et que les dossiers doivent désormais contenir des photos.

— C'est tout ?

— Oui.

— Alors, je ne vois pas pourquoi tu te tourmentes.

— N'empêche, depuis qu'elle a parlé d'adoption, je me demande s'il n'y a pas des nouveaux règlements. Vous, à la mairie, vous avez connaissance de rien ?

— Non…

Il faut un certain temps à Émile pour établir le lien entre le tourment de Rosine, les photos et le mot adoption. Il hausse les épaules et essaie de la rassurer.

— Elle a dû entendre parler de tutelle ou de conseil de famille pour les orphelins de guerre. Quelqu'un aura employé un mot pour un autre devant elle et elle aura tout mélangé. En ce qui me concerne, tu sais bien que des gens disent que j'ai adopté mon petit-fils. C'est une façon de parler. Les mots précis employés par les lois et les notaires, c'est comme le latin à la messe : tout le monde les entend mais personne n'y comprend rien. Alors les gens reformulent à leur façon.

— Vous croyez…

Quand elle part travailler, Rosine n'est qu'à moitié tranquillisée. Émile, quant à lui, est habité toute la journée par cette histoire. Tout ce qui, de près ou de loin, touche à son petit Louis le ramène à ses angoisses et est source de préoccupation. Certes, juste après la naissance, il est allé voir son notaire et les choses ont été faites dans les règles. Il a été très officiellement nommé tuteur de l'enfant et il n'y a jamais eu aucun problème. Mais il sait que les dispositions concernant les orphelins de guerre évoluent constamment. Depuis l'armistice, la situation de millions d'enfants a dû être clarifiée et légalisée. Une très grande majorité de ces enfants vit avec leur mère, toutes des jeunes veuves qui trouvent dans leur famille ou un remariage les ressources pour élever leurs enfants. Beaucoup d'autres orphelins ou d'enfants délaissés ont été pris en charge par des parents plus ou moins proches. Mais il reste un nombre important d'enfants dont la situation ne trouve pas de solution dans le cadre légal existant et il faut légiférer sans cesse. Il se peut donc que ce mot « adoption » prononcé par la nourrice de Montlandon corresponde à une nouvelle disposition susceptible de concerner Louis.

Un peu après l'heure de sortie des classes, il se rend à l'école et retrouve son secrétaire de mairie-instituteur.

— Oui, répond M. Delage, en mairie, nous recevons régulièrement le bulletin annoté des lois et règlements. Nous les faisons relier tous les trois ans. C'est d'ailleurs une dépense obligatoire. Vous savez, ce sont ces beaux livres verts que je range tout en haut de la bibliothèque.

— Et dedans, il y a toutes les lois ?

— Oui. On reçoit un ou deux bulletins par an, ce qui fait qu'il y a plusieurs centaines de pages à chaque fois, parfois jusqu'à sept cent pour une année entière. Je ne consulte que les lois qui concernent directement la commune ou certaines personnes du village. Pendant la guerre, je les lisais davantage parce qu'il y avait sans cesse des dispositions nouvelles pour les réquisitions militaires.

— Et on a les lois votées jusqu'à quand ?

— 31 décembre 1923. On n'a encore rien reçu pour 1924. Vous en cherchez une en particulier ?

Émile dodeline de la tête.

— Est-ce qu'il y a une loi ou un décret récent à propos de l'adoption ?

M. Delage fait la moue.

— Franchement, je ne sais pas. J'avoue que je n'ai rien vu mais je ne lis que la table des matières et, comme c'est un sujet qui n'intéresse pas la commune, je n'ai pas approfondi. Mais, si vous voulez, dès que j'aurai un moment, je regarderai.

— Donnez-moi le bulletin de 1923, répond Émile. Je le regarderai à la maison.

La mairie et l'école sont dans le même bâtiment. M. Delage et Émile s'y rendent ensemble, devisant des affaires courantes de la commune. Les chemins, les fossés, les haies. Il y a tant d'entretien à assurer dans une commune de deux mille quatre cents hectares qui compte une quarantaine de hameaux et de maisons isolées ! Le bulletin des lois de 1923 est rangé dans la bibliothèque de la salle du conseil.

— On va savoir tout de suite s'il y a ou pas une loi sur l'adoption. Il suffit de regarder la table des matières.

Il pose le volumineux bulletin sur la table, l'ouvre au début et parcourt l'année législative puisque toutes les lois sont classées par ordre chronologique de vote. À ses côtés, Émile lit par-dessus son épaule.

— Janvier… février… mars…

Le doigt descend, change de page, descend encore. M. Delage tourne la page.

— Mai… juin… Ah, tenez, est-ce que ce ne serait pas ça ? « Loi modifiant différents articles du Code civil sur l'adoption du 19 juin 1923. »

— Oui, c'est certainement ça.

— Page 1708 et suivantes, poursuit M. Delage en tournant un gros paquet de feuilles. Voilà, c'est ici. C'est bien une loi et elle a été promulguée en juin également.

— Donnez, je vais l'emporter. Je lirai ça à tête reposée.

Après le repas du soir, Émile s'installe sous la suspension qui supporte la grosse lampe à pétrole, chausse ses lunettes et ouvre le bulletin à la page que M. Delage a marquée à l'aide d'un petit papier. Il feuillette le bulletin. Le texte de la loi s'étend sur cinq pages. Le titre « Loi modifiant différents articles du Code civil sur l'adoption » lui fait d'abord penser qu'il ne s'agit que d'aménagements des règles établies depuis des années.

Le Sénat et la Chambre des députés ont adopté,

Le président de la République promulgue la loi dont la teneur suit :

Art. premier : les articles 343 à 370 du Code civil sont abrogés et remplacés par les dispositions suivantes…

Émile se dit que, comme il ne connaît pas ces fameux articles 343 à 370, il lui sera difficile de voir les changements. Il se concentre et poursuit sa lecture :

Art. 343 : l'adoption ne peut avoir lieu que s'il y a de justes motifs et si elle présente des avantages pour l'adopté.

« De justes motifs… qu'est-ce que ça signifie ? »

La situation de son petit Louis est la préoccupation d'Émile. Elle guide sa lecture. Ce qui l'intéresse, c'est Louis. Il ne recherche qu'une chose dans cette loi : des dispositions nouvelles concernent-elles son petit-fils ? Le texte reprend un à un, dans l'ordre, tous les articles abrogés et en donne la nouvelle rédaction. Ces articles concernent l'âge des adoptants, la nationalité de l'adopté, l'adoption par des époux.

Dans les nouveaux articles 348, 349 et 350, par contre, les mots « personne mineure » apparaissent et la lecture devient plus tendue. Cette fois, on parle des enfants, encore que la formulation n'est pas évidente pour Émile qui relit à plusieurs reprises la première phrase de l'article 348 sans en saisir ni le sens ni la portée.

Art. 348 : si la personne à adopter est mineure et a encore ses père et mère, ceux-ci doivent consentir l'un et l'autre à l'adoption.

« Si la personne à adopter est mineure et a encore ses père et mère… cela n'a pas de sens. Comment peut-on adopter un enfant qui a encore son père et sa mère ? »

Émile ne comprend pas bien cette formulation mais imagine qu'elle concerne des enfants dont la mère, veuve de guerre, vient à se remarier. Il en déduit que cet article est fait pour faciliter l'adoption des enfants par le nouveau mari.

Il lit les articles suivants. C'est de l'hébreu.

« Que tout cela est compliqué ! Il faut vraiment être homme de loi pour y comprendre quelque chose. »

Il revient en arrière, relit, prononce certaines phrases à mi-voix, comme si le fait d'entendre les mots à la fois par l'intérieur et par l'intermédiaire de ses oreilles en rendait la compréhension plus aisée.

« De prime abord, rien ne concerne Louis. Mais j'en parlerai quand même au notaire. »

Depuis le début de sa lecture, obnubilé par sa propre situation, Émile n'a guère pensé à la petite Suzanne. C'est à la relecture de l'article 352 qu'il repense à l'inquiétude de Rosine :

Art. 352 : l'adopté reste dans sa famille naturelle et y conserve tous ses droits. Néanmoins l'adoptant est seul investi des droits de la puissance paternelle à l'égard de l'adopté, ainsi que du droit de consentir au mariage de l'adopté.

— « Famille naturelle », qu'est-ce que cela signifie ? Est-ce la famille où a toujours vécu l'enfant ? La famille naturelle de la petite Suzanne, c'est qui, c'est où ?

Dans l'esprit d'Émile se rapprochent les termes d'« enfant naturel » et de « famille naturelle » et il se demande si le législateur veut dire qu'un enfant peut continuer à vivre avec ses parents biologiques tout en ayant été adopté par une autre personne qui en devient son père légal et en supporterait la charge. Une sorte de parrainage en quelque sorte. La disposition paraît vraiment très extravagante et Émile ne la conçoit pas.

— Si l'enfant vit avec ses parents, cela n'a pas de sens.

Par contre, si cet article vise des orphelins de guerre, le texte prend un tout autre sens.

— Par exemple, un enfant qui vivrait avec des grands-parents âgés ayant peu de moyens et pour lequel un oncle paierait et assurerait la responsabilité légale ?

Il essaie d'imaginer la situation de Louis qui aurait pu se trouver dans ce cas si eux n'avaient pas les moyens d'assurer ni les frais ni l'autorité morale et qu'il avait été « adopté » par un autre membre de la famille. Ou un orphelin recueilli par une tante veuve ou qu'un grand-père aisé adopterait pour subvenir à ses besoins… La guerre a créé tant et tant de situations inconnues jusqu'alors !

Pendant deux bonnes heures, il lit et relit les articles de cette fameuse loi du 19 juin 1923 et plus il tourne et retourne les pages, plus le texte lui semble emberlificoté, ambigu, alambiqué. Seul un juriste peut en percer le sens précis. Comme disent les gens de la campagne, « un cochon n'y retrouverait pas ses petits. » Deux choses cependant lui apparaissent sûres : d'une part Louis est peut-être concerné et il faudra en parler au notaire, d'autre part Suzanne l'est peut-être aussi.

« J'en parlerai aussi au notaire. Pour l'instant, ce n'est pas clair. Alors, à quoi bon inquiéter Rosine ? »

22

Un avis donné sans hésitation

Quand le photographe de La Loupe a terminé les prises de vue et les tirages, M. Camize récupère en bloc les photos de tous les enfants et les rapporte à l'agence. En les confiant à sa secrétaire, il lui demande :

— Pour quelle date Paris veut-il les nouvelles fiches ?

— Début de la semaine prochaine, répond-elle. J'ai fini de les préparer. J'ai reporté toutes les informations d'ordre administratif en notre possession. Il ne manque que les avis que vous avez recueillis auprès des écoles, des maires et des employeurs. Et vos appréciations, bien sûr.

— Début de semaine prochaine… J'ai les renseignements dans mon carnet, mais il faut que je trouve quelques heures pour mettre ces notes au net et les reporter dans les dossiers.

— J'ai préparé une pochette pour chaque enfant. Je vais inclure les photos.

— Notez leur nom au dos de chacune d'elles. Il ne faudrait pas qu'il y ait des confusions.

M. Camize consacre deux soirées à renseigner les fiches, sans grande conviction, parce qu'il pense que ces dossiers moisiront lentement dans les archives de l'Assistance publique.

« À part, peut-être, pour celui-là », pense-t-il en regardant la photo d'un petit garçon, placé à Berd'huis.

Un véritable orphelin de guerre celui-là. Père français tué sur le front. Mère luxembourgeoise disparue dans la tourmente des événements. Un enfant arraché aux bombardements d'une petite ville martyre par des inconnus qui l'ont amené jusqu'à Paris où ils l'ont confié à l'Assistance publique. Il a encore de la famille au grand-duché de Luxembourg. Une histoire compliquée parce que ces gens sont des étrangers et que, depuis huit ans, personne n'a manifesté sa volonté de le recueillir. A-t-il une chance d'être adopté un jour ? Rien n'est moins sûr.

La secrétaire envoie le paquet dès que toutes les fiches sont complètes. Dans les semaines qui suivent, l'agence n'entend plus parler de rien, ce qui conforte M. Camize dans son idée que ce nouveau fichier ne servira pas à grand-chose, du moins pour les pupilles qui relèvent de son autorité.

Un matin, il trouve dans son courrier un pli venant de Paris. L'enveloppe contient une note de synthèse résumant, sur trois feuilles imprimées, les dispositions mises en place à la suite de la signature du décret d'application de la loi sur l'adoption. Selon son habitude, M. Camize feuillette l'ensemble pour en avoir une vision globale, puis revient au début et en fait une lecture approfondie de la première à la dernière ligne.

La note expose que le décret d'application a été publié tout de suite après la promulgation de cette nouvelle loi du 19 juin 1923 sur l'adoption et que, à partir de juillet 1923, c'est-à-dire depuis plus de un an, les choses se sont progressivement mises en place. N'ayant pas reçu d'informations spécifiques ou n'y ayant pas porté attention parce que, jusqu'à maintenant, l'agence de Nogent-le-Rotrou n'était pas concernée, M. Camize découvre des dispositions inconnues de lui. Si les instructions en matière d'adoption des majeurs ne changent guère, celles qui concernent l'adoption des mineurs sont nouvelles et précises.

Le décret d'application prévoit une procédure en plusieurs temps.

Dans un premier temps, les candidats adoptants doivent se déclarer et soumettre à l'Administration centrale un dossier contenant un grand nombre de renseignements sur leur situation matrimoniale, matérielle et financière. Une fois ce dossier constitué, plusieurs enquêtes sont diligentées par l'Administration pour vérifier l'exactitude des déclarations et évaluer la bonne moralité des candidats adoptants. Apparemment, des couples en mal d'adoption étaient sur le qui-vive et, dès la sortie des textes législatifs, ils se sont immédiatement déclarés. Des dossiers ont été rapidement déposés auprès de l'Administration centrale. De nombreux députés, touchés par ce problème dans leur propre famille, étaient ouvertement favorables à une telle législation. Par contre, s'il était prévisible que des dossiers seraient immédiatement déposés en vue de l'adoption d'orphelins de guerre, le législateur avait sous-estimé le nombre de couples infertiles en mal d'enfant qui, soudain, trouvent dans la loi une opportunité pour résoudre leur malheur. Eux aussi ont rapidement déposé des dossiers.

La machine administrative est maintenant en place, l'instruction des demandes va bon train et les premiers dossiers reçoivent leur agrément. Il convient donc de passer à la phase adoption.

Lorsque le dossier des candidats adoptants est dûment agréé, les postulants sont autorisés à formuler des vœux sur le profil de l'enfant qu'ils souhaitent adopter. La note indique que certains dossiers en sont déjà à ce stade d'avancement et que des couples ont été autorisés à formuler leurs vœux. Lorsqu'il s'agit de l'adoption d'un orphelin de guerre par un parent éloigné, le vœu ne porte que sur un nom, un seul, bien précis, et expose les motifs. Par contre, lorsque les adoptants ne se situent pas dans ce cadre, l'Assistance publique, s'appuyant sur les fiches récemment constituées par les directeurs d'agence, doit sélectionner un certain nombre d'enfants répondant aux critères souhaités afin de les proposer aux candidats. Pour la première fois, M. Camize comprend à quoi sont destinées ces fameuses fiches individuelles et les photos.

« Ce fichier, c'est une sorte de catalogue. Ni plus ni moins. »

Bien qu'il n'en ait encore jamais entendu parler, il imagine que, en parallèle, un fichier d'adoptants agréés est constitué.

« D'un côté des candidats adoptants, de l'autre des enfants potentiellement adoptables et, entre les deux, jouant en quelque sorte un rôle d'entremetteur, une Administration essayant d'apparier un couple et un enfant. »

Il repense à la première phrase de la nouvelle loi qui, en guise de préambule, motive son objectif en stipulant dès son article premier que *l'adoption ne peut avoir lieu que s'il y a de justes motifs et si elle présente des avantages pour l'adopté.*

« ... si elle présente des avantages pour l'adopté... »

Issu d'une famille d'instituteurs, M. Camize est un républicain convaincu. Il croit la République généreuse, pure et animée des meilleurs sentiments. De son point de vue, une fois encore, cette République qu'il chérit affiche son ambition de donner à chaque citoyen, qu'il soit petit ou grand, riche ou pauvre, nanti ou démuni, le meilleur bonheur possible. Pour lui qui, depuis tant d'années, consacre sa vie aux enfants rejetés par la société, qui connaît la dure condition des pupilles placés dans des fermes reculées, qui regrette que les portes des études leur soient fermées puisque la volonté exprimée jusqu'alors par le législateur est de les intégrer au monde rural, que la République ait pour ambition de rechercher le bonheur de ces enfants sans défense et sans moyens lui apparaît comme une cause noble.

Ambition hautement noble. Certes. Mais Jacques Camize n'est pas naïf et il sait aussi le décalage qui existe entre les intentions et les réalités de la vie. Il lui paraît clair que ces dispositions, même si elles se veulent universelles, visent aussi à résoudre des problèmes autrement matériels. Après quatre années d'une guerre qui a saigné le pays financièrement, l'État n'a plus les moyens de supporter la charge de plusieurs millions d'orphelins. Bien sûr, beaucoup d'enfants dont le père a été tué dans les tranchées – ceux qui sont classés « orphelins exclusifs » – ont encore leur mère. Mais il y a aussi de nombreux « orphelins absolus », ceux dont les deux parents ont disparu. En offrant la possibilité de les faire adopter par des parents plus ou moins éloignés ou des amis des disparus, voire des étrangers, l'État régularise des situations juridiquement bancales mais fait aussi l'économie de dépenses importantes à engager sur un grand nombre d'années.

« Combien de nos orphelins « civils » ordinaires bénéficieront de ces mesures ? »

Peu, selon lui. Cependant, il se prend à rêver.

« Quelle chance ce serait pour un gosse de l'Assistance ayant été abandonné sur le pavé parisien d'être adopté par un couple aimant, attentif, capable de lui fournir une éducation, des études et un avenir autre que celui de paria à vie dans une ferme reculée du Perche ou du Morvan ! »

Il pense, par exemple, à ce qu'aurait pu devenir un Lucas Silvère, qui a échappé au pire et qui s'en sort plutôt bien parce qu'il est intelligent, travailleur et qu'il est maintenant en position de prendre son destin en main.

« … et qu'il est tombé sur un patron qui est un brave homme et qui l'a aimé comme un fils ! »

Mais que d'obstacles ! Épaulé et poussé par une famille adoptive clairvoyante et attentive, n'aurait-il pas développé son potentiel intellectuel de façon beaucoup plus importante pour devenir ingénieur dans une grande entreprise ou haut fonctionnaire dans une administration ? Un rêve…

M. Camize ne croit guère à cette possibilité qui, pour lui, relève de l'utopie. Aussi est-il très surpris quand, quelques jours plus tard, une lettre du siège parisien de l'Assistance publique portant le tampon « confidentiel » l'informe que :

… un couple d'époux mariés sans enfants habitant Paris s'est porté candidat à l'adoption dès la promulgation de la nouvelle loi. L'instruction du dossier s'achève et une enquête conclut à la recevabilité de leur candidature. Ces personnes occupent une position sociale stable et disposent de moyens matériels et des ressources leur permettant d'assurer de façon très satisfaisante l'entretien, l'éducation et l'avenir d'un enfant. Leur candidature est appuyée par diverses recommandations émanant de personnalités dignes de confiance.

Ce couple souhaite adopter un pupille de l'Assistance publique…

« Ce ne sont donc pas des gens qui ont déjà recueilli un orphelin de guerre et qui veulent régulariser une situation de fait, constate M. Camize. Et moi qui n'aurais pas misé dix sous sur les chances qu'un pupille ordinaire bénéficie de cette loi ! »

Conformément aux dispositions du décret d'application, M. le directeur général de l'Assistance publique a sélectionné plusieurs enfants qui, selon les renseignements actuellement en notre possession, sont en situation de bénéficier d'une mesure d'adoption plénière et correspondent aux vœux des candidats.

Parmi ces enfants figure la pupille Suzanne Armand, née le 23 décembre 1918, qui est placée sous votre autorité.

Je vous remercie de bien vouloir vérifier avec le plus grand soin les renseignements figurant dans le dossier de cette enfant et m'indiquer, dans les plus brefs délais, si un élément quelconque vous paraît devoir s'opposer à ce que son adoption soit proposée.

Le décret oblige à présenter plusieurs enfants aux candidats adoptants. En conséquence, je souligne que les informations ci-dessus sont strictement confidentielles et ne doivent en aucun cas être divulguées. Vous recevrez de nouvelles instructions dès que le ministère aura définitivement validé la candidature du couple et que les noms des pupilles retenus auront été décidés par M. le directeur général de l'Assistance publique.

Dans cette attente, veuillez…

Dans de nombreuses situations passées, M. Camize a souvent eu l'impression de posséder le sort de l'un de ses pupilles entre ses mains. Mais là, ce sentiment est très fort. Avant de la reposer sur son bureau, il relit le dernier paragraphe de la lettre.

« On ne me demande pas vraiment mon avis mais simplement de vérifier la fiche et de dire si des éléments pourraient s'opposer à l'adoption de cette petite Suzanne. Mais c'est du pareil au même. Les renseignements portés dans le dossier étant très favorables et la situation on ne peut plus claire, si j'atteste que Suzanne Armand remplit toutes les conditions pour être adoptée, cela correspond à un avis favorable. »

Dans les heures qui suivent, cette demande de l'Administration centrale accapare son esprit et, pendant tout le reste de la journée, il exécute mécaniquement les tâches du quotidien sans vraiment y porter attention. Au fil des heures lui apparaissent tour à tour le visage au regard pétillant de la petite Suzanne Armand et tout son univers : sa nourrice, à l'attitude toujours sur la réserve, une brave femme qui trime de ferme en ferme pour laver le linge des autres et qui se montre toujours préoccupée par le versement de la pension ; son infirme de mari au visage monstrueux à regarder et au bras mutilé qui le rend physiquement incapable de travailler et à qui elle confie l'enfant pendant qu'elle travaille.

« Un mutilé à ce point traumatisé qu'il doit, comme tous ces pauvres bougres victimes des horreurs de la guerre et des épouvantables longs mois passés dans des hôpitaux militaires, fatalement transmettre à l'enfant ses angoisses et sa vision négative du monde. »

Il voit aussi la modeste maison des Croisettes, propre et bien tenue mais isolée dans le bocage percheron. Il pense à la petite école de Saint-Éliph, à la chèvre, au ramassage des châtaignes et des noisettes, à cette campagne percheronne avec tout ce qu'elle offre de beauté mais aussi d'isolement, et qui ne permet pas l'épanouissement d'une intelligence potentiellement brillante.

« Une très jolie petite fille, à l'intelligence manifestement supérieure à la moyenne selon les instituteurs. Son développement intellectuel est forcément hypothéqué par cette vie rurale sclérosante. Pourtant, tout ne se joue-t-il pas en ce moment, alors qu'elle n'a pas encore six ans ? »

Bien sûr, il y a l'immense amour que les Péchereau donnent à cette orpheline, paramètre que M. Camize met en balance avec l'avenir de la petite. En grandissant aux Croisettes, l'avenir de cette enfant n'est-il pas tout tracé ? Dans le meilleur des cas, elle quittera les Péchereau à douze ans et sera placée dans une ferme où elle connaîtra la rude condition des gosses de l'Assistance livrés pour la plupart aux volontés de cultivateurs frustes et incultes qui exigeront d'elle un travail de bête de somme. Pour l'instant, l'enfant n'est pas malheureuse. Au mieux, pour peu qu'elle tombe plus tard chez d'honnêtes paysans aussi braves que les Péchereau, elle, qui n'aura jamais connu autre chose, aura peut-être une vie humble dont elle se satisfera.

« Mais quel gâchis ! »

Chaque soir après le repas, Mme Camize joue quelques pièces de violon, parfois pour préparer un cours ou, plus régulièrement, pour faire plaisir à son mari. Jacques apprécie beaucoup la musique. Il adore surtout la façon très sensible dont sa femme exécute les œuvres des grands musiciens ayant composé et joué à Vienne, pendant tout le XIXe siècle. Strauss, père et fils. Toutes les valses. *La Valse de l'Empereur* tout particulièrement. Il s'installe dans le fauteuil qui se trouve dans l'angle du salon et savoure la musique, ne se lassant pas de suivre amoureusement la main légère de son épouse dans son mouvement gracieux pour caresser les cordes de l'instrument avec l'archet.

D'ordinaire, Jacques parle très rarement de l'Assistance publique à sa femme. Il tait ses visites dans les fermes, la santé délabrée des orphelins arrivant de

Paris, le sort des bébés chétifs qui meurent quelques jours ou quelques semaines après leur arrivée. Trop rude, trop triste. Pourtant, ce soir, peut-être parce que la perspective d'extraire une enfant d'un destin écrit à l'avance le pousse à l'optimisme, dès que sa femme pose le violon et s'assoit dans le canapé face à lui, il lui demande :

— Depuis que tu donnes des leçons particulières, tu as enseigné le violon à de nombreux enfants. Certains abandonnent très vite. D'autres poursuivent pendant des années.

— Certains persistent mais restent médiocres, ajoute Mme Camize. D'autres atteignent rapidement un bon niveau. Certains travaillent avec plaisir. D'autres exécutent une corvée.

— Les uns seraient-ils stupides et les autres intelligents ?

— Oh non, répond Mme Camize sans la moindre hésitation. Il ne s'agit aucunement d'intelligence. Rappelle-toi la petite Morizeau. Une enfant brillante. Actuellement, elle fait des études supérieures remarquables. Mais pour le violon…

— Alors, question de don ? Certains enfants naissent doués et d'autres non ?

— Tu veux dire, une sorte de… prédestination ?

— Oui. Ce que nos paysans appellent « la destinée », comme si les choses étaient écrites dans le ciel avant même la naissance. Tu y crois ?

Mme Camize se tait et regarde son mari avec un sourire interrogateur. Depuis leur mariage, ils ont déjà eu maintes fois l'occasion d'échanger sur ce sujet. Aussi le suspecte-t-elle d'avoir une raison particulière d'aborder la question une nouvelle fois.

Elle se penche vers lui, pose ses deux mains sur les siennes et lui dit :

— Jacques, tu sais ce que je pense : « Dans le ciel, rien n'est écrit. » Les enfants, même très jeunes, répondent toujours à l'attente de leurs parents ou de leur entourage. Tel enfant dont les parents pensent qu'il aura beaucoup de mal à apprendre à lire éprouvera effectivement des difficultés dans cet apprentissage. Tel autre dont les parents répètent depuis qu'il est tout petit qu'il a toutes les dispositions pour devenir un remarquable menuisier deviendra certainement un habile maître ouvrier.

— C'est ce qui expliquerait, selon toi, que les enfants d'instituteurs sont généralement meilleurs élèves que les autres ?

— Par exemple. Il en est de même de mes élèves. La différence entre ceux qui aiment et deviennent de bons violonistes et ceux qui subissent et restent médiocres est là : tout dépend de l'attente des parents et de la confiance qu'ils placent en leur enfant.

— Cependant, Mme Morizeau voulait vraiment que sa fille apprenne le violon et elle payait cher pour lui faire donner des cours.

— Cours inutiles ! Elle le voulait surtout parce que cela faisait bien dans son milieu. Uniquement pour briller en société. Dans le même temps, elle répétait qu'elle ne croyait pas sa fille capable de dépasser le stade de « l'insupportable bruit de crincrin » imposé à toute la maison.

— Et c'est pour justifier, inconsciemment bien entendu, les appréciations de sa mère qu'elle ne progressait pas et qu'elle a fini par arrêter. Comme si, pour s'attirer l'amour maternel, elle devenait ce que sa mère attendait d'elle.

— C'est mon point de vue… Et c'est pour la raison exactement inverse que la petite Valentine fait des progrès extraordinaires.

Le regard de Jacques se perd dans la pénombre du salon. Manifestement, il pense à autre chose. Sa femme observe les modifications sur son visage, laisse passer quelques minutes et lui demande :

— Quelque chose te préoccupe, n'est-ce pas ?

Jacques se tourne vers elle, lui presse les mains et lui confie :

— Oui. Une appréciation importante à donner à propos d'une pupille. Une enfant très vive, très attachante, très jolie.

Et il lui explique la nouvelle législation sur l'adoption, l'histoire de la petite Suzanne, la faiblesse des attentes que l'Assistance publique et ses parents nourriciers mettent en elle, son inévitable placement comme bonne de ferme à douze ans, sa prévisible très modeste vie d'adulte privée d'études…

— Je n'ai pas vu le dossier des candidats adoptants mais on m'indique qu'ils remplissent toutes les conditions, que leur candidature est recevable, qu'ils occupent une position sociale stable et disposent de moyens matériels et de ressources propres à assurer l'éducation et l'avenir d'un enfant.

— … et, s'ils veulent adopter un enfant, souligne Mme Camize, c'est qu'ils ont beaucoup d'amour à lui donner et de fortes attentes à son égard…

— On peut le supposer, répond Jacques, pensif.

— Alors pourquoi hésites-tu ? conclut-elle. As-tu le droit moral de laisser un enfant déshérité passer à côté d'une telle chance ?

— Mais je n'hésite pas, répond Jacques. Je n'hésite absolument pas. Surtout après t'avoir entendue.

23

La lettre

La comtoise sonne dans la nuit. Joseph compte les coups. 2 heures et quart. Depuis qu'il est couché, il somnole mais n'arrive pas à trouver un vrai sommeil. Son bras et son épaule mutilés sont tiraillés par des douleurs lancinantes qui montent jusque dans les profondeurs des cicatrices, de son cou et de sa face. Bien des années plus tard, et comme cela lui arrive à intervalles réguliers, il souffre encore et revit les nuits d'insomnie supportées à l'hôpital militaire pendant des mois.

— Tu dors pas ? murmure Rosine, couchée près de lui.

— Non…

Le sommier grince. De sa position allongée sur le dos, elle se tourne vers son homme et se place sur le côté, tout contre lui. Elle avance la main, remonte le long du bras et caresse la partie douloureuse qui s'étend du coude à l'épaule.

— C'est là ?

— Oui. Dans le cou et la nuque aussi.

— C'est les pommes…

— Non. Ramasser les pommes, ça va.

— Tu devrais pas porter les sacs et rouler les brouettes.

Le Perche est un pays de cidre et de goutte. Tous les prés sont plantés de pommiers. Ramasser les pommes fait partie des petits travaux à la portée de Joseph. Un moyen de rapporter de l'argent à la maison. Depuis une semaine, il travaille dans les herbages des uns ou des autres, payé au sac. Cette tâche est très souvent confiée à des enfants, des femmes ou des grands-mères parce que, si elle prend beaucoup de temps, elle n'est physiquement pas très éprouvante. Mais, pour Joseph dont le corps est estropié, la répétition des mêmes gestes pendant des heures réveille des douleurs aiguës qui lui font passer de bien mauvaises nuits.

— Aujourd'hui, je ramasse au Goulet. Colin devrait venir m'aider.

— S'il vient…

Colin, c'est un simple d'esprit, un idiot caractériel que personne ne supporte. Il ne sait rien faire tout seul. Il peut se montrer calme pendant quelques heures puis, subitement, piquer une crise qui le pousse à s'enfuir dans la forêt de Montécôt où, jusqu'à épuisement, il court en frappant les troncs des chênes avec un bâton. Un esprit dérangé.

— Des fois, quand on lui parle gentiment, on en tire quelque chose.

— C'est ça. S'il est bien luné, fais-lui porter les sacs.

Rosine continue à masser l'épaule. Les douleurs qui traversent les muscles et les articulations comme des décharges électriques s'apaisent un peu. Joseph se détend. Au bout de quelques minutes, la respiration de Rosine change progressivement. Elle se rendort et sa main ralentit. Joseph sombre dans une semi-somnolence peuplée d'images de longues salles remplies de soldats blessés, de sensations de coupures et de geignements nocturnes d'amputés délirant. L'engourdissement devient sommeil léger puis, dès que la main de Rosine s'arrête, les douleurs surgissent de plus belle et le réveil est immédiat.

— Oh !

— Ça recommence ? sursaute Rosine.

— Oui.

— Lève-toi, dit-elle en écartant les draps. Je vais te frictionner. À tâtons, Rosine cherche la boîte d'allumettes posée sur la table de nuit. Elle en gratte une. Des ombres dansent aussitôt sur les murs de la chambre et, pour Joseph qui émerge à peine de ses visions, ce sont autant de fantômes de souffrances fuyant la lumière de l'infirmière de nuit accourant, une lampe à la main, dans les couloirs sonores de l'hôpital militaire. Rosine ôte le verre de la petite lampe Pigeon, approche l'allumette de la mèche et tourne la molette pour régler l'intensité de la flamme. La chambre s'éclaire. Il s'assied sur le bord du lit, relève sa chemise et découvre son épaule biffée de cicatrices. L'unique source de lumière creuse les sillons des anciennes plaies de son cou et accentue les stigmates que la guerre a laissés sur ce côté du visage labouré par les éclats d'obus. Pendant ce temps, Rosine va dans la cuisine en prenant grand soin de ne pas réveiller les deux enfants qui y dorment.

— Je vais te frictionner. Ça ira mieux après.

Elle revient en dévissant le couvercle d'un récipient en verre de la taille d'un pot de confiture.

— Ce qu'il faudrait, c'est que tu n'ailles pas aux pommes aujourd'hui.

— Pas question, répond Joseph. Si je n'y vais pas, il va embaucher des bonnes femmes et je vais perdre plusieurs jours de travail.

Suivant la gravité de leur cas, le ministère de la Guerre accorde chaque année aux « gueules cassées » une ou plusieurs visites médicales gratuites. Joseph passe généralement la sienne en juin, dans l'infirmerie d'une caserne du Mans. Toujours le même médecin-major, lui-même ancien combattant éclopé ayant rapporté quelques séquelles du front. Lors de la première visite qu'il a effectuée après sa sortie de l'hôpital, Joseph lui a décrit ses douleurs nocturnes. Le médecin lui a donné une pommade à base de camphre qu'il appelle « baume indien », une mixture à lui qu'il fait préparer par un pharmacien militaire du Val-de-Grâce, à Paris. Ce baume indien le soulage si bien que Joseph lui en redemande un pot ou deux chaque année.

Rosine étale la pommade. L'odeur forte du camphre emplit immédiatement la chambre. Elle masse longuement et la douceur de ses mains tout autant que l'efficacité du camphre apaisent les douleurs.

— Tu es gentille, lui glisse-t-il en lui caressant la joue. Sans toi, je ne sais pas ce que je deviendrais…

Elle sourit. Elle est heureuse quand il lui dit ce genre de paroles.

Dès que le massage est terminé, Rosine se rendort. Joseph parvient à trouver le sommeil peu après que la comtoise a sonné les 3 heures. Enfin ! Il est tout surpris quand, un peu avant 7 heures, Rosine lui pose la main sur le front. Elle est habillée, coiffée et le feu crépite dans la cuisinière. Elle est levée depuis un moment.

— Je t'ai laissé dormir un peu, lui dit-elle. Tu en avais besoin.

Ça va comment ?

Joseph prend appui sur ses mains, remonte son corps et cale son dos contre le bois de la tête de lit. Il palpe son bras, son épaule, son cou puis bouge et fait jouer les articulations. Comme d'habitude, le baume camphré a eu un effet bénéfique et, si les muscles restent sensibles, les insupportables douleurs de la nuit se sont estompées.

— Mieux… C'est presque redevenu normal.

— Tu veux vraiment aller aux pommes ?

— Et pourquoi que je n'irais pas ?

Il se lève et enfile sa culotte. Rosine va dans la cuisine. Les enfants se réveillent à leur tour. À la mort de la vieille Albertine, on a démonté l'alcôve. Ni Pierre ni la petite Suzanne ne voulaient dormir dans ce placard tout noir qui puait le vieux et le moisi. Dans le coin ainsi dégagé, on a installé le lit de Pierre, tandis que celui de Suzanne occupe l'angle opposé, entre la fenêtre et la cuisinière, l'endroit le mieux chauffé de la pièce.

Rosine ouvre la porte de la maison et sort sur le seuil. Elle ferme les bras sur sa poitrine et frissonne. Le jour commence à peine à se lever, il fait frais, la rosée est abondante mais le ciel est clair. Joseph sort de la chambre en tirant sur ses bretelles pour les agrafer. En le voyant, Suzanne saute au bas de son lit, se précipite vers lui, saute dans ses bras et le couvre de baisers.

— Mon papou chéri !

Il câline la fillette, l'embrasse et, tout en serrant sa petite Suzanne contre lui, fait quelques pas en direction de Rosine. À la campagne, le temps conditionne la journée de travail et le premier réflexe en sortant du lit est de lever les yeux pour observer le ciel. Il scrute la lumière qui blanchit à l'est. Puis il se tourne vers le village et plisse les yeux pour apercevoir le coq-girouette qui surmonte la croix du clocher. Le vent est sud-est. En un clin d'œil, il prévoit une belle journée.

— Un vrai temps à ramasser des pommes, plaisante-t-il.

— Oui, répond-elle. Et, avec cette rosée, elles seront même lavées.

Pierre n'est pas un grand matinal. Il sort du lit les cheveux ébouriffés, les paupières à demi closes et bâille à s'en décrocher la mâchoire.

— Commence par te laver la figure, lui conseille Rosine en l'embrassant. L'eau va te réveiller.

La journée s'organise. Les enfants se débarbouillent avec l'eau froide versée dans la cuvette. Puis ils s'habillent. Pendant ce temps, Joseph va soigner les lapins et Rosine trait la chèvre. Ensuite, tous les quatre attablés autour des grands bols et des tartines, ils déjeunent. Un peu après 8 heures, la famille Péchereau au grand complet quitte les Croisettes et prend la direction du village. Les enfants s'arrêtent à l'école. Rosine descend vers le lavoir. Joseph poursuit son chemin vers la ferme du Goulet où, normalement, l'attend ce grand nigaud de Colin avec une pleine brouette de sacs à patates vides. Il marche d'un bon pas. Pour économiser son épaule, il glisse, selon son habitude, sa main entre la bretelle de la musette qui ne le quitte jamais, s'en servant comme d'une écharpe pour éviter que le balancement causé par la marche ne réveille les douleurs dans son bras.

— Il est là depuis une heure, l'informe le patron de la ferme du Goulet en désignant Colin, assis sur le tas de sacs. Pour l'instant, il est calme mais je sais pas si tu vas pouvoir en tirer quelque chose. Hier, il nous a encore joué Robin des Bois jusqu'à la raide nuit.

— Viens, mon Colin, viens, lui dit gentiment Joseph en lui posant la main sur l'épaule. Dans les prés, on va être tranquilles tous les deux.

Colin fixe le côté difforme du visage de l'ancien poilu et ne répond pas. Est-il impressionné ? Il a le même regard mi-effrayé, mi-compatissant que lorsqu'il voit l'unijambiste de Vaupillon béquillant pour venir boire un coup au bistrot. Ces mutilations font-elles de Joseph un être aussi différent des autres qu'il l'est lui-même ? Leurs différences respectives ne les rapprochent-elles pas ? Toujours est-il que Colin, habituellement si coléreux et retors, se montre docile. Il se contente de saisir les deux poignées de la brouette et emboîte le pas, suivant Joseph de quelques mètres dès qu'il part vers les prés, l'anse d'un panier passée dans chaque bras.

Des pommes, il y en a beaucoup. C'est une bonne année. Elles sont presque toutes tombées et forment sous les arbres des tapis jaunes, orangés ou rouges selon qu'il s'agit de pommes douces, amères, acidulées ou le résultat de savants croisements qui donnent des saveurs douces-amères ou amères-douces. Les fruits sont d'autant plus brillants que la rosée a déposé des gouttelettes où brille la lumière rasante du matin qui avive les couleurs. À n'en pas douter, le cidre sera bon. Joseph tend un panier à Colin et, très doucement, lui demande de faire comme lui. Colin ne parle pas. Il garde le regard fixé sur cette joue balafrée et cette orbite creuse, extraordinaires à ses yeux. Joseph pose le panier dans l'herbe mouillée, s'accroupit et commence à ramasser les pommes.

— Tu fais comme moi. Tu vois, c'est pas compliqué.

Il y a tant de pommes que, en très peu de temps, les paniers sont pleins. On les vide dans un sac que Colin accote contre le tronc de l'arbre. Puis on s'accroupit à nouveau et, panier après panier, on emplit un sac, puis un autre, puis un autre encore. Quand toutes les pommes d'un arbre sont ramassées, trois sacs pleins entourent le tronc. On passe à l'arbre suivant et on recommence.

Colin ne parle pas. Il reste fasciné par le côté déchiqueté du visage. Joseph a remarqué depuis longtemps le manège du nigaud et cela l'agace d'autant plus que, de ce côté, il ne le voit pas. Mais il a beau se placer de l'autre côté pour essayer de présenter le côté normal de son visage, toujours Colin revient sur sa droite, ramassant les pommes sans regarder ses mains, les yeux rivés sur les cicatrices et l'orbite creuse. Lui qui ne comprend jamais rien semble percevoir l'effort que Joseph doit faire pour porter un panier plein, pour déplacer un sac ou pour rouler la brouette et il se précipite pour lui épargner ces gestes.

Au fil des heures, la rosée s'évapore et le travail devient plus facile. Un peu avant midi, des dizaines de sacs sont appuyés contre les troncs des deux premières rangées de pommiers et Colin va chercher le dernier sac vide qui reste sur la brouette.

— De toute façon, dit Joseph, le temps de rentrer, il sera midi. On reviendra tantôt et on continuera. D'accord, Colin ?

— Hum…

Ils finissent de remplir le dernier sac et quittent le pré. Le soleil est maintenant haut dans le ciel et la brise chargée de douceur a presque complètement fait disparaître la rosée. C'est à peine si leurs pas laissent encore une trace dans l'herbe. Ils atteignent la route. Joseph décide d'aller tout droit et de rentrer à Saint-Éliph par le chemin le plus court. À quoi bon faire un détour par le Goulet simplement pour préparer les sacs de l'après-midi. Il se retourne et dit au costaud qui pousse la brouette à quelques pas derrière lui :

— Mon petit Colin, rentre à la ferme. Moi, je file tout droit. Dis au patron qu'on a besoin de sacs. Je reviendrai après manger. Tu as compris ?

— Hum, hum…

L'idiot penche la brouette, lui fait faire un écart, dépasse Joseph et se met à courir comme un dératé. Il coupe à travers un champ de guéret et pique tout droit sur la ferme qu'on voit derrière le bouquet d'arbres.

« Pauvre gars », pense Joseph en dodelinant de la tête.

Joseph n'a pas vraiment mal au bras mais son épaule reste très sensible. Il glisse à nouveau sa main dans la bretelle de sa musette.

« Je dirai à Rosine de me pommader un peu. Sans baume, je ne tiendrai pas jusqu'à ce soir. »

Après ces quelques heures passées accroupi, la marche lui fait du bien. Il éprouve même un certain plaisir à allonger le pas. Dans tous les prés où les pommes ont été ramassées, des sacs entourent les troncs. À droite de la route, un fermier est en train de charger les sacs dans un tombereau. Sans doute veut-il libérer son pré au plus vite afin de pouvoir y remettre ses bêtes.

Il approche du village quand le facteur, qui arrive dans son dos, arrête son vélo à sa hauteur.

— Salut Joseph.

— Bonjour. Comment que tu vas ?

— Pas bien. Je peux plus bouger le genou.

— C'est le changement de lune, avance Joseph. Moi, c'est mon épaule qui me fait des misères.

— J'ai une lettre pour toi.

— Une lettre…

— C'est pour ça que je suis content de te trouver là. Tu vas m'éviter un détour par les Croisettes.

Le vélo calé entre les jambes, le facteur fait tourner sa sacoche et la ramène devant lui. Il soulève le pan de cuir qui la ferme et fouille parmi les plis, les journaux et les mandats qu'il doit encore distribuer. Lui aussi est un ancien poilu blessé qui a dû se reconvertir. Trop blessé pour reprendre un travail dans les fermes mais suffisamment valide pour distribuer le courrier, il a bien failli ne pas être embauché par la poste parce qu'il n'est jamais allé à l'école que de façon très irrégulière et que sa lecture est restée aussi hésitante que celle d'un enfant attardé. Aussi fait-il très attention et relit-il avec beaucoup de soin l'adresse portée sur l'enveloppe.

— Péchereau Rosine…, lit-il à haute voix.

— Ah ben non, c'est pas pour toi, constate-t-il, c'est pour ta femme.

Le facteur tourne et retourne la lettre entre ses mains. L'enveloppe porte l'en-tête de l'agence de l'Assistance publique.

« Des histoires de nourrice, pense Joseph. Certainement un bon de vêture ou une vaccination pour Suzanne. »

Depuis les années de guerre, Joseph n'aime pas les lettres. Elles lui rappellent trop les tranchées, l'hôpital, les courriers annonçant des mauvaises nouvelles. Une véritable allergie. Depuis qu'il est rentré aux Croisettes, c'est toujours Rosine qui s'occupe des lettres, même de celles qui viennent du ministère de la Guerre et qui le concernent directement. Alors une lettre de l'Assistance publique pour des histoires de nourrice…

Le facteur lui tend l'enveloppe mais Joseph garde les mains dans les poches.

— Rosine, elle est en train de laver du linge, lui dit Joseph. Puisque tu passes devant le lavoir, t'auras qu'à lui donner directement au passage.

— C'est comme tu veux, répond le facteur sans s'étonner. Chez toi, je vois que c'est comme dans toutes les maisons : les papiers, c'est ta femme qui s'en occupe.

Il remet la lettre dans sa sacoche, la referme et, dans un mouvement répété des dizaines de fois par jour, il la balance pour qu'elle reprenne sa place dans son dos. Puis il relève la pédale droite de son vélo et, au moment où il met le pied dessus pour repartir, il se frappe le front et revient sur le changement de lune évoqué par Joseph plusieurs minutes auparavant :

— La lune, la lune… Nom de Dieu, j'y avais pas pensé.

Il est très amusé et dodeline de la tête en rigolant. Joseph ne comprend pas l'enchaînement d'idées qui amuse le facteur. Alors l'homme cligne malicieusement de l'œil et son visage se teinte d'un air coquin.

— Y a pas une heure, Marthe m'a dit qu'il devrait y avoir de nouveaux habitants au Vaufermé. Trois ! Paraît que Blanche, Léontine et la femme à Ficelle sont grosses.

Le facteur pousse sur les pédales et s'éloigne en rigolant :

— La lune. C'est certainement une histoire de lune…

Joseph imagine un instant le gros ventre des femmes, sourit à son tour et reprend sa marche en direction du village.

24

Piégée

Quand le facteur pénètre dans le lavoir, Rosine, à genoux dans sa boîte à laver, frotte des culottes de travail. Une autre femme est là, une laveuse comme elle, près de laquelle elle a l'habitude de trimer. Rosine se retourne et voit le facteur descendre les marches. Il pénètre dans le lavoir en baissant la tête de peur de se cogner à la poutre en lançant :

— Bonjour la compagnie. J'ai une lettre pour toi, Rosine.

— Une lettre ?

Elle pose le linge sur la pierre du lavoir, se relève et s'essuie les mains sur son tablier.

— J'ai croisé ton homme sur la route mais il l'a pas prise, dit-il en présentant l'enveloppe. C'est vrai qu'elle est à ton nom mais je crois surtout qu'il est pas plus paperasse que les autres gars.

L'en-tête imprimé sur l'enveloppe chagrine Rosine. Même si, depuis des années, tout se passe bien, à chaque fois qu'une lettre de l'Assistance publique arrive une pointe d'angoisse monte en elle. Elle continue de bouchonner son tablier mais, comme il est humide, ses mains n'en finissent pas de sécher.

— J'ai les mains mouillées. Tu veux pas être gentil et me l'ouvrir ?

Le facteur jette un rapide coup d'œil aux doigts bleuis par le froid de l'eau, plonge la main dans sa poche et sort son couteau. Il l'ouvre, introduit la pointe de la lame dans la fente du rabat et tranche le papier d'un coup sec.

— J'vais même te la sortir, dit-il en souriant.

Il extirpe la lettre et la lui tend. Rosine laisse retomber son tablier et la saisit avec deux doigts pour ne pas la mouiller. Tandis qu'elle la déplie et en commence une lecture silencieuse, le facteur fait tournoyer sa sacoche et échange quelques mots avec l'autre femme tout en s'apprêtant à sortir du lavoir.

— Va bientôt être midi, annonce-t-il en montant les marches. Faut pas que je m'attarde.

Rosine ne prête aucune attention à la conversation. Dès les premières lignes, un affreux pressentiment lui presse la poitrine.

J'ai l'honneur de vous informer que le dossier d'un couple de candidats à l'adoption d'un orphelin de l'Assistance publique de Paris a été agréé et que, conformément aux dispositions de la nouvelle loi du 19 juin 1923, les noms de plusieurs pupilles de l'Assistance publique lui ont été proposés parmi lesquels figure celui de Suzanne Armand dont le profil, ainsi que celui de deux autres enfants, a retenu l'attention dudit couple.

Le décret d'application de la loi prévoit, avant que les adoptants ne se prononcent, une entrevue avec les enfants. C'est pourquoi M. le directeur général de l'Assistance publique de Paris m'a chargé de vous informer qu'une rencontre est susceptible d'être organisée dans le courant du premier trimestre 1925.

Je vous prie...

Le trouble qui enfle au fur et à mesure des lignes ne permet pas à Rosine de bien saisir le sens des mots. À la fin de la première lecture, elle en recommence une seconde à mi-voix, comme si bredouiller les mots pouvait l'aider à mieux s'approprier le sens des phrases.

Au moment où elle achève cette seconde lecture, la porte du lavoir s'ouvre et elle reconnaît le pantalon de son homme. Un frisson l'agite et, sans réfléchir, elle bouchonne la lettre et la fourre dans la poche de son tablier. Quand Joseph descend les marches, il trouve Rosine devant lui, figée, le visage glacé par une pâleur subite. Elle chancelle et devient si blême que Joseph tend les bras. Le facteur et les bonnes femmes s'en rendent compte.

— Mais elle tourne de l'œil !

La tête de Rosine bascule sur le côté, ses paupières se ferment et elle s'effondre dans les bras de son mari, sans connaissance.

Une laveuse se précipite. Elle est toute retournée. Elle soutient Rosine évanouie et aide Joseph à l'asseoir sur une marche de l'entrée du lavoir.

— Ben vrai, mais qu'est-ce qui se passe ? s'étonne-t-elle.

Rapidement, Rosine revient à elle mais garde les yeux mi-clos pour lutter contre le vertige qui s'est emparé d'elle. La laveuse lui pose des questions.

— Qu'est-ce qui t'arrive ? Tu te sens pas bien ? T'as mal quelque part ?

— Non, non, balbutie Rosine.

Joseph est accroupi, blanc, figé, incapable de parole. Jamais il n'a vu sa Rosine dans un tel état d'effondrement. Le ciel lui tomberait sur la tête que ce ne serait pas pire. La vision de sa femme, avachie sur la marche, une main sur le front, l'autre cramponnée au chambranle de la porte, le plonge dans une incompréhension totale.

— Ce serait-y pas que tu s'rais prise ? avance tout de suite la femme.

Rosine ne répond pas. La laveuse l'observe d'un air incrédule.

— Moi, quand j'tombe enceinte, c'est toujours comme ça que je l'apprends. J'ai à peine une semaine de retard que je tombe dans les pommes. Pas besoin d'aller chez le docteur pour savoir.

La commère voudrait poser des questions. Toutes ces histoires de couple, si elles sont source de gaudrioles pour les hommes au bistrot, constituent le sujet préféré des commères au lavoir. Mais elle n'en a pas le temps : Joseph est pris de tremblements et donne l'impression de perdre les pédales. La brave femme le remarque et s'intéresse tout autant à son état qu'à celui de sa voisine de travail :

— Ben c'est rien, Joseph. Faut pas t'en faire. C'est pas une maladie.

Elle frotte les mains bleues de froid de Rosine pour activer la circulation du sang. Rosine émerge difficilement.

— Au moins, est-ce que t'as mangé ce matin ? demande la femme. Moi, quand je suis prise, j'ai tellement de nausées en me levant que rien ne passe. Je dégueule tout. Alors, le ventre vide, ça aide pas.

Joseph tremble.

— L'un comme l'autre, ce serait mieux que vous veniez à la maison le temps de vous remettre, propose la femme. Pour le moment, y en a pas un pour relever l'autre.

Ces paroles font réagir Rosine :

— Non, non. J'vais rentrer aux Croisettes. C'est rien. Ça va passer.

La femme observe les yeux, le teint, les joues creuses, enfin tous les détails qui pourraient confirmer son diagnostic parce que, pour elle, il n'y a guère de doute : c'est un début de grossesse. Elle voudrait en savoir plus mais, déjà, Rosine essaie de reprendre le contrôle de la situation. Elle pousse sur le mur en donnant un coup de reins volontaire et tend le bras pour qu'on l'aide à se relever.

— J'suis pas tranquille, dit la femme. Venez à la maison.

Rosine a de la peine à se remettre sur ses jambes mais elle fait signe que non. Elle s'accroche à son mari et éprouve les plus grandes peines à se maintenir debout. Elle serre les dents et fait un colossal effort de volonté pour vaincre l'étourdissement qui l'assaille. Plus qu'un homme et une femme se tenant le bras, c'est un paquet informe qui sort du lavoir.

— Je m'occupe de ton linge, lance la laveuse qui les a accompagnés jusqu'en haut des marches. T'inquiète pas.

Le couple s'éloigne sans un mot, remonte comme deux vieux la petite rue, passe devant l'église et s'engage sur la route des Croisettes. Même cramponnée à l'épaule de son Joseph, la marche exige un effort si grand que Rosine redoute une nouvelle syncope à chaque pas.

« Joseph n'a pas vu la lettre ! pense-t-elle. J'crois pas qu'il a eu le temps de voir la lettre. »

Depuis quatre ans, parce que Joseph n'a jamais appelé la fillette par un autre prénom que celui de Suzanne, le nom même de Jeanne a disparu. Petit à petit, Suzanne s'est substituée à Jeanne si bien que, aujourd'hui, elle a l'impression d'avoir baptisé sa propre fille Suzanne dès le jour de sa naissance. C'est comme si le bébé de l'Assistance publique et sa fille s'étaient fondus en une sorte de bébé siamois pour ne devenir qu'un seul et même enfant. La lecture de la lettre a brutalement ramené Rosine à la réalité, faisant exploser à la hussarde cette double identité, dissociant les deux fillettes : l'enfant de l'Assistance d'un côté, sa propre fille de l'autre. Une fille qui pourrait lui être enlevée d'un jour à l'autre. En lisant la lettre, le nom de Jeanne lui est revenu en pleine tête et l'a heurtée à la manière d'un coup de massue. Les images de la terrible nuit de l'échange explosent. Mais non, la petite Suzanne dont parle la lettre, ce n'est pas Suzanne, c'est Jeanne, sa petite Jeanne à elle ! La vraie Suzanne repose dans le cimetière. Comment pourrait-on lui arracher sa Jeanne ?

« Jeanne ! »

Jamais la méchante route qui conduit de Saint-Éliph aux Croisettes ne lui a paru si longue. Ses genoux se dérobent et elle sent son sang battre si intensément dans ses tempes que sa vue se trouble à chaque pas. Des flots de pensées terribles s'entrechoquent, pêle-mêle, dans sa tête. À côté d'elle, elle sent son Joseph complètement déboussolé d'incompréhension. Comment pourrait-il soupçonner l'importance de cette lettre ?

— Rosine, ma Rosine… Mais qu'est-ce qui t'arrive ?

— Ça va passer. C'est rien.

Elle le sent paniqué. Elle sait qu'elle ne doit pas s'écrouler.

S'effondrer, ce serait lui montrer qu'un danger majeur plane au-dessus d'eux et pourrait l'entraîner dans une glissade de désespoir. Il faut qu'elle se reprenne. Mais les forces lui manquent et elle marche en se traînant comme une vieillarde.

— Rosine, ma Rosine…

— C'est juste un petit malaise. T'inquiète pas. C'est pas grave.

Elle doit se reprendre vite, réagir, continuer à se montrer forte. Alors, avec opiniâtreté, elle répète tous les cent mètres :

— C'est rien. C'est rien. Ça commence à passer. C'est un coup de fatigue. T'inquiète pas.

La marche est difficile et c'est avec soulagement qu'elle franchit la petite barrière des Croisettes. Joseph la regarde de son unique œil valide et s'empresse autour d'elle.

— Allonge-toi sur le lit, dit-il en la conduisant dans la chambre. Repose-toi.

Il lui enlève ses chaussures, la couche, la réchauffe en lui posant le couvre-lit sur les jambes.

— Tu travailles trop. T'es à bout de forces.

Il cale l'oreiller, lui relève les cheveux, l'embrasse.

— Je vais te faire un lait de poule. Ça va te donner un coup de fouet.

Il va dans la remise, rapporte deux œufs qu'il casse dans un grand bol et mélange avec du lait et beaucoup de sucre. Pendant ce temps, allongée sur le lit, Rosine ferme les yeux, respire profondément et tente de se maîtriser. Ce qui arrive n'est pas réel, c'est un cauchemar. Jeanne, Suzanne, Albertine, Joseph.

« Joseph, mon Joseph ! »

Après l'armistice, beaucoup de poilus sont rentrés dans leur village la tête minée de traumatismes épouvantables bien plus terribles que les mines des champs de bataille. Mutilés, éclopés, amputés, ils ne sont revenus chez eux qu'après des mois et des mois d'hôpital militaire. Avec le temps, les chairs ont cicatrisé mais les névroses n'ont fait qu'amplifier. Très peu de soldats ont retrouvé leur place et leur statut d'homme et de chef de famille. Nombreux sont ceux qui ont sombré dans la détresse ou la démence. Beaucoup ont trouvé une illusoire échappatoire dans l'alcool. Certains ont fui leur désespoir dans le suicide et on les a retrouvés, un soir, raides au bout d'une corde, la langue violacée, accrochés à la poutre d'une grange. Les noms de ces innombrables gueules cassées qui ont abrégé leurs indicibles souffrances physiques et mentales de cette manière ne sont pas gravés dans la pierre des monuments aux morts mais, rien que dans la région, on pourrait en citer une bonne dizaine.

Rosine sait que son malaise soudain est une chose extraordinaire que Joseph ne peut pas comprendre. Jamais, depuis son retour, il ne l'a vue baisser les bras. Fatiguée, épuisée, morte de travail, ça oui, mais effondrée, jamais. Et là, d'un coup, comme un vase qui se brise, elle est tombée dans les pommes à la manière d'une petite femme de la ville. Elle s'en veut de ce moment de faiblesse. Depuis quatre ans, aux yeux de son mari, elle est un chêne. Comment pourrait-il comprendre aujourd'hui qu'elle se casse comme un vieux peuplier sous la première rafale ? Évidemment qu'il ne comprend pas puisqu'elle lui a toujours soigneusement caché la vérité ! Évidemment qu'il est décontenancé puisque son évanouissement n'a pas pour cause un travail trop long ou trop pénible mais une lettre, une simple lettre de quelques lignes qu'elle lui cache. C'est leur petite famille, elle, Pierre et peut-être plus encore Suzanne qui ont porté Joseph depuis son retour et lui ont permis de ne pas sombrer comme tant de ses camarades. Et là, la tête bourdonnante, elle réalise qu'une seule phrase menace de désintégrer leur univers.

Allongée sur le lit, sous le regard photographique du soldat Joseph en uniforme figé dans le cadre accroché au mur, toutes les images qu'elle croyait enfouies au plus profond d'elle-même resurgissent en bloc. Le bébé froid sur sa poitrine, l'idée diabolique d'Albertine, la médaille de l'Assistance publique passant du cou de la petite morte au cou de Jeanne, la comédie de l'enterrement, le retour de Joseph et le silence qu'elle a maintenu et qui fait d'elle une hors-la-loi. La dernière phrase de la lettre s'est imprimée si fort dans son esprit qu'elle s'en souvient mot à mot : *Une rencontre est susceptible d'être organisée dans le courant du premier trimestre 1925.*

« J'ai mal compris, essaie-t-elle de raisonner dès que son esprit retrouve un début de calme. M. Favellière a regardé les lois avec le maître d'école. Ils ne peuvent pas s'être trompés. Cette histoire d'adoption, c'est seulement pour les orphelins de guerre. »

Comment se pourrait-il donc que la loi permette maintenant à des inconnus d'acheter un enfant comme on achète une paire de galoches ? C'est inconcevable. Sous le tissu de la poche de son tablier, sa main sent la lettre qu'elle a fourrée en toute hâte juste pour la soustraire à la vue de Joseph. Elle essaie de se persuader qu'elle s'est emballée, qu'elle a mal lu. Elle jette un coup d'œil vers la porte, plonge la main dans la poche et sort le bout de papier froissé. Avec fébrilité, ses doigts déplient une nouvelle fois la lettre.

... parmi lesquels figure celui de Suzanne Armand... rencontre est susceptible d'être organisée dans le courant du premier trimestre 1925...

« C'est une erreur. Les choses vont s'arranger. »

Mais son angoisse résiste au raisonnement et lui noue les tripes.

« Jeanne. Joseph. Suzanne. »

Les noms tournent dans sa tête, et toujours la hante le lourd secret qu'elle est seule à porter : le vol de l'identité de la petite morte, l'échange monstrueux opéré par la vieille Albertine. Suzanne... enfin Jeanne... porte toujours autour du cou la plaque de l'Assistance publique : *Suzanne Armand matricule 8000.* Aucune contestation possible. Cette plaque est bien la preuve que la fillette est Suzanne Armand, l'enfant dont parle la lettre. D'ailleurs, l'acte de décès de Jeanne Péchereau est bien enregistré à la mairie et une tombe porte son nom dans le cimetière.

« Mais comment, comment ai-je pu laisser faire une chose pareille ? Comment ? »

L'indicible sentiment de culpabilité qui s'est assoupi avec les années l'accable. Elle se sent submergée par un flot de remords. Coupable. Elle est coupable d'avoir laissé faire, coupable de s'être tue, coupable d'avoir trompé Joseph, l'Assistance publique, les gens du pays. Au cours de la terrible nuit, pourquoi n'a-t-elle pas empêché sa mère ? Comment a-t-elle pu jouer la comédie le jour de l'enterrement ? Comment a-t-elle pu mentir au village tout entier devant la tombe du bébé mort ? Aujourd'hui encore, comment peut-elle supporter de voir le nom de sa propre fille inscrit sur la croix de bois plantée sur la petite tombe ? Pendant tout ce temps, où donc a-t-elle trouvé la force de se taire ? Sans parler de l'argent de l'Assistance publique qu'elle touche chaque mois pour une enfant qui est morte depuis plus de cinq ans. Surtout, quel dérèglement monstrueux de son esprit a bien pu la conduire à berner son cher Joseph, en lui laissant croire que l'enfant morte était sa propre fille ? Elle se sent sale, mauvaise, perdue.

Les yeux clos, la tête immobile sur l'oreiller, désespérée, elle pleure en silence.

« Maudite ! Je suis maudite ! »

Le bruit d'une cuillère reposée sur la pierre à évier résonne. D'instinct, elle froisse à nouveau la lettre et l'enferme dans son poing. Sans doute n'a-t-elle pas été assez rapide parce que Joseph est déjà là et elle n'a pas le temps de dissimuler le bout de papier dans sa poche.

— Tiens ma Rosine, bois ça.

Joseph, penché à côté du lit, pose le bol contenant le lait de poule sur la table de nuit. Sa tête se trouve alors tout près de celle de sa femme. Elle ouvre les yeux. À quelques dizaines de centimètres seulement lui apparaît le mauvais côté du visage de Joseph, celui qui présente l'orbite creuse, la chair labourée de cicatrices et les déformations de la mâchoire. Elle frémit. Alors qu'elle n'y fait plus attention depuis belle lurette, cette vision du visage mutilé la ramène des années en arrière, à l'heure du retour du soldat aux Croisettes, à l'heure où elle n'a pas eu le courage de lui dire la vérité et elle a l'impression que son âme est aussi terriblement boursouflée de cicatrices que la joue de son homme.

— Assieds-toi. Je vais t'aider.

Des épreuves, Rosine en a déjà surmontées. Pour l'heure, ce qu'elle veut de façon animale, c'est ne pas perdre ni son homme ni sa fille. L'urgence, c'est de préserver son Joseph et de se donner du temps. Alors sa volonté farouche reprend le dessus et contraint son corps à se soumettre. Elle relève la tête et s'assied sans l'aide de son mari. Faire semblant. Il faut absolument qu'elle fasse bonne figure.

— Je me sens déjà mieux, le rassure-t-elle. C'est un coup de fatigue. T'inquiète pas.

— Le lait de poule va te faire du bien.

Il se penche, lui cale un oreiller dans le dos, lui tend le lait de poule. C'est un remède de bonne femme qui apporte beaucoup d'énergie. En peu de temps, il aide à surmonter les coups de fatigue et donne les moyens de repartir. Rosine se redresse, se force à sourire et saisit le bol de sa seule main libre.

— Attends, je vais t'aider à le tenir, lui dit Joseph.

— Non, non. Ça ira.

Elle a l'impression que le papier lui brûle la paume. Tout en tentant de glisser la main sous la couverture, elle porte le bol à ses lèvres et boit lentement. Elle a peur mais elle fixe son homme, comme si soutenir son regard pouvait éviter qu'il ne baisse son œil et découvre la lettre. Après la lettre, ne percerait-il pas le secret ? Ne découvrirait-il pas sa trahison ? Elle prolonge ce moment pendant lequel le large bol dissimule une grande partie de son visage. Ainsi cachée, elle espère que Joseph ne peut rien deviner des pensées qui agitent son esprit. Lui, il est face à elle, les yeux remplis d'inquiétude. Elle, elle n'ose plus bouger.

— Ma Rosine ! J'ai eu tellement peur quand t'es tombée ! Tu crois pas que ce serait mieux que j'aille chercher le docteur. C'est la première fois que je te vois comme ça.

— Non, non, c'est rien, bredouille-t-elle sans baisser le bol.

Joseph s'assied sur le bord du lit et l'observe. Il ne parle pas. Rosine finit d'avaler le lait de poule mais elle garde le bol contre ses lèvres et prolonge autant qu'elle le peut ce moment de silence. Cette minute paraît interminable à Rosine. À quoi peut-il bien penser ?

Soudain, le visage de Joseph se détend et la grande inquiétude de l'heure passée s'estompe. À ce moment, sans doute les boniments de la laveuse lui reviennent-ils en mémoire parce qu'il lui prend la main, se penche vers son oreille et lui murmure :

— Et si c'était ce qu'elle a dit ? Si t'étais enceinte ?

— Oh non ! Non ! s'empresse de démentir Rosine.

— Ah…

Joseph tend la main pour reprendre le bol.

— T'es sûre ?

— Certaine.

Au grand soulagement de Rosine, il reprend le bol, se lève et amorce un retour dans la cuisine. Aussitôt qu'il a le dos tourné, elle esquisse un geste rapide pour enfourner la lettre dans la poche de son tablier. À ce moment, Joseph se retourne. Rosine est soudain paralysée, ce qui surprend Joseph. Il s'apprêtait à dire quelque chose mais il saisit le geste interrompu de sa femme et s'immobilise à son tour, l'œil écarquillé, la bouche grande ouverte. Il voit la lettre et les mots se brisent dans sa gorge :

— Alors c'est à cause de la lettre ?

25

Un inquiétant lapsus

Il est plutôt rare qu'un poulain naisse en novembre. Tout aussi rare qu'une jument pouline en milieu de journée.

— Décidément, tu ne fais rien comme les autres, murmure Émile.

En 1852 – on s'en souvient parce que c'est l'année où Napoléon III est devenu empereur des Français -, le grand-père d'Émile a fait construire à l'écart des autres dépendances de la ferme un élégant bâtiment à colombage et toit de petites tuiles très pentu dans lequel il a aménagé une petite écurie confortable et très calme qu'il a baptisée « Bethléem » en référence, sans aucun doute, à la crèche où est né l'Enfant Jésus. « Bethléem » est spécialement réservée aux juments sur le point de pouliner. Autrefois, alors qu'il était tout gamin, Émile se rappelle que son grand-père répétait à chaque naissance que, « quand le moment du poulinage approche, les juments deviennent très sensibles et que, si elles ne se sentent pas en confiance, elles sont capables de se retenir et de retarder la naissance, ce qui est toujours préjudiciable au poulain ». Sans en avoir l'air, le grand-père distillait déjà dans les veines du jeune Émile les germes d'une future vocation d'éleveur, façon pour le vieil homme de transmettre son savoir et de faire en sorte que l'œuvre de sa vie soit poursuivie au travers des générations.

Tout comme son grand-père et son père avant lui, dès que les signes précurseurs ont annoncé l'imminence de la naissance du poulain, Émile a conduit sa jument à Bethléem pour qu'elle y soit au calme, loin du passage des carrioles, de l'aboiement des chiens et du va-et-vient de la ferme. Depuis une semaine, il vient si fréquemment à Bethléem pour la surveiller que Mathilde le taquine et lui répète qu'il gagnerait du temps à y installer son lit. Émile visite sa jument à chaque heure du jour et de la nuit. Il suit avec attention le pis qui augmente de volume, les sécrétions évoluant du jaune clair à un blanc de plus en plus laiteux qui perlent de la mamelle, les reins qui se creusent et la base de la queue qui devient de plus en plus proéminente. D'heure en heure, les sécrétions cireuses s'accumulent au bout des mamelons, de petites coliques se déclenchent, la vulve se dilate. La jument se montre anxieuse, tourne en rond dans l'écurie, se lèche sans cesse les flancs et la sueur perle de plus en plus sur sa robe. À midi, elle se couche sur le côté et, pendant plus d'un quart d'heure, elle balance une cuisse dans le vide pour soulager la pression qui monte dans son ventre. Les contractions apparaissent, fortes dès les premières. Les flancs sont parcourus par des ondes puissantes. Les naseaux palpitent et laissent échapper des souffles sonores à chaque fois qu'une poussée se prolonge. La jument se montre calme, volontaire, forte, ce qui rassure Émile qui reste à l'écart et se contente de regarder. Émile laisse la nature faire les choses et observe en silence les phases successives du travail qui, jusqu'à maintenant, se déroule normalement.

« À ce stade, il est important de ne pas la déranger. Toute intervention, même une simple caresse, peut arrêter le travail. »

Pendant une demi-heure, les halètements retenus succèdent aux souffles rauques quand, après une contraction prolongée au cours de laquelle la jument bloque sa respiration pour mieux pousser, les poumons tout entiers se libèrent dans un fort « han » de soulagement. En mère d'expérience qui a déjà pouliné à cinq reprises, elle se maîtrise, dose ses efforts et respire posément pendant les moments de répit qui deviennent de plus en plus courts.

En milieu d'après-midi, les choses se précipitent quand, dans un soubresaut, la jument redresse la tête, prend appui sur ses pattes avant et se relève. Le mouvement pour se mettre debout provoque une secousse. La poche blanchâtre sort subitement du vagin. À travers la membrane, Émile aperçoit les sabots et la moitié des membres du poulain. En quelques secondes, la poche gonfle. Le liquide amniotique verdâtre passe de l'intérieur à l'extérieur de l'utérus, vide le ventre et grossit la poche qui s'alourdit et pend entre les cuisses comme une énorme outre de peau. La jument fait un pas, tourne la tête en direction de cette masse arrondie et regarde comme si elle voulait se rendre compte par elle-même de l'état d'avancement du travail. Brusquement, la poche se rompt et les eaux dégoulinent avec la force d'un seau vidé d'un coup sur le sol. Les pattes du poulain sortent et pointent à la manière d'une hampe de drapeau supportant la bannière blanchâtre de l'enveloppe vide. La jument plie les jambes et s'allonge à nouveau. Elle pose la tête sur la paille. Les contractions redoublent avec une intensité accrue.

Émile résiste à la tentation d'approcher pour mieux se rendre compte et d'intervenir.

« Inutile. Tout se passe bien. Il n'y en aura pas pour longtemps. »

En trois poussées, les jambes du poulain sortent complètement. Son nez apparaît dans une déchirure de l'enveloppe, bien dégagé, ce qui élimine tout risque d'étouffement. La tête puis les épaules sortent. Entre deux poussées, la jument tend le cou pour regarder. Dès que les épaules ont franchi le passage plus étroit du bassin, la jument marque une pause, comme si elle savait que le reste du corps, plus filiforme, coulera de façon fluide sans qu'il lui soit nécessaire de redoubler d'efforts. Elle respire fort, mâche une poignée de paille, récupère. Pendant ce temps, la vulve se dilate encore et, sans qu'il lui soit nécessaire d'accentuer la pression des contractions, le poulain avance, centimètre par centimètre. Dès que le point le plus large des épaules a franchi le goulet du bassin, l'enveloppe visqueuse glisse d'un coup et tout le reste du corps coule comme s'il dévalait un toboggan.

Maintenant, Émile peut intervenir. Il approche, dégage quelques lambeaux d'enveloppe, s'assure que le poulain respire bien. Au premier coup d'œil, il jauge le nouveau-né. C'est un mâle bien conformé, au poitrail développé et à la robe foncée. Émile sourit : c'est un animal de qualité.

— Tu es bien le fils de ton père ! se réjouit-il.

La jument reste allongée sur le flanc, la tête tournée vers son poulain, et le découvre avec le regard tendre d'une mère heureuse. Le nouveau-né a encore l'arrière-train recouvert par l'enveloppe blanche de la poche mais toute la moitié avant est dégagée. Il respire fort. Les deux membres antérieurs, frêles et délicates, tendues en V comme deux bras qui voudraient saisir le cou de la mère, prennent appui sur la litière. Il redresse la tête et ouvre de grands yeux étonnés. La scène est attendrissante et, bien qu'il ait assisté des dizaines et des dizaines de fois à ce spectacle de la naissance d'un poulain, ce moment procure à Émile une grande émotion. Il se sent heureux et fier. Cette énième naissance d'un beau cheval récompense le travail opiniâtre de l'éleveur et donne du sens à un engagement vieux de plusieurs générations.

La jument tend le cou vers le nouveau-né, le regarde et il y a tant de tendresse dans son regard que la gorge du fermier se serre. Le poulain rassemble ses deux pattes avant contre son poitrail et prend appui. Il veut se relever. Manifestement, c'est un animal vigoureux qui, dès sa première minute de vie, affiche un port de tête fier et une attitude remplie de noblesse qui rappelle à Émile le magnifique étalon qui faisait la fierté de son grand-père dans le milieu des années 1880.

— Ulysse… Je vais t'appeler Ulysse, comme cet étalon.

Émile est tout à la contemplation de son poulain quand une voix le ramène à la réalité :

— Monsieur Favellière, il faut que je vous parle.

La porte de l'écurie comporte une partie basse, fermée en ce moment, et une partie haute, grande ouverte. Émile a reconnu la voix de Rosine mais, au moment où il se retourne, le contre-jour l'éblouit et il ne voit d'elle que la silhouette d'un buste plongé dans la pénombre. Il cligne des yeux et met la main en visière à hauteur de ses sourcils pour atténuer la blancheur de la lumière.

— Tu arrives une minute trop tard : il vient juste de naître. Un beau pou…

Rosine ne porte aucun intérêt à cette naissance. Elle poursuit comme si elle ne l'avait pas entendu :

— Vous êtes seul ? Il faut que je vous parle.

Émile est surpris : elle ne jette aucun regard au poulain, lui coupe la parole, s'inquiète de la présence d'un éventuel témoin. À sa voix blanche, Émile comprend que quelque chose de grave est arrivé. Du coup, la joie de la naissance tombe. Il pose la main sur le courriau, ouvre la partie basse de la porte et la fait entrer.

— Oui, j'suis tout seul…, répond-il. Qu'est-ce qui t'arrive ? T'as l'air toute retournée.

— C'est à cause de la lettre. Tenez.

Sans détour, elle sort de sa poche un bout de papier qu'elle déplie. La lettre a tant été froissée et bouchonnée que Rosine éprouve le besoin de l'aplanir d'un revers de main comme elle le ferait avec un fer à repasser. Pendant ce temps, Émile prend ses lunettes et les ajuste sur son nez. Dans sa précipitation, c'est tête en bas que Rosine tend la lettre.

— C'est une catastrophe, dit-elle. Ils veulent nous l'arracher. Présentée dans ce sens, c'est le nom et la signature de Jacques Camize qui apparaissent en premier sur la lettre. Émile comprend d'emblée qu'elle vient de l'Assistance publique, donc qu'elle concerne la petite Suzanne.

J 'ai l'honneur de vous informer que le dossier d'un couple de candidats à l'adoption d'un orphelin de l'Assistance publique de Paris a été agréé et que, conformé…

Il tente de lire mais Rosine n'arrête pas de parler :

— Ils vont la donner à des gens riches. Ils se rendent pas compte. C'est notre fille. Ils ont pas le droit. Qu'est-ce qu'on va…

… parmi lesquels figure celui de Suzanne Armand dont le profil, ainsi que celui de deux autres enfants, a retenu l'attention dudit couple…

— … notre petite. Quand le facteur me l'a donnée, j'en ai tourné de l'œil, mais c'est rien à côté de la réaction de mon pauvre Joseph. Suzanne, c'est toute sa vie. Si on lui retire sa fille, il s'en remettra pas. Déjà que la guerre…

… C'est pourquoi M. le directeur général de l'Assistance publique de Paris m'a chargé de vous informer qu'une rencontre…

— … avait pas été là, je sais pas s'il aurait surmonté. Dame, c'est lui qui s'en est occupé tous les jours pendant que je travaillais, lui qui lui a appris à marcher, à…

Émile relève les yeux et ôte ses lunettes. Maintenant que la lumière ne l'éblouit plus, il découvre une Rosine au visage ravagé. Elle semble avoir vieilli d'un seul coup. De grands cernes entourent ses yeux rougis. Ses cheveux décoiffés et mouillés collent à ses joues. Elle est agitée et c'est à peine s'il reconnaît sa voix tant le débit de ses paroles est saccadé.

— La loi, la loi…, s'emporte-t-elle, vous m'aviez dit que la nouvelle loi, c'était que pour les orphelins de guerre ! Suzanne n'en est pas une. Il doit y avoir une erreur. C'est pas parce qu'ils sont riches qu'ils peuvent tout s'acheter. Un enfant, c'est pas un poulet. La loi, elle est toujours du côté des…

Elle parle, parle, vomit sa détresse et son angoisse par saccades. Émile observe le regard fiévreux et frémit, moins parce que ce regard est celui d'une mère paniquée qui redoute qu'on lui arrache son enfant que parce que ce regard lui en rappelle un autre, lui aussi chargé de détresse : celui de sa belle-fille au moment où elle a appris la mort de son mari Édouard. Ce jour maudit, elle aussi avait des prunelles démesurément brillantes semblables à celles d'une folle.

— Faut comprendre, poursuit Rosine, mais ça, à Paris, ils s'en foutent. Mon Joseph, il peut se taper la tête contre les murs. C'est comme à la guerre, un mort de plus ou de moins, quelle impor…

Émile ne l'interrompt pas. À quoi bon ? Il lui prend les deux mains et l'attire doucement vers les bottes de paille.

— Assieds-toi. Reprends ton souffle. Calme-toi…

Rosine semble tellement absorbée qu'il n'est pas certain qu'elle l'entende, mais elle se laisse guider, fait quelques pas jusqu'aux bottes, décrit un demi-tour et s'assied docilement. Émile prend place à côté d'elle.

— Et la petite ? Ils y ont pensé à la petite ? Les Croisettes, c'est tout son monde. Ses vrais parents, c'est nous. Qu'est-ce que c'est que cette loi qui…

Devant eux, le poulain est sur ses quatre pattes, château branlant, faisant de gros efforts pour maintenir son équilibre très instable. La jument aussi est debout. Émile n'a pas vu à quel moment le cordon s'est rompu mais, malgré lui, son œil d'éleveur observe le fil brunâtre qui lui pend sous le ventre.

Subitement, Rosine semble découvrir la jument et son petit. Elle s'arrête de parler, fixe son regard sur la jument dont la langue donne de larges coups qui font briller la robe toute mouillée. Elle s'interrompt et se prend la tête entre les mains. Les nerfs lâchent. Elle pleure. Émile lui entoure les épaules et laisse le silence s'imposer dans Bethléem. Malgré lui, il ne peut s'empêcher de transposer la situation à son petit Louis. Lui aussi est orphelin. Serait-il seulement imaginable qu'une loi puisse lui arracher son petit Louis ?

« Dépouiller un enfant de l'amour des siens… »

Au flot de paroles succèdent des pleurs silencieux. Émile se voudrait rassurant, dire que les choses ne se passeront pas comme elle l'a imaginé, que Suzanne grandira au milieu de sa famille et que le bonheur continuera d'inonder les Croisettes. Mais les minutes passent et il ne trouve pas les mots. Il regarde le poulain qui joue les équilibristes et fouille sous le ventre de sa mère à la recherche de la mamelle. Que peut-il dire ? Que pourrait-il faire ?

— Depuis la photo, j'avais un doute, reprend Rosine, un peu calmée. Pourquoi l'Assistance aurait fait faire des photos si les pupilles n'avaient pas été concernés par la nouvelle loi ? C'était cousu de fil blanc.

— Ne t'emballe pas. Pour l'instant, il n'y a rien de décidé. C'est peut-être pas ce que tu crois...

— C'est gentil de votre part de vouloir me rassurer, mais c'est pas ce que dit la lettre.

— La lettre, la lettre... Elle vient pas du ministère...

Rosine se remet à pleurer.

— C'est foutu. On va nous enlever Jeanne.

Le mot « Jeanne » surprend Émile. Par un réflexe incontrôlé, il la reprend :

— Jeanne ? Tu veux dire Suzanne.

Rosine n'a pas eu conscience de prononcer le nom de sa propre fille. Le mot a surgi malgré elle parce que, même si elle appelle la fillette Suzanne depuis des années, c'est évidemment sa petite Jeanne qui existe au plus profond de son inconscient. La réaction est brutale. Rosine se pétrifie littéralement et son visage devient tout blanc. Pendant cinq secondes, son regard s'emplit d'épouvante, comme si le fantôme de la petite morte surgissait en elle, puis elle se dresse comme un ressort, court vers la porte et s'enfuit en poussant des cris. Émile n'a pas le temps de la retenir. Quand il réagit, elle est déjà loin.

« Mon Dieu ! Elle perd les pédales. Elle en devient folle. »

Pour lui, l'échange des prénoms est clair :

« L'esprit de Rosine n'a jamais admis la mort de la petite Jeanne. Même si elle sait pertinemment qu'elle élève une petite Suzanne, pupille de l'Assistance publique, enfoui dans son inconscient, c'est toujours sa propre fille qu'elle tient dans ses bras. »

Pour Émile, il n'y a pas besoin d'être un grand docteur pour comprendre ce transfert affectif. Lui-même refuse toujours la mort de son fils et il se surprend souvent à appeler son petit-fils Édouard.

« L'un comme l'autre, on sait, mais le cœur l'a toujours nié. » Pendant deux heures encore, il reste à Bethléem mais le cœur n'y est plus. Le poulain a trouvé la mamelle. La délivrance se fait sans problème. Il devrait être heureux. D'ordinaire, plus rien n'existe autour de lui quand il vit les premières heures d'un poulain. La vision du visage dévasté de Rosine, de ses yeux de folle, de sa fuite éperdue après avoir prononcé le nom de Jeanne, sont autant d'images qui reviennent en boucle dans sa tête. Il voit la petite Suzanne dont l'image se superpose à celle de Louis. Il imagine Joseph frappant sa figure mutilée contre les murs. Il voit les Croisettes et la chèvre broutant le long du chemin du Grand Bois Lecomte. Il entend les rires de la fillette mais aussi les cris atroces de sa belle-fille quand elle a appris le décès d'Édouard. Puis il revient à Rosine, la voit en train de donner le sein à Louis…

« Une chose pareille, ce serait trop injuste. Trop de dégâts. Rosine nous a sortis de la catastrophe il y a sept ans. Aujourd'hui, c'est à mon tour de l'aider. »

Il essaie de discipliner son esprit et de réfléchir plus froidement. Il s'efforce de se souvenir et cherche dans sa mémoire les termes exacts de la lettre. Pour l'instant, rien n'est décidé, donc rien n'est perdu. Peut-être Rosine et lui ont-ils mal compris ? Peut-être se sont-ils emballés un peu vite ? Il faut des éclaircissements, des explications.

« Il faut que je parle à M. Camize le plus tôt possible. »

Émile arrive à la mairie à l'heure où la nuit commence à tomber sur Saint-Éliph. Les enfants sont sortis de l'école depuis peu de temps et M. Delage vient tout juste de s'atteler au travail du secrétariat de la mairie.

— Si vous avez besoin de prendre rendez-vous d'urgence avec l'inspecteur de l'Assistance, lui dit-il, le plus rapide, c'est le téléphone.

Le conseil municipal a évoqué la possibilité d'installer le téléphone à la mairie mais, pour l'instant, ce n'est qu'un projet. Il n'y a que deux téléphones dans le village : un dans la ferme du Vaufermé et un autre au bistrot, devenu depuis l'année dernière « cabine publique ». Si le receveur des P.T.T. du district était d'accord pour installer la cabine publique au bistrot parce que c'est le lieu le plus accessible à la population, pour des raisons de discrétion il aurait voulu une pièce à part. Finalement, le cafetier a résolu le problème en installant le téléphone dans la salle du bistrot pour pouvoir décrocher à la première sonnerie, mais le plus près possible de la porte de sa cuisine pour que les gens puissent s'isoler, argumentant qu'il « suffit de tirer le fil et de fermer la porte pour être tranquille ».

— Nom de Dieu ! Mais c'est le maire ! s'exclame Lerogneux dès qu'Émile franchit la porte.

— Tiens, Fernand, le salue Émile en lui serrant la main. Mais qu'est-ce que tu fais là ?

— J'suis venu pour téléphoner au docteur. Le père, ça va pas fort.

— J'ai entendu dire ça…

Manifestement, Fernand est là depuis un moment et le verre qu'il a devant lui, à moitié plein, n'est pas le premier.

— Si ça se trouve, il va pas passer la nuit, ajoute-t-il d'un air goguenard.

— Faut pas faire attention, intervient le bistrotier en tournicotant son poing fermé à hauteur de son nez. Il en a un coup dans l'aile.

— Il m'en a assez fait chier, poursuit Fernand. J'vais quand même pas pleurer parce qu'il va enfin me foutre la paix.

La salle du café est vaste. En poussant bien les tables, on peut y organiser des banquets pour quatre-vingts personnes. Le comptoir occupe la majeure partie du mur principal. Sur la droite, juste à côté de la porte qui donne dans la cuisine, l'appareil téléphonique est accroché au-dessus d'une tablette sur laquelle le patron a posé le cahier où il note les communications et leur prix. Les tables sont alignées le long du mur qui fait face, des tables de quatre dont le plateau est veiné des ronds laissés par le cul des verres de vin. Des vieux sont assis et jouent aux cartes, les uns à la chaloupée, les autres à la belote. Il n'y a pas encore beaucoup de monde. En général, les hommes n'arrivent que lorsque les vaches sont tirées, qu'ils ont préparé les bidons pour le passage du laitier le lendemain matin et que les femmes sont en train de préparer et de laver les gosses. Eux viennent fumer une cigarette, boire un canon. Surtout, ils viennent échanger les nouvelles et rigoler un peu pour se détendre après la rude journée de travail.

— J'ai besoin de ton téléphone, dit Émile au patron.

— Si c'est pas malheureux que le maire soit obligé de venir ici pour donner un coup de téléphone, commente aussitôt Lerogneux. L'année prochaine, moi, j'me présente au conseil municipal et je voterai pour qu'on mette un téléphone à la mairie. Hein, Émile, que ce serait pas du…

— Enferme-toi dans la cuisine, propose le patron en posant la main sur le bras d'Émile. Sinon il va pas arrêter de te les casser et tu pourras pas causer.

Émile décroche, tire le fil et referme la porte derrière lui. Les volets ne sont pas encore clos mais il fait quasiment nuit dehors et on n'y voit pas grand-chose. La cuisine est plongée dans la pénombre. S'il n'y avait la lumière venant du bistrot au travers des vitres de la porte, on renverserait la vaisselle du midi que la bonne a mis à égoutter sur le côté de la pierre à évier.

— Mademoiselle, dit Émile, pourriez-vous me donner le 47 à Nogent ?

La demoiselle du téléphone met une bonne minute à exécuter le branchement. M. Camize est absent. Sa secrétaire explique qu'une séance de vaccination publique aura lieu le lendemain à La Loupe et qu'il a prévu de s'y rendre.

— Des nourrices négligent d'amener les enfants. M. l'inspecteur a rappelé que les séances sont obligatoires et a menacé de sanctions celles qui ne viennent jamais. C'est pour vérifier qu'elles sont bien là qu'il ira. Comptez sur moi, monsieur le maire, je le préviendrai que vous voulez le voir d'urgence.

— Merci. Insistez. Dites-lui que c'est très important.

Quand il ressort de la cuisine et raccroche le combiné au mur, Émile est pris dans le brouhaha de la dizaine de charretiers et de gars de ferme qui sont arrivés pendant le peu de temps qu'a duré la communication. Les nouveaux venus parlent fort, rigolent, tapent sur le comptoir pour ponctuer leur récit. Manifestement, il y a perspective de rigolade.

— On faisait le cidre chez Armand, commence un gros rougeaud goguenard à la casquette penchée sur le côté.

— Eh ben figure-toi que le Ernest, poursuit son compère, un grand maigrichon au mégot collé à la lèvre, eh ben le Ernest à la Angèle, il en a pris une de ces sévères !

— Une de plus, mais une muflée de première catégorie. De la goutte, du pinard pendant tout l'après-midi. Et puis Armand a sorti son poiré. Un sacré casse-pattes. Mais ce qui l'a lessivé, c'est le cidre doux. Au moins trois bouteilles qu'il en a bues.

Le rougeaud aussi en a un bon coup dans le nez. Il rigole, tousse, tape du poing sur le comptoir pour souligner l'importance de la quantité ingurgitée par le gosier très en pente d'Ernest.

— Le pire, rigole-t-il à l'avance, c'est que le midi Nénesse nous a dit qu'il avait bouffé une platée de choux au saindoux. Un truc gras qui te détraque les boyaux.

— À mon idée, plus que le mélange, c'est le cidre doux qu'a déclenché la catastrophe.

Le maigrichon met la main devant sa bouche et pousse un « Aaaaah » prolongé pour capter davantage encore l'attention de son auditoire.

— Une chiasse ! Mais une chiasse ! Ah, nom de Dieu !

— C'est parti d'un coup. Il a pété et ça a flousé comme un obus. Il a tout lâché dans son froc.

— « Ben Nénesse, qu'est-ce que tu nous fais là ? » qu'on lui a dit.

— Il était là, debout, avec les pattes écartées, tout con, et nous, on rigolait, on rigolait… Il se tenait au chambranle de la porte pour pas tomber et plus on lui disait de serrer les fesses, plus il pétait et plus ça partait. Ah, ah, ah !

— « Arrête, Nénesse, arrête. Elles vont déborder », qu'on disait tous.

— Et lui, il se penchait en avant et il regardait ses bottes en répétant : « Pas encore, pas encore. Elles sont grandes. C'est du 44. Elles sont grandes… »

Tout le bistrot se marre. Les histoires de poivrots, de culotte et de chiasse font toujours recette. Le récit des frasques d'un homme encore plus ivrogne qu'eux les amuse. Les incartades exemplaires des poivrots les rassurent aussi, parce qu'elles leur montrent qu'ils n'en sont pas encore à ce point.

— Au bout de cinq minutes, reprend le rougeaud après s'être envoyé la moitié de son ballon de rouge dans le gosier, Armand lui a donné une autre culotte et lui a dit d'aller se changer. Mais il voulait pas.

— « Va te changer, tu pues », qu'il braillait Armand.

— Mais le Ernest, il bougeait pas. Nous, on croyait que c'était parce qu'il était trop soûl et qu'il voulait pas lâcher la porte de peur de s'affaler. Il regardait ses bottes et il répétait : « Non, non. » Et plus Armand insistait, plus il s'entêtait à s'accrocher au chambranle et à faire non avec la tête.

— Armand a fini par se fâcher. Il lui a dit qu'il pouvait pas rester dans sa merde et il a menacé de le déculotter de force. « Non, non, non », qu'il répétait Ernest en se cramponnant encore plus.

— Armand, il était agacé. Il lui a lancé : « Mais enfin, pourquoi que tu veux pas ? »

— « J'peux pas, qu'il a répondu Ernest. J'peux pas. »

— « Et pourquoi que tu pourrais pas ? T'as peur qu'on voie tes breloques ? »

Les hommes attendent. Ils pressentent une fin marrante. Alors, en bons conteurs, le grand maigrichon et le rougeaud font durer le suspense. Ils font une courte pause pendant laquelle ils s'enfilent une rasade de rouge. Puis, après avoir jeté un coup d'œil circulaire pour vérifier que tout le monde était suspendu à leurs lèvres, ils poursuivent :

— « Pourquoi que tu peux pas ? » répète le premier pour raccrocher à ce qui a été raconté précédemment.

— « J'ai pas fini ! qu'il a dit le Ernest. J'ai pas fini ! »

— Et il en a encore lâché deux ou trois rafales dans son froc.

Les hommes rigolent bruyamment et un brouhaha de commentaires gras succède au silence de l'attention. Le cafetier en profite pour servir une nouvelle tournée. Émile lève la main, salue la compagnie et amorce son départ. Au passage, le rougeaud, dont la casquette a glissé davantage encore sur le côté, accroche l'épaule du maire et en rajoute :

— Pars pas comme ça, Émile. Faut que j'te finisse l'histoire. J'ai été chercher une brouette et on l'a remmené à la Malivernerie avec sa merde.

— Quand elle l'a vu, la Angèle, elle a commencé par lui foutre deux claques dans la gueule, poursuit le grand maigrichon. Puis elle l'a déculotté. Après, elle l'a pris par les épaules, elle l'a reculé jusqu'au bord de l'abreuvoir à chevaux, et elle l'a poussé un bon coup.

— Il est tombé le cul dans l'*iau* ! Dos au mur, les pattes entravées par la culotte. Ah, ah, ah ! Et il était tellement bourré qu'il a jamais pu se redresser. Il est resté les miches au frais durant toute la nuit !

— Ah, ah, ah !

Émile quitte le bistrot. Juste au moment où il franchit la porte, une salve de rires accompagne le dernier commentaire du rougeaud :

— Encore une nuit d'amour torride ! Ah, ah, ah !

26

Convaincre l'inspecteur

Dans toutes les communes du canton, des séances de vaccination publiques et gratuites sont organisées depuis quelques années. Tout comme à Saint-Éliph, Champrond-en-Gâtine, Montlandon, Vaupillon ou Meaucé, elles sont annoncées par le garde champêtre à grand renfort de trompe et se tiennent généralement dans la mairie ou l'école du village. Mais, comme dit le Dr Fabre qui les administre, ce n'est que le début et il y a encore beaucoup à faire pour convaincre les mères que le vaccin protège leurs enfants. Les nourrices, pas plus convaincues que les autres femmes, considèrent que c'est perdre du temps et rechignent à aller faire piquer les pupilles. L'inspecteur Camize, lui, y tient. Aussi, pour sanctionner celles qui font preuve de négligence et ne vont pas aux séances organisées dans leur village, il les convoque à La Loupe, beaucoup plus loin de leur domicile, en se disant que, la prochaine fois, cela les dissuadera de s'abstenir de peur d'avoir à faire des kilomètres après réprimandes pour les conduire au dispensaire cantonal.

— Venez par ici, dit M. Camize en serrant la main d'Émile. Il y a une petite pièce inoccupée ce matin où nous serons tranquilles pour parler.

Les deux hommes traversent la salle d'attente. Quelques femmes sont assises, berçant des bébés posés sur leurs genoux. Au passage, une nourrice de Montlandon hoche la tête en direction de M. Camize puis détourne le regard manifestant ainsi son mécontentement d'être contrainte à ce long déplacement.

— Entrez.

La pièce est peu meublée : un bureau, trois chaises et une table d'auscultation militaire assez haute sur laquelle on grimpe à l'aide d'un escabeau en bois à trois marches. Les deux hommes prennent place de part et d'autre du bureau.

— Merci de me recevoir aussi vite, commence Émile.

— Ma secrétaire m'a effectivement dit que vous vouliez me parler d'urgence. Vous m'inquiétez. Que se passe-t-il donc ?

— Je ne vais pas y aller par quatre chemins : c'est à propos de l'adoption de la petite Suzanne qui est placée chez Mme Péchereau.

— Adoption, adoption… comme vous y allez.

— Mme Péchereau a reçu la lettre hier midi. Elle me l'a tout de suite apportée. Si j'ai voulu vous voir d'urgence, c'est parce que cette lettre a eu l'effet d'une bombe.

La nuit dernière, Émile a peu dormi. Plus encore que le visage ravagé de douleur de Rosine, c'est le lapsus incontrôlé qui lui a fait prononcer Jeanne à la place de Suzanne qui lui revient sans cesse en tête. Il a le sentiment que Rosine, qu'il a vue faire face à des situations très difficiles pendant la guerre, perd les pédales. La blancheur subite survenue à l'instant où elle s'est rendu compte de la confusion des deux prénoms, le regard fou et la fuite éperdue révèlent une douleur mentale bien plus forte que celle qui peut se lire sur un visage. Parce qu'il l'a vécue, Émile sait que la souffrance psychologique est mille fois plus intense que la douleur physique. Souffrir dans sa tête est un enfer terrible. Émile voue à Rosine une affection et une reconnaissance infinies. Aussi a-t-il été envahi par cette douleur pendant les premières heures de la nuit.

— Il n'y a pas de quoi, répond M. Camize. Pour l'instant, l'adoption n'est qu'une hypothèse. Le ministère essaie d'appliquer la nouvelle loi de la façon la plus judicieuse. Ce n'est pas facile à mettre en place. Il cherche à proposer aux candidats adoptants des enfants qui répondent à leurs désirs. Paris m'a demandé de prévenir Mme Péchereau. Mais il ne faut pas se réjouir à l'avance, pour l'instant, rien n'est fait.

« Se réjouir à l'avance »… Dès ces premières paroles, Émile comprend que la partie ne va pas être facile. L'inspecteur est favorable. Rosine, Joseph, les Croisettes sont autant d'éléments dont son raisonnement ne tient pas compte.

— Je n'ai pas d'informations précises sur le couple qui souhaite adopter, poursuit l'inspecteur. Apparemment, ce sont des gens aisés qui vivent à Paris et qui ont une position sociale importante si j'en juge par le fait que le ministère précise que leur demande est appuyée par des personnalités.

Émile tournait dans son lit sans parvenir à trouver le sommeil. Impossible de se concentrer pour essayer d'y voir clair et trouver des arguments susceptibles de s'opposer à cette adoption. Un peu avant minuit, il s'est levé et a refermé avec précaution la porte de la chambre pour ne pas réveiller sa femme. Dans la grande pièce, il a allumé la petite lampe à pétrole posée sur la cheminée et a remis une bûche dans la grosse cuisinière de fonte. Puis, comme toutes les nuits, il est allé entrouvrir la porte de la chambre de son petit Louis. Besoin d'apercevoir la silhouette enfantine endormie dans la pénombre, besoin d'être rassuré par sa respiration régulière, besoin de sa présence. Ensuite, il est revenu dans la salle, s'est assis, a mis une couverture sur ses jambes et a écouté le tic-tac régulier de l'horloge. Dès que ses paupières ont été closes, les mêmes pensées se sont à nouveau emparées de son esprit. Suzanne, Louis. Louis, Suzanne. Les statuts étaient différents mais pouvait-on établir plusieurs catégories parmi les orphelins ? Comment détacher la situation de la pupille de l'Assistance publique de celle de son orphelin de petit-fils ? Plus les heures passaient, plus la nuit s'avançait et plus les deux situations se confondaient dans son esprit. Au matin, l'image du visage ravagé de Rosine était passée au second plan, L'évocation du désespoir de Joseph aussi. L'image de l'enfant s'imposait, se confondant avec celle de Louis, deux orphelins fusionnés dont il ne parvenait pas à différencier les conditions d'épanouissement.

— À l'issue de l'enquête, précise l'inspecteur, un avis favorable a été donné. La candidature de ce couple a été jugée recevable. C'est une garantie.

Au petit matin, Émile a fini par dormir deux heures. Quand il s'est réveillé, les choses avaient décanté, si bien qu'en prenant le chemin de La Loupe pour se rendre au rendez-vous il y voyait parfaitement clair : seul importait l'enfant, et c'était bien ce qu'il comptait mettre en avant.

— La fillette, avance-t-il quand M. Camize a fini de parler. Le seul enjeu à prendre en compte, c'est le bonheur de cette petite Suzanne.

— Tout à fait d'accord avec vous. Pour l'instant, elle est encore petite et qu'elle soit élevée par une nourrice à Saint-Éliph ou par une bonne à Paris, la différence n'est pas très grande. Suzanne est une enfant très vive d'esprit. Sa maîtresse ne tarit pas d'éloge sur son intelligence. Moi-même, je l'ai entendue lire. Elle est remarquable. Ne pensez-vous pas que la placer à douze ans comme bonne de ferme ou domestique dans une maison bourgeoise serait un immense gâchis ?

— … Si elle est capable, il n'y a pas besoin d'une adoption pour qu'elle fasse des études.

La réflexion surprend l'inspecteur et son étonnement se traduit par un froncement du sourcil gauche.

— Mais, monsieur Favellière, vous connaissez la règle aussi bien que moi : à douze ans, les pupilles sont placés. Il n'y a pas d'autre avenir pour eux.

— Si un enfant est doué pour apprendre…

— L'Administration ne finance pas d'études. C'est une question d'argent. Surtout en ce moment. Cette nouvelle loi est d'abord faite dans l'intérêt des enfants…

— … pour ceux qui traînent dans des orphelinats, je ne dis pas.

— … mais c'est aussi parce que l'État n'a pas les ressources nécessaires pour tous les prendre en charge. La guerre a coûté très cher. Tous ces soldats tués, ces anciens combattants et ces veuves qu'il faut maintenant prendre en charge, les villages, les routes, les chemins de fer, les usines qu'il faut reconstruire… enfin tout. Alors, de l'argent pour les pupilles de l'Assistance publique…

La remarque fait mal à Émile.

— Reconstruire la France, oppose Émile, assurer l'avenir, n'est-ce pas d'abord se préoccuper des enfants ?

— Bien sûr, approuve M. Camize. C'est pour cette raison que la nouvelle loi a étendu à tous les orphelins, et pas seulement aux seuls orphelins de guerre, la possibilité d'être adoptés. L'idée, c'est de leur donner une nouvelle chance. À Paris, avec des parents qui pourront lui payer des études supérieures, ne peut-on pas rêver que cette petite Suzanne devienne professeur ou infirmière ?

Émile se tait. Lui aussi souhaiterait que Suzanne devienne professeur ou infirmière mais il sent bien que ce n'est pas en l'arrachant aux Croisettes et à l'amour de ceux qui l'élèvent qu'elle y parviendra. Décidément, tous les deux ne parlent pas de la même chose. Pour l'inspecteur, l'épanouissement de l'enfant passe par l'aisance financière, le contact avec l'élite parisienne, les études supérieures, la réussite sociale. Pour Émile, son bonheur passe par l'amour qu'on lui donne, la tendresse qui l'entoure, les gens qui croient en elle.

Les deux hommes se regardent sans parler. M. Camize sent que son interlocuteur ne partage pas sa conviction. Il ne s'attendait pas à cette réaction. Au contraire. Quand sa secrétaire lui a dit que le maire de Saint-Éliph voulait le voir d'urgence, il a cru que c'était pour recommander la petite et lui demander de faire en sorte que son dossier passe devant ceux des autres enfants adoptables dont il est question dans la lettre. Il ne comprend pas le silence qui se prolonge et qui, de seconde en seconde, devient pesant. En le rompant, le ton de sa voix ne peut dissimuler la déception qui l'habite :

— Monsieur Favellière, vous ne semblez pas d'accord avec moi…

Nouveau moment de silence inconfortable. Les traits du visage du maire traduisent l'effort qui lui est nécessaire pour choisir les paroles qui vont franchir ses lèvres :

— Monsieur Camize, vous vous trompez, dit Émile sans détour. Permettre l'adoption de cette enfant, ce serait faire son malheur.

— Comme vous y allez ! réagit M. Camize, à la fois surpris et froissé.

Émile s'attendait à cette réaction mais il n'essaie pas d'atténuer ses propos. Les choses doivent être dites. Il profite du fait que son interlocuteur n'a pas envisagé de telles paroles pour enfoncer le clou :

— Vous vous trompez parce que vous avez oublié l'essentiel : votre pupille ne développe son intelligence et n'est brillante que parce qu'elle vit dans un milieu où elle est aimée. C'est cet amour qui lui a permis de s'épanouir. Qu'elle soit adoptée, arrachée à son milieu, balancée dans une belle maison parisienne au milieu de gens qui n'ont pas bercé sa petite enfance et elle s'effondrera. La rupture sera dévastatrice. Elle ne s'adaptera pas, repoussera ce couple de parents adoptifs qui n'étaient pas là au moment où elle a fait ses premiers pas. Elle régressera. Tout fortunés et bien placés que sont ces gens, elle ne pourra jamais les aimer comme elle aime les Péchereau, tout modestes et humbles qu'ils sont. Hors des Croisettes et de son monde, Suzanne ne fera pas les belles études dont vous parlez parce que ce déracinement la cassera. Permettre l'adoption, c'est renoncer à jamais à ce qu'elle devienne professeur ou infirmière. Vous obtiendrez l'inverse de ce que vous recherchez.

C'est direct et brutal. Du coup, c'est l'inspecteur qui est estomaqué. Dans un premier temps, Émile sent qu'il se rebelle. Il est convaincu que M. Camize est sincère et que c'est précisément pour donner à Suzanne la chance de devenir quelqu'un qu'il est favorable à l'adoption. Lui aussi, ce qu'il veut sans aucun doute, c'est son bonheur. Le silence s'installe à nouveau, du fait de l'inspecteur cette fois. Il lui faut un peu de temps pour remettre ses idées en place. Émile croise les doigts et pose ses deux mains jointes devant lui sur la table. Il se sent soulagé. Au moins, il a très franchement dit ce qu'il pense. Il se sent en paix avec lui-même : c'est exactement ce qu'il aurait dit si l'orphelin concerné avait été son petit Louis.

— Évidemment, admet l'inspecteur au bout d'un moment, je n'avais pas vu les choses sous cet angle…

— Pardonnez la brutalité de mes paroles, s'excuse Émile. Je ne veux en rien vous offenser. La loi, c'est la loi, et je sais bien quelle fonction vous exercez. Mais la loi n'apporte pas toujours une solution à tous les cas. Bien sûr, pour des orphelins de guerre qui vont être adoptés par un oncle ou pour des enfants qui n'ont jamais connu que l'orphelinat, c'est sans doute une bonne solution. Mais pour Suzanne…

Jacques est soudain pensif, comme si les paroles d'Émile lui ouvraient un autre horizon.

—Je n'ai pas fait de grandes études, reprend Émile sur un ton qui se veut plus confidentiel. Je suis un homme de la terre et tout ce que je sais, c'est en observant la nature que je l'ai appris. Avant moi, des générations de Favellière ont élevé des chevaux. Nos étalons sont beaux et il faut se lever de bonne heure pour en trouver de meilleurs dans le Perche. On sait aussi les éduquer et on m'en propose parfois des prix bien supérieurs à ce qui se pratique ailleurs. Pourtant, quand on me dit où ils vont aller et le travail qu'on va exiger d'eux, il m'arrive de refuser. Je sais que le plus intelligent et le plus habile de mes chevaux peut devenir une carne épouvantable qui ne peut que se perdre et décevoir. Tout dépend du milieu dans lequel il atterrit et du maître qu'il rencontre.

Jacques comprend le parallèle avec la situation de Suzanne. Il serre les lèvres, hoche la tête et montre qu'il a entendu la leçon :

— … C'est pourquoi vous pensez qu'il ne faut pas que Suzanne change de pré… Je retiens la leçon.

Émile sourit. L'emploi du mot « leçon » lui fait plaisir parce qu'il l'interprète comme le signe que l'inspecteur admet n'avoir pas examiné le problème sous toutes ses facettes.

—En clair, vous êtes venu me voir pour me demander d'émettre un avis négatif à ce projet d'adoption.

— Exactement. Il faut que Suzanne reste aux Croisettes.

M. Camize se lève et se passe la main sur le menton. Émile aussi se lève. Les deux hommes se retrouvent côte à côte. L'entretien se termine. Dans un instant, ils vont se quitter. Alors, comme un dernier atout qu'il veut mettre sur la table, Émile dit :

— Dernièrement, j'ai croisé Lucas Silvère et Marie. Ils ont un bien beau petit garçon. Une belle famille. C'est un peu grâce à moi et je suis fier d'avoir joué les médiateurs. Rappelez-vous, quand vous m'avez demandé de vous aider pour arranger les choses, j'ai tout de suite accepté de vous rendre service. Aujourd'hui, la situation est inversée et c'est moi qui ai besoin d'un coup de pouce. Ça ne suffira peut-être pas, mais essayez : donnez un avis défavorable.

M. Camize hoche la tête. Manifestement, il est déstabilisé dans ses certitudes. Tout en accompagnant Émile vers la porte, il lève le bras et lui donne trois petites tapes amicales sur l'épaule :

— Je vais réfléchir…, promet-il. Je vais réfléchir…

27

Des aveux de circonstance

— Tiens, ma Rosine, j't'en ai rapporté une série.

Joseph approche la brouette dans laquelle il a entassé une cinquantaine de bouteilles. Rosine est assise sur la pierre qui sert de banc à gauche de la porte de la cuisine, le grand baquet rempli d'eau devant elle. Elle sort la dernière bouteille, introduit le goupillon à l'intérieur du goulot et frotte énergiquement.

— J'ai compté, dit-elle, j'en ai lavé quatre-vingt-sept.

En tombant sur le sol du petit trottoir qui borde la maison, les deux pieds de la brouette frappent les briques d'un bruit sec. Joseph prend deux bouteilles et les enfonce dans l'eau du baquet pour qu'elles se remplissent.

— Ce sera pas la peine d'en laver davantage, dit Joseph. Avec la frênette que j'ai, j'peux remplir dans les cent vingt bouteilles, pas plus.

Rosine arrache le goupillon et, pour que le rinçage de la bouteille soit plus efficace, lui fait décrire un mouvement circulaire qui crée un tourbillon qui accélère l'évacuation de l'eau.

— Le temps que celles-là trempent un peu, dit Rosine en se levant, j'vais éplucher les patates.

Aux Croisettes, il n'y a que quelques pommiers à couteau. Aucun pommier à cidre. Comme on n'a pas d'argent pour acheter des pommes, on se passe donc de cidre. Depuis toujours, on le remplace par de la frênette, boisson encore plus pétillante que le cidre, beaucoup plus rafraîchissante en été et qui ne coûte pas bien cher à fabriquer. Les enfants en raffolent.

«… éplucher les patates, pense Joseph… elle a pas envie de parler surtout… »

Économique, la frênette. « Du cidre de pauvre », comme ironisent ceux qui ont des pommes en quantité. Pour la fabriquer, il faut simplement de l'eau, des feuilles de frêne, du sucre et de la levure de boulanger. Aux croisettes, l'eau du vivier est pure, la forêt de Montécôt voisine fournit gratuitement autant de feuilles de frêne qu'on en veut et, contre un petit service, le boulanger donne la levure nécessaire. Il n'est besoin d'acheter que le sucre. Par souci d'économie, mais aussi parce que plus on en met plus la frênette est alcoolisée, Joseph n'en ajoute pas beaucoup. Certains mettent jusqu'à douze kilos de sucre pour cent litres d'eau et obtiennent une frênette qui titre jusqu'à six degrés d'alcool, autant que du vrai cidre. Avec ses quatre kilos maximum, Joseph obtient une boisson qui ne dépasse pas deux degrés d'alcool.

De sa cuisine, Rosine entend la voix forte de Joseph :

— L'inspecteur, plus j'y pense, plus j'me dis qu'il s'en fout. Tu crois qu'il va écouter Émile ?

Elle ne répond pas. Depuis qu'elle s'est échappée comme une voleuse de Bethléem, elle se sent bloquée. Plus envie de parler, plus envie de regarder les gens en face. Autant, dans les jours et les semaines qui ont suivi le décès de la vraie Suzanne et l'échange de la médaille, elle se méfiait d'elle-même et faisait attention de ne pas faire d'impair, autant les années où Jeanne a fait le bonheur de tous l'ont rassurée et apaisée. Tout semblait tellement facile. L'échange des bébés était passé inaperçu avec une telle facilité ! Rosine a commencé à baisser le bouclier derrière lequel elle se protégeait, pas complètement toutefois parce qu'il y avait toujours près d'elle un témoin, la vieille Albertine, et qu'il suffisait qu'elle croise son regard pour que resurgissent ses craintes. La mort de sa mère a fait taire ses dernières inquiétudes. En mettant Albertine au fond de la tombe, c'est le lourd secret qu'on enterrait définitivement. Qui pouvait désormais révéler la supercherie ? Qui pouvait en apporter la preuve ? Personne.

— Est-ce qu'on sait s'il a seulement pu lui parler ? poursuit Joseph de l'extérieur. Moi, j'ai confiance en Émile, il fera ce qu'il pourra. Par contre, l'Administration…

Personne pour la dénoncer ? C'est ce que Rosine croyait et elle se sentait forte. C'était sans compter sur cette autre Rosine qui se cachait à l'intérieur de la Rosine visible par tous, une Rosine faible, tourmentée par la faute impardonnable, rongée par les remords, dévastée par sa culpabilité. Elle avait réussi à refouler ses sentiments, imposer silence à sa conscience, dompter ses réactions. Elle se croyait à l'abri. Et puis, d'un coup, cette Rosine fragile avait resurgi et l'avait trahie : le nom de Jeanne avait remplacé celui de Suzanne.

— Tu penses qu'Émile va nous donner des nouvelles aujourd'hui ?

— P't'être..., répond Rosine d'une façon très évasive.

Cette histoire d'adoption est devenue une véritable obsession tant pour elle que pour son cher Joseph mais, à cause de cette parole « Jeanne » surgie à son insu, leurs réactions sont opposées. Lui, du matin au soir, il parle, parle. C'est la colère qui l'habite. Il gueule comme quand cette saloperie de guerre l'a jeté, le visage disloqué, sur un lit d'hôpital. Il s'insurge, peste, maudit ces lois de la République qui permettent aux puissants de disposer du corps des paysans pour en faire de la chair à canon et du cœur des orphelins pour les vendre à des riches. Rosine, au contraire, se tait, s'enferme, reste prostrée dans son silence. Elle se méfie beaucoup moins de cette loi nouvelle que d'elle-même et, si elle se tourne vers son intérieur, c'est pour mieux se surveiller, inquiète qu'elle est que cette autre Rosine qui sommeille en elle puisse à nouveau la trahir.

— S'il a pu parler avec l'inspecteur, il va venir nous dire ce qu'il en est, continue à monologuer Joseph. Mais faut pas s'attendre à un miracle.

Rosine finit d'éplucher les patates et revient laver la brouettée de bouteilles qui trempent dans le baquet.

— Tu dis rien. Ça va pas ?

— Mais si, mais si..., répond-elle sans le regarder.

Joseph rentre les bouteilles déjà lavées et égouttées, des bouteilles à canettes[1] qui ont déjà servi

1. *Bouteille à fermeture mécanique et bouchon de porcelaine.*

des dizaines de fois. Il les empile à côté du tonneau dans lequel la frênette a fermenté.

« J'lui dis oui, pense Rosine, mais il est pas fou, il se rend compte. »

Aux yeux de son Joseph, si elle s'inquiète, c'est que le danger est grand. Son mutisme accentue probablement son tourment. Sa petite Suzanne, son Joseph… c'est à perdre les pédales. Dans la grange, elle l'entend s'activer, tourner, occuper sans cesse ses mains. Joseph est d'un naturel calme et cette fébrilité révélatrice de l'agitation qui le perturbe ne lui échappe pas. Mais elle ne parvient plus à faire semblant. Qu'est devenue la force qui l'a soutenue jusqu'à maintenant ? Le temps passe silencieusement. Elle finit de laver les bouteilles. Joseph ne vient pas les chercher mais elle ne s'en étonne guère parce qu'elle entend, à intervalles réguliers, le couinement de la cannelle. Joseph n'a pas pu attendre, il a commencé à mettre la frênette en bouteille.

« Jeanne… qu'est-ce qu'on va devenir si on nous l'enlève ? »

Parce que, désormais, quand elle évoque sa petite fille, c'est le prénom « Jeanne » qui surgit. Elle ferme les yeux, se frotte le front et se lève. Elle avance jusqu'à la porte de la grange mais n'entre pas. Joseph lui tourne le dos. De sa main gauche, il tient une bouteille sous le robinet tandis que la droite est posée sur la cannelle, prête à interrompre le jet. La frênette coule, pétillante, légère et joyeuse. Les bulles moussent au fur et à mesure que leur niveau monte dans la bouteille. Elle se trouve à plusieurs mètres.

Pourtant, le concert léger et joyeux du pétillement parvient à ses oreilles.

Une carriole arrive et, au moment où elle quitte la route pour s'engager dans le chemin herbu par lequel on accède aux Croisettes, le pas du cheval passe d'une sonorité de marteau sur l'enclume à celui d'un clapotis dans les flaques d'eau. La carriole s'arrête.

— C'est Émile ? demande Joseph en fermant la cannelle pour mieux entendre.

— Oui…

Émile dévale le marchepied. C'est à peine s'il prend le temps de saluer.

— Je reviens de La Loupe. J'ai vu M. Camize et j'ai pu lui parler un bon moment.

— Alors ? interroge Joseph. Il va nous aider ?

— Il m'a promis de réfléchir.

— Réfléchir, réfléchir… Au final, il est pour ou il est contre ? Il va donner un avis défavorable ?

Émile entend l'impatience de Joseph mais Rosine sent que son regard est posé sur elle. Il la scrute. La dernière fois qu'il l'a vue, elle fuyait. Depuis, la confusion des deux prénoms lui a-t-elle fait comprendre que les deux bébés ont été échangés. A-t-il réalisé que la fillette que l'Administration propose à l'adoption n'est pas la vraie pupille de l'Assistance publique mais sa propre fille ?

— Au début, il ne voyait qu'une chose : l'adoption est une chance pour Suzanne. Être en nourrice jusqu'à douze ans, pour lui, c'est pas…

Il rapporte la conversation dans tous ses détails, revient un à un sur tous les arguments de l'inspecteur. L'aisance des candidats à l'adoption, la vie à Paris, les études, l'avenir, le statut de professeur au lieu de la dure condition d'une fille de ferme… Rosine, déjà fort abattue, ne trouve aucune raison nouvelle d'espérer dans les paroles qu'elle entend.

« Foutu, c'est foutu d'avance… »

Joseph, lui, tempête contre le gouvernement et l'Administration et sa révolte ne présage rien de bon. Elle sent qu'elle va perdre sa fille, son homme. Sans leur petite Jeanne, leur bonheur va s'écrouler.

— Enfin, un enfant, ce n'est pas une marchandise ! gueule Joseph. On n'a pas le droit de nous la retirer. C'est quand même nous qui l'avons élevée.

— T'emballe pas, Joseph, essaie de le calmer Émile. Rien n'est fait.

— On vit plus depuis qu'on a reçu cette maudite lettre. Je laisserai pas faire. Je prendrai un fusil et je tirerai sur les gendarmes s'il le faut. Puisqu'ils veulent la guerre, ils l'auront. J'me suis pas fait casser la gueule pour la France pour permettre…

— J'ai pas fini, essaie de le couper Émile. Laisse-moi t'expliquer la suite.

— Moi, sans ma fille, j'ai plus qu'à me pendre…

— Crois-moi, Joseph, je suis bien à même de comprendre ce que vous ressentez. Tu sais ce qui m'est arrivé. J'suis comme toi : si j'avais pas mon petit Louis, moi aussi j'aurais peut-être parlé d'aller me pendre. Alors j'ai dit à l'inspecteur que ce qui comptait c'était le bonheur de la petite, et que son bonheur, pour aujourd'hui comme pour demain, c'est qu'on la laisse avec vous.

Émile développe à nouveau tous les arguments qu'il a avancés pour tenter de convaincre M. Camize. Joseph bougonne mais, sans doute parce qu'il a un besoin vital de trouver une raison d'espérer, il écoute. Rosine aussi écoute, mais le regard d'Émile, en permanence posé sur elle, la trouble. Compris... ? Pas compris ?

— C'est pas un méchant homme, poursuit Émile. Si Suzanne était une arriérée ou une vicieuse, les choses seraient finalement plus simples parce que personne n'en voudrait. Pour une fois qu'il a une pupille qui sort du lot, il veut son bien. Il avait pas vu les choses de la même façon. Il pensait bien faire.

— Et nous alors ? Il y a pensé, à nous ?

— Il vous estime beaucoup mais il a tellement l'habitude des nourrices qui ne font ça que pour l'argent. Faut se mettre à sa place. C'est tellement rare des gens comme vous qui s'attachent à un gosse de l'Assistance !

Au bout d'un quart d'heure de mots pour expliquer que l'inspecteur n'avait pas vu tous les aspects du problème, quand Joseph ne parle plus d'aller se pendre ou de prendre le fusil, Émile se fait plus solennel :

— Faites-moi confiance. Il va réfléchir. Et réfléchir, ça veut dire qu'il va rechercher le bonheur de Suzanne. Moi, j'ai le sentiment qu'il va pencher pour que l'adoption ne se fasse pas et qu'il va donner un avis défavorable.

— Question de vous faire confiance, ça oui, affirme Joseph. Envers vous, il n'y a pas de problème. C'est par rapport à l'Administration que j'ai pas confiance. Un avis négatif de la part de M. Camize, est-ce qu'ils en tiendront compte en haut lieu ? Est-ce qu'on pèsera lourd dans la balance si ces Parisiens ont le bras long ?

Rosine n'a rien dit. Le doute affreux sur ce qu'Émile sait ou pas continue à la tourmenter. Soupçonne-t-il l'échange ? Fait-il semblant, par reconnaissance, de n'avoir rien compris ? Au moment de partir, Émile lui prend les mains, les lui presse fortement et dit :

— Garde espoir. Rien n'est définitif. Au contraire, on va tout faire pour que ça s'arrange.

Il a l'air sincère. Elle hoche la tête mais elle n'en croit rien. Pour elle, tout va s'écrouler. On va leur arracher Jeanne. Elle va perdre son Joseph. Et tout est de sa faute.

L'après-midi est difficile. Rosine va faire des lavages dans une ferme. Pendant des heures, elle ressasse ses idées noires. Elle broie du noir, culpabilise, se sent terriblement coupable. Elle en veut à sa mère, maudit sa faiblesse qui l'a poussée à être complice de ce crime. À cause d'elle, Jeanne a perdu son statut d'enfant légitime. C'est à cause d'elle qu'elle est désormais une paria, une gosse de l'Assistance dont on peut disposer comme d'une bête. Elle pleure, pleure sa détresse, pleure ses remords, pleure son désespoir.

La lessive terminée, elle rentre aux Croisettes à pied. En passant devant l'église, elle éprouve un impérieux besoin d'entrer dans le cimetière. Le garde champêtre coupe les branches trop basses d'un arbre. Il lui adresse quelques paroles mais elle ne répond pas. Elle se dirige tout droit vers la tombe de la vieille Albertine. Dès qu'elle l'atteint, elle lance un coup de pied dans le pot de chrysanthèmes et crache sur la dalle.

— Maudite ! Je te maudis. Comment une mère peut-elle…

L'éclatement du pot de fleurs contre la croix de fer attire l'attention du garde champêtre. Il est loin et il ne peut pas saisir les paroles que Rosine débite au milieu de ses larmes de colère et de haine mais il voit les gesticulations et comprend que Rosine évacue de la colère. Des bonnes femmes lui ont dit qu'elle et Joseph n'allaient pas très bien en ce moment, à cause d'une histoire avec la gosse de l'Assistance. Il regarde la silhouette agitée, s'étonne du poing fermé brandi en direction de la stèle, se demande s'il ne devrait pas intervenir. Il n'en a pas le temps. Rosine donne un nouveau coup de pied dans le socle de la pierre tombale et fait brusquement demi-tour. Elle repasse devant lui sans s'arrêter et sort du cimetière.

Elle s'engage sur la route de la Couée en direction des Croisettes, la tête basse, des flots d'idées noires en tête. Coupable. Elle se sent terriblement coupable. Tout ce qui arrive est de sa faute. Elle a peur et se sent prise d'une angoisse terrible. Brusquement, quand elle arrive au croisement du chemin du Puits Palfroid, elle relève la tête et regarde en direction de la ferme des Favellière. Ce chemin, elle l'a parcouru des centaines de fois quand elle allaitait le petit Louis. Elle bifurque et se met à courir dans les ornières remplies d'eau, glisse, manque de s'affaler à maintes reprises.

Quand elle arrive à la ferme, il fait petite nuit. De la lumière s'échappe par le vantail haut de Bethléem. Elle fonce dans cette direction. Émile soigne son poulain nouveau-né. Il a une brosse à la main et lisse la crinière de la mère et du petit.

— M'sieur Favellière, j'en peux plus ! l'apostrophe-t-elle sans ouvrir le bas de la porte. Tout est de ma faute. J'préfère aller en prison.

— Rosine…

— La petite qu'est morte y a six ans, c'est pas ma fille, c'est la petite de l'Assistance ! lui balance-t-elle d'un bloc. Suzanne, en vrai, c'est pas Suzanne : c'est Jeanne, la mienne.

Émile se précipite et ouvre la porte. Rosine est dans un état d'agitation comme il n'imaginait pas qu'elle puisse se trouver. Elle lui prend les deux bras et éclate en sanglots.

— Alors, faut pas qu'on me l'enlève. Faut pas parce que c'est pas une enfant de l'Assistance. C'est notre vraie fille, à Joseph et à moi.

Il la fait entrer, la pousse vers des bottes de paille et la force à s'asseoir.

— Calme-toi. Calme-toi…

— On a fait croire que c'était Jeanne qu'était morte pour garder la pension. En vrai, c'est ma mère qui a échangé la médaille matricule accrochée autour du cou. Personne n'a rien vu, personne ne s'est aperçu de quoi que ce soit. Pas plus l'inspecteur de l'Assistance que le médecin… Je vous en supplie… Je vous en supplie…

Au milieu de ses sanglots, Rosine répète toujours la même phrase :

— Faut pas qu'on nous l'enlève parce que Jeanne, c'est notre vraie fille, à Joseph et à moi.

Elle tremble, répète la phrase en boucle, comme une folle.

— Ne dis pas de bêtises. Calme-toi. Calme-toi…

— Suzanne, c'est Jeanne. C'est ma petite Jeanne à moi. On peut pas me l'enlever.

Émile hausse les épaules. Il n'arrive pas à l'apaiser. Seule l'arrivée impromptue d'un charretier apportant un licol la stoppe net dans sa folie. Quand l'homme entre, elle se referme immédiatement et son corps se raidit dans un silence glacial. Puis, alors qu'elle sent que l'homme va poser une question, elle se lève comme une folle et part en courant.

28

L'idée du maître d'école

Monsieur Delage essaie d'être maître d'école quand il est en classe avec ses élèves et secrétaire de mairie pendant les heures d'ouverture de la maison commune, mais cette séparation des fonctions souffre de nombreuses dérogations. Le maire n'étant pas en permanence à la mairie, quand un imprévu ou une urgence survient en pleine journée, la population rentre dans l'école et va déranger le maître d'école pendant une leçon de calcul ou au milieu d'une dictée. C'est le cas quand un décès se produit. M. Delage fait alors le nécessaire à la récréation et envoie le garde champêtre à la ferme du maire pour le tenir au courant.

Il est midi et demi quand les chiens de la ferme aboient pour prévenir de l'arrivée du garde champêtre. Pour tout uniforme, l'homme de loi porte un képi fatigué et une blouse de toile bleue arborant la plaque de la loi à l'emplacement du cœur, distinction dont le bonhomme est très fier. Il lève haut la jambe par-dessus la selle, saute sur le sol et appuie son engin contre le long du mur de la maison.

— Aurélien Lerogneux est mort c'te nuit, annonce-t-il. M. Delage vous fait dire que Fernand est venu lui apporter le certificat du docteur qui a constaté le décès.

M. et Mme Favellière sont à table, leur petit Louis entre eux deux.

— Il va préparer le permis d'inhumer pendant midi et il le laissera sur la table de la mairie. Vous aurez plus qu'à le signer. Pour le cas où vous iriez bénir le corps tantôt, M. Delage vous fait dire que ce serait bien que vous le preniez en passant pour le porter à Fernand.

Mme Favellière a l'habitude de ces dérangements. Quand ce n'est pas le garde champêtre qui vient demander une signature urgente, c'est un fermier ou une femme qui trouve plus commode de choper le maire chez lui à l'heure des repas. Bien plus qu'à la mairie, à l'heure des repas, on est sûr de le trouver chez lui. Elle ne s'en offusque plus depuis bien longtemps. La ferme, c'est l'annexe de la mairie. Elle se lève, prend un verre dans le vaisselier et, selon l'habitude, sert un coup de cidre au garde champêtre. L'homme s'assied. Maintenant que sa mission officielle est accomplie, le ton de sa voix se fait plus familier :

— Fernand, c'est pas l'chagrin qui va l'étouffer. Depuis le temps qu'il attendait ça.

M. Favellière ne répond pas. En dehors de ses heures de service, le garde champêtre est un habitué du bistrot et il s'en méfie parce qu'il a une fâcheuse tendance à colporter les paroles des uns et des autres. Un éventuel commentaire de sa part aurait tôt fait de faire le tour du village.

— Tantôt, je pourrai pas, dit le maire. Le bourrelier vient et il faut qu'on vérifie tous les harnais. J'irai bénir le corps en soirée. Si M. Delage a l'intention d'y aller aussi, dis-lui qu'il pourra profiter de ma carriole. Ce sera toujours mieux que d'y aller à vélo sous la pluie.

Chaque année, le bourrelier passe plusieurs jours à la ferme. Les harnachements de chevaux aussi puissants que ceux d'Émile sont mis à rude épreuve et nécessitent un entretien régulier. Il leur faut trois bonnes heures pour tous les inspecter et voir ceux qui ont besoin d'être ravaudés.

Après 5 heures, Émile attelle Pâquerette à la petite carriole, déploie la capote pour se protéger de la pluie fine qui tombe depuis le matin et prend le chemin du bourg. Entre la salle de la mairie et la classe, il n'y a qu'une porte que M. Delage laisse, en général, grande ouverte. Quand Émile entre, M. Delage est assis à son bureau de maître d'école et corrige les cahiers. Il se lève et vient serrer la main de son maire.

— Fernand avait l'air pressé de faire toutes les formalités, dit-il. Il m'a demandé si ce n'était pas possible de lui délivrer le permis d'inhumer tout de suite pour le porter au curé au plus tôt.

Émile sourit. La précipitation de Fernand ne l'étonne pas. Contrairement au garde champêtre à qui il ne fait jamais de confidences, Émile se livre volontiers à son secrétaire de mairie. Il a confiance. Rien ne sort de la mairie.

— Qu'il l'enterre demain ou après-demain, quelle différence ? C'est pas maintenant que le vieux va l'engueuler. Il faut quand même qu'il laisse le temps aux gens de défiler devant le corps. J'y vais maintenant. Venez-vous avec moi ?

Émile signe le permis d'inhumer. Le secrétaire de mairie passe un coup de buvard sur l'encre fraîche et place le papier dans une enveloppe.

— C'est pas de refus, accepte M. Delage. Avec cette pluie et la nuit, je ne sais pas si j'y serais allé ce soir.

Émile se lève et remet sa casquette qu'il avait posée sur le bout de la table. Le maître d'école décroche son béret et l'ajuste sur sa tête. Les deux hommes sortent de la mairie. Pâquerette attend patiemment, la longe accrochée au tronc du tilleul. Émile la détache, s'installe et frappe la croupe d'un coup de guide pour lui donner le signal du départ. La carriole décrit un demi-tour, traverse la rue et s'engage sur la route qui conduit aux Épinetteries. Tout de suite, la pluie, fine, glisse sur la capote et s'évacue à hauteur du marchepied en un filet d'eau que le vent disperse. Pâquerette prend le trot.

— On va passer devant les Croisettes, dit le maître d'école. Rosine Péchereau, elle a pas l'air d'être bien en ce moment…

— Vous êtes au courant pour l'adoption de la petite ?

— Oui. C'est ma femme qui a Suzanne dans sa classe. Elle est venue la voir. Elle lui a dit que l'Assistance va lui enlever. La petite serait adoptée par des gens de Paris.

— Pour l'instant, rien n'est fait… Elle est venue quand ?

— Hier. Ma femme était drôlement gênée. Elle m'a appelé. Quand je suis arrivé, Mme Péchereau s'est effondrée en larmes. C'est pas le genre de femme à raconter sa vie, mais là… elle a dit tout ce qu'elle avait sur le cœur.

Émile s'interroge : Rosine leur aurait-elle fait les mêmes aveux d'échange de bébés que ceux qu'elle lui a faits l'autre soir ? Il ne sait pas trop comment aborder le sujet. Si Rosine ne lui en a pas parlé, à quoi bon raconter des errements qui nuisent à sa réputation.

— Elle était très perturbée, poursuit M. Delage. Mon épouse et moi, on ne soupçonnait pas qu'elle puisse craquer comme ça, d'un coup. Pour une femme qu'on a vue vaillante pendant toute la guerre et qui a tout porté pendant des années quand son mari est revenu dans un piteux état, c'est surprenant.

— … et la petite, elle l'appelait bien Suzanne ?

— Oui…, hésite-t-il. Mais maintenant que vous me le dites, je me demande si elle ne s'est pas trompée une fois et qu'elle ne l'a pas appelée par un autre prénom…

— Jeanne ?

— Peut-être bien. Oui… Jeanne.

— C'était le prénom du bébé qu'elle a perdu, précise Émile. Avec moi aussi, elle a confondu.

— C'est signe que cette histoire d'adoption lui chamboule l'esprit, réfléchit le maître d'école.

La carriole roule bon train. Au passage des flaques, les grandes roues jettent dans l'herbe des bas-côtés des gerbes d'eau qui retombent dans le fossé en un bruit de cascade. Dans la pénombre qui commence à envahir la plaine, la lumière d'une lampe danse au loin, dans la cour de la petite ferme du Puits Palfroid. Émile imagine la fermière, l'anse du seau dans une main, la lampe tempête dans l'autre, se dirigeant vers l'étable où attendent les trois ou quatre vaches.

— En ce moment, elle n'est pas dans son état normal, reprend M. Delage après une courte pause. Avant-hier, le garde champêtre était dans le cimetière. Il m'a raconté qu'il l'a vue débouler comme une folle et qu'elle est passée à côté de lui sans lui adresser la parole. Elle est allée droit devant la tombe de sa mère et elle a donné un coup de pied dans un pot de fleurs. Le champêtre m'a dit qu'il l'avait vue cracher sur la tombe mais je me demande s'il n'en rajoute pas un peu. Elle gesticulait pas mal et elle débitait des paroles hachées, comme si elle se disputait avec la morte. Le champêtre ne les a pas comprises mais elle était fâchée contre elle et il affirme qu'elle faisait des reproches à sa mère.

— Vous dites que c'était quand ?

— Avant-hier, en fin d'après-midi.

Émile réfléchit. Avant-hier en fin d'après-midi… c'était peu de temps avant qu'elle ne fasse irruption à Bethléem pour s'accuser de cet échange des bébés. Émile ne se souvient pas bien des paroles exactes qu'elle a employées mais il lui semble bien qu'elle a parlé de la vieille Albertine.

— Oui, c'est bien avant-hier, confirme M. Delage. C'est le jour où elle est venue nous voir.

Émile n'a pas cru une seconde à cet échange de bébés. Il a été peiné par cet aveu farfelu qu'il a interprété comme la tentative désespérée d'une femme au bout du rouleau pour empêcher l'adoption de la petite Suzanne.

« C'est tout ce qu'elle a trouvé : s'accuser d'une chose aussi insensée pour garder la fillette. C'est quand même une sacrée preuve qu'ils l'aiment, cette gamine ! »

Aux yeux d'Émile, certes, c'est une preuve d'amour, mais c'est aussi le signe d'un inquiétant dérèglement mental. Cette histoire d'adoption devient une idée fixe. Émile n'est pas un homme de loi mais il suppose que l'échange – ou plutôt le vol – de bébés est durement réprimé par la loi. Prendre le risque d'être traînée en justice et de se voir condamnée à de la prison relève de l'inconscience ou, ce qui est plus dramatique, d'un plongeon dans la maladie mentale. Il faut une dose de folie et avoir perdu le sens des réalités pour faire une telle chose. Pour Émile, si cet aveu est un louable sacrifice de mère, il n'en reste pas moins que cette confession n'est rien d'autre que des aveux de circonstances qui peuvent la conduire soit en prison, soit à l'asile.

« Pauvre Rosine, c'est tout ce qu'elle a trouvé pour essayer de garder cette enfant ! »

Comment Émile pourrait-il croire à cette affabulation, lui qui a vu le certificat de décès établi par le docteur, lui qui a rédigé et signé l'acte de décès officiel, lui qui a constaté que la petite morte ne portait aucune plaque matricule autour du cou ? La vérité est beaucoup plus simple : le bébé Jeanne Péchereau est bien mort et le nom gravé sur la croix blanche surmontant la petite tombe dans le cimetière communal est là pour le prouver. L'échange des bébés a bien eu lieu, mais c'est dans sa tête dérangée que Rosine l'a opéré.

« Transfert d'affectivité, mystère du cerveau humain traumatisé par des faits inacceptables, folie. On peut comprendre… »

Pâquerette file sa route. Ils passent devant les Croisettes. La maison est plongée dans la pénombre. Pas de lumière. Rien ne bouge. Apparemment, ni les parents ni les enfants ne sont là.

— Quand même, dit M. Delage, si c'est vrai que Suzanne risque d'être adoptée par des inconnus, c'est une situation qui sera traumatisante pour elle. La pauvre gosse, elle qui est si mignonne, elle n'en réchappera pas. Ma femme ne lui a posé aucune question mais elle doit se douter de quelque chose. Elle est perturbée en ce moment, beaucoup moins appliquée. Elle n'écoute pas, rate des exercices, se dispute avec les autres, pleure pour un rien.

— Si elle se rend compte, ce doit être effrayant pour elle de penser qu'on va l'arracher à ses parents. Parce que Rosine et Joseph, elle les appelle papa et maman. Ce sont ses parents. D'ailleurs, dans la famille, il n'y a aucune différence entre Pierre et elle. Ce sont, à égalité, les deux enfants des Péchereau.

La carriole arrive aux Épinetteries. Pâquerette ralentit le pas, tourne à droite et s'arrête à une centaine de mètres de l'embranchement, juste devant la maison des Lerogneux. Là, par contre, il y en a de la lumière. On dirait que c'est jour de fête tant le nombre de lampes à pétrole allumées est grand. Les deux hommes descendent, montent les deux marches de la maison et frappent à la porte. Marthe vient leur ouvrir.

— Fernand est à La Loupe. Il va pas tarder à rentrer. Venez, son père est dans la chambre.

Elle précède les arrivants et les conduit dans la pièce du fond transformée pour l'occasion en chambre mortuaire. Le mort est allongé sur le lit, vêtu de son costume étriqué, le seul qu'on lui ait jamais vu, le costume qui lui servait tout autant à aller aux messes de Pâques, aux mariages comme aux enterrements des plus vieux que lui. On lui a fermé les yeux et, en attendant que le corps refroidisse et que les muscles se tétanisent, on lui a noué un foulard autour de la tête pour que la bouche se fige en position fermée. Parfois, la mort adoucit l'expression du visage. Chez Aurélien, les traits sont restés durs, comme s'il était parti en bougonnant, contrarié, fâché, vexé de ne plus pouvoir commander. La vieille Zélie est tassée sur une chaise près de la table de nuit sur laquelle une branche de buis a été posée dans une assiette remplie d'eau bénite. Elle a les deux pieds posés sur le barreau de la chaise et est recroquevillée sur elle-même. Elle paraît toute petite. Elle porte un fichu sur la tête et une blouse sombre qui lui donne l'aspect maigre d'un fagot d'épines.

— Mes condoléances, Zélie, dit Émile.

— Mes sincères condoléances, madame Lerogneux, ajoute M. Delage.

L'un après l'autre, ils saisissent la branche de buis et lui font décrire au-dessus du défunt un tracé incertain qui ressemble vaguement à une croix.

— Merci d'être venu, dit Marthe. Le patron, il est chez le notaire.

— Il perd pas de temps, persifle aussitôt la vieille. Il est pressé de faire les affaires pour me foutre à la porte.

— Racontez pas n'importe quelle méchanceté, ça vous changera, la contre Marthe. On vous foutra pas à la porte, on échangera les logements.

— Si ça s'appelle pas me foutre à la porte de chez moi !

— Ce serait quand même pas logique de vous laisser dans le grand logement, vous qui êtes toute seule, alors que nous on est à l'étroit dans deux petites pièces.

— Vous êtes témoin, monsieur le maire. Faut que j'me soumette, maintenant qu'ils sont les patrons. Si un jour vous apprenez que j'suis crevée de faim, vous serez pas étonné.

Marthe hausse les épaules.

— Peuh !

Sûr, maintenant, Marthe va pouvoir relever la tête et remettre la vieille à sa place, elle en a assez bavé depuis son mariage, mais de là à la laisser mourir de faim... M. Delage se tait. En tant que secrétaire de mairie-instituteur, il a l'habitude de ce genre de règlement de comptes. Certains soirs, la mairie ressemble bigrement à un confessionnal ou à une salle du juge de paix. Il en a entendu des confidences, des secrets de famille, des rancœurs. Alors les propos acides d'une vieille rapiat acariâtre et tyrannique ne l'émeuvent guère.

Marthe explique que Fernand aurait voulu que l'enterrement ait lieu dès le lendemain. Le curé a refusé. Précipité, pas décent. Avec des propos crus, Marthe dit qu'on le mettra dans le trou le surlendemain après-midi mais qu'il n'y aura pas de messe, juste une petite bénédiction. Les deux hommes ne s'attardent pas. Ils sont venus pour respecter la coutume mais ni l'un ni l'autre n'aiment cette ambiance de haine *post mortem.*

Dehors, il pleut un peu moins mais la nuit est plus noire. Émile allume les deux lanternes de la carriole.

Pâquerette prend la route du retour. Assis côte à côte, le maire et son secrétaire de mairie soupirent.

— Belle ambiance ! s'exclame M. Delage. Y a de l'électricité dans l'air.

— Toute sa vie, Aurélien a plus été tyran que père pour Fernand, commente Émile. Dans un pareil moment, le soulagement fait sauter la soupape.

Les Épinetteries ne sont pas éloignées des Croisettes de plus de un kilomètre. Il ne faut pas longtemps à Pâquerette pour franchir cette distance. Quand la carriole passe devant la maison des Péchereau, il y a de la lumière. Ils tournent la tête mais n'aperçoivent personne. Toute la famille est bouclée à l'intérieur.

— Pauvres gens, soupire Émile. C'est une famille heureuse. Pourquoi casser le bonheur de ces gens ? Si seulement je pouvais les aider !

M. Delage ne répond pas. Dans le silence qui suit, le claquement des sabots de la jument s'impose sur la route pierrée.

— La loi est dure, continue Émile dans un monologue qui s'apparente à une réflexion à voix haute. J'espère que M. Camize émettra un avis défavorable. Moi, on ne me demande rien, mais je ferai une attestation aussi. Un inspecteur, un maire, ici ce sont des gens qui comptent. Mais, à Paris, est-ce que ces avis feront le poids ?

La route de la Couée est assez droite. Le trot est soutenu, si bien que la vitesse augmente et que l'eau ruisselle un peu plus fort sur la capote. On entend la chute des gouttes.

— L'idée que j'ai beaucoup développée auprès de l'inspecteur, poursuit Émile en se tournant vers

M. Delage, c'est l'intérêt de l'enfant. J'ai insisté sur le fait qu'arracher cette petite au milieu aimant qui lui a permis de s'épanouir jusqu'à maintenant la bloquera à coup sûr et hypothéquera son avenir. Partagez-vous ce point de vue ?

— Assurément.

— En votre qualité d'enseignant compétent dans le domaine de l'enfance, une attestation rédigée par vous et votre femme ne pèserait-elle pas dans la décision ? Une telle attestation, bien motivée, pourrait ouvrir les yeux des gens qui vont décider. Qu'en pensez-vous ?

— Oui…

La réponse est molle et Émile sent bien que M. Delage n'est guère convaincu. Manifestement, il ne croit pas que l'avis d'un maître d'école de campagne fera basculer la décision.

— Vous n'y croyez pas ?

Le maître d'école ne répond pas. Il laisse passer quelques secondes puis se tourne vers son maire, soudain plus volubile :

— Il y a peut-être mieux à faire, dit-il.

— Mieux que des attestations ?

M. Delage laisse planer quelques secondes de silence puis se tourne vers Émile.

— Ce qu'on cherche à obtenir, c'est que cette enfant reste à Saint-Éliph, n'est-ce pas ?

— Ben oui…

— Et si les Péchereau se portaient également candidats à l'adoption de Suzanne ?

29

Une position trop hâtivement prise

Depuis qu'il a pris ses fonctions à Nogent-le-Rotrou, Jacques Camize pourrait gérer l'agence en fonctionnaire consciencieux et remplir avec honnêteté les innombrables missions dont l'Administration le charge : recruter les nourrices, gérer le placement des enfants, inspecter les maisons, résoudre les litiges, verser les pensions, attribuer les vêtures, veiller à la scolarisation régulière, etc. Ces multiples tâches suffiraient à remplir deux ou trois fois toutes les cases de son agenda hebdomadaire. Mais il a une bien plus haute idée de sa fonction et, au-delà de l'indispensable gestion de l'agence, il se sent investi d'une mission autrement plus noble : le bonheur de ses pupilles. Gageure ? Sans doute. Il n'est pas facile pour un père de famille d'être attentif au bonheur de ses propres enfants. Alors, pour un fonctionnaire chargé de tâches accaparantes, nourrir cette même ambition pour des dizaines et des dizaines d'enfants ne relève plus du défi mais de l'utopie. Un véritable sacerdoce. C'est pourtant l'objectif que s'est fixé Jacques.

La discussion qu'il a eue au dispensaire avec le maire de Saint-Éliph l'a fait réfléchir. Jacques estime M. Favellière. Il le considère comme un homme sage et généreux dont il a eu l'occasion d'apprécier les qualités humaines et le discernement à maintes reprises, en particulier lors de l'épisode Lucas Silvère. Ses paroles de bon sens sur les bienfaits de l'adoption ont fait vaciller ses certitudes. Auparavant, il n'avait vu qu'une chose : pour une enfant éveillée comme la petite Suzanne Armand, être adoptée par un couple en demande d'enfant était une formidable chance. Il se rend compte que l'élément déterminant sur lequel son opinion est fondée, ce sont ces parents adoptifs prêts à donner beaucoup. Il y a une nuance entre ce qui va être donné à l'enfant et ce qu'il va recevoir. Le premier point de vue relève de l'offre, le second de la demande de l'enfant. En l'obligeant à examiner l'adoption sous l'angle de l'adopté, M. Favellière lui a ouvert les yeux sur une faille dans son raisonnement et sur une question qu'il ne s'est pas posée : Comment l'enfant vivra-t-il cette adoption ?

Aimer ne supporte pas l'impératif. Simple question de bon sens. Comment a-t-il pu passer à côté de ce principe de base ? Même si les parents adoptifs sont prêts à donner beaucoup d'amour, est-ce que cela suffit pour que ce soit réciproque ?

Finalement, Jacques admet que son raisonnement n'est pas pertinent.

« J'ai surévalué le bénéfice. Je me suis trop précipité. »

Il en éprouve un peu de honte. Sans doute sa prise de position hâtive a-t-elle été altérée par la vision de ces pauvres gosses trimbalés d'orphelinat en orphelinat ou placés chez des nourrices recherchant un revenu en faisant de l'élevage d'orphelins comme elles feraient de l'élevage de canards. La question ne se pose pas pour ces enfants. Les arracher à un univers d'indifférence et de brutalité est un impératif. Le désert affectif dans lequel ils grandissent est si vaste et leur besoin d'amour si grand qu'ils sont prêts à se jeter vers n'importe qui leur ouvre les bras. Dans tous ces cas, l'adoption constituera un bénéfice pour les deux parties. Mais dans le cas particulier d'une Suzanne qui baigne depuis toujours dans un univers d'amour immense, M. Favellière a raison, l'adoption est une horreur. Comment ne l'a-t-il pas vu ?

« Suzanne ne rayera pas d'un trait de plume les liens qui l'unissent aux Péchereau. C'est évident. »

Tellement évident qu'il est malheureux de ne pas l'avoir compris plus tôt. M. Favellière lui conseille de formuler un avis défavorable, mais, son avis, Paris ne le lui demande pas.

« D'ailleurs, toutes les appréciations que je pourrais désormais formuler en défaveur de l'adoption ne seront-elles pas discréditées par mes précédents rapports ? »

Lui qui a recherché le bonheur de Suzanne risque fort d'être responsable de son malheur. Difficile à admettre. Difficile à vivre. Il nage en pleine morosité, quand le garde champêtre de Saint-Éliph lui apporte la lettre exposant l'idée du directeur de l'école. Une bouée de sauvetage dont il s'empare d'autant plus vite qu'il n'a pas non plus pensé à cette solution.

— C'est tellement simple ! Que Suzanne soit adoptée par les Péchereau et tout est réglé.

Du coup, cette idée enflamme son enthousiasme et, comme à chaque fois que le sort d'un enfant est en jeu, il s'en ouvre le soir même à son épouse :

— Je suis allé trop vite, avoue-t-il. J'ai négligé d'entrevoir ce qui risquait de se passer dans la tête de la petite.

— Ne culpabilise pas. On te demande de faire tant de choses. Tu ne peux pas être partout à la fois.

— J'ai aussi effacé le sort des parents nourriciers. L'Administration paie pour le service qu'ils rendent mais ce n'est pas pour autant qu'elle est quitte vis-à-vis de ces gens. Le maire m'a dit que ma lettre les avait plongés dans un grand tourment. Sur le coup, c'est à peine si j'ai entendu.

— Tu es en charge des enfants, pas…

— Si. J'ai une dette envers eux. Si ces gens sont malheureux aujourd'hui, c'est ma faute. Je n'ai pas été assez clairvoyant.

Mme Camize sait combien il lui sera difficile de trouver des paroles propres à déculpabiliser son mari. Alors elle tente de le détourner des pensées qui cherchent les erreurs commises dans le passé pour l'orienter vers l'avenir :

— Ce qui est fait est fait, dit-elle. Il ne sert à rien de se morfondre. Tourne-toi vers le futur.

— Tu veux dire constituer le dossier de candidature des Péchereau ?

— Oui. Ne perds pas de temps. Va voir les parents nourriciers et ouvre-leur cette perspective.

Avec la voiture, les choses ont bien changé. Dès le lendemain matin, Jacques peut se rendre à Saint-Éliph. L'arrêt d'une automobile aux Croisettes est suffisamment rare pour que, immédiatement, le rideau de la fenêtre qui donne sur la route se soulève. Jacques aperçoit un visage d'homme suivi par celui de sa femme. Le rideau retombe. Il descend de la voiture, fait le tour de la maison mais, quand il pousse la barrière, il constate que ni l'un ni l'autre ne sont sur le seuil de la porte pour l'accueillir. Manifestement, les Péchereau l'ont reconnu et ne sont pas ravis de le voir débouler chez eux.

« Après la lettre, ma visite ne peut qu'être synonyme de soucis supplémentaires. On peut les comprendre… »

Les deux vantaux de la porte de la maison sont fermés. À se demander si celui du haut ne vient pas tout juste de l'être parce qu'il ne fait pas très froid et que, à la campagne, l'habitude est de le laisser au moins entrouvert. Il frappe à la vitre. À l'intérieur, les pieds d'une chaise qu'on recule raclent le sol et, quelques secondes plus tard, le cliquetis du courriau résonne. Le seul vantail du haut s'ouvre.

— Bonjour madame Péchereau, dit M. Camize.

— Bonjour, marmonne Rosine sans ouvrir la porte tout entière.

Sur-le-champ, M. Camize lit l'hostilité dans le regard et la grande fatigue dans les traits vieillis de la nourrice. Dieu que cette femme a changé !

— Vous me reconnaissez ? Je suis…

— … monsieur l'inspecteur de Nogent. Bonjour monsieur…

Elle a un moment d'hésitation puis elle consent à ouvrir la porte.

— Entrez, invite-t-elle en lui ouvrant le passage.

Jacques entre. Joseph est assis sur un banc, occupé à trier les haricots secs qu'il vient de battre dans une *pouche* en toile de jute. Devant lui, sur la table, le mélange de haricots, de poussière et de petits cailloux forme un monticule. Sur les genoux, il a étalé le tablier dont il s'est affublé et fait tomber un à un dans cette sorte de poche les haricots propres qu'il extrait un à un du mélange. Il présente le côté de son visage sillonné de cicatrices et, à cause de son orbite vide qui ne lui permet pas de voir de ce côté, il tord le cou pour voir l'arrivant. Pour Jacques, cette vision augmente son impression de mauvais accueil.

— … s'cusez-moi. J'me lève pas, à cause des haricots…, dit Joseph.

Jacques ne s'attendait pas à un accueil chaleureux mais il note qu'il est reçu avec une froideur qui révèle combien les Péchereau ont perdu espoir. Ils lui en veulent, c'est clair. Rosine tire cependant la chaise et l'invite à s'asseoir.

— Si c'est la petite que vous venez voir, prévient-elle, elle est à l'école.

— Non, enchaîne Jacques, c'est vous que je venais voir. J'ai besoin de vous parler.

— Si c'est encore pour cette histoire d'adoption, dit Joseph, on a reçu la lettre. On en sait bien assez.

— Les gens de Paris veulent la voir ? suppose Rosine d'un ton résigné. Vous venez pour nous donner la date.

Jacques déboutonne son manteau, s'assied et enlève son chapeau qu'il pose au bout de la table. Il mesure combien il a sous-estimé l'impact de ses mots. Dans n'importe quelle autre maison, la préoccupation de la nourrice ne serait pas le retrait du pupille mais l'attribution du suivant. « Quand comptez vous remplacer le gosse qui va partir ? » Voilà ce qu'il entendrait. Question d'argent. La pension, c'est comme la paie, on en a besoin chaque mois et une interruption pose problème. Comment va-t-il s'y prendre pour rassurer ces pauvres gens pour qui la présence du pupille est mille fois plus importante que les sous ?

— Oui, je viens bien pour parler de l'adoption de Suzanne…, confirme-t-il.

Il remarque le raidissement immédiat du visage de ses deux interlocuteurs.

— … C'est bien pour l'adoption, enchaîne-t-il en posant la main sur le bras de Rosine, mais pas dans le sens que vous imaginez. Je cherche une solution pour que Suzanne reste ici. Je suis de votre côté et je viens pour vous aider.

Des rides d'incompréhension traversent le front de Joseph. Rosine met la main devant sa bouche. Jacques épie leur réaction mais ne leur laisse pas le temps de reprendre leur souffle.

— Suzanne Armand fait partie de la cohorte des enfants qui sont adoptables. Paris applique la loi, et la loi est la loi. C'est comme ça, personne ne peut changer les choses. Le ministère a reçu beaucoup de demandes. Un bon nombre de ces dossiers ont reçu l'agrément du ministère, dont celui d'un couple. Parmi les vœux formulés par ces candidats, il y a Suzanne.

Le mutisme qui s'est emparé de Rosine depuis l'arrivée de la lettre ne se desserre pas. Joseph, lui, se maîtrise à grand-peine. Sa nervosité s'affiche dans ses mains qui continuent à trier les haricots à petits gestes rapides. Il a beaucoup de mal à se contenir.

— Puisqu'ils la veulent, on a bien compris qu'ils l'auront, lâche-t-il entre ses dents serrées.

— Rien n'est décidé, monsieur Péchereau. Je vous fais remarquer que ces gens s'intéressent aussi à deux garçons. Ces gens sont aisés et, s'ils veulent pousser l'enfant qu'ils vont adopter dans les études, ne préféreront-ils pas un garçon ? Les affaires, la médecine, les entreprises, c'est plutôt un monde d'hommes.

— Évidemment, mais si c'est pas ce couple-là qui la prend, ce sera un autre.

Rosine a un esprit vif. Elle écoute et observe en songeant que ce n'est certainement pas pour en arriver là que l'inspecteur est venu. Elle sort de son silence et demande :

— Vous avez dit que vous êtes de notre côté et que vous venez pour nous aider. Qu'est-ce que vous voulez dire par là ?

Jacques se détend et lui adresse un sourire.

— Je ne vais pas y aller par quatre chemins, lâche-t-il. Un couple s'est porté candidat à l'adoption, mais tout le monde peut se porter candidat. Alors, pourquoi pas vous ? Pourquoi ne déposeriez-vous pas un dossier vous aussi ? Pourquoi, vous aussi, ne demanderiez-vous pas à adopter Suzanne ?

Silence total. Joseph se tourne vers Rosine. Rosine ouvre de grands yeux. Il ne comprend pas. Elle saisit du premier coup et réagit sur-le-champ :

— Vous voulez dire qu'on aurait le droit d'adopter Suzanne ?

— Pourquoi pas ? Vous pouvez constituer un dossier.

— Et on pourrait la garder avec nous ?

— Si votre dossier est accepté, oui.

— Pour toujours ?

— Oui.

Rosine n'en croit pas ses oreilles. Elle joint ses deux mains et les presse contre sa poitrine.

— Mon Dieu, faites que ce soit possible ! s'exclame-t-elle. Joseph réalise la situation avec un temps de retard. Il est sceptique. Pendant la guerre, il en a tant entendu de ces promesses dites pour calmer la colère des soldats. Quand la situation était désespérée, quand les hommes tombaient comme des mouches sous les balles des mitrailleuses, quand le froid et la boue minaient le moral des paysans qui ne comprenaient pas pourquoi on les obligeait à sortir de la tranchée pour transpercer d'autres paysans, alors il se trouvait toujours un menteur d'officier pour leur promettre que le régiment allait repartir à l'arrière, que les permissions arrivaient ou que c'était la dernière attaque avant la victoire finale. Du vent. Des mensonges pour les faire patienter.

— Faire un dossier, faire un dossier… Vu le temps que ça doit demander, on n'y arrivera pas, oppose-t-il.

— Le formulaire n'est pas si compliqué. Je peux vous aider. La mairie aussi.

— Et combien que ça va coûter ? C'est qu'on n'est pas riches comme les Parisiens. On n'a pas les moyens de prendre un homme de loi.

— Tout est gratuit.

— Et les appuis ? On connaît pas de député ou de sénat…

— Mais enfin, Joseph ! l'interrompt Rosine. Si on a une chance, faut pas la laisser passer. Le dossier, on va le faire. Faut se battre. On peut pas baisser les bras et laisser partir notre petite Suzanne. Tu voudrais quand même pas la voir partir, hein ?

— … Ben non…, avoue-t-il dans un haussement d'épaules. M. Camize se redresse et appuie son dos contre le dossier de la chaise. Il se sent soulagé. L'accord des Péchereau et la volonté affichée par Rosine pour mener le combat sont de bon augure et dissipent un peu la mauvaise conscience qu'il a d'avoir mal apprécié la situation. Maintenant, il va falloir mettre toutes les chances du côté des Péchereau, constituer un dossier solide et mobiliser tous ceux qui peuvent œuvrer pour que la demande avance et aboutisse, en premier lieu lui-même qui ne peut pas décevoir ces braves gens.

— Je téléphone dès ce midi à Paris pour qu'ils m'envoient un dossier. J'ai un ami au ministère. Je lui demanderai de faire diligence. Si tout va bien, dans quelques jours, on se retrouve à la mairie et on constitue ce fameux dossier. Je vais de ce pas parler à M. le maire. J'ai cru comprendre que des liens particuliers vous unissent. Lui aussi vous aidera.

Devant de telles perspectives, Rosine pleure. En même temps qu'elle retrouve l'espoir, la parole revient et ses traits se détendent :

— Merci, merci bien, monsieur l'inspecteur. Notre fille ! Elle est tellement heureuse avec nous.

Joseph voudrait poser des questions, éclaircir certains détails mais Rosine l'en empêche en disant que M. Camize a mieux à faire pour l'instant et qu'il ne faut pas lui faire perdre un temps précieux qu'il peut mettre à profit de façon bien plus efficace pour eux. Finalement, c'est en le remerciant vingt fois qu'ils le raccompagnent tous les deux jusqu'à son automobile.

De retour à Nogent, Jacques téléphone au ministère et expose la situation à son collègue qui expédie dès le soir un pli contenant un dossier de candidature à l'adoption et toutes les instructions sur les procédures à respecter. Deux jours plus tard, les Péchereau, le maire, le maître d'école et l'inspecteur se retrouvent à la mairie.

— Vitesse record ! constate Émile, absolument ravi de voir la situation évoluer si positivement.

Tout le monde s'assied autour de la table du conseil municipal. Rosine et Joseph vont bien mieux et, si certaines réactions dénotent toujours de l'inquiétude, ils s'accrochent à cette nouvelle raison d'espérer. M. Delage, en sa qualité de secrétaire de mairie rompu aux subtilités des paperasses, se voit confier la charge de remplir les différents formulaires. C'est long mais la plupart des rubriques concernent des éléments usuels purement administratifs.

— 23 décembre 1918, relève M. Camize au moment où il faut compléter la rubrique « date de naissance du pupille ». Suzanne va donc avoir six ans dans moins de un mois.

— Oui, six ans seulement, souligne M. Delage. Et pourtant, elle lit aussi bien qu'un élève de dix.

Pour Jacques, le sixième anniversaire est important. C'est à cet âge qu'il doit officiellement couper le cordon de la médaille matricule que chaque pupille porte autour du cou depuis qu'il a été pris en charge par l'Assistance publique. Pour beaucoup, faire disparaître cette étiquette qui marque aux yeux de tous l'appartenance dégradante à une catégorie d'assistés à la charge de la collectivité c'est une première étape vers l'affranchissement. La rupture du cordon permet de se soustraire aux moqueries et aux remarques blessantes, c'est devenir comme les autres enfants le jour de la visite médicale à l'école, c'est escamoter l'image lourde à porter de gosse de l'Assistance. Jacques ne dit rien mais, sur le petit carnet qui ne le quitte jamais, il note : *Suzanne Armand – 23 décembre – médaille matricule à enlever.*

Au bout d'une demi-heure, les formulaires sont remplis.

— Ce que nous venons de faire, explique l'inspecteur, ce n'est que l'amorce du dossier. Ce qu'il faut maintenant, c'est étayer la demande par des attestations, des témoignages, des certificats.

Il tend la main vers M. Delage pour avoir une feuille de papier.

— Je vais dresser la liste de tout ce qui pourrait étoffer la demande, dit-il. On n'aura pas trop de toutes les bonnes volontés. Il faut en recueillir le maximum en évitant soigneusement les certificats de complaisance. Tout le monde doit s'y mettre.

Il positionne la feuille devant lui et sort de sa poche le crayon à papier qui ne le quitte jamais. En haut, à gauche, il écrit – ou plutôt il calligraphie parce que son écriture est superbe : *Demande d'adoption Péchereau.*

— Puisque l'essentiel de l'argumentaire consiste à mettre en avant l'intérêt psychologique et affectif de l'enfant, dit Émile, je crois qu'il faut prioritairement une attestation très détaillée sur son comportement à l'école, ses résultats, son intelligence.

— Depuis deux jours, rapporte M. Delage, ma femme et moi avons commencé. Ce ne sera pas une attestation mais un rapport. En plus des points que vous venez d'évoquer, nous nous emploierons à expliquer que le développement intellectuel de Suzanne est la conséquence directe de l'amour qui lui est porté et de l'attention dont l'entourent ses parents nourriciers.

— Merci, merci bien, murmure Rosine.

— C'est la stricte vérité, lui répond le maître d'école.

Jacques note: *Rapport du directeur de l'école sur la scolarité.*

— En tant que maire, intervient Émile, je ferai un rapport sur les conditions de vie aux Croisettes et une attestation sur la moralité des Péchereau. À titre privé, je rédigerai une note pour raconter le dévouement de Rosine.

Rapport mairie sur conditions matérielles. Attestation du maire sur la moralité. Note de M. Favellière sur le dévouement.

Il est décidé qu'un certificat sera demandé à tous les employeurs de Rosine, ainsi qu'une attestation militaire et une copie de la citation que Joseph a reçue pour acte de bravoure au front à la suite de sa blessure. En quelques minutes, la feuille de M. Camize se remplit d'une trentaine de lignes. Chacun se creuse la tête et les idées s'ajoutent aux idées.

— Les compagnons d'armes de Joseph pour montrer sa droiture.

— Le docteur, suggère M. Delage. Il est bien placé pour attester que Suzanne est bien nourrie, propre, en bonne santé.

— Le curé, conseille Émile. Important, l'avis du curé. Ma femme le connaît bien. Elle s'en chargera.

— J'étais bien avec mon lieutenant, ose Joseph qui reprend confiance. J'suis allé le chercher dans les barbelés quand il a été blessé. Il habite à La Ferté-Bernard. Sûr qu'il m'appuiera.

M. Camize écrit, écrit. La liste s'allonge encore. Quand les propositions s'épuisent, il y a un moment de silence durant lequel chacun se regarde. M. Camize pose son crayon et conclut :

— Il y aura aussi mon rapport. Mais ça, c'est obligatoire. Je reprendrai toutes les visites et toutes les inspections que j'ai faites.

Il plie la feuille et la glisse dans sa sacoche. Puis il se lève et se tourne vers les Péchereau :

— Croyez-moi, je défendrai votre dossier… tout simplement parce que c'est l'intérêt de ma pupille.

30

Le nouveau Lerogneux

Un peu avant 6 heures, les nuages se déchirent et la lune s'impose. En cette fin de nuit, une lumière bleutée inonde les prés et les champs tout autour des Croisettes et pénètre dans la chambre par les petits cœurs découpés dans les volets.

— Tu dors ? murmure Rosine.

— L'horloge a pas encore sonné, répond Joseph. Tu te lèves déjà ?

Elle se tourne sur le côté et se pelotonne contre son homme.

— Dans cinq minutes…

Blotti contre son Joseph, elle se sent rassurée. C'est la première nuit à peu près normale qu'elle passe depuis l'arrivée de la lettre. Surtout, elle n'a pas fait ces affreux cauchemars de juge le doigt pointé vers elle, de fillette en pleurs qu'on hisse de force dans le train de Paris ou de chiens féroces qui jaillissent des bois et la cernent en découvrant leurs crocs menaçants. Depuis que le dossier est établi, elle reprend confiance. Elle est convaincue que l'inspecteur est sincère.

« Il a compris que le bonheur de Suzanne passe par un maintien aux Croisettes. »

Plus elle réfléchit et plus elle se dit qu'elle doit ce revirement inespéré à M. Favellière. « C'est grâce à lui ! se redit-elle à chaque instant. Il lui a bien expliqué la situation et il l'a convaincu. » Maintenant qu'elle commence à le surmonter, elle regarde avec incompréhension le moment de grande faiblesse et de désespoir qui l'a poussée à révéler son secret. Ce qui est sûr, c'est que, si elle a bien avoué l'échange à M. Favellière, il ne l'a pas crue, du moins il fait comme s'il n'avait rien entendu. La révélation lui est-elle apparue si énorme qu'il a pensé à un moment d'égarement ? A-t-il pensé qu'elle disait la vérité ? A-t-il considéré qu'elle délirait ? Elle s'interroge. Quand les images de la scène des aveux lui reviennent en tête, elle revoit son haussement d'épaules.

Elle garde les yeux fermés, se love dans la douce tiédeur de l'épaule de Joseph. Son Joseph ! Comme elle se sent bien quand elle est tout contre lui ! Comme elle se sent plus forte !

— Tu vas à l'auberge, ce matin ?

— Oui, c'est le jour des draps. J'ai dit que j'y serai à 7 heures.

— Les enfants, je m'en occupe. T'inquiète pas.

L'horloge sonne 6 heures. Rosine se lève. Elle allume la petite lampe Pigeon et la pose sur la tablette de la cheminée. Le feu se meurt dans la cuisinière. Il fait froid dans la maison. Elle va vers le lit de Pierre, remonte l'édredon de plumes, écoute sa respiration. L'enfant dort paisiblement. Elle le regarde un instant et lui pose un baiser sur le front. Puis elle se dirige ensuite vers le lit de Suzanne. Sa chère petite dort tout aussi sereinement. Ses deux mains maintiennent la grosse couverture de laine au ras de son nez. Quelle belle-petite-fille ! À la simple vue du visage endormi, elle sent sa gorge se serrer. Comment imaginer qu'on pourrait la lui enlever ?

Joseph l'a suivie. Avec une économie de gestes propres à éviter le moindre bruit qui pourrait réveiller les enfants, il prend le crochet du poêle et ôte les ronds. Il tisonne avec précaution afin de faire tomber les cendres et jette une poignée de brindilles sèches sur les braises qui se ravivent.

— Marche pas pieds nus, dit-il à voix basse. Tu vas attraper du mal.

Rosine retourne dans la chambre et s'habille. Quand elle revient dans la cuisine, la lueur des flammes s'échappe par la porte de la cuisinière laissée grande ouverte pour activer le tirage. Les deux ronds centraux n'ont pas été remis en place et, dans le trou, Joseph a posé une casserole afin que le fond se trouve au contact direct de la flamme.

— Le café est presque chaud, dit Joseph en posant le reste de la grosse miche de pain sur la table. Mange comme il faut. Tu peux pas travailler le ventre vide.

Joseph, Pierre, sa petite Suzanne, les Croisettes… Tout son petit univers de bonheur qu'elle veut plus que jamais préserver.

Quand elle part, les enfants dorment encore. Dehors, il fait largement nuit mais la lune bleuit le ciel et souligne la silhouette noire des haies. Elle saisit la brouette qui contient le baquet, la boîte à laver, tout son attirail de laveuse et prend la route de Saint-Éliph. Loin devant elle, la demie de 6 heures sonne au clocher de l'église du village. Elle n'est pas en retard. Elle marche et son esprit est repris par les pensées d'adoption, d'aveux, de dossier compliqué et d'incertitudes qui l'accaparent malgré elle dès qu'elle se retrouve face à sa solitude.

« Il sait très bien que c'est vrai, se dit-elle en pensant à M. Favellière. Il fait semblant de pas me croire mais il a tout compris. Ce n'est pas possible autrement. »

L'évolution de la situation au cours de ces derniers jours la convainc que M. Favellière sait désormais que les deux bébés ont été échangés. D'ailleurs, cette révélation ne peut que confirmer les doutes qu'il ne pouvait manquer d'avoir. Lui, il a vu l'état chétif du bébé à son arrivée de Paris. Il a constaté le relâchement du cordon de la fameuse médaille et il ne peut que croire à la vérité de cet aveu. C'est clair, il fait semblant de ne pas y croire. Pourquoi ?

« C'est un homme bon. Il veut vraiment m'aider. »

Pour Rosine, le drame épouvantable que cet homme a vécu explique sa volonté de lui épargner le désastre qui suivrait si l'Assistance publique venait à avoir connaissance de cet échange et y accordait un quelconque crédit. Après la disparition de son fils et de sa belle-fille, la mort du petit prématuré aurait enfoncé M. Favellière dans le néant. En sauvant le petit Louis, elle se rend compte qu'elle a redonné une raison de vivre à cet homme perdu. C'est cet enfant qui lui a donné la force d'affronter l'adversité, de poursuivre la recherche de l'excellence de son élevage, de voir grandir son petit-fils pour lui transmettre l'œuvre de sa vie. Sans doute a-t-il vu des similitudes entre sa propre situation et celle que Joseph, lui aussi sauvé par un enfant, a vécue. Sans doute aussi cette volonté d'ignorer les aveux est-elle la manifestation de l'immense reconnaissance qu'il lui voue depuis le jour où elle a donné son lait à Louis. Peut-être aussi cette opiniâtreté à ignorer les aveux est-elle une façon de lui faire croire qu'il espère parvenir à une bien meilleure issue.

« Il va m'aider. On va y arriver. Le dossier va aboutir. »

Un peu avant 7 heures, Rosine arrive à l'auberge. Elle est venue hier pour mettre les draps sales à tremper. Ce matin, elle les sort, les tord sommairement et les place dans son baquet. Puis, comme elle le fait plusieurs fois par semaine depuis des années, elle descend vers le lavoir. Le petit jour se lève sur le village. Quand elle arrive derrière l'école, le père Lagoutte débarque avec son alambic et tout son attirail de distillateur. Lagoutte, ce n'est pas son vrai nom mais le sobriquet dont on l'a affublé décrit bien son activité de distillateur ambulant et il l'affiche depuis des dizaines d'années comme d'autres accrochent une pancarte *Boucherie-Charcuterie* au-dessus de la porte de leur boutique. C'est un peu l'enseigne de son entreprise. Jusqu'à hier, le père Lagoutte distillait à Champrond. Ce matin, il a réveillé son aide de bonne heure. Ensemble, ils ont attelé le cheval à l'alambic, ont chargé tout le fourbi dans le petit tombereau tiré par l'âne et ont parcouru les sept kilomètres à petite vitesse parce que le chemin pierré entre Champrond et Saint-Éliph est plein de nids-de-poule. Il faut veiller à ce que les cahots ne disloquent pas le matériel.

— Bonjour Rosine, lance le père Lagoutte à l'approche de la brouette.

— Toujours fidèle au poste ? répond-elle.

— Oui. Le calendrier, c'est le calendrier.

Avec une régularité de pendule, chaque année au début décembre, Lagoutte installe son alambic de cuivre près du lavoir, ce qui ne plaît pas à l'instituteur parce que c'est juste derrière l'école. Les odeurs d'alcool empestent la cour de récréation pendant des jours, ce qui, selon lui, n'est pas saint pour les petites bronches des enfants. La goutte, la gnôle et autre casse-poitrine, enfin l'alcool qui coule à flots et que tous les cultivateurs, qui sont aussi des pères de famille, emportent à pleines bonbonnes dans leurs fermes avec des yeux brillants de gourmandise est aussi un fléau que les leçons de morale des instituteurs ont bien du mal à combattre en classe. Bref, pour M. Delage, c'est un mauvais exemple pour les élèves.

— Attache le *bourri* à l'arbre du fond, commande le patron.

On déchargera quand l'lambic s'ra sur ses cales.

Au fil des années, Lagoutte a modernisé son attirail. Par un maréchal du coin, il a fait fabriquer un châssis en fer à quatre roues sur lequel il a fixé, à l'avant, la chaudière surmontée de la cuve où il entrepose le cidre ou les fruits. Un astucieux système de palan permet de soulever le couvercle de la marmite, la basculer pour la vider des résidus et la nettoyer. Par rapport à ce qu'il a connu autrefois, c'est beaucoup de temps gagné et une économie d'efforts considérable. La pipe surmonte le couvercle et se prolonge par un serpentin qui plonge dans la seconde cuve, parfaitement cylindrique, installée à l'arrière du chariot, et que l'on remplit d'eau froide pour que la vapeur redevienne liquide. Tout en bas de cette cuve, le serpentin ressort par l'élément qui attire tous les regards et fascine l'esprit des hommes :

le petit robinet de cuivre rouge par où s'écoule le filet de goutte.

— Apporte le niveau et les bouts de bois, poursuit Lagoutte. Je dételle Papillon.

Rosine range la brouette le long du mur du lavoir. Elle décharge le baquet et entrepose les draps mouillés sur les tréteaux qui se trouvent en permanence à l'intérieur du lavoir. Elle installe sa boîte à laver, plie en quatre et pose au fond le sac à patates qui lui sert de coussin pour s'agenouiller. Elle relève ses manches. La longue matinée de lavage commence dans l'eau très froide.

Devant elle, de l'autre côté de la mare, Lagoutte aussi commence sa journée de travail et elle voit les deux hommes s'affairer autour de l'alambic. La machine est calée. L'aide, un pauvre gars dont les dégustations de lampées d'alcool frais délient la langue un peu plus au fil des heures, farfouille bruyamment dans le foyer de la chaudière. Le premier travail, c'est d'allumer le feu.

— C'est le tour de qui, ce matin ? lance l'aide.

— Lerogneux.

— J'espère qu'il va pas être en retard, ajoute l'aide, parce que du bois, y a tout juste de quoi allumer le feu. On tiendra pas plus d'une demi-heure.

Parce que la coutume, c'est que chaque bouilleur de cru apporte le bois nécessaire à la fabrication de sa goutte. Les premières fumées qui sortent de la cheminée de la machine sont froides. Elles tournoient sur la place avant de trouver le fil du vent. On entend à nouveau claquer la porte de fer du foyer.

— Nom de Dieu ! gueule le patron. J't'ai déjà dit de pas la fermer à coups de pied.

Lagoutte accroche des chaînes sur la marmite. Il manœuvre le levier, tire sur le palan, soulève le couvercle, fait basculer la cuve pour vérifier qu'elle est bien propre. Les gestes sont rodés par la routine. Les bras de Rosine aussi prennent un rythme de mécanique. Elle lance un drap au-dessus de la surface de l'eau. Il se déplie et retombe en une large fleur blanche. Elle fait un premier pli en tirant la toile sur la pierre inclinée, savonne, brosse, frotte. Angèle se pointe sur la place poussant une brouette dont la roue couine comme un goret sur le point d'être égorgé.

— L'Angèle de la Malivernerie ! s'exclame Lagoutte.

En guise de petit bonjour, elle apostrophe Lagoutte :

— Si mon bonhomme en ramène une ce soir, gare à toi ! T'auras intérêt à planquer tes plumes demain matin.

— Ton Ernest, rigole l'homme, paraît que, maintenant, tu lui fais tremper les miches dans l'eau froide pour le calmer.

— Oui, ben fais gaffe. J'suis là. J'te surveille.

— Surveille surtout ton bonhomme. Il a pas besoin de moi pour avoir soif.

Angèle hausse les épaules. Elle poursuit jusqu'au lavoir, range sa brouette et descend les marches du lavoir.

— Bonjour Rosine, dit-elle en continuant à grommeler. « Les miches dans l'eau froide ! »... J't'en foutrais, moi. Même en lui foutant le cul dans l'eau froide tous les jours, ça le calmerait pas. Il a toujours soif.

Un quart d'heure plus tard, un tombereau arrive mais ce n'est pas Lerogneux qui tient le mors du cheval. C'est Arthur. Il apporte deux tonneaux de vieux cidre que Fernand veut transformer en goutte. Le grand gaillard amène son attelage tout près de la cuve et serre la main de l'alambiqueur. Rosine les entend discuter mais, à cause du grattement de la brosse de chiendent sur l'étoffe, le barouf que fait Angèle pour s'installer et la distance qui les séparent, elle ne saisit que quelques bribes de la conversation où reviennent à plusieurs reprises les mots « congés » et « bouilleur de cru ». C'est qu'on ne brûle pas comme ça. En raison des contrôles fréquents de la maréchaussée et des amendes que les pandores lui infligent de temps en temps, l'alambiqueur est strict sur les papiers. L'aide fait basculer le cul du tombereau et décharge le bois fourni par Lerogneux. La porte du foyer claque à nouveau et l'aide enfourne une vingtaine de charbonnettes, des bouts de chêne d'une cinquantaine de centimètres de long de la grosseur d'un bras d'homme du même type que celles qu'on utilise pour alimenter les fours à pain. La charbonnette, c'est ce qu'il y a de mieux pour faire fonctionner l'alambic parce que sa combustion donne un feu vif et régulier.

— Prends la pompe et remplis la cuve, dit Lagoutte.

Entre deux coups de brosse, Rosine voit la silhouette d'Arthur grimper dans le tombereau, ôter la bonde, introduire le tuyau et entreprendre de transvaser le cidre du tonneau vers la cuve de l'alambic à grands coups de levier qu'il manœuvre avec force.

« Arthur... le grand frère de Suzanne... »

Les mains de Rosine sont bleues mais elle ne les sent pas. L'habitude. La vue d'Arthur la ramène à sa petite Suzanne et à ses pensées. Suzanne… Depuis que le dossier est constitué, elle réalise que le nom de Jeanne n'émerge plus dans ses pensées comme cela se produisait pendant la période où elle se sentait perdre les pédales. Elle voit Suzanne sur les genoux d'Arthur lisant une histoire dans un livre de grand prêté par la maîtresse… Suzanne alignant la multitude des fleurs séchées offertes par Arthur… Suzanne tirant une jolie mélodie de la flûte taillée dans une branche de sureau par Arthur… Suzanne riant aux éclats à la vue d'Arthur imitant la poule qui appelle ses poussins… Suzanne… Arthur…

« Pour Arthur aussi, ce serait un drame, cette adoption… »

Le feu s'active et, du lavoir, on entend le pétillement de la charbonnette dans le foyer. La fumée, plus chaude, monte droit. Il fait maintenant complètement jour et des hommes viennent voir ce qui se passe. L'alambic au village, c'est un événement. Quand les deux tonneaux sont vides et que la cuve est prête, Lagoutte manœuvre le palan, referme le couvercle, ajuste la pipe, serre les vis des tubulures, assure l'étanchéité entre la cucurbite et son chapiteau en bouchant les fentes avec une sorte de ciment fait de cendre de bois tamisée délayée dans de l'eau.

— Surveille le feu, recommande-t-il. Faut qu'il soit constant. La première chauffe doit être terminée à midi.

Une chauffe dure environ trois heures. Durant ces trois heures, l'alchimie mystérieuse transforme lentement le cidre en précieux nectar. Pendant ce temps, il n'y a pas grand-chose à faire et l'essentiel du travail du *brûleux* consiste à alimenter le feu, à contrôler le cadran du manomètre qui indique la pression de la vapeur et à surveiller les éventuelles fuites. Autour de l'alambic, les fermiers discutent, les vieux racontent des histoires d'avant-guerre et les ivrognes respirent l'odeur forte des vapeurs d'alcool qui s'exhalent dans l'air, fascinés par l'écoulement régulier du mince filet d'alcool dans le broc de cuivre posé sous le robinet final.

— Bonjour Rosine, lance Arthur en faisant irruption dans le lavoir. J'ai du temps à tuer ce matin.

Rosine ne l'a pas entendu arriver. Elle se retourne. En trois enjambées, le jeune homme est près d'elle. Il se baisse, lui pose la main sur l'épaule et l'embrasse.

— Dis donc, tu montes en grade, plaisante Angèle. Tu parles d'une confiance.

— Le Fernand est encore parti chez le notaire pour régler les affaires du vieux, explique-t-il. Il est pressé de tout mettre à son nom.

— La succession, il a l'air de s'en occuper, dit Rosine.

— Et ma petite sœur ? interroge Arthur. Il en est où son dossier ?

Angèle n'est pas une mauvaise personne mais c'est une commère. Aussi Rosine ne tient pas à parler devant elle. Elle jette un regard en direction de sa voisine occupée à battre son linge à grands coups de battoir et met un doigt sur sa bouche pour signifier à Arthur que cette histoire d'adoption ne la regarde pas.

— Puisque t'es là, dit-elle à voix haute, tu vas m'aider. Les draps mouillés, c'est lourd, mais un costaud comme toi, ça doit pas lui faire peur.

Elle se redresse. Arthur comprend. Tous deux saisissent des draps posés que Rosine a mis à égoutter sur les tréteaux et les transportent à l'extérieur avant de les entasser dans le baquet vide resté sur la brouette.

— Faut pas parler devant elle, précise-t-elle à mi-voix. Elle répète tout.

— Alors, cette histoire d'adoption ?

— Les papiers sont remplis mais le dossier n'est pas totalement terminé. On en est à recueillir des attestations. Si tout va bien, il partira à Paris dans dix à douze jours. Enfin, avant Noël.

Elle lui donne quelques explications, lui raconte l'appui de M. Favellière, le revirement de l'inspecteur, le soutien qu'elle rencontre auprès de ses patronnes.

— Elles font toutes des certificats en ma faveur, se réjouit-elle.

— Je comprends, dit-il. Faut que ce soit solide.

Elle lui confie aussi qu'elle reste inquiète mais que son moral et celui de Joseph sont meilleurs. Elle rapporte les derniers gestes de Suzanne qui a accroché au-dessus de son lit le trèfle à quatre feuilles porte-bonheur qu'il lui a apporté deux jours auparavant.

— Vous aurez gain de cause, essaie-t-il de la conforter dans un grand sourire. Moi, j'vous l'dis. Suzanne, elle peut pas être plus heureuse qu'aux Croisettes.

— Dieu t'entende ! s'exclame Rosine.

— Les choses s'arrangent, poursuit Arthur. Tenez, moi, ma vie a changé du tout au tout depuis la mort du vieux. Le Fernand, il a déménagé la vieille. Il en a pas eu pour longtemps à foutre ses quatre nippes dans le petit logement et à s'installer dans la maison. Depuis qu'ils sont les vrais patrons, lui et Marthe ont changé à cent pour cent. Gentil avec moi et tout et tout. Si j'vous disais que, maintenant, je mange à table avec eux ?

— Tant mieux, laisse échapper Rosine. Tant mieux pour toi…

— Moi, le vieux, il me traitait comme une bête. Normal, j'suis un gosse de l'Assistance. Mais il avait pas beaucoup plus d'égard pour son fils. J'ai tout vu. J'pourrais en raconter pendant des heures et des heures. Fernand, au fond, c'est pas un mauvais homme. Faut comprendre. Être traité comme un chien pendant des années et des années, ça *améchantit,* forcément.

Arthur raconte encore que Zélie n'a plus le droit de se *garmenter* des vaches, du jardin ou des œufs. Réduite au silence. Plus rien à dire.

— Elle ne sort de chez elle que pour aller marcher pendant des heures dans la forêt. Pourtant, Fernand et Marthe sont plutôt gentils avec elle. Ils ne se vengent pas de tout ce qu'elle leur a fait endurer.

— Le changement de logement a dû la remettre à sa place, dit Rosine, mais elle devrait être contente. Elle arrêtait pas de faire courir le bruit que son gars allait la foutre à la porte.

— Non seulement il l'a pas foutue à la porte mais encore il a aucune intention de le faire. Au contraire. Fernand et Marthe sont sans rancune. Ils lui donnent tout ce qu'il lui faut, le bois, les légumes et, tous les soirs, Marthe lui apporte même de la soupe dans une laitière.

Arthur s'arrête soudain et fait face à Rosine. Il lui prend les mains et ajoute :

— Que Fernand fasse tout pour garder la vieille à la ferme, c'est plutôt bon pour vous. Comme ça, il vous emmerdera plus à vouloir acheter les Croisettes. Vous voyez, les choses commencent à s'arranger.

Rosine n'y avait pas pensé. Elle regarde le jeune homme et ne peut s'empêcher de penser :

« Le jour où on n'aura plus la pension de l'Assistance, même si on a des problèmes d'argent, le notaire risque plus de nous forcer à vendre les Croisettes. »

Et elle en ressent un grand soulagement.

31

Un dossier étoffé

Depuis que les formulaires qui constituent l'amorce du dossier de demande d'adoption ont été remplis, Émile s'emploie à recueillir le plus grand nombre possible d'attestations favorables au couple Péchereau. Il n'a pas de mal à convaincre les gens du village qui emploient Rosine sur le bien-fondé de sa demande. Rosine est une femme travailleuse, sérieuse, dévouée qui fait l'unanimité. Non, le plus difficile, c'est d'obtenir une rédaction précise et argumentée de ces certificats. Écrire un papier, c'est toute une affaire.

— Ben oui, on est d'accord. Rosine, c'est quelqu'un de sérieux. Ce serait pas bien qu'on lui enlève sa gamine. On est d'accord, mais, nous autres, on n'est pas des écrivains. Le porte-plume, c'est pas notre fort.

— Et puis on n'a pas le temps. Le travail…

— Dame, tu sais ce que c'est, renchérit le fermier, le cidre, ça peut pas plus attendre que les vaches ou la mangeaille aux cochons.

Émile comprend toutes ces raisons. Il a l'habitude.

— Explique-moi ce que t'as à dire, leur répond-il. Je demanderai à M. Delage de faire un brouillon. T'auras plus qu'à recopier.

M. Delage aussi a l'habitude. S'il devait se contenter d'accomplir les seules tâches administratives pour lesquelles il est payé au secrétariat de la mairie, son travail serait divisé par deux ou trois. Mais voilà, la mairie, c'est aussi le lieu où les gens accourent dès qu'ils sont empêtrés par la moindre démarche administrative. On lui confie ses problèmes, lui avoue les petits et, parfois, les grands secrets de son foyer, lui demande conseil et aide. En plaisantant, il compare parfois la mairie au confessionnal de l'église voisine et fait le parallèle entre son activité et celle du curé. Une sorte de curé laïc !

Je soussigné, Jules Guillochon, propriétaire-cultivateur domicilié au bourg de Saint-Éliph (Eure-et-Loir), certifie employer régulièrement Rosine Péchereau depuis 1912 en qualité de laveuse. J'atteste qu'elle s'acquitte du travail que je lui confie de façon irréprochable. C'est une personne de toute confiance, sérieuse…

Si le canevas des brouillons est toujours le même, M. Delage adapte le libellé des attestations en fonction de la situation particulière du signataire. Il est en poste à Saint-Éliph depuis une vingtaine d'années et il connaît bien la population. D'autre part, originaire de Saint-Germain-de-la-Coudre où ses parents exploitaient une fermette d'une douzaine d'hectares, il sait le caractère des Percherons et n'a aucun mal à se glisser dans la peau de tel ou tel paysan pour deviner ce qu'il dirait s'il était capable d'exprimer sa pensée par écrit. « C'est exactement ce que je voulais dire », confirment généralement dans un mélange de soulagement et d'admiration les gens à qui Émile remet le brouillon de M. Delage pour qu'ils le recopient.

— Il faut que ce soit écrit de ta main, insiste Émile. Je repasse demain. Je compte sur toi.

Mme Favellière s'emploie également à récolter des attestations. Tout autant que son mari, elle connaît les qualités de Rosine et sait ce qu'elle lui doit.

— Le plus difficile, c'est avec M. le curé, lui rapporte-t-elle. Il n'est pas contre mais il tique.

— Une attestation de bonne moralité émanant du curé du village qui a baptisé Rosine et l'a mariée est pourtant indispensable. La République est laïque mais les gens du ministère baignent dans la bonne morale religieuse. Et pourquoi ça, qu'il tique ?

— Les Péchereau ne vont pas à la messe tous les dimanches…

— Ils sont pas les seuls à n'aller à la messe qu'à Noël et à Pâques. Rosine envoie ses enfants au catéchisme. C'est l'essentiel. Il n'a rien à leur reprocher à ce niveau.

— C'est pas un argument ; tous les enfants de Saint-Éliph y vont, même les petits Gouhier. Pourtant, c'est une famille de rouges.

— Il ne peut pas rester insensible au devenir de cette famille. Je lui en toucherai deux mots.

Le médecin aussi a été sollicité. Pour Émile, sa contribution est essentielle. Il a très gentiment rédigé un certificat attestant de la bonne santé de Suzanne, de sa croissance satisfaisante, de son état sanitaire correct.

— Il ne convient pas ? s'étonne le docteur quand Émile l'arrête un jour entre deux visites dans les hameaux.

— C'est de ma faute, répond Émile. Je n'ai pas pris la peine de vous expliquer les tenants et les aboutissants. Pour appuyer une demande d'adoption, il faudrait…

— Une demande d'adoption ? Je crois effectivement que je n'ai pas saisi à quoi allait servir cette attestation.

Émile lui explique qu'en sa qualité de médecin il serait utile qu'il parle aussi du développement mental de la petite Suzanne, de son intelligence, de sa capacité à apprendre, enfin de toutes ces choses importantes qui conforteront l'idée qu'elle est non seulement bien nourrie et bien soignée physiquement, mais aussi que son épanouissement mental s'explique par le bon environnement affectif dans lequel elle grandit.

— Vous connaissez également les Croisettes et les Péchereau. Si ce n'est pas abuser, vous pourriez aussi en parler.

— En conclusion, ce n'est pas un certificat médical que vous me demandez mais un bilan beaucoup plus global.

— Voilà…

Avant de repartir vers une ferme isolée dans laquelle l'attend un malade, le médecin promet de s'y pencher dès qu'il aura un quart d'heure libre.

Un peu avant l'angélus du soir, alors que M. Delage lui présente le rapport de six pages sur la petite Suzanne que sa femme et lui ont concocté, un gamin fait irruption dans la mairie :

— Mon père m'a dit de venir vous chercher. Il dit que faut venir tout de suite.

M. Delage a le gamin en classe. Ce n'est pas un mauvais gosse mais il faut souvent le reprendre.

— Mais enfin, Gilbert, on enlève son béret et on dit bonjour quand on entre à la mairie.

— Bonjour m'sieur, obéit instinctivement Gilbert en se découvrant. Mais mon père m'a dit: « Grouille-toi le cul. Fonce à la mairie et dis à Émile de v'nir tout de suite. »

La façon de s'exprimer du gamin navre le maître d'école. Il y a encore du travail à faire. Émile, lui, est plus inquiet par la raison qui amène le gosse.

— Qu'est-ce qui se passe ?

— J'en sais *rin*, répond Gilbert. Mais le père m'a dit de vous dire que ça peut pas attendre.

— Et où est-ce que je dois venir ?

— Juste derrière. Ils sont tous à l'alambic.

Émile regarde M. Delage et dodeline de la tête. L'alambic. Émile pense que, à coup sûr, il va encore devoir arbitrer un litige entre Lagoutte et un fermier. Tous les ans, c'est la même chose. Chaque bouilleur de cru a droit à mille degrés d'alcool, soit vingt litres à cinquante degrés, mais il se trouve toujours un récoltant pour contester la quantité d'alcool fabriquée ou pour en vouloir davantage. Sur ce point, Lagoutte est inflexible. Mille degrés, c'est mille degrés et c'est pèse-alcool en main que Lagoutte repousse les assauts des protestataires. Les gendarmes le surveillent et, s'il ne veut pas perdre sa licence, il doit être strict. L'an dernier, l'alcool aidant, ils en sont venus aux mains.

— C'est avec ton père ? demande le maire en mettant sa casquette. Ils sont pas en train de se battre, au moins ?

Le gamin répond qu'il ne sait pas. Il sort le premier de la mairie, Émile sur ses talons, sous le regard désolé de M. Delage qui referme les six pages du rapport dont il est si fier. Dès qu'ils sont dans la rue, Gilbert se met à courir et distance le maire. Il ne sait pas ce qui se passe mais il pressent une attraction qu'il ne veut pas rater.

Quand il arrive derrière l'école, Émile est surpris. La petite place est déserte et, à cause des trois grosses lampes à pétrole accrochées en hauteur, l'alambic brille de tous ses cuivres. Aucun homme autour, aucun attroupement autour de la machine, aucun litige. Par contre, une dizaine d'hommes sont rassemblés plus bas, dans le lavoir et autour de la mare. Il entend les mêmes éclats de rire et les mêmes braillements que ceux qui résonnent habituellement dans le bistrot. Tout comme Gilbert, des gosses accourent. Émile s'approche. Gaston, le père de Gilbert, vient à sa rencontre :

— C'est encore l'autre con de Nénesse. Il s'est foutu à poil et il a sauté au milieu de l'eau. Pas moyen de le faire sortir.

— Il est soûl ?

— Plein comme un navire !

Deux hommes s'écartent et Émile arrive au bord de la mare. L'aide de Lagoutte arrive, tenant une grosse lampe qui jette des reflets de miroir à la surface dès qu'il lève le bras. La scène est surprenante. Ernest

est au milieu, nu, de l'eau jusqu'à la ceinture, et il gueule :

— Allez chercher le curé. J'veux qu'il me baptise. J'veux être baptisé comme Moïse dans la Meuse.

Tout autour, les hommes rient. Après le spectacle de l'ivrogne qui braille dans l'eau froide, le Moïse baptisé dans la Meuse fait un effet du tonnerre.

— Dans la Meuse… Quel con !

— Faut quand même en tenir une belle pour brailler que Moïse a été baptisé dans la Meuse ! Ah, ah, ah !

Tout autour de la mare, on s'esclaffe, on commente, on rigole. Un fermier lance d'une voix plus forte :

— T'es déjà baptisé, bougre d'andouille.

— Sors de là, tu vas attraper une pneumonie ! crie un autre.

Mais l'assistance ne semble pas d'accord. Les occasions de rigoler sont rares à Saint-Éliph et la majorité des hommes en redemande. On l'encourage. Il ne faudrait pas que le spectacle cesse trop vite.

— J'veux que le curé vienne tout de suite avec son pichet d'eau bénite et sa salière, poursuit Ernest, inflexible dans sa demande. J'veux qu'il m'baptise comme Moïse dans la Meuse.

Le mot « salière » déclenche une nouvelle vague de rires. Pourtant, la situation n'amuse pas Émile, d'autant plus que des gosses arrivent encore et que le spectacle n'est pas vraiment un exemple pour eux. Il est désolé et trouve que le spectacle a assez duré. Bien décidé à ramener l'ordre, il lance :

— Ernest, je suis le maire. Tu me reconnais ?

Ernest est de trois quarts par rapport à l'endroit où se trouve Émile. Il amorce un demi-tour pour voir d'où vient cette voix pleine d'autorité mais la conjugaison de ses pieds embourbés dans la vase du fond et de sa journée alcoolisée l'entraîne dans une embardée spectaculaire. Il titube, essaie de rétablir son équilibre dans un grand moulinet de bras, fait deux pas en penchant dangereusement sur la gauche et disparaît sous la surface dans un plouf sonore. Un « Oh ! » fait le tour de la mare, semblable à celui que poussent les gens lorsqu'un trapéziste de cirque rate son coup et chute dans le vide.

— Ouaaf ! Wouh ! Oooooh ! beugle Ernest en ressortant la tête de l'eau, les cheveux dégoulinant et les mains essayant de dégager ses yeux. On entend des « T'as jamais bu autant d'eau », des « Attention, tu vas rouiller de l'intérieur », mais aussi de réprobatrices « Avec ce que t'as avalé, ça fait encore une bonne moyenne ».

— Sors de là tout de suite, ordonne Émile. Tu vois bien que tu vas te noyer.

Ernest réussit à faire face au maire. Tant bien que mal, il se redresse et retrouve un équilibre précaire.

— T'entends ? menace une seconde voix pour appuyer l'ordre d'Émile. C'est le maire qui te parle et il t'ordonne de sortir.

— Le maire… j'm'en fous, rétorque Nénesse qui n'en finit pas de cracher l'eau froide qu'il a avalée. J'sortirai… pas avant… que j'sois baptisé.

Et, peut-être pour manifester sa foi toute récente, plus probablement parce que sa biture le rend gai, il entonne à tue-tête un chant de Noël, probable réminiscence de son enfance pieuse :

« Minuit ! Chrétiens, c'est l'heure solennelle
Où l'homme Dieu descendit jusqu'à nous,
Pour effacer la tache origi... »

Comme il n'y a pas moyen de le faire sortir et qu'on ne peut pas le laisser blasphémer davantage, le bistrotier, en sa qualité de chef des pompiers volontaires de la commune, se sent obligé de sauter dans la mare pour aller le chercher.

— J'veux pas, hurle Nénesse. Minuit ! Chrétiens, c'est l'heu...

— Ta gueule ! rétorque le bistrotier en lui empoignant la nuque sans ménagement et en lui plongeant la tête sous l'eau pour le calmer. Comme ça, t'es assez baptisé ?

Finalement, Ernest est ramené au bord de la pierre à frotter du lavoir. On le hisse à l'abri et on le couvre avec les vêtements qu'il a eu l'instinct de laisser au sec sur les tréteaux. Il est à moitié bleu et il grelotte.

— Bougre de saligaud, le houspille le bistrotier, m'obliger à sauter à l'eau en plein mois de décembre. Si c'est pas une honte.

Ernest se comporte comme un poisson. Autant il était vif et grande gueule tant qu'il était dans l'eau, autant il devient amorphe maintenant qu'il est repêché. Il ne gesticule plus, ne dit plus rien et tombe dans une sorte de léthargie proche du sommeil. Manifestement, il commence à cuver.

— Bougre de cochon !

On l'emmène et une bonne âme propose de le flanquer dans le foin de sa grange, histoire qu'il n'attrape pas froid et qu'il cuve.

— L'Angèle, si elle veut récupérer son bonhomme, qu'elle vienne avec sa brouette. Moi, c'est fini, tranche le rougeaud qui se gobergeait dans le bistrot quelques jours auparavant.

Le calme revient. Les hommes remontent la rue du lavoir et s'égayent dans le village. Lagoutte et son aide rejoignent l'alambic. Il ne reste plus qu'à nettoyer la cuve, vider les cendres du foyer et préparer le petit bois pour allumer le feu du lendemain. Un fermier charge les résidus de fruits de la dernière chauffe dans son tombereau. Émile discute quelques minutes avec Lagoutte, histoire de savoir si les choses se passent bien, si tout le monde est en règle par rapport aux congés ou aux déclarations. Il parle aussi d'Ernest et lui reproche à mots couverts de l'avoir aidé à prendre cette nouvelle cuite.

— J'y suis pour rien, proteste l'alambiqueur. Il tourne autour du lambic comme un chien en chaleur. J'ai même été obligé de lui foutre un coup de pied au cul pour l'empêcher de prendre de la goutte toute chaude dans le broc. Si je l'avais laissé faire, j'crois bien qu'il se serait couché sur le dos, la bouche grande ouverte sous le robinet.

— En plus, appuie l'aide, il a fini le cidre qui reste au fond des tonneaux.

Émile sait que tout cela est vrai. Ernest est un poivrot incorrigible. Pour le lendemain, il conseille néanmoins d'essayer de le tenir éloigné le plus possible. Il remonte la rue plongée dans la pénombre et, au moment où il arrive à l'angle du mur de l'école, il tombe nez à nez avec le curé du village.

— Monsieur Favellière, lui dit le vieil homme, je sors de la mairie. Je voulais vous parler. M. l'instituteur m'a dit que vous étiez au lavoir.

— J'en reviens, en effet.

— Quel attristant spectacle !

— Vous êtes déjà au courant ?

— Mlle Marie-Louise est venue me le dire tout de suite. Vous pensez, une scène aussi navrante, c'est choquant. Surtout qu'il blasphémait et faisait injure à Dieu. Et sa pauvre femme qui trime sans arrêt ? Et ses enfants ? Vous vous rendez compte de l'exemple pour eux. Quel malheur.

— Je suis d'accord avec vous. C'est affligeant. Il a toujours bu mais, depuis quelques mois, il enchaîne les écarts.

— C'est un grave problème de morale. Il faut faire quelque chose.

Le brave curé est à Saint-Éliph depuis plus de quarante ans. C'est un petit homme rondouillard, bon chrétien, bon serviteur de Dieu mais, au contraire des curés des environs, pas assez à cheval sur la morale et les principes de l'Église. Par le plus pur des hasards, il est lui aussi originaire de Saint-Germain-de la-Coudre, comme M. Delage, le maître d'école de la laïque. Tout comme lui aussi, il a grandi dans une fermette. Dernier d'une fratrie de onze enfants, c'est un peu par vocation et beaucoup par nécessité qu'il est parti au séminaire. De son enfance dans ce coin du Perche, il a hérité du caractère accommodant et conciliant des paysans percherons. Il sait être ferme mais essaie toujours de comprendre avant de porter un jugement.

— Venez à la mairie, propose Émile. On sera mieux pour parler qu'ici dans le noir.

Les deux hommes rejoignent M. Delage. Dans la lumière de la grosse lampe à pétrole, la ceinture violette accentue davantage encore la courbe très arrondie que décrit la soutane au niveau de la bedaine.

— Il faut réagir, avance le curé. Les choses ne peuvent pas continuer ainsi. Moi, je ne peux pas faire grand-chose, je ne les vois jamais. Même les enfants ne viennent que très irrégulièrement au catéchisme. Mais vous, en tant que maire, ne pouvez-vous rien faire ?

Il y a bien la loi sur la répression de l'ivresse publique. Mais c'est une loi et, comme toutes les lois, elle réprime.

— Évidemment, avance M. Delage, le garde champêtre pourrait verbaliser et mettre une amende mais…

— Dans une famille qui n'a déjà pas d'argent, anticipe le curé, ce serait pénaliser sa femme et ses enfants. Eux, ils ne méritent pas qu'on les punisse. D'autre part, est-ce que ça servirait à quelque chose ?

— Encore heureux que l'alcool ne le rende pas méchant, soupire Émile. Qu'est-ce qu'on pourrait inventer pour qu'il ne se mette plus dans des états pareils ?

Les trois hommes discutent un petit moment. Ils décident de le prendre entre quat'z-yeux dès le lendemain pour lui faire la leçon. Ils se promettent de lui passer un savon et de lui faire la morale mais, comme ils savent qu'il est bien docile quand il est à jeun, ils n'ont aucun doute sur le peu de portée de cette action. Il y a pas mal de travail dans le jardin du presbytère. En attendant de trouver mieux, le curé propose de l'embaucher pour quelques jours. Émile prendra le relais. Pour la suite, ils décident d'insister auprès de certains fermiers sûrs et patients pour qu'ils l'embauchent.

— Bien encadré, je suis certain qu'il se tiendrait tranquille, conclut le saint homme.

Bien avant la fin de la discussion portant sur le cas Ernest, une idée se met à trotter dans la tête d'Émile. N'est-ce pas le moment opportun pour prendre le curé à part et l'éclairer sur le dossier déposé par les Péchereau ?

— À propos, commence Émile, ma femme vous a-t-elle dit que…

Le curé se demande à quoi rattacher ce « à propos » tombé de nulle part mais il écoute. Évidemment, par rapport au comportement détestable d'Ernest, celui de Joseph et de Rosine ne souffre pas la moindre comparaison. Émile parle, explique, demande, convainc. Quand les deux hommes se quittent, le curé dit simplement :

— J'enverrai Mlle Marie-Louise pour apporter le certificat à M. Delage.

32

De très longues semaines d'attente

Deux jours avant noël, on fête les six ans de Suzanne. Ce même jour, comme un formidable cadeau, M. Favellière informe Rosine qu'il a recueilli beaucoup d'attestations et de rapports, tous en sa faveur, que le dossier est complet et qu'il l'a lui-même remis en main propre à M. Camize.

— Il m'a promis qu'il motivera autant qu'il le pourra toutes les raisons qui justifient que l'adoption de Suzanne soit décidée en votre faveur. Il mettra un avis très favorable à votre candidature. Le dossier devrait arriver au ministère avant la fin du mois. L'un de ses collègues, un ami de longue date, suivra l'affaire.

À partir de ce moment, Rosine sent qu'une longue période d'attente commence. À Paris, combien de temps leur faudra-t-il pour décider, entre le couple de riches bourgeois ou la famille Péchereau, quel dossier sera satisfait ?

Le Noël 1924 arrive presque par surprise. L'hiver est doux. Jusqu'à maintenant, il n'y a pas eu de gel, encore moins de neige. Pour la première fois depuis longtemps, ce n'est pas dans le cadre d'un Noël blanc que le village célèbre la naissance du Christ. Toute la famille Péchereau assiste à la messe de minuit. Suzanne, fière d'avoir été choisie par le père-curé pour placer le petit Jésus dans la crèche à minuit pile, est tout excitée.

— Fais bien attention de ne pas le laisser tomber par terre, lui recommande Pierre.

— Tu me prends pour qui ? s'indigne Suzanne. On a répété plusieurs fois et Mlle Marie-Louise m'a dit que je le faisais très bien.

— Oui, mais à la répétition il n'y avait personne dans l'église. Là, tout le monde te regardera.

— Ils me regarderont et ils verront tous que je suis capable de le faire.

Pour Rosine, le fait que le curé ait choisi sa fille constitue un honneur si grand que ce choix en devient une raison d'espérer. Pour un peu, elle en retrouverait presque la foi de ses premières années.

« Il veut que tout le monde sache qu'elle est à nous. N'est-ce pas un signe envoyé par Dieu ? »

La messe est belle. Il y a des cierges partout, des chants joyeux, de la lumière dans les yeux des enfants. À minuit, Mlle Marie-Louise pousse Suzanne. La fillette rejoint le prêtre qui, pour la circonstance, a revêtu sa chasuble blanche immaculée et son étole dorée. Il lui tend le petit Jésus en plâtre. Suzanne le prend dans ses mains. Elle est rayonnante et concentre sur elle les regards attendris de toute l'assistance. Suivie par le prêtre et quatre enfants de chœur, elle avance lentement, traverse l'église et va placer l'Enfant Jésus entre la Vierge et le saint Joseph de la crèche qu'on a dressée près des fonts baptismaux. En voyant sa petite, Rosine a l'impression qu'elle est au centre de toutes les attentions et l'émotion la gagne. Elle prend la main de son homme et la presse très fort. Des larmes brouillent sa vue et sa gorge se noue. Que sa petite est belle ! Qui donc pourrait avoir le cœur de la lui enlever ?

Au moment où le prêtre entonne le « Il est né le divin enfant », elle ferme les yeux, joint les doigts et prie très fort :

« Très Sainte Vierge Marie, protégez-nous. Pardonnez le péché que j'ai commis et faites que nous puissions adopter notre petite. »

Pour Rosine, cette messe de minuit est un moment très dense qui lui redonne tant d'espoir qu'elle éprouve le besoin de retourner à l'église le jour de Noël.

— Mon Joseph, on va y arriver. Faut avoir confiance.

L'enthousiasme retrouvé de Rosine est communicatif. Puisque Rosine y croit, Joseph y croit aussi. Plus question d'aller se pendre dans les bois ou de tirer des coups de fusil sur les gendarmes.

— J'te crois, ma Rosine. On va y arriver.

Après le 1er janvier, l'hiver continue à être doux et humide. Joseph reste aux Croisettes et s'occupe des enfants. Pour lui, ces journées en compagnie de ses enfants constituent un don du ciel. Pierre, qui va sur ses huit ans, adore l'aider. L'épaule de Joseph est définitivement meurtrie et Pierre s'emploie à lui épargner des mouvements douloureux, scier du bois par exemple. Avec sa petite Suzanne, c'est différent. Elle n'arrête pas de poser des questions et sa soif de savoir est sans fin. Il faut sans cesse lui expliquer quelque chose. C'est en ce début d'année qu'elle se prend de passion pour les mesures.

L'habitude est prise depuis longtemps de placer Suzanne dos au mur et de noter, mois après mois, sa taille par un trait de crayon tracé à hauteur de sa tête.

— Tu vois, tu as grandi de ça, lui dit son père en lui montrant l'écart entre le trait qu'il vient de faire et celui du mois précédent.

— J'ai grandi plus que Pierre, affirme Suzanne.

— Non. C'est moi le plus grand, conteste l'aîné.

— Oui, convient Suzanne mais, ce mois-là, j'ai grandi plus vite que toi. Regarde les traits.

Selon le même procédé, on note aussi la croissance de Pierre. La difficulté vient du fait que ce n'est pas sur le même mur.

— Papa, lequel de nous deux a grandi le plus ? demande Suzanne au bout d'un moment.

Joseph regarde l'écart entre les deux traits sur le mur de Suzanne, puis il fait quelques pas et observe les traits sur celui de Pierre.

— Comme ça, c'est difficile à dire, constate-t-il. Faudrait mesurer.

Le père se dirige vers la table et ouvre l'un des tiroirs. Il en sort un mètre de menuisier, revient vers le mur de Suzanne, déplie les branches de l'instrument et les plaque contre la paroi en se tordant le cou pour bien le positionner.

— Ce qu'il faut, commente-t-il, c'est bien mettre le zéro au bord du premier trait.

Suzanne se faufile entre les deux bras paternels, observe de près comment il s'y prend, enregistre le positionnement de l'instrument, comprend que le zéro c'est le début, perce le secret des petites et des grandes graduations.

— Cinq millimètres, ânonne Joseph. Tu as pris un demi-centimètre en un mois.

— Et moi ? demande Pierre.

— On va mesurer.

— Papa, papa, je voudrais faire. Laisse-moi mesurer.

— Tu sais pas, oppose Pierre.

— Elle va essayer, décide Joseph, toujours prompt à satisfaire le moindre des souhaits de sa petite.

Suzanne s'empare du mètre. Elle reproduit avec application les gestes qu'elle vient de voir faire et, une fois que le zéro est correctement placé, compte avec beaucoup d'attention les petits traits.

— Cinq millimètres, dit-elle. C'est pareil que moi.

— T'es sûre ? doute Pierre, il vaudrait mieux que papa vérifie.

Joseph vérifie et confirme.

— C'est exact. Vous avez autant grandi l'un que l'autre.

Joseph entreprend de replier le mètre pour le ranger mais les mesures ont éveillé la curiosité de Suzanne.

— Prête-le-moi encore un peu. Je vais faire d'autres mesures.

Pendant plus de une heure, tandis que Pierre accompagne son père aux lapins, Suzanne pose le mètre sur tous les objets de la maison. Rapidement, elle se heurte à un problème : pour des longueurs plus importantes, c'est très long de compter tous les petits traits des millimètres.

— Papa, papa, comment tu fais quand c'est grand ?

Comme d'habitude, Joseph répond que ce n'est pas difficile et qu'il va lui expliquer. Il s'installe sur le banc. Elle s'assied sur ses genoux.

— Regarde, il y a des petits traits, des moyens et des grands. Les petits, c'est pour les millimètres, et tous les dix petits traits, il y en a un grand. Entre deux petits, la mesure est de un millimètre. Entre deux grands, c'est un centi…

En quelques minutes, Suzanne assimile les millimètres et les centimètres. Elle saute et repart mesurer. Un quart d'heure plus tard, elle sollicite à nouveau son père. « Comment faire pour mesurer la table ? La maison ? La hauteur du plafond ? » Joseph lui explique le mètre. Elle mesure et mesure encore, pose de nouvelles questions, expérimente, interroge tant et tant qu'en une journée elle maîtrise l'essentiel des mesures de longueur.

— Pas tout à fait, sourit Joseph. Pour les très grandes longueurs, comme la distance qui sépare les Croisettes de l'école, il existe le kilomètre.

— Le kilomètre, répète Suzanne, émerveillée par sa découverte. Ben dis donc, ça doit en faire des petits traits de un millimètre !

L'école reprend. Le matin, Rosine s'arrange pour faire coïncider l'heure de début de ses lessives avec l'heure d'ouverture de l'école, de façon à les accompagner. Joseph part de son côté. L'hiver, c'est la période de l'abattage des arbres dans la forêt de Montécôt. Il n'est pas question pour lui de manier la hache ou les grandes scies passe-partout comme les autres, mais il peut ramasser les épines, brûler les branches inutiles, ficeler les bourrées… bref, accomplir le travail souvent réservé aux femmes.

— C'est trop mou, on peut pas débarder, se plaint le fermier qui l'a embauché. Si seulement il gelait un peu.

Son souhait est exaucé quelques jours plus tard. Avec le changement de lune, le ciel se dégage, les étoiles brillent la nuit et le froid durcit les chemins. Le travail du bois devient plus facile. Les charrettes peuvent circuler sans s'embourber. Le temps de gel, c'est aussi la période où, aux Croisettes, on mange du faisan presque tous les jours. Chaque soir, Joseph en rapporte un ou deux, parfois trois. On en mange mais on en vend aussi, discrètement, parce que la méthode qui permet de les attraper relève bien davantage du braconnage que de la chasse légale. Pas de fusil, pas de cartouche. Le soir, avant de quitter les bois pour rentrer aux Croisettes, Joseph entoure les tas de cendres tièdes d'une ceinture d'épines assez dense. Dans cette clôture impénétrable haute de moins de un mètre, il ménage un ou deux passages en forme de tunnel dans lesquels il fixe des collets. Comme les poules, les faisans aiment venir *se pouiller* dans les cendres. S'ébattre dans les cendres les débarrasse de leurs parasites et nettoie leurs plumes. La propreté du plumage leur permet de mieux lutter contre le froid. Seulement, pour atteindre le tas de cendres, ils doivent emprunter les petits tunnels. Au passage, leur cou tendu en avant se faufile à l'intérieur des lacets et, quand ils veulent fuir, il est trop tard. Ils tirent, le nœud coulant se resserre et ils s'étranglent.

Le 22 janvier, un jeudi, jour où il n'y a pas école, M. Camize et le maire viennent aux Croisettes pour accomplir ce que l'Assistance publique appelle « la rupture du collier d'assisté ».

— À six ans, on coupe le cordon et on enlève le collier, précise l'inspecteur. À cet âge, les enfants sont grands et n'ont plus besoin de porter leur plaque matricule. C'est une simple formalité.

Simple formalité pour l'Administration qui se traduit quand même par l'établissement d'un procès-verbal officiel contresigné par le maire. Nouveau signe de bon augure pour Rosine qui, après le choix de Suzanne pour porter l'Enfant Jésus dans la crèche, voit dans ce coup de ciseaux un second bon présage pour la suite de leur demande.

« Suzanne n'est plus estampillée Assistance publique. Maintenant, plus rien ne la distingue des autres enfants. »

Le geste n'étonne pas davantage Suzanne qui ne pose pas de question sur le pourquoi de cette médaille qu'elle a toujours porté comme d'autres petites filles portent une médaille de la Vierge ou une croix en or offerte par leur parrain le jour de leur baptême. Par contre, encore très préoccupée par sa récente découverte du système métrique, elle s'inquiète de savoir combien mesure ce cordon qui est forcément moins grand que le tour de sa tête puisqu'elle ne pouvait pas l'enlever.

— Papa m'a montré comment on fait pour mesurer les choses, raconte-t-elle à M. Camize. À l'école, la maîtresse aussi m'a expliqué les centimètres et les mètres mais, dans la classe des petits, on n'apprend pas les grandes mesures parce que les autres enfants ne savent pas compter après mille. Alors, lundi dernier, je suis allée dans la classe de

M. Delage, avec les grands. Ils apprenaient le tableau des conversions et j'ai tout compris. Maintenant, je sais transformer les mètres en centimètres et les kilomètres en décamètres.

— C'est bien, c'est bien, la félicite M. Camize. Continue à bien travailler.

Rosine sait que l'examen de sa demande nécessite du temps. Néanmoins, son esprit est souvent accaparé par ce délai qui ronge son impatience.

— Seulement un mois de passé, constate-t-elle. C'est long quand on attend.

Au ministère, le collègue de M. Camize suit l'avancement du dossier.

— Pour l'instant, dit M. Camize, il est en cours d'examen et passe de bureau en bureau comme l'exige la procédure.

— Il suit son cours, la rassure Émile. Faut attendre, faut attendre.

Quand l'inspecteur est parti, Rosine se serre un instant contre son Joseph. Autant pour se rassurer elle-même que pour entretenir le moral de son homme, elle anticipe :

— Puisque le dossier suit son cours, c'est que tout est normal. Ils pèsent le pour et le contre. Il faut y croire.

— J'y crois, répète Joseph à sa suite. Puisque tu y crois, j'y crois aussi.

À partir de la fin janvier, c'est la période des agnelages. Les brebis mettent bas et Joseph va de ferme en ferme pour aider les bergers. Il aime le contact des animaux et ce travail lui plaît. Le gel persiste pendant deux semaines. Rosine souffre du froid. Plus question d'aller au lavoir : l'eau est gelée. On entasse le linge sale dans les coffres. On verra plus tard. Du coup, elle accepte des journées de travail dans les fermes. Il y a tant à faire dans ces grandes maisons !

À la mi-février, débarque à la mairie une dame envoyée par Paris. Elle se présente comme enquêtrice judiciaire. Elle est chargée par le juge des affaires familiales de vérifier sur place que les éléments qui figurent dans le dossier Péchereau sont bien sincères. Elle va voir le maire, le curé, les instituteurs. Elle passe aux Croisettes, visite certains employeurs qui ont établi des attestations. C'est une femme plutôt petite, ronde, qui a largement dépassé la cinquantaine. Elle lit les pièces du dossier, parle avec les uns et les autres, compare, note des choses mais ne cherche pas la petite bête. Pour Rosine, cette visite inattendue est plutôt rassurante.

— J'ai l'impression qu'elle est plutôt de notre côté, confie-t-elle à Émile.

— Moi aussi, répond-il. Mais faut attendre. Elle va sans doute faire un rapport.

— Attendre, attendre… C'est long.

Après le 20 février, l'hiver perd de sa vigueur. Au froid du gel succède un redoux de pluies continues. On patauge dans les ornières et les roues des tombereaux ouvrent des braies si profondes dans les chemins qu'il faut cesser de débarder le bois ou de mener au fumier. On ne taille pas les arbres fruitiers en période de gel et, généralement, on ne greffe pas les pommiers avant le début du mois de mars. Néanmoins, le redoux aidant, Joseph, qui est très habile dans ces travaux, trouve des journées dans les vergers.

Les choses évoluent au début mars. Un midi, Émile arrive aux Croisettes avec sa petite carriole tirée par Pâquerette.

— J'suis convoqué à Paris le 19, annonce-t-il. J'y vais avec l'inspecteur. Le juge veut notre avis avant de prononcer le jugement.

— Le 19 mars, relève Rosine. Mais c'est le jour de la Saint-Joseph !

Et elle se tourne vers son homme. Pour elle, c'est clair, c'est encore un signe qui doit la pousser à espérer, le troisième depuis le dépôt de la demande.

— Mon Dieu ! s'écrie-t-elle. Pourvu que ce soit oui…

33

Attendre le jugement d'adoption

Le 19 mars à 10 heures, c'est dans les locaux du ministère de la Justice que les deux assesseurs et le juge chargé de prononcer le jugement d'adoption de l'enfant Suzanne Armand auditionnent M. Camize, en tant qu'inspecteur de l'agence de Nogent-le-Rotrou, et M. Favellière, en sa qualité de maire de la commune où résident la pupille et sa famille nourricière, candidate à l'adoption de la fillette. Pendant deux heures, au rythme de l'examen des différentes pièces du projet d'adoption Péchereau, le juge leur pose mille questions, leur demande des précisions, les sollicite sur tous les aspects du dossier qu'il a été chargé d'instruire. Il note les réponses et inscrit au crayon à papier des précisions en marge de tous les documents. M. Camize est assez à l'aise mais Émile, pour qui monter à la capitale représente déjà une charge de stress très lourde, est tendu. Il sent les gouttes de sueur perler sur son front. Pour lui, l'audition par ce juge au visage grave relève bien davantage de l'interrogatoire mené par un commissaire de police que d'une conversation entre amis. Il a l'impression d'être à la place d'un accusé.

— Un autre couple s'est porté candidat à l'adoption de cette pupille, dit le juge à la fin de l'audition. J'entendrai ces candidats demain matin.

— Quand le jugement sera-t-il rendu ? demande M. Camize.

— Vous en serez informé par votre administration, répond le juge d'une façon froide.

Il ferme le dossier Péchereau et noue ostensiblement les lacets de la chemise cartonnée pour signifier que l'entretien est terminé. Il croise les doigts et dit :

— Le tribunal délibérera et rendra sa décision rapidement. Je ne peux pas vous en dire davantage.

Ni le juge ni les assesseurs, qui n'ont prononcé aucune parole pendant les deux heures de l'audition, ne se lèvent. La porte du bureau s'ouvre et un huissier entre, ce qui épate Émile qui ne comprend pas comment il a deviné que l'entretien était terminé. Le juge, par un système de sonnette, l'a-t-il appelé ? M. Camize se lève. Émile l'imite. L'huissier les invite à le suivre. Ils saluent le juge et prennent congé. À peine sorti dans le couloir, Émile sort son mouchoir et s'essuie le front.

— Pouuh ! Pas mécontent que ce soit fini, souffle-t-il. J'me sens lessivé.

Jacques lui donne une tape sur l'épaule pour le réconforter.

— Il est midi passé. Vous avez besoin de vous restaurer. À quelle heure vous êtes-vous levé, ce matin ?

— 4 heures et demie. En plus, rien ne voulait passer. J'ai juste pris un peu de café.

— Notre train de retour part à 15 h 47. Nous avons largement le temps de manger quelque chose.

Les deux hommes traversent le dédale des couloirs et sortent du ministère. Dès qu'ils se trouvent à l'extérieur, le tumulte parisien les saisit d'un coup.

La place où se trouve le ministère est sillonnée par une ligne de tramway à double étage qui ferraille sur ses rails au milieu d'un flot de voitures hippomobiles. Entre les lourds omnibus tirés par deux ou trois chevaux attelés côte à côte, les élégants landaus, les carrioles des boutiquiers, les tombereaux surchargés de marchandises et les coupés à la portière desquels on devine le buste d'hommes en chapeaux haut de forme, l'œil d'Émile est saturé d'images en mouvement. Au milieu de toute cette circulation se frayent un chemin piétons, vélos et automobiles bruyantes.

— Je ne suis venu qu'une seule fois à Paris, avoue Émile. C'était en 1911. À l'époque, il n'y avait pas toutes ces automobiles.

— Depuis la fin de la guerre, beaucoup de choses ont changé, répond Jacques.

— Quand même, tout ce vacarme…

Ils descendent les marches. Jacques entraîne Émile vers un porche qui se trouve dans un angle de la place et qui est la porte de service du ministère. Tout autour d'eux, le brouhaha du trafic emplit les oreilles. Les chevaux déboulent des rues avoisinantes, se croisent, traversent la place en tout sens avant de s'engouffrer dans d'autres rues. Et plus il en part, plus il en arrive. Leurs sabots ferrés frappent les pavés et leurs pas résonnent à la manière des coups de marteau sur l'enclume d'un forgeron.

— J'ai pourtant l'habitude des chevaux ! s'exclame Émile. Mais là, tout ce bruit…

Jacques vient souvent à Paris. Il semble moins sensible à l'agitation qui l'environne. Il s'arrête devant le porche et cherche parmi la foule des fonctionnaires du ministère qui partent manger.

— Je vous ai dit que je suis très ami avec un collègue qui travaille ici. Il doit nous rejoindre. Nous allons manger tous les trois. Je suis content de le voir mais c'est aussi une occasion de lui poser toutes les questions sur les procédures. Il dirige le bureau qui gère les orphelinats du département de la Seine, mais il a des contacts avec tous les autres services.

Ils n'attendent pas longtemps. Le collègue en question arrive, un monsieur portant chapeau et cravate dont la simple apparition en impose un peu à Émile. Un chef de service qui travaille au ministère, forcément… Il s'appelle Albert Pérouas. C'est un homme souriant au visage jovial qui parle volontiers et dont la voix chantante évoque le sud de la France. Ajouté à la consonance de son nom de famille, on doit souvent lui demander s'il est du Midi ou du Toulousain parce que, quand Jacques le présente à Émile, il prend les devants et précise spontanément :

— Parisien depuis trente ans, mais originaire de Paramé, en Bretagne. Enchanté de faire votre connaissance, monsieur le maire. Nous ne nous sommes jamais rencontrés mais Émile m'a parlé de vous.

— En bien ! ajoute Jacques avec un clin d'œil.

— M. Camize aussi m'a parlé de vous, avance Émile. Il m'a dit que vous suiviez le dossier qu'on est venus défendre aujourd'hui.

Ils sont au milieu du passage et les gens qui sortent sont obligés de les contourner. M. Pérouas prend l'initiative :

— Ne restons pas là. Si vous êtes d'accord, je vous emmène dans ma « cantine ».

Il adresse un coup d'œil complice et ajoute :

— Plat du jour, mais tranquille et pas cher. Aujourd'hui, c'est foie de veau ! Vous m'en direz des nouvelles.

Ils contournent l'angle du bâtiment, descendent une rue très large, puis coupent à gauche et s'engagent dans des rues beaucoup plus étroites où les fiacres et les automobiles ont du mal à se frayer un passage.

— À midi, c'est terrible, dit M. Pérouas. Tous les jours pareil. Des embouteillages sans fin.

Sur les trottoirs, ce n'est guère plus aisé de circuler. Ils croisent des hommes en redingote, des ouvriers en vêtement de travail, des bonniches en tablier. Ils s'écartent pour laisser le passage à des femmes dont le maquillage, les cheveux coupés court ou les chapeaux cloche surprennent Émile. Quand les trois hommes arrivent devant un petit restaurant, M. Pérouas lève le doigt vers l'enseigne, *Le Cheval sur le toit*, et dit en plaisantant :

— Émile m'a expliqué que vous éleviez des percherons. Vous ne serez pas dépaysés.

Ils entrent. À l'intérieur, la salle est quasiment pleine. Les tables sont serrées et les clients, en grande majorité des hommes, mangent en parlant bruyamment. Le bruit est presque plus intense que dans la rue. Entre les tables, le plateau au-dessus de la tête, les serveurs en chemise blanche et tablier circulent comme des danseuses en frôlant le dossier des chaises.

— Monsieur Albert ! le hèle un garçon. Je vous ai gardé une table dans le fond.

— C'est gentil, répond M. Pérouas avant de se retourner vers ses deux amis pour ajouter : Là-bas, il n'y a pas de passage. On sera plus au calme pour parler.

Ils gagnent le fond de la salle. La table est minuscule. C'est à peine s'il y a place pour les trois assiettes dans lesquelles les entrées sont déjà servies pour gagner du temps. Les clients, en majorité des bureaucrates des ministères environnants, ne disposent que de une heure pour déjeuner. Ils ôtent leurs manteaux en faisant attention de ne rien bousculer autour d'eux et les accrochent au perroquet qui se trouve dans l'angle, puis ils se contorsionnent pour s'asseoir.

— Alors, interroge Albert dès qu'ils sont installés, cette matinée ?

— Le juge nous a écoutés, répond Jacques.

— On a pu confirmer tout ce qui est déjà écrit dans le dossier, poursuit Émile. On a répété que l'intérêt de cette petite c'est de rester chez des gens qui l'aiment et l'élèvent comme il faut. Mais est-ce que le juge nous a vraiment entendus ? Il est tellement froid… Pas facile de deviner ce qu'il pense.

— Mais si, enchaîne Jacques, je crois que nous avons marqué des points.

Ils racontent longuement les détails de l'entretien. Les assiettes d'entrées terminées, un garçon apporte trois assiettes contenant le foie de veau-purée. C'est effectivement très bon. Les conversations des tables voisines tournent presque toutes autour du sujet du jour : un Tchécoslovaque du nom de Victor Lustig, surnommé le roi des arnaqueurs, a réussi à vendre la tour Eiffel à un gogo de ferrailleur du nom d'André Poisson qui voulait se faire un nom dans le monde des récupérateurs parisiens. Une fortune. Tout Paris en parle et se gausse. Les journaux en font tous leurs gros titres.

— C'est en se faisant passer pour un fonctionnaire du gouvernement qu'il a réussi à lui refourguer la tour Eiffel pour cent mille francs, entend-on à droite.

— Ce Poisson, ce qui l'a convaincu, c'est quand le Tchécoslovaque lui a demandé un pot-de-vin pour pousser le dossier, s'amuse-t-on à gauche.

— En somme, c'est à ce moment que le poisson a été ferré ! rigole un moustachu.

— Depuis le temps que les journaux annoncent que le projet du gouvernement c'est de la démolir parce que ça coûterait une fortune de la restaurer. Fallait que ça arrive, banalise-t-on près des fenêtres.

— Cent mille francs ! Paraît que ce Lustig a décampé en Autriche sans attendre son reste. Des gens l'ont vu monter dans le train avec des billets plein ses poches, ajoute-t-on près du comptoir.

Malgré eux, les trois hommes sont entraînés dans l'histoire du jour. La vente de la Dame de fer, c'est l'arnaque du siècle. Les interpellations entre tables aidant, ils tendent l'oreille pendant quelques minutes puis reviennent au sujet de leur conversation.

— À Paris, il se passe toujours des choses incroyables, commente M. Pérouas. Pendant ce temps-là, on ne parle pas des difficultés de notre ministre.

— Pour en revenir à notre affaire, recentre Émile, le juge qui nous a reçus, vous le connaissez ?

— Oui. Il est spécialisé dans le droit de la famille. En 1916, il a été désigné pour trancher dans les affaires de nomination des tuteurs d'orphelins de guerre. C'est donc tout naturellement que, depuis le vote de la nouvelle loi, il est chargé des dossiers de demande d'adoption.

— Et tu en penses quoi, de ce juge ? interroge Jacques.

— Juriste expérimenté, glacial en apparence, fin psychologue, répond Albert. La nouvelle loi est toute récente. Peu de jugements d'adoption ont été rendus depuis sa promulgation mais ceux qu'il a rendus n'ont pas fait l'objet d'appel. Vous m'opposerez que, en général, il n'y a qu'un seul couple de candidats pour un pupille et que, dans la plupart des cas, il s'agit de bébés très jeunes qui sont dans une pouponnière à la suite d'abandons secrets. Le juge n'a pas grand-chose à trancher tant l'intérêt de l'enfant semble évident.

— Il n'a pas fixé de délai pour le jugement, dit Jacques.

— Il n'y a pas de règle. Les choses peuvent aller vite ou, au contraire, traîner pendant des années. Je connais un greffier. J'essaierai de savoir.

— L'autre couple qui a aussi déposé une demande, interroge Émile, vous le connaissez ?

Albert baisse la tête et, de la pointe de son couteau, repousse un petit déchet sur le bord de son assiette. À la table voisine, un homme fume et continue à expliquer que l'arnaqueur vendeur de la tour Eiffel avait réuni plusieurs ferrailleurs dans le cadre du prestigieux Hôtel de Crillon pour les mettre en confiance et mieux les endormir.

— Forcément, un fonctionnaire missionné par le ministère donnant rendez-vous dans les salons de l'Hôtel de Crillon pour leur proposer le marché, ça fait sérieux.

— Les dossiers sont confidentiels, reprend Albert, et insister pour connaître le nom des candidats serait mettre un collègue dans l'embarras. Je ne peux pas me permettre…

— Le secret professionnel, ajoute Jacques en se tournant vers Émile.

— Néanmoins, confie Albert, je crois savoir que c'est un monsieur influent qui a des relations et des appuis…

— Vous voulez dire que le juge pourrait céder à des pressions ? demande Émile.

Silence. Albert pince les lèvres et ouvre les mains en un signe qui peut tout autant signifier « Je ne sais pas » que « C'est un risque ». Le visage d'Émile s'assombrit : il craint que l'intérêt de ces personnes passe avant l'intérêt de la petite Suzanne. Jacques aussi est rêveur. Certes, il a bien souligné qu'en défendant l'intérêt de l'enfant il parlait de son équilibre affectif, de son épanouissement humain et de son bonheur. Le juge aura-t-il cette vision des choses et retiendra-t-il cette même définition de l'intérêt de l'enfant à adopter ?

Les clients commencent à quitter le restaurant. Les serveurs débarrassent les tables libres. Ils emportent des piles d'assiettes à bout de bras vers la cuisine. Au comptoir, des hommes fument et prennent le café en poursuivant leurs commentaires sur l'arnaque du siècle. Des « Au départ, Lustig avait contacté six entreprises de récupération de ferraille » et des « Poisson a tellement honte qu'il n'a pas encore porté plainte » parviennent encore, mais les voix sont moins fortes et le sujet ne passionne plus vraiment. L'heure de retourner au bureau est arrivée.

— Je vais devoir vous fausser compagnie, regrette Albert en regardant sa montre. J'ai un rendez-vous à 2 heures.

— Je compte sur toi pour suivre l'affaire et me tenir au courant, dit Jacques.

— Le juge reçoit les autres gens demain. Déjà, si vous pouviez avoir des échos de la façon dont ça se passera, suggère Émile.

— Promis, assure Albert. Mais vous avez vu le juge. Pas facile de lire sur son visage…

Les trois hommes quittent le restaurant. Ils remontent la rue ensemble et, dès qu'ils ont atteint le carrefour, ils se saluent et se séparent. Albert remonte vers le ministère tandis que les deux autres partent à droite. Une centaine de mètres plus loin, Émile et Jacques montent dans un omnibus sur lequel la destination *Gare Montparnasse* est affichée. Ils s'assoient côte à côte mais ils n'évoquent plus le dossier Péchereau. Tout a été dit. Que pourraient-ils ajouter sans tourner en rond ? Maintenant, il faut attendre, et espérer. Le martèlement des fers sur la chaussée ramène Émile vers les chevaux. Il regarde par la vitre. Il sent la fatigue peser sur lui. On traverse un pont sur la Seine. La voie est large et plusieurs attelages circulent de front. Malgré lui, il observe la tête basse des chevaux, leurs genoux gonflés, leurs crinières ternes. Ces animaux ressemblent à des mécaniques. Ils marchent lourdement, sans joie, au milieu de la pétarade des moteurs. Ils lui font pitié. Il pense à sa Pâquerette, à son magnifique Seigneur et à sa jument et son jeune poulain. Dans ses prés, ses animaux sont fiers, fringants, beaux. Il ne sait pas pourquoi mais, soudain, la vue de ces chevaux sur le pavé de Paris fait apparaître dans sa tête des régiments de soldats résignés marchant vers le front.

— On dirait qu'ils vont à l'abattoir..., laisse-t-il échapper.

Sur le coup, Jacques, perdu dans d'autres pensées, ne comprend pas de quoi il parle. Il se tourne vers Émile et suit son regard.

— Évidemment, ici, ce n'est pas la verdure et les collines qui peuvent les réjouir.

Rapidement, l'omnibus parvient dans la rue de Rennes. Il s'arrête à intervalles réguliers. Des gens descendent, d'autres montent. De chaque côté de la rue, il y a des magasins, avec des femmes qui en ressortent, des paquets plein les bras. Librairie, modiste, tailleur, bijouterie, chocolatier, chaussures. Les boutiques regorgent de marchandises. Il y a même un magasin qui ne vend que des accordéons, des dizaines d'accordéons de toutes les couleurs et de toutes les tailles.

Un peu avant d'atteindre le boulevard du Montparnasse, le déchargement de chariots de matériaux alimentant un chantier provoque un embouteillage. L'omnibus ralentit et s'immobilise. Émile repère un magasin de jouets.

— Descendons, décide-t-il. Je veux rapporter quelque chose à mon petit-fils.

Il achète une automobile pour Louis, et aussi une petite poupée avec une jolie tête en porcelaine pour Suzanne, afin que ce souvenir de Paris lui porte bonheur. Puis tous deux gagnent la gare Montparnasse à pied. À 15 h 47 précises, un chef de gare siffle et le train dans lequel ils ont pris place quitte la capitale en direction de Chartres et du Mans.

Ce voyage à Paris a épuisé Émile. Bien avant d'atteindre Versailles, il s'endort.

Ce n'est qu'une semaine plus tard qu'un coursier de la poste de La Loupe apporte un papier bleu à la ferme Favellière. C'est un télégramme envoyé de Nogent-le-Rotrou par l'inspecteur de l'agence pour donner des nouvelles de l'avancement du dossier :

Jugement sera rendu lundi 4 mai. Stop. Gardons tous espoir.

Stop. Signé : Jacques Camize.

Pour Émile et les Péchereau commence alors une nouvelle attente. Que décidera le juge ?

34

Suzanne « Pécheriau »

Au fond de la cour de l'école, on a aménagé une grande estrade d'une cinquantaine de mètres carrés avec des ballots de paille sur lesquels on a posé le parquet du bal du 14 juillet. Entre les deux poteaux plantés de chaque côté, on a tendu un fil de fer et enfilé les anneaux d'un rideau. La scène ressemble à celle d'un théâtre.

— Qui n'a pas trouvé sa place ? demande le maître d'école.

Les enfants des deux classes réunies sont tassés sur cinq rangées derrière le rideau, les grands dans le fond, les petits devant. Tous sont très intimidés. Dans quelques minutes, le garde champêtre va tirer le rideau et ils se retrouveront devant tous les gens du village, agglutinés dans la cour de l'école décorée de guirlandes, de petits drapeaux et de fleurs multicolores découpées par les enfants.

— Parfait, dit M. Delage après avoir promené son regard sur tous les élèves. Quand vous chanterez, suivez bien la maîtresse. C'est elle qu'il faut regarder, pas vos parents ou vos voisins. Maintenant, pas un bruit : je vais vous annoncer.

M. Delage écarte les deux moitiés du rideau et avance jusqu'au bord de la scène. Tout Saint-Éliph est là, même les gens qui n'ont pas d'enfants à l'école parce que la fête des prix c'est une date importante qui rythme la vie du village. Juste devant l'estrade, posés sur les tables qui servent au banquet des pompiers, s'alignent les livres de prix, de beaux livres rouges avec des titres dorés. Tout à l'heure, à la fin de la représentation, il lira le palmarès et, un à un, devant toute la communauté, chaque enfant recevra la récompense de son travail de l'année. Au premier rang, assis sur des chaises, M. le maire et le conseil municipal au grand complet. Fernand Lerogneux, fier de faire partie des notables puisqu'il a été élu quelques semaines auparavant, est assis au bout du rang. Il y a aussi M. le curé et le bistrotier en sa qualité de chef des pompiers. Derrière, assis sur des bancs prêtés pour l'occasion par des fermiers, il y a les parents, les familles, les voisins, les amis de l'école publique. Debout le long des murs, les jeunes et les hommes qui n'ont pas trouvé de place assise fument et discutent.

M. Delage lève les bras pour réclamer le silence mais il faut bien quatre à cinq minutes avant que la consigne fasse le tour de la cour et parvienne à tout le monde. Enfin, quand le dernier bavard se tait, il déclare d'une voix forte et solennelle :

— Monsieur le maire, messieurs les conseillers, monsieur le curé, chers parents et amis. L'année scolaire se termine. Les enfants ont préparé cette fête avec application. Ils vont vous présenter un programme de chants, de petites pièces et, pour certains, des monologues ou des poèmes. Ils…

Sur le côté, assis près de Mme Favellière, Rosine et Joseph attendent avec impatience le moment où leurs deux enfants apparaîtront. Il s'est endimanché comme pour aller à la messe. Elle porte une robe à fleurs à manches courtes et le collier de nacre qu'il lui a offert lors de leurs fiançailles. Tous les deux sont radieux. Hier, le commandant de la brigade de gendarmerie de La Loupe, accompagné de deux gendarmes, est venu aux Croisettes. « Monsieur et madame Péchereau, j'ai un pli à vous remettre », a-t-il dit. Tout de suite, Rosine a compris qu'il s'agissait de la notification du jugement concernant l'adoption de Suzanne. Enfin !

— Maintenant, annonce M. Delage, les enfants vont vous interpréter *Muguet d'avril,* un chant du folklore de Normandie.

Le garde champêtre tire la corde. Les rideaux s'ouvrent. Tous les enfants, mains nerveusement croisées dans le dos, cherchent dans la foule les visages qui leur sont familiers. Le premier, Joseph repère sa petite Suzanne. Elle est au deuxième rang, droite, attentive, le visage tourné vers la maîtresse dont les mains levées commencent à battre la mesure. Les enfants entonnent en chœur :

« Le muguet vient de naître
Au bois joli,
Nous cueillerons dans l'herbe
Les brins subtils,
Pour en faire…

Rosine écoute le chœur des enfants. Elle fixe Pierre mais se prend à repartir dans ses pensées dès que son regard se fixe sur Suzanne. Le tribunal a jugé l'affaire le 4 mai et, depuis, chaque semaine, les nouvelles que M. Favellière a pu avoir auprès de M. Camize, qui les tenait lui-même d'un collègue de Paris, ont été tellement en dents de scie qu'elle et son Joseph sont passés par toutes les couleurs de l'arc-en-ciel. D'abord, et contrairement à ce qui semblait être une évidence pour tout le monde, lors de cette audience du 4 mai, le juge n'a pas examiné la seule demande concernant Suzanne mais aussi plusieurs autres dossiers. Une fournée. Toutes les demandes d'adoption ont bien été traitées et les décisions ont bien été prises mais, en raison du nombre et des procédures de notification, les ordonnances officialisant les jugements n'ont pas été publiées immédiatement. Il fallait encore attendre. Un autre jour, Émile leur a dit que le couple qui s'intéressait à Suzanne avait aussi porté ses vœux sur deux garçons et que le juge avait prononcé l'adoption de l'un de ces deux garçons, un enfant de un an se trouvant à la pouponnière d'Antony. Pour les Péchereau, c'était gagné. Quelques jours plus tard, Émile leur a appris que, dans un autre dossier, le tribunal avait décidé l'adoption de deux enfants par un seul et même couple, ce qui rendait possible l'adoption de Suzanne par les Parisiens qui avaient déjà le bébé. C'était perdu pour les Péchereau. Un autre jour encore, le chef de service du ministère laissait entendre que les ordonnances du juge étaient sur le point de partir. Le lendemain, c'était remis à plus tard. Cette longue attente a été éprouvante. Deux mois d'espoir en Yo-Yo.

« Au cours de ma cueillette
Dans le bois vert,
ô douce… »

Les gendarmes ont tendu la lettre. Rosine l'a prise et l'a pressée sur sa poitrine. Avec son Joseph, ils ont attendu le départ des gendarmes puis, face à face, ils se sont regardés avant d'ouvrir.

— C'est pas possible que ce soit non ! s'est exclamé Joseph.

— Non, c'est pas possible…, a ajouté Rosine.

Des applaudissements et des bravos retentissent autour de Rosine. Les enfants viennent de terminer le premier chant. Le garde champêtre regarde dans la direction de M. Delage. C'est lui qui donne le signal de fermeture des rideaux.

M. Delage annonce ensuite la récitation de plusieurs poèmes. Les enfants se succèdent, hésitants pour certains, bon récitants mais rouges comme des coquelicots pour d'autres. Puis une saynète humoristique fait rire tout le monde. C'est l'histoire d'un patron pâtissier qui reproche tour à tour à chacun de ses ouvriers d'avoir oublié de mettre, qui du sucre, qui des œufs, qui de la vanille. « Moi, je n'oublie jamais rien », affirme-t-il sans cesse pour ponctuer chacune de ses remarques. Le rôle est joué par un grand qui vient d'obtenir son certificat. Il s'est costumé avec une veste blanche prêtée par le boulanger et s'est collé une moustache noire qui menace de s'envoler à chaque fois qu'il s'écrie : « Moi, je n'oublie jamais rien ! » À la fin, il se lève et tout le monde éclate de rire : il a oublié de mettre son pantalon et part en caleçon.

— Bravo ! Bravo !

Après cette saynète, les petits exécutent un chant. Juste après, M. Delage annonce un poème de Victor Hugo. Pour Rosine, c'est un moment de grande émotion. Suzanne avance, seule, magnifique dans sa petite robe blanche, et sa présence emplit toute la scène. Sa voix s'impose dès le premier vers et sa façon de dire Victor Hugo est si juste qu'un grand silence s'installe. C'est charmant. Joseph fond. Rosine est fière et la vue de l'enfant la ramène à l'ordonnance du juge. Joseph lui a tendu son couteau. Elle a décacheté l'enveloppe et a déplié le papier. L'ordonnance comporte trois pages. Avec frénésie, elle se souvient avoir parcouru les lignes à toute vitesse, avoir tourné les pages et avoir tout de suite repéré la phrase importante qu'elle a criée à haute voix: «… prononce l'adoption pleine et entière de l'enfant Suzanne Armand par les époux Joseph et Rosine Péchereau… » Elle a éclaté en sanglots, des larmes chaudes comme elle n'en avait jamais versées. Joseph a ouvert les bras. Ils se sont serrés l'un contre l'autre pendant de longues minutes en répétant des «Suzanne! Notre petite Suzanne!»

«Il marche dans la plaine immense,
Va, vient, lance la graine au loin,
Rouvre sa main, et recommence,
Et je médite, obscur témoin… »

Sur la scène, Suzanne poursuit sa diction. C'est beau. Sa voix est ferme, musicale et elle dit les vers avec une intelligence du rythme qui tranche sur les bredouillements des enfants qui l'ont précédée. Sa présence force l'admiration et tout Saint-Éliph écoute la petite fille, même les vieux dont l'oreille est devenue dure.

«… Pendant que, déployant ses voiles,
L'ombre, où se mêle une rumeur,
Semble élargir jusqu'aux étoiles
Le geste auguste du semeur.»

Quand le poème est fini, elle salue avec grâce. L'émotion étreint Rosine. Elle est en larmes. Elle a l'impression que les applaudissements se poursuivent bien après la fermeture du rideau.

— Oh! Notre Suzanne, notre petite Suzanne! n'arrête pas de répéter Joseph dont les applaudissements sont deux fois plus rapides que ceux des autres gens.

— Vous pouvez être fiers, les félicite Mme Favellière, tandis que M. Delage revient pour annoncer la suite.

Le spectacle se poursuit. Des enfants costumés jouent des saynètes, chantent en groupe, disent des monologues. Vers les 5 heures, M. et Mme Delage font asseoir tous les élèves sur les bancs rangés sous le gros tilleul. Des hommes costauds empoignent les tables sur lesquelles sont exposés, depuis le début, les livres rouges entourés de rubans et les diplômes, objets de toutes les convoitises des enfants comme des parents. Ils les hissent sur l'estrade. De chaque côté des tables, on aligne des chaises, six à droite, six à gauche.

— Hé, Gaston! lance un homme en casquette à un brave fermier qui se trouve deux rangs derrière. Ton Gilbert, il va-t-il rafler la moitié de la tablée, c't'année?

— Pas de danger, rigole le Gaston en question. Il est aussi con que l'tien.

— Z'ont pas de chance ces deux pauvres gosses, glousse la femme de Gaston, ils sont tous les deux du côté de leur père.

Ce petit cercle rigole à la plaisanterie. Pendant ce temps, M. le maire, la poitrine ceinte de son écharpe bleu, blanc, rouge, et tous les conseillers municipaux montent sur l'estrade et prennent place. Lerogneux gravit les marches en regardant les gens. Il est fier et son visage souriant indique clairement combien il est content de faire partie des notables du village. Pour lui, après les interminables années d'humiliation infligées par son père, c'est un moment de revanche. L'heure grave de la distribution des prix est arrivée, moment solennel parce que, au travers de leurs enfants, certaines familles seront valorisées aux yeux du village. M. Delage avance sur le devant de la scène, les palmarès à la main.

— D'abord, commence-t-il, je vais appeler les élèves qui ont subi avec succès les épreuves du certificat d'études primaires. Ils font honneur à notre village et je les félicite tous pour leur bon travail. Ils vont désormais entrer dans la vie active, certains en apprentissage, d'autres pour travailler dans la ferme familiale. Je souhaite que les valeurs morales que l'école leur a inculquées constituent pour eux des repères qui leur permettront de construire une vie d'homme honnête et de citoyen respectueux des…

— Y cause ben ! dit un vieux en se penchant sur sa gauche.

— Forcément, répond son voisin, c'est un maître d'école.

— Dans l'ordre de classement des reçus au certificat, poursuit M. Delage, j'appelle tout d'abord

Claude Chevalier qui s'est classé troisième du canton.

Applaudissements nourris. Le gamin se lève et monte le petit escalier de l'estrade, mais beaucoup de gens se retournent pour regarder les parents Chevalier. Pour eux, c'est un moment de gloire. La maîtresse tend au maire une pile de plusieurs gros livres rouges réunis par un ruban bleu et un diplôme roulé. M. Favellière se lève, attend que l'enfant s'immobilise devant lui, tout rouge, et, avant de lui remettre son prix, dit d'une voix forte pour que tout le monde entende bien :

— Claude, je te félicite. Tu as bien travaillé et ce diplôme récompense tes efforts. Continue.

M. Delage appelle ensuite une grande fille, véritable petite femme de treize ans, qui s'est classée onzième. Le prix est moins volumineux et il est remis par un adjoint au maire incapable de trouver le moindre mot mais qui l'embrasse. Les noms des autres reçus suivent et, au fur et à mesure que leur place dans le classement décroît, ce sont les conseillers municipaux, dans l'ordre de leur ancienneté d'élection, qui remettent les prix. Le pauvre Gilbert est le seul à avoir raté le certificat. À l'appel de son nom, il monte, la tête basse.

— C'est rapport à la dictée, précise son père. Il a fait vingt-deux fautes !

Gilbert n'a droit qu'à un petit livre, sans ruban ni fioritures. C'est Fernand Lerogneux qui lui remet son prix. Voyant l'air penaud du gamin, il éprouve le besoin de le consoler et lui dit :

— Ben, c'est pas grave. Moi non plus j'l'ai pas mon certificat et ça m'empêche pas d'être conseiller.

Division par division, M. Delage appelle tous les enfants dans l'ordre où leurs résultats aux compositions mensuelles les ont classés. Les cours moyens, puis les cours élémentaires. Pierre est le premier de sa division. Il reçoit quatre livres, dont une petite encyclopédie des plantes illustrée qu'il repère au premier coup d'œil et qui lui tire un « Oh, merci monsieur » quand M. Favellière lui remet. Rosine et Joseph sont fiers. Quand arrive le tour des petits, la cour de l'école bruit des commentaires des familles dont les enfants sont déjà passés et on n'entend plus guère le palmarès. M. Delage réclame le silence avec la même autorité que lorsqu'il est en classe, attend et, une fois qu'il capte à nouveau l'attention de tout le monde, il annonce :

— Je vais maintenant appeler les élèves les plus jeunes qui, normalement, font tous partie du cours préparatoire. Néanmoins, je tiens à mettre à l'honneur une élève que Mme Delage et moi avons beaucoup de mal à classer. Certes, son âge nous impose de l'inscrire au cours préparatoire, mais ses résultats dans toutes les matières sont si brillants que nous devrons lui faire sauter une division l'an prochain.

Les gens sont attentifs. Certains se tournent déjà vers Rosine et Joseph parce qu'ils ont entendu parler de Suzanne. Les autres s'interrogent. Il n'échappe à personne que, sur la table, la hauteur d'une pile de livres est exceptionnellement haute et constitue un prix qui ne peut récompenser qu'une élève hors du commun. M. Delage se tourne vers les bancs où sont assis les derniers enfants.

— J'appelle Suzanne Péchereau.

Grand silence admiratif. Suzanne se lève et monte les marches.

— C'est qui ? demande un homme.

— La p'tite Pécheriau des Croisettes, répond sa femme. La fille à Rosine et à Joseph.

— Ben, j'croyais que c'était une gamine de l'Assistance.

— Plus maintenant. Paraît qu'ils l'ont adoptée.

— C'est pour ça qu'elle s'appelle Pécheriau à c't'heure…

« Pécheriau ! » C'est seulement à ce moment que Rosine réalise que le nom Armand est effacé à jamais et que sa petite a retrouvé son vrai nom : Péchereau ! Ni l'ordonnance du juge ni la transcription de l'adoption sur le registre de la mairie de Saint-Éliph ne lui en avaient fait prendre conscience. Elle a l'impression subite que la boucle est bouclée et que tout redevient comme avant. Au moment où Suzanne pose ses pieds sur l'estrade, Rosine sent monter en elle un bonheur extraordinaire qui éclate sur son visage en un torrent de pleurs. Jamais elle ne s'est sentie aussi heureuse.

Deux heures plus tard, la famille Péchereau au grand complet rentre aux Croisettes. Le soleil rayonne, les prés sont fleuris et les hirondelles décrivent des arabesques dans le ciel. Ils se tiennent tous les quatre par la main et sautillent sur toute la largeur du chemin.

— Péchereau, dit Suzanne, moi j'ai toujours su que je m'appelais Péchereau. Je me demande bien qui s'était trompé à ma naissance… Mon autre nom, c'était juste une petite erreur.

« Une sacrée petite erreur… » pense Rosine.

Elle presse fortement la main de sa fille et tous quatre partent dans une course folle vers la maison des Croisettes.

Table des matières

Première partie :
Se relever après la grande guerre

Deuxième partie :
La petite Suzanne

Achevé d'imprimer par Rodesa Estella
en septembre 2016
pour le compte de France Loisirs, Paris

Numéro d'éditeur: 86633
Dépôt légal: septembre 2016

Imprimé en Espagne

Composition :
Soft Office